U0669618

本丛书由山东省一流学科中国语言文学建设经费资助

中国现代文学研究丛书
贾振勇·主编

历史的诗意

——中国现代文学与诗学论稿

张洁宇◎著

人民出版社

目　录

中　编　新诗与“现代”

下 编 “新文人”与新文学

前　言

年龄大致相仿的一些学界同行，早有相互切磋、相互砥砺、共话人文理想之志愿。所以，本丛书的构想与策划，其实已持续数年。

1970 年前后出生的一批中国现代文学研究者，大多受过严格的学术训练，成长于改革开放年代，有启蒙创新之情怀；在知识结构、学术视野、文学理念、价值理想、人文诉求等各方面，也呈现出相似的代际特征。经过长期的积累与历练，不少学者取得了各自的标志性成果，有的甚至作出了对学科发展具有突破性价值的成果。从总体上看，这批学者在即将知天命之年，开始步入富有创造力的学术黄金期。本丛书的策划与编选，正是基于对中国现代文学学科发展态势之判断，对这批学者的学术探索进行主动的呼应与支持。

经过通盘考虑、反复协商并征求多方意见，本丛书编委会决定邀请在中国现代文学研究领域实力深厚、影响较大、1970 年前后出生的高校学者作为本丛书的作者。目前，已有段从学（西南交通大学）、符杰祥（上海交通大学）、贾振勇（山东师范大学）、姜涛（北京大学）、李永东（西南大学）、刘春勇（中国传媒大学）、孟庆澍（首都师范大学）、文贵良（华东师范大学）、袁盛勇（陕西师范大学）、张洁宇（中国人民大学）十位学者加盟。编委会认为，这十位学者，学养深厚、功底扎实、思路新颖、视野开阔、研有专长、优势突出、特色明显，其成果具有探索性、多元性、前沿性和引领性，在某种程度上能代表中国现代文学研究的发展趋势。本丛书的出版，对中国现代文学研究的整体拓展、深入、提升与创新，将大有裨益。

本丛书的主要学术目的或曰学术理想在于：第一，整体展示，集体发声，形成学术代际与集束效应，追索“学术乃天下公器”之人文理想；第二，凝练各自特色，展示自家成果，接受学界检验；第三，拒绝自我满足意识，砥砺前行、奋发有为。是故，经丛书各位作者协商、讨论，一致同意将丛书名定为“奔流”，取义为：致敬前贤，赓续传统；奔流不息，创造不止。

需要特别说明的是，理想虽然丰满，现实往往骨感。丛书的构想、策划之所以延宕数年，实乃种种因素之限制，尤其出版经费一时之难以筹措。有幸的是，恰逢山东师范大学文学院中国语言文学学科获批山东省“双一流”立项学科。在山东师范大学文学院院长杨存昌教授、党委书记贾海宁教授、一流学科带头人魏建教授以及院高层次著作编委会的鼎力支持与推动下，山东师范大学文学院决定予以积极支持。

正是由于山东师范大学文学院的慷慨资助，本丛书才有机会得以问世。为此，丛书各位作者对山东师范大学文学院深远的学术眼光、襄助学术发展的魄力，表示深深的敬意与由衷的感谢。同时，感谢人民出版社的大力支持，尤其感谢责任编辑陈晓燕女士的努力与付出。

丛书即将问世之际，感慨颇多。春温秋肃，月光如水。愿学术同好：行行重行行，努力加餐饭；月光穿过一百年，拨开云雾见青天。

上　编

鲁迅的“言”“行”

第一章　鲁迅的“言”“行”

一、“活”与“行”

——鲁迅的生命观与文学观

（一）

1925年2月21日，《京报副刊》“青年必读书”征求专栏刊登了一封来自鲁迅的回信。关于“必读书”，鲁迅的回答其实只有两句俏皮话：“从来没有留心过，所以现在说不出。”相比之下他那段后来十分著名的“附注”则要详细而严肃得多。正是这则“附注”引起了当时舆论界乃至此后多年间有关鲁迅思想的强烈反响和争论。尤其是那一句“我以为要少——或者竟不——看中国书，多看外国书”，更是让“本来就十分热闹的论争更加激烈”，甚而延续至今，“成为争了八十年尚无定论的一场学界公案”。[①] 这也正是鲁迅所自嘲的“华盖运”的开始。1925年底，他在《华盖集·题记》中说：“我今年开手作杂感时，就碰了两个大钉子：一是为了《咬文嚼字》，一是为了《青年必读书》。署名和匿名的豪杰之士的骂信，收了一大捆，至今

① 王世家编：《青年必读书——一九二五年〈京报副刊〉“二大征求”资料汇编》，河南大学出版社2006年版，“编者说明”第1页。

还塞在书架下。”[①] 那些“骂信”，多是指责他的“偏见的经验”，并“为中国书打抱不平”的，除了愤愤然于鲁迅的“武断”“浅薄无知识”之外，甚而有斥之为“卖国”的无稽之谈，指责他“有误一班青年，有误中国”。[②] 对于这些言论，鲁迅虽也“退让得够了”，但还是写了两封回信，对那些完全没有看懂他就仓促批评甚而人身攻击的“骂信”予以还击。在回信中，鲁迅对于“附记”的本意本来是可以稍做解释的，但以他的性格，一是越在挨骂的时候越不屑于解释，二是对于这班或是居心不良或是真的浅薄无知的对手，他也觉得并无解释的必要。即如他在信中所说：“而且也不待你们论定。纵使论定，不过空言，决不会就此通行天下，何况照例是永远论不定，至多不过是‘中虽有坏的，而亦有好的；西虽有好的，而亦有坏的’之类的微温说而已。”[③] 从这句不算解释的解释中不难看出，鲁迅对于思想界学术界的各种“微温说”早已深感不满，而这大概也是他故意在“必读书”问题上采取极端之言的原因之一。

其实，只看到鲁迅说“要少——或者竟不——看中国书”，就以为他真的在说“读书”的问题，那就从根本上错解了他。多年以来，所有关于“青年必读书”的未竟争论，其实都是因为没有真正理解鲁迅的意图。“附注”的核心并非在“书”，而是在“人”；鲁迅关注的问题也并非“读书”，而是要“活”。因为，“现在的青年最要紧的是‘行’，不是‘言’。只要是活人，不能作文算什么大不了的事”[④]。这也正如鲁迅在对“骂信”的回复中所讥讽的：“我虽不学无术，而于

---

① 鲁迅：《华盖集 · 题记》，载《鲁迅全集》第3卷，人民文学出版社2005年版，第4页。

② 参见王世家编的《青年必读书——一九二五年〈京报副刊〉“二大征求”资料汇编》中《我希望鲁迅先生“行”》《偏见的经验》《奇哉！所谓鲁迅先生的话》《熊以谦致孙伏园》等篇。

③ 鲁迅：《报〈奇哉所谓……〉》，载《鲁迅全集》第7卷，人民文学出版社2005年版，第264页。

④ 鲁迅：《青年必读书》，载《鲁迅全集》第3卷，人民文学出版社2005年版，第12页。

相传‘处于才与不才之间’的不死不活或入世妙法，也还不无所知，但我不愿意照办。”①

鲁迅的逻辑是清楚的：书有两用，一是教人“言”（文字），二是教人“行”（思想），但归根结底，读书是“为人生，而且要改良这人生”的。中国书多让人“与实人生离开”，读了或可能“言”，却未必能“行”；而外国书“与人生接触”，读了让人“想做点事”。而至于为什么中国书就是教人能言而不能行的，他在一个多月后的一篇杂文里回答了这个问题。他说，中国书里的“教训”往往让人“屏息低头，毫不敢轻举妄动。两眼下视黄泉，看天就是傲慢，满脸装出死相，说笑就是放肆”。这就是所谓的“愚民的专制使人们变成死相”，而在他的认识当中，“世上如果还有真要活下去的人们，就先该敢说，敢笑，敢哭，敢怒，敢骂，敢打，在这可诅咒的地方击退了可诅咒的时代！”②

所以，鲁迅在“言”“行”之间明确选择了后者。在他看来，至少在当时的历史环境下，是否能“行”是直接关乎“活”的问题的。能“行”才能“活”，能“行”才能“改良这人生”，在真正意义上成为“活人”而非“僵尸”；而“活”的意义也就在于“行”，一切空言、苟且、麻木、停滞，都是“不死不活”的“死相”。很明显，鲁迅借“读书”之题，谈的其实是人生哲学。而也正是在这个角度上，“读书”（进而至“写作”）都与“人生”发生了联系。这是启蒙主义的基本思路，也是鲁迅本人对于人生与文学之间关系的一种基本理解。

“活”与“行”的问题是鲁迅生命观与文学观最重要的两个支点，它们共同支起了鲁迅“为人生”的文学理想。这个贯穿性的核心问题不仅时时出现在鲁迅的写作和思考中，甚至还体现在他的日常生活里。例如，他在1925年春天给友人的信中提到：“北京暖和起来了；

---

① 鲁迅：《报〈奇哉所谓……〉》，载《鲁迅全集》第7卷，人民文学出版社2005年版，第264页。

② 鲁迅：《忽然想到·五》，载《鲁迅全集》第3卷，人民文学出版社2005年版，第44—45页。

我的院子里种了几株丁香，活了；还有两株榆叶梅，至今还未发芽，不知道他是否活着。”[①] 这里所说的“活”，也多少有一点话里有话，让人不禁试图探究其中对于人生的深寓。

作为文学家的鲁迅，当然不可能仅仅把这种思考停留在抽象的理论或日常生活的隐喻层面。在他更为丰富的文学性写作中，这个重大问题便以文学性意象等方式出现了，尤其集中大量出现在“华盖运”时期的《野草》当中。

（二）

《野草》是鲁迅最集中讨论生命哲学的文本。“一丛野草”包含了“明与暗，生与死，过去与未来”“友与仇”“人与兽”“爱者与不爱者”[②] 等诸多人生的重大话题。而就在他最常论及的“生”与“死”之间，鲁迅创造性地引入了“活”与“行”的问题。

与“死”相对的“生”，是一种客观性的生理状态，但这种“生”并不等于鲁迅所说的“活”。在鲁迅看来，苟延残喘不是“活”，只有“行”才是“活”的方式和证明。而这个“行”，对鲁迅本人而言，是包含写作、翻译、讲演、编刊等方式的，是一种与社会现实短兵相接的斗争实践。没有此类斗争实践，就不能算是“活”的状态。即如他 1927 年 5 月在广州编定《朝花夕拾》之后所写的：“看看绿叶，编编旧稿，总算也在做一点事。做着这等事，真是虽生之日，犹死之年，很可以驱除炎热的。”[③] 这句话看似平淡却深藏着痛苦与无奈。身处“四一二”之后的广州，鲁迅即便是痛定思痛也仍然无法发声，编

---

① 鲁迅：《北京通信》，载《鲁迅全集》第 3 卷，人民文学出版社 2005 年版，第 56 页。

② 鲁迅：《野草 · 题辞》，载《鲁迅全集》第 2 卷，人民文学出版社 2005 年版，第 163 页。

③ 鲁迅：《朝花夕拾 · 小引》，载《鲁迅全集》第 2 卷，人民文学出版社 2005 年版，第 235 页。

旧稿看似“总算也在做一点事”，但在内心之中，却将之清醒地归为“虽生之日，犹死之年”的非“活”状态。因为在他眼里，一个写作者不愤怒、不发声、不写作，就算不上是“活”。同样地，当晚年的他在病榻上醒来，感叹“无穷的远方，无数的人们，都和我有关。我存在着，我在生活，我将生活下去，我开始觉得自己更切实了，我有动作的欲望……”①的时候，他的思路仍是那样一贯，即只有“切实”的“动作”和“行动”才证明了人的“存在”和“生活”。

类似的表达最集中地还是出现在《野草》中。在《过客》里，过客形象不仅在清醒、执拗、沉默、疲惫等方面体现着鲁迅本人的精神特征，更以其“我只得走”的人生哲学对鲁迅“活”与“行”的哲学做出了最好的诠释。过客的一生都在“走”，“从还能记得的时候起”，一直要“走到一个地方去，这地方就在前面”。这个看似无始无终的“走”，取消了具体的时空条件，成为一种哲学意义上的行动，即“反抗绝望”、克服虚无的“行”。这个行为显然具有哲学意义上的悲剧精神。通过“行”（行动），人才能进入一种哲学意义上的悲剧困境，并展现出人类追求的意志和力量。过客的“走”由此获得了形而上的哲学提升，表现出强烈的质询、控诉的气质，而不安于承受和悲悼。亦如《铸剑》中的黑衣人、眉间尺，《非攻》中的墨子等人物一样，他们不像希腊古典悲剧那样最终只能证明人的有限和孤独并最终转向神的皈依，因为鲁迅的悲剧哲学寻求的不是灵魂的平安，也不是悲剧的超越或者解脱，而是一种坚持战斗、“永远革命”的精神。

“我只得走”的过客哲学正是鲁迅以“行”赋予人的生命以“活”的意义的形象性表达。《野草》时期正是鲁迅翻译厨川白村的时期。厨川白村曾说：“不淹，即不会游泳。不试去冲撞墙壁，即不会发见出路。在暗中静思默坐，也许是安全第一罢，但这样子，岂不是即使

---

① 鲁迅：《“这也是生活”……》，载《鲁迅全集》第6卷，人民文学出版社2005年版，第624页。

经过多少年，也不能走出光明的世界去的么？不是彻底地误了的人，也不能彻底地悟。”“俗语说，穷则通。在动作和前进，生命力都不够者，固然不会走到穷的地步去，但因此也不会通。是用因袭和姑息来固结住，走着安全第一的路的，所以教人不可耐。”[①]这样的翻译，几乎很难分辨出究竟是厨川白村还是鲁迅本人的思想和语言。他们的观点显然非常一致，即认定只有行动和前进才是生命力的体现，一切无行动的空想都不能算是真正有意义的“活”。那种“因袭”“安全”的“半死不活”，才是对人生最大的“误”。这是鲁迅人生哲学的核心基础，也是决定了他本人生活与写作方式的重要因素。

与“我只得走”的过客哲学相似的还有“我不如烧完”的死火哲学，他在燃烧与冻灭之间选择燃烧，拒绝温吞的苟且，实现了如红彗星般的生命的完成，摆脱了冻僵在冰谷里的那种不烧不灭、不死不活的状态。《过客》与《死火》的写作时间虽然相隔近两个月，两篇文字的风格和写法也大有不同，但在最关键的问题“活”与“行”的思考上却是完全一致的。死火决定用“烧完”自己的方式助“我”走出冰谷，过客也终将以“走”的方式跨越个人的生命之“坟”，走出一条真正的“路”。这两种方式归根结底是完全一样的，它意味着一种将个人的生命与现实历史相结合的愿望，通过“行”动，将个体生命赋予“活”的意义，以融入民族与文化的未来的方式，延续生命的力量，获得生命的真正价值。

《野草》中的类似表达其实还有很多。比如《死后》对身体“死亡”而“知觉不死”状态的深深恐惧，亦即对半死不活、想动而不能动的非“活”状态的恐惧。而在《一觉》中，经历了年轻生命的被害与牺牲、目睹了无数平民在战乱中的死亡之后，鲁迅却拒绝沉沦和颓唐，反而“深切地感着‘生’的存在”。这正是鲁迅特有的思路和一

---

① ［日］厨川白村：《出了象牙之塔》，鲁迅译，载王世家、止庵编：《鲁迅著译编年全集》第6卷，人民出版社2009年版，第94页。

贯的想法，即在绝望与绝境中陡然生出最强烈的反抗，在死亡的威胁面前更焕发出“生”与“战斗”的力量。就像他在 1925 年元旦深夜写就的《希望》中所说的，虽然自知“身内的迟暮”，但因为“惊异于青年的消沉”，他说：“我只得由我来肉薄这空虚中的暗夜了。”他“放下了希望之盾”，要与这“暗夜”展开一场殊死战。这里，“行”的哲学又出现了。虽然“分外的寂寞”和绝望，但鲁迅还是选择放下有关希望与绝望的怀疑和挣扎，以肉搏的“行”打破暗夜，探寻“活在人间”的出路。迟暮的他不是不可以选择坐而论道、做青年的导师，但他却宁可勉力“肩起沉重的闸门”，因为他只愿以实际的“行”去引领消沉的青年，告诉他们这是唯一可能走出暗夜的方式。

从《希望》到“必读书”，从《过客》到《死火》，从《死后》到《一觉》……鲁迅的思考与写作中始终存在着这样一条有关“行”与“活”的主线。这条主线，决定了他的写作方式，即如他在《野草·题辞》中所说的：“为我自己，为友与仇，人与兽，爱者与不爱者，我希望这野草的死亡与朽腐，火速到来。要不然，我先就未曾生存，这实在比死亡与朽腐更其不幸。”对于鲁迅本人来说，写作就是他的“行”，就如同过客的“走”或死火的“燃烧”，写作为他“过去的生命”“还非空虚”“作证”，也为他的人生赋予了“活”的意义。更重要的是，他所写的，就像是过客脚下的路或是死火发出的如红彗星一样的光，终将突破一己的生死悲欢，成为整个时代的声音。

这同样也可以解释为什么鲁迅在《野草》之后离开了北京、走向了杂文。他绝不可能在“六面碰壁”的状态下苟活，必然要以实际的“行”去呼应来自时代的要求，就像他自己给出的解释：“日在变化的时代，已不许这样的文章，甚而至于这样的感想存在。”[①] 他势必要以新的写作和新的行动实践来回应那个“日在变化的时代”。

---

① 鲁迅：《〈野草〉英文译本序》，载《鲁迅全集》第 4 卷，人民文学出版社 2005 年版，第 365 页。

（三）

离京南下、走向杂文，这是鲁迅在 1926—1927 年间做出的选择，同时也是他的人生道路与写作生涯的重要转折。

就在 1925 年的最后一天，鲁迅编定《华盖集》并为之撰写《题记》。这篇重要的文章被学界看作其走向“杂文的自觉”的标志。他说：

> 也有人劝我不要做这样的短评。那好意，我是很感激的，而且也并非不知道创作之可贵。然而要做这样的东西的时候，恐怕也还要做这样的东西，我以为如果艺术之宫里有这么麻烦的禁令，倒不如不进去；还是站在沙漠上，看看飞沙走石，乐则大笑，悲则大叫，愤则大骂，即使被沙砾打得遍身粗糙，头破血流，而时时抚摩自己的凝血，觉得若有花纹，也未必不及跟着中国的文士们去陪莎士比亚吃黄油面包之有趣。
>
> ……
>
> 现在是一年的尽头的深夜，深得这夜将尽了，我的生命，至少是一部分的生命，已经耗费在写这些无聊的东西中，而我所获得的，乃是我自己的灵魂的荒凉和粗糙。但是我并不惧惮这些，也不想遮盖这些，而且实在有些爱他们了，因为这是我转辗而生活于风沙中的瘢痕。凡有自己也觉得在风沙中转辗而生活着的，会知道这意思。①

这段话道出了鲁迅对于他自己的杂文及杂文写作的认识。在他看来，杂文绝非“艺术之宫”里的装饰物或艺术品，也不是“文士

---

① 鲁迅：《华盖集 · 题记》，载《鲁迅全集》第 3 卷，人民文学出版社 2005 年版，第 4—5 页。

们”赖以取得桂冠、成就功名的途径。杂文是如他本人那样“在风沙中转辗而生活着的”人们的歌哭和悲欢，是他们“一部分的生命”，是他们在“风沙扑面、虎狼成群”的现实环境中的奋争。换句话说，杂文不是“创作”出来的，而是一种不得不然的生命的表达，所谓“乐则大笑，悲则大叫，愤则大骂”，都是“活人”对现实做出的真实反应。正如有学者所说的：“随同‘杂文的自觉’一同来到的也是对自己人生境遇的自觉；对自己同这个时代的对抗关系的自觉。”“‘杂文的自觉’虽然是一种‘否定的精神’，一种批判、嘲讽和对抗的姿态，但他归根结底是一种对生命的肯定，因为‘世上如果还有真要活下去的人们，就先该敢说、敢笑、敢哭、敢怒、敢骂、敢打，在这可诅咒的地方击退了可诅咒的时代！’这里作为生活和生命迹象出现的是‘执着现在，执着地上的人们’，是他们的‘真的愤怒’。”①

以写作为业的鲁迅，放下“创作”而将生命投入到“做这样的东西”中去，这个转变是巨大的，甚至体现了其文学观的改变。就像他在同时期所写、曾引起广泛争议的《我的失恋》里所传达的，他不再遵循高雅、尊贵、优美的文学批评标准，面对文坛上备受推崇的“百蝶巾”“双燕图”“金表索”“玫瑰花”，他却报之以“猫头鹰”“冰糖壶卢”“发汗药”“赤练蛇”这样一类不登大雅之堂也不求名留青史的“野草”和杂文。这些不美、不雅、不高贵的作品，追求的完全是另一种价值，它们真挚、现实，与写作者的生命血肉相连，就像“野草”一样，只为“曾经存活”的生命“作证”，而绝不成为地面上的装饰。

在这个意义上，杂文与“野草”一样（甚至更加彻底），都是鲁迅不得不然的写作，这种写作就是鲁迅直接用以完成自我生命的最重

---

① 张旭东：《杂文的“自觉”——鲁迅“过渡期”写作的现代性与语言政治（上）》，《文艺理论与批评》2009 年第 1 期。

要的方式。鲁迅曾将自己的杂文称为“无花的蔷薇”[①]，蔷薇而无花，即去除了娇艳之态，所剩仅有尖刺而已。他是非常自觉地把自己的杂文定位于这样一个拒绝装饰、毫不妥协的“刺”的形象上，难怪他的知己瞿秋白也以“匕首”和“投枪”来强调其锋利尖锐的特征。“无花的蔷薇”与“野草”的一致性在于，它们都体现了鲁迅对于文学审美标准的刷新与革命，它们都不是以“美”和“不朽”为理想的写作，它们追求的都是野草般似弱实强、贴近泥土的生命力量。无论是“野草”式的自省还是“刺”一样与现实的针锋相对，其本质都是写作者鲁迅用以肯定自我生命并以此生命直接与现实环境相搏击的一种实际行动。这样的写作必然不是随意的、敷衍的、可有可无的，也必然是不具有妥协性和粉饰功能的，它们一方面具有极为重要的历史价值与社会意义，另一方面又因与作者的生活经验和生命体验密切相关，因此最终指归于自身，成为作者本人“活”与战斗的方式。

这并不是要否认或贬低鲁迅作品的社会价值和历史意义，并不是说他的写作仅是一种自我的抒发，这里一再强调其写作与生命的关系，就是为了说明“行”与“活”是如何在鲁迅的写作中获得了实践的可能和意义，这也体现了鲁迅的生命观与文学观之间的独特联系。之所以说它独特，是因为相较于为数并不少的仅将写作视为一种职业、仅将作家身份作为人格面具之一的写作者而言，鲁迅的文学观不仅刷新了审美标准，同时也在一定程度上给出了道德的高度。鲁迅求“真”的文学观是具有某种革命性的，在这个问题上，他的至亲兄弟周作人恰恰与之形成了极为鲜明的反差。

所以，正是在杂文中，鲁迅终于将“必读书”中被“行”击败的“言”，成功地通过他自己的写作，改造成了“行”本身。“杂文变成

---

① 《华盖集续编》中有《无花的蔷薇》《无花的蔷薇之二》《无花的蔷薇之三》《新的蔷薇——然而还是无花的》等数篇。

了语言中的行动和实践意义上的形式。这种文学自我否定的痕迹，本身又是现代性文学性的实质所在。为了‘活人’，鲁迅可以不要‘作文’，但‘活人’只要活着，就会发出声音，就会哭、笑、怒、骂，就会挣扎和战斗，就会有‘活人的写作’出现。这同鲁迅关于杂文的种种自觉的考虑、表述和实践是一致的。”①借用鲁迅自己的话说，杂文的美学就是那“转辗而生活于风沙中的瘢痕”。它的“美”来自“被沙砾打得遍身粗糙，头破血流”的真枪实弹的战斗，它永远不可能被归于优雅的、出世的“美”的类型，而必以其“凝血”的“花纹”成为每个执着于现实的“活人”的生命的“瘢痕”。因此，“鲁迅杂文世界的两极，一是那种体验层面的抵御‘震惊’的消耗战和白刃战，一是一种‘诗史’意识，一种最高意义上的为时代‘立此存照’，为生命留下‘为了忘却的记念’的意识”②。杂文的美学就是“行”与“活”的特殊美学，杂文的写作就是鲁迅以个体生命介入历史的最直接方式。

这同样也解释了为什么鲁迅会把一些通信、随感，以及《青年必读书》这样一类看似完全不像“文”的篇章也编入杂文集。就因为其“真”的意义以及它们与作者的生命联系赋予了它们特殊的价值，这个价值的判断取代了对它们是否像是一篇文章的判断，而将之编入集子的行为本身也就是对其作为一篇合格杂文的确认。换句话说，鲁迅是通过“写”与“编”这两个步骤完成了他对杂文美学的确认，这个确认本身就是对于“美”的成规的藐视和颠覆。

应该说，这些已不仅是对杂文这种文体的理解问题，更深刻地包含了鲁迅对于文学、写作及其与人生之间关系的看法。鲁迅一生坚持“为人生”的现代文学观，但笼统的“为人生”毕竟不能涵

① 张旭东：《杂文的“自觉”——鲁迅“过渡期”写作的现代性与语言政治》（上），《文艺理论与批评》2009年第1期。

② 张旭东：《杂文的“自觉”——鲁迅“过渡期”写作的现代性与语言政治》（上），《文艺理论与批评》2009年第1期。

盖鲁迅复杂而独特的文学理想和实践，或许，将“为人生”具化为“活”与“行”的文学观，更能具体呈现出鲁迅“活人的文学”“行动的文学”“反抗绝望的文学”，以及“拒绝忘却的文学”等丰富立体的面向。

（四）

对于鲁迅的人生哲学，学界已有深入的研究。解志熙对鲁迅思想中的存在主义因素就曾有过精彩的分析，他说：

> 对于个体的必死性这一不可超越的事实，任何悲观主义和乐观主义的理想都过于简单化，因而都意味着对这一不可逃避的必然性的逃避。鲁迅的真正深刻处在于，他不仅无畏地正视死亡这一必然的境遇，而却进一步从死亡这一本属将来才会发生的事实，回溯人的当前和过去的存在，并据此来筹划人的未来，从而深刻地发掘出了死亡在人的生命存在中的本体意义和创造功能。在鲁迅看来，死亡虽然意味着生命的终结，但是在人的生命存在中，死亡并不是只在最后以终点的形态出现一次，相反，死亡是先行进入并存在于现存在的人的生命之中的。……死亡贯穿于作为现存在的人生“过客”的全部生命过程中：过去、现在和未来。从这个角度看，死亡对于现存在的人来说就是已经发生、正在发生和将要发生的事。对于现存在的人来说，已经发生的死亡就是他过去的生命。“过去的生命已经死亡”——鲁迅在《野草》开首就这样说。但鲁迅对此珍惜而并不痛惜，因为虽然死亡是生命的虚无化（否定），但虚无化总是对存在的虚无，所以恰恰是死亡向人证明了他的生命曾经存在过……显然，在这里，死亡有一种使人体验其生命存在，确证其存在价值的功能。也正因为如此，鲁迅会对正在走向死亡的现在持一种积极主动坦然承担的态

度……①

的确，鲁迅对生命的肯定是建立在正视死亡的基础之上的，就像他对绝望的反抗是建立在对希望与绝望之为虚妄的认识之上的。因而，他始终强调“行”的意义，就是在破除希望与绝望的二元对立，将之进行某种转化；同样地，“行”也始终被他放置于生死两端之间，面对死亡，将懵然的生理意义上的生命锻造成为真正具有精神意义的“活”。尤为独特的是，鲁迅的生命观并非“生—死”或“生—行—死”的过程，而是“死—行—生”的过程。也就是说，必须以“行”的实践将“过去的生命”以文学（或其他“实有”的方式）确定下来，在不断的对死亡的承担中，才能真正认识和体验到原来生命“还非空虚”。在这个意义上说，鲁迅的生命哲学不仅是“向死而生”，同时更是一种“行动”的“向死而生”。

很显然，作为“行”的文学在鲁迅的生命中具有最为重要且无可取代的地位。这不仅因为文学是他认定可以“改造国民灵魂”和“改良这人生”的正确方式，同时对他本人而言，文学也是他用以肯定和完成自我生命的唯一途径。这一点从与他有着灵魂共鸣的厨川白村的文章中就可以看到。厨川白村在《苦闷的象征》中曾说：

正因为有生的苦闷，也因为有战的苦痛，所以人生才有生的功效。②

生是战斗……“活着”这事，就是反覆着这战斗的苦恼。我们的生活愈不肤浅，愈深，便比照着这深，生命力愈盛，便比照

① 解志熙：《生的执著——存在主义与中国现代文学》，人民文学出版社1999年版，第107—108页。

② ［日］厨川白村：《苦闷的象征》，鲁迅译，载《鲁迅译文全集》第2卷，福建教育出版社2008年版，第225页。

> 着这盛，这苦恼也不得不愈加其烈。在伏在心的深处的内底生活，即无意识心理的底里，是蓄积着极痛烈而且深刻的许多伤害的。一面经验着这样的苦闷，一面参与着悲惨的战斗，向人生的道路进行的时候，我们就或呻，或叫，或怨嗟，或号泣，而同时也常有自己陶醉在奏凯的欢乐和赞美里的事。这发出来的声音，就是文艺。对于人生，有着极强的爱慕和执着，至于虽然负了重伤，流着血，苦闷着，悲哀着，然而放不下，忘不掉的时候，在这时候，人类所发出来的诅咒，愤激，赞叹，企慕，欢呼的声音，不就是文艺么？①

这样的文艺观，无疑是与鲁迅高度一致的，甚而言之，这种认识上的一致应该正是推动鲁迅亲译《苦闷的象征》的原因。

但是，鲁迅毕竟是鲁迅，他虽博采各种思想资源，最终却必然要结合他本人的现实境遇与生命体验、结合时代历史与现实环境，方才形成他自己的思想与文学。换句话说，他是以自己的生命体验与实践对其思想资源进行了重要的内在转化。因此，无论是存在主义还是厨川白村，都通过了鲁迅的生命体验这一熔炉，成为一种独一无二的思想和表达。在鲁迅这里，文学是生命的痕迹，是“苦闷的象征”，同时也是时代的“立此存照”，文学的两端不仅联结着生死，同时也联结着个人与时代。

与厨川白村的相遇发生在鲁迅文学观念的转型期，而在这个转型之后，鲁迅的文学理念与实践又不断出现新的问题与新的变化（这也恰是因为写作是他的“活”与“行”，所以他的写作不可能停滞和凝固，而必然要随着他生命体验的丰富变化而变化）。1927 年之后，政治形势的变化与革命文学的兴起都深深影响了鲁迅的写

① ［日］厨川白村：《苦闷的象征》，鲁迅译，载《鲁迅译文全集》第 2 卷，福建教育出版社 2008 年版，第 237 页。

作，即如瞿秋白所说的：“正是这期间鲁迅的思想反映着一般被蹂躏被侮辱被欺骗的人们的彷徨和愤激，他才从进化论最终的走到了阶级论，从进取的争求解放的个性主义进到了战斗的改造世界的集体主义。”[①]与《野草》相比，杂文不再仅仅是“苦闷的象征”，而带有了更强烈的战斗性和革命性，也更具有为时代“立此存照”的“诗史”意义。但同样重要的是，在长期而大量的杂文写作中，鲁迅仍然坚持他独特的写法，即“那种经过私人问题去照耀社会思想和社会现象的笔调”[②]。对此，瞿秋白总结说：“历年的战斗和剧烈的转变给他许多经验和感觉，经过精炼和融化之后，流露在他的笔端。”[③]这其实也可以看作是对鲁迅写作观念与实践的一种总结。如果将鲁迅的写作不分文体或时期整体来看，正可看到他是如何在写作中投入自己的现实经验与生命体验，又是如何将写作置于生命与生活的首要位置。无论是富于艺术美的散文诗还是强调斗争性的杂文，究其根本，都是他本人作为“活人”发出的声音和做出的“行动”。在这个意义上，无论是从《野草》到杂文的风格转变，还是杂文内部从《新青年》时期的文明批判、社会批评进而到逐步接近左翼文学潮流的思想发展，都是作者的经历与思想变化的痕迹，其间具有鲜明的一贯性与一致性。在我看来，把握住这一点，就是把握了鲁迅生命观与文学观的核心问题，也就把握了理解鲁迅思想与写作的钥匙。

---

① 何凝（瞿秋白）：《鲁迅杂感选集序言》，载何凝（瞿秋白）编：《鲁迅杂感选集》，贵州教育出版社 2001 年版，第 111 页。

② 何凝（瞿秋白）：《鲁迅杂感选集序言》，载何凝（瞿秋白）编：《鲁迅杂感选集》，贵州教育出版社 2001 年版，第 115 页。

③ 何凝（瞿秋白）：《鲁迅杂感选集序言》，载何凝（瞿秋白）编：《鲁迅杂感选集》，贵州教育出版社 2001 年版，第 117 页。

二、走出学院：一种反省与自觉

——广州时期鲁迅的思想轨迹及其意义

1927 年 1 月至 10 月，鲁迅在广州中山大学执教，这短短不足九个月的时间被称为他的“广州时期”。“广州时期”虽短，却非常重要，因为它不仅留下很多话题，更蕴蓄了鲁迅思想的转变。

广州时期的鲁迅是“低产”的，从写作的角度说，几乎可以说是一个相对的“沉默期”。这期间仅有的一些文字，除书信外，即多为翻译或编纂整理旧稿的附记序跋，此外还有若干讲演的记录而已。这个“产量”，无论与其前其后的北京或上海时期相比，都不可相提并论。但是显然，这样的沉默并不意味着他是悠闲或懒散的，恰恰相反，广州时期的鲁迅是在另一个意义上处于某种“高运转”状态。从书信日记等材料可以看到，鲁迅的观察与思考不仅没有变得迟缓或停顿，甚至还变得更加敏锐激烈了，他的思想也在发生着变化，同时由于生活方面的“漂泊”感，他的心态全无文学家的“余裕”，反而是一种高度精警的状态。换句话说，即便是沉默，这也是一种紧绷的沉默，反不似某些高产时期的松弛舒展，而更像是蕴积着某种力量的调整或酝酿期。

（一）

鲁迅于 1927 年 1 月 16 日“午发厦门”，18 日午后乘船“抵黄浦（埔）”。在厦门停留了四个月的时间，离原先“少则一年，多则两年”①

① 鲁迅：《致李秉中》，载王世家、止庵编：《鲁迅著译编年全集》第 7 卷，人民出版社 2009 年版，第 167 页。

的计划差了很远。个中原因，他自己的解释是和校长及个别教授的冲突，也有研究者认为是为了早日与许广平会合，总之无论怎样，厦门的四个月是让鲁迅倍感孤独幻灭的一段时间，因而，及早离去，换个环境，且与思念的人相聚，当是他提前赴穗的原因。

在从厦门到广州的船上，鲁迅给《语丝》同人李小峰写了一封长信。在信的末尾，他说：

> ……从去年以来，我居然大大地变坏，或者是进步了。虽或受着各方面的斫刺，似乎已经没有创伤，或者不再觉得痛楚；即使加我罪案，我也并不觉着一点沉重了。这是我经历了许多旧的和新的世故之后，才获得的。我已经管不得许多，只好从退让到无可退避之地，进而和他们冲突，蔑视他们，并且蔑视他们的蔑视了。①

这段话里的无奈与沉重，是他离开厦门时的心情，也是离京南下前后整体心境的一种延续。可见，在厦门的一百多个日夜，不仅没有使鲁迅从一种“冲突”的状态中得到解脱，反而愈发令他沉重、愤怒乃至于幻灭了。

这种沉重和幻灭的情形，到了广州依然未得好转。可以说，在鲁迅的经历中，闽粤之行连成了一个阶段，鲁迅在这里经历了他人生中又一次重要的转折：在亲身经历了“学院政治”，做了一回（两任）大学教授之后，鲁迅真正幻灭了对“教育界”的全部希望，从离开教育部到逃离大学，鲁迅彻底远离了以学院为核心的“教育界”。可以说，在日本的那次“弃医从文”之后，这一回，他“弃教从文”，最终走向了“上海十年”的独立思想家和自由撰稿人的阶段。

厦门大学和中山大学的教职，并非鲁迅的第一份教职。不算早年

---

① 鲁迅：《海上通信》，载《鲁迅全集》第3卷，人民文学出版社2005年版，第420页。

在杭州、绍兴的中学任教经历，至少还有在北京教育部任职期间的各种高校兼职，尤其在女师大兼职期间，他深深介入到学生与校方的斗争之中，完全不同于只按钟点任课的兼职教师。但即便如此，真正全职成为一名大学教授，还是在厦门大学开始的。选择一个相对边缘的地区、一个华侨创办的大学，鲁迅的本意大概也是希望找一个不“热闹”的地方，远离京城“教授圈”，以便做些切实的事情。所以最初，他的设想是“豫定的沉默期间是两年”①。许广平在回忆中也证实了这一点：“我们在北京将别的时候，曾经交换过意见：大家好好地给社会服务两年，一方面为事业，一方面也为自己生活积蓄一点必需的钱。”② 但事实并不如他的想象，这在他到达的第三天就明白了：“今稍观察，知与我辈所推测者甚为悬殊。”③ 厦门大学的校长和教授们并不能在思想上与鲁迅达成共鸣和交流：校长主张尊孔复古，学生被要求用文言写作，每周的周会依然“之乎者也”，并且还要在孔子诞辰举办“恭祝圣诞”的盛会。此外，所谓的“校董制”决定了谁有钱谁就有发言权，这些都让鲁迅倍感失望和无奈。同时，学院内部也是一样的思想保守僵化，且对“现代评论派”名流多有追随奉承，更令早与此流分道扬镳的鲁迅感到隔膜和难受。以至于鲁迅曾在给友人的信中这样感慨：“学校是一个秘密世界，外面谁也不明白内情。据我所觉得的，中枢是‘钱’，绕着这东西的是争夺，骗取，斗宠，献媚，叩头。没有希望的。”④

离开厦门大学前往广州，在中山大学的苦闷更是有过之而无不

① 鲁迅：《答有恒先生》，载《鲁迅全集》第 3 卷，人民文学出版社 2005 年版，第 473 页。

② 许广平：《关于鲁迅的生活 · 因校对〈三十年集〉而引起的话旧》，载《许广平文集》第 2 卷，江苏文艺出版社 1998 年版，第 187 页。

③ 鲁迅：《致许寿裳》，载王世家、止庵编：《鲁迅著译编年全集》第 7 卷，人民出版社 2009 年版，第 261 页。

④ 鲁迅：《致翟永坤》，载王世家、止庵编：《鲁迅著译编年全集》第 8 卷，人民出版社 2009 年版，第 25 页。

及。尤其是“四一五”之后，“被血吓得目瞪口呆”，目睹青年的牺牲、革命内部的背叛，鲁迅不断地表示出难以言说的沉痛，诸如“时大夜弥天”“虽生之日，犹死之年”之类的表达处处皆是。这种愈加深重的痛苦一直伴随着他在广州的日夜，但是，也正是这种不同于北京时期的别样的孤独与苦闷，促使鲁迅继续着他对时代、革命、新文化以及知识阵营的进一步观察与思考。

从身心俱疲想换个环境做点实事的初衷，到“不能写，无从写”①的现实所迫，鲁迅的“沉默”也因为经历了太多事情而发生了本质的改变。换句话说，有意转移注意力的“沉默”和“无话可说”的“沉默”是不同的，这也正如他自己说的：“我很闲，决不至于连写字工夫都没有。但我的不发议论，是很久了，还是去年夏天决定的，我豫定的沉默期间是两年。……但现在沉默的原因，却不是先前决定的原因，因为我离开厦门的时候，思想已经有些改变。这种变迁的径路，说起来太烦，姑且略掉罢，我希望自己将来或者会发表。单就近时而言，则大原因之一，是：我恐怖了。而且这种恐怖，我觉得从来没有经验过。”②

如果说，在厦门大学只是感到了学院政治的复杂无聊和与“学者”们之间的隔阂，那么到了广州，则还要加上对于学院之外的政治环境和革命局势的失望。离闽赴粤，鲁迅显然对广州这个“革命策源地”还是抱有期待的。从北京到厦门，一路的失望，大概总希望在广州能有所改观，以至于他在离开厦门前夕受邀到中山中学演讲时，还直截了当地说：“我到中山大学去，不止为了教书，也是为了革命，为了要做‘更有益于社会’的工作。”③但是事与愿违，没过多

---

① 鲁迅：《怎么写——夜记之一》，载《鲁迅全集》第 4 卷，人民文学出版社 2005 年版，第 18—19 页。

② 鲁迅：《答有恒先生》，载《鲁迅全集》第 3 卷，人民文学出版社 2005 年版，第 473 页。

③ 陈梦韶：《鲁迅在厦门的五次演讲》，载《鲁迅生平史料汇编》第 4 辑，天津人民出版社 1983 年版，第 106 页。

少天，就在中山大学为他举办的欢迎会上，他已经说出了这样的话："到广州来不过一礼拜……我以为广东还是一个旧社会，跟其它的旧的社会，并没有两样。新的气象，不大见得。"① 后来他在《在钟楼上——夜记之二》中也回顾说："我抱着梦幻而来，一遇实际，便被从梦境放逐了，不过剩下些索漠。我觉得广州究竟是中国的一部分，虽然奇异的花果，特别的语言，可以淆乱游子的耳目，但实际是和我所走过的别处都差不多的。"②

因此，在广州的沉默期，虽然许寿裳看到鲁迅"潜心写作""手不停挥"，但其实他所做的主要是"修订和重钞《小约翰》的译稿，编订《朝花夕拾》，作后记，绘插图，又编录《唐宋传奇集》"③。这一方面是心灵重创后的自我治疗，就像他在《朝花夕拾 · 小引》中所说的："看看绿叶，编编旧稿，总算也在做一点事。做着这等事，真是虽生之日，犹死之年，很可以驱除炎热的。"④ 同时，做这些工作仿佛也是在对以往的写作做出一个了断，这其中蕴蓄着某种转变，也酝酿着新的出发。

一边从事旧文的清理，一边在沉默中思考和选择，鲁迅对朋友说："我这十个月中，屡次升沉，看看人情世态，有趣极了。我现已编好两部旧稿，整理出一部译的小说。此刻正在译一点日本人的论文……至于此后，则如暑假前后……我也许回北京去，但一面也想漂流漂流，可恶一通，试试我这个人究竟受得多少明枪暗箭。总而言之，现在是过一天算一天，没有一定者也。"⑤ 在挣扎中带伤起身，在

---

① 清水：《我怀念的鲁迅先生》，载《鲁迅生平史料汇编》第 4 辑，天津人民出版社 1983 年版，第 275 页。

② 鲁迅：《在钟楼上——夜记之二》，载《鲁迅全集》第 4 卷，人民文学出版社 2005 年版，第 33 页。

③ 许寿裳：《广州同住》，载《鲁迅生平史料汇编》第 4 辑，天津人民出版社 1983 年版，第 269 页。

④ 鲁迅：《朝花夕拾 · 小引》，载《鲁迅全集》第 2 卷，人民文学出版社 2005 年版，第 235 页。

⑤ 鲁迅：《致章廷谦》，载王世家、止庵编：《鲁迅著译编年全集》第 8 卷，人民出版社 2009 年版，第 245 页。

犹疑中逐步坚定，这是鲁迅一贯的姿态，这个过程纵然痛苦却积蓄着力量。正如他在译作《小约翰》的引言中说的：“满天炎热的阳光，时而如绳的暴雨；前面的小港中是十几只蜑户的船，一船一家，一家一世界，谈笑哭骂，具有大都市中的悲欢。也仿佛觉得不知那里有青春的生命沦亡，或者正被杀戮，或者正在呻吟，或者正在‘经营腐烂事业’和作这事业的材料。然而我却渐渐知道这虽然沉默的都市中，还有我的生命存在，纵已节节败退，我实未尝沦亡。”①

闽粤之行，用许寿裳的话说：“他的生活是不安的，遭遇是创痛的”②，但纵已节节败退，他却未尝沦亡，甚至在对“败退”的反省和思考中，他已渐渐找定新的方向。因而，仅仅注意到鲁迅的沉默是不够的，必须追问这沉默的缘由，以及探索其思想“变迁的径路”，看看在这充实的沉默中，他的思想深处究竟发生了什么。

（二）

鲁迅离开广州的原因当然是复杂的。许寿裳说起过，“四一五”当天，鲁迅出席各主任紧急会议，“回来一语不发”，就“料想他快要辞职了”③。默契的老友当然明白鲁迅彼时的绝望和痛苦，他看到了鲁迅在对“灰色的”“革命策源地”失望之后，更被反革命的背叛所激怒，其心情与一年前离京南下时相比，有过之而无不及。但是，在我看来，“四一五”并不是促使鲁迅离开广州的全部原因。“恐怖”说更像是一种修辞，如果真的畏惧，鲁迅不会走向更“前方”的上海。鲁迅的离开是出于失望，而这失望，也不仅是对于广州，更是对于大学。

---

① 鲁迅：《小约翰·引言》，载王世家、止庵编：《鲁迅著译编年全集》第 8 卷，人民出版社 2009 年版，第 222 页。

② 许寿裳：《广州同住》，载《鲁迅生平史料汇编》第 4 辑，天津人民出版社 1983 年版，第 269 页。

③ 许寿裳：《广州同住》，载《鲁迅生平史料汇编》第 4 辑，天津人民出版社 1983 年版，第 269 页。

鲁迅在广州时期对“革命”的失望和反思一直备受研究者的关注和讨论，他的离开与“大革命”前夕思想界政治界的关联也已得到充分的讨论，本部分的讨论更侧重于他对大学及学院知识分子问题的态度上。事实上，这同样是他决定离开广州的重要原因。

鲁迅对教育界和知识分子阵营内部的失望和反思一直是与他对“革命”的反思密切相连的，这是他一贯的方式，即在个人经验的基础上思考问题，决不流于空洞，也从不作事不关己之态。因而，在厦门大学和中山大学的所见所闻与所感，于他，都转化为大革命时代知识分子道路选择的问题。他最终的辞职而去，并打定主意到了上海决不再涉足政、教两界[①]，也就是他对广州时期的一切问题作出的实际回答。可以说，他不仅是逃离广州，同时更是彻底脱离了教育界及大学，这本身就体现着他的思想的又一次重大转变。如果说，在北京与“正人君子”们的分歧，让鲁迅做出了拒入“艺术之宫”，不去“跟着中国的文士们去陪莎士比亚吃黄油面包”[②]的决定，这还应更多地被视为一种文学立场和写作趣味的选择；那么，在离开广州、与学院决裂之际，问题就已经由“怎么写”上升为“怎么活”的大问题上来了。

在广州期间，鲁迅曾经说过这样一段话：

> 我曾经叹息中国没有敢“抚哭叛徒的吊客”。而今何如？你也看见，在这半年中，我何尝说过一句话？虽然我曾在讲堂上公表过我的意思，虽然我的文章那时也无处发表，虽然我是早已不说话，但这都不足以作我的辩解。总而言之，现在倘再发那些四平八稳的“救救孩子”似的议论，连我自己听去，也觉得空空洞洞了。

① 参见鲁迅：《致翟永坤》，载王世家、止庵编：《鲁迅著译编年全集》第 8 卷，人民出版社 2009 年版，第 449 页。原话是：“我先到上海，无非想寻一点饭，但政，教两界，我不想涉足，因为实在外行，莫名其妙。也许翻译一点东西卖卖罢。”

② 鲁迅：《华盖集 · 题记》，载《鲁迅全集》第 3 卷，人民文学出版社 2005 年版，第 4 页。

> 还有，我先前的攻击社会，其实也是无聊的。……近来我悟到凡带一点改革性的主张，倘于社会无涉，才可以作为“废话”而存留，万一见效，提倡者即大概不免吃苦或杀身之祸。①

这已不是关于“写什么”的讨论，而是关乎“怎么活”的严峻拷问了。并且，这也不仅是对自己的反省，更是在新的历史条件下对于思想与写作如何与革命和时代相呼应的问题做出的重新思考。从此，鲁迅本人的写作方向的确发生了转变，而与此同时，这里也已表明了他与那些“空洞”“无聊”、不敢或无力介入现实的文学者们之间的彻底决裂。

无论是对知识分子使命的理性思考，还是不无感性地寻找真正的战友，鲁迅思想的焦点始终是明确具体的，这甚至也反映在他的翻译工作中。事实上，鲁迅常会在翻译中寻找和表达自己，当年在北京译厨川白村即是如此，在广州译鹤见佑辅也是同样。1927年五六月间，鲁迅连续翻译了鹤见佑辅的《读的文章和听的文字》《书斋生活与其危险》《专门以外的工作》等七篇论文，其密度与强度之大是令人惊讶的。而细看这几篇译文的内容就能发现，鲁迅对篇章的选择正应和了其时他自己的思考，或者说，他正是借助翻译清理自己的想法，并以译文的方式发出自己的声音。比如，在《书斋生活与其危险》中有这样的段落：

> 专制主义使人们变成冷嘲……专制之下的人民，没有行动的自由，也没有言论的自由。于是以为世界都是虚伪，但倘想矫正它，便被人指为过激等等，生命先就危险。强的人们，毅然反抗，得了悲惨的末路了。然而中人以下的人们，便以这世间为

① 鲁迅:《答有恒先生》，载《鲁迅全集》第3卷，人民文学出版社2005年版，第476—477页。

> “浮世”，吸着烟卷，讲点小笑话，敷衍过去。但是，当深夜中，涌上心来的痛愤之情，是抑制不住的。独居时则愤慨，在人们之前则欢笑，于是他便成为及其冷嘲的人而老去了。
>
> 书斋生活要有和实生活，实世间相接触的努力。我的这种意见，是不为书斋生活者所欢迎的。然而尊重着盎格鲁撒逊人的文化的我，却很钦仰他们的在书斋生活和街头生活之间，常保着圆满的调和。新近物故的穆来卿，一面是那么样的思想家，而同时又是实际政治家……读了穆来卿的文籍，我所感到是他总凭那实生活的教训，来矫正了独善底态度。①

这里分明回响着鲁迅自己的声音。对于空谈和实践的取舍、对于书斋与街头的选择，这是鲁迅一直极为关注的问题。1925 年借“青年必读书”之题加以发挥的就正是这个问题，而在 1927 年广州更为严峻的现实状况下，他对此必然更是有话要说。让鲁迅忧虑和警惕的是，在日益高压的专制治下，会有更多的知识分子遁入独善的书斋，他们的冷嘲也必然早晚沦为空洞的“废话”，这在他闽粤之行途中，大概已经看到了很多。因而，身处广州“大夜弥天”之际，鲁迅更意识到重提介入“实生活”“实世间”的必要性。为了防止各种因恐惧或绝望而导致的消极逃避，必须重提实践斗争的重要性并重振投入革命的勇气，愈是在残酷的革命低潮期，这样的提醒和鼓舞才愈是重要的。

因此，可以看到，鲁迅一面翻译鹤见佑辅的文章，一面以他自己的方式不断发言。这个看似陈旧的话题在新的形势下已经具有了新的意义。1927 年 7 月，他在广州知用中学讲演时说，与死读书或空想家相比，“更好的是观察者，他用自己的眼睛去读世间这一部活书”，因为“实地经验总比看，听，空想确凿”。他说：“我先前吃过

---

① ［日］鹤见佑辅：《思想 · 山水 · 人物》，鲁迅译，载《鲁迅译文全集》第 3 卷，福建教育出版社 2008 年版，第 179—180 页。

干荔支，罐头荔支，陈年荔支，并且由这些推想过新鲜的好荔支。这回吃过了，和我所猜想的不同，非到广东来吃就永不会知道。”因而，“必须和实社会接触，使所读的书活起来”。[①] 类似的告诫和提醒，鲁迅身边的青年听到很多，不少人在回忆中都有所提及，足见这是他在广州期间思想的一个重心。道理看似是老道理，但针对的却是新的现实。问题的关键就在于，鲁迅是从广州经验中更真切地认识到这个问题的重要性和迫切性的，因而他给出的也就不是笼统的鼓舞，而是在书斋与街头生活、在空想与实际斗争之间的真切的选择。

更为重要的是，鲁迅全然不是作为“导师”给予青年们居高临下的指点，而是他自己在身体力行地做出抉择，同时，他也以这种抉择回应了新文化阵营里其他的不同声音。究竟是“闭户读书”还是“出了象牙之塔”？是做街头的实际活动家还是学院里的专门家？这不是鲁迅一个人的问题，甚至不仅是鲁迅那一代知识分子的问题。因而，鲁迅看似个人性的思考和选择实际上也就具有了代表性和启发性。对于鲁迅本人来说，是继续委屈于校园做一个埋头学问的教授？还是以自由写作的方式与“实世间”短兵相接？是以学院知识分子的姿态与青年们师生相称，受制于教育部或大学校长的种种成规？还是以自由平等的身份与青年们一同“寻路”，哪怕一同彷徨？这也是鲁迅在此时必须作出回答的问题。

也许因为这些思索，鲁迅选译了鹤见佑辅的《专门以外的工作》。鹤见佑辅的提醒或许是有帮助的，他说：“在专制政治的国中，我们不但不能将所思索者发表，连思索这一件事，也须谨慎着暗地里做。尤其是对于思索和实行的关系上，是先定为思索是到底没有实行的希望的。于是思想便逐渐有了和实生活离开的倾向；就是思索这一件事，化为一种知能底游戏了。”显然，鲁迅决不会安于将思想“化为

① 鲁迅：《读书杂谈——七月十六日在广州知用中学讲》，载《鲁迅全集》第 3 卷，人民文学出版社 2005 年版，第 462—463 页。

一种知能底游戏"的。但是，身处大学校园之中，为教授、专门家的头衔所累，这种游戏化的危险确实存在。甚而不止于此，还有可能更加堕落为保守僵化的势力。"这是因为专门家易为那职业所拘的缘故。在自己并不知觉之间，成就了一种精神底型范，于是将张开心眼，从高处大处达观一切的自由的心境失掉了。……学问的发达，亦复如此。从来，新的伟大的思想和发见，多出于大学以外。不但如此，妨害新思想和新发见者，不倒是常常是大学么？跼蹐于所谓大学这一个狭小社会里的专门学者，在过去时代，多么阻害了人类的文化的发展呵。"①鲁迅确乎是借鹤见佑辅之口说出了学院知识分子的致命问题，这大概也是他已暗中决定逃离学院、拒当专门学者的原因。我想，之所以能与鹤见佑辅产生如此深刻的共鸣，正是因为鲁迅已在自己以往的观察和经历中洞察了学院政治，并对教授圈产生了深深的怀疑。因而，鲁迅显然同意对其"妨害新思想和新发见"的批评，并同样批评这些"教育家"因为"职业所给与他的环境，大抵是思想未熟的青年，在指导熏陶着这些青年之间，他便不知不觉，养成了一切教育家所通有的性癖了。就是，凡有度着仅比自己知识少，思索力低，于是单是倾听者自己的所说，而不能十分反驳的人们为对手的生活者，即在不经意中，失却自己反省的机会，而严格地批评自己的所说的力，也就消磨了。……故为人师者，是大抵容易养成独裁底，专制底，独断底思索力的。"②在此，几乎已经无法区分这是经由鲁迅译出的日本思想家的见解，还是鲁迅本人对于现实中的教授学者们的直接批评了。虽然鹤见佑辅的批评不无偏颇之处，但重要的是鲁迅由此表达了自己对于学院知识分子的态度。有了这个态度，就完全能够理解鲁迅自此拒入学院、不当教授的必然选择了。

---

① ［日］鹤见佑辅：《思想 · 山水 · 人物》，鲁迅译，载《鲁迅译文全集》第 3 卷，福建教育出版社 2008 年版，第 160—161 页。

② ［日］鹤见佑辅：《思想 · 山水 · 人物》，鲁迅译，载《鲁迅译文全集》第 3 卷，福建教育出版社 2008 年版，第 163—164 页。

离穗抵沪二十余天后，鲁迅又做了一次讲演，题为《关于知识阶级》。在这次讲演中，他继续了广州时期的思考，更明确地提出了“知识阶级”要“为平民说话”“注重实行”等原则，尤其强调了真正的知识阶级与统治者之间的关系问题。他说：“……知识阶级将什么样呢？还是在指挥刀下听令行动，还是发表倾向民众的思想呢？要是发表意见，就要想到什么就说什么。真的知识阶级是不顾利害的，如想到种种利害，就是假的，冒充的知识阶级……”① 我以为，这句话充分体现了鲁迅对于知识分子问题的核心认识，也就是说，如何处理与专制者之间的关系，是鲁迅判断是否“真的知识阶级”的最重要的标准。事实上，自“女师大风潮”以来，鲁迅就一直是不仅批判专制者，同时更加严厉地批判那些与专制者同流合作的教授们，尤其是新文化阵营中的自以为公正的“正人君子”们。鲁迅警惕的是，“所谓‘正人君子’其实是新文化知识分子恶质化的表现。而正因为这些‘正人君子’占据了新文化的建设立场，使得新文化有同保守势力合流的危险，而且更不容易分辨”②。对于那些迎合者或合作者，鲁迅以其尖锐的讽刺直揭其趋利避害的卑怯和虚伪。他说：“……比较新的思想运动起来时，如与社会无关，作为空谈，那是不要紧的，这也是专制时代所以能容知识阶级存在的缘故。因为痛哭流泪与实际是没有关系的，只是思想运动变成实际的社会运动时，那就危险了。”“现在，比较安全一点的，还有一条路，是不做时评而做艺术家，要为艺术而艺术，住在‘象牙之塔’里，目下自然要比别处平安。”③ 可以说，鲁迅以其犀利的眼光看到了“进研究室”“进艺术之宫”，或“住在‘象牙之塔’”这些堂皇借口背后的怯懦与退避，更

---

① 鲁迅：《关于知识阶级》，载《鲁迅全集》第 8 卷，人民文学出版社 2005 年版，第 226 页。

② 程凯：《革命的张力——“大革命”前后新文学知识分子的历史处境与思想探求（1924—1930）》，北京大学出版社 2014 年版，第 121 页。

③ 鲁迅：《关于知识阶级》，载《鲁迅全集》第 8 卷，人民文学出版社 2005 年版，第 227、228 页。

痛击了那些“自称知识阶级”或“正人君子”的专制者的帮凶。鲁迅以此表达了与他们深深的决裂，从此以后，鲁迅彻底脱离教育界，远离“书斋”与“象牙塔”，以实践的方式表明了自己的选择。

（三）

从北京到厦门再到广州，鲁迅再次带着某种“走异路，逃异地”① 的愿望，却也再次陷入了“鬼打墙”的怪圈。从军阀的治下跑到“革命的策源地”，却经历了“民国以来最黑暗的一天”②之后的更大更恐怖的黑暗，广州对于鲁迅来说，确乎成为一个充满“思索和悲哀的地方”③。在这里，鲁迅通过新的经历，获得了新的视角、新的观察和新的思考。

首先，广州给了鲁迅一个前所未有的观察和反思“革命”的角度。就像他自己说的，不到广东就无从知道鲜荔枝的味道，对于“革命的策源地”的真实状况，即使近在厦门也是难以准确把握的。虽然前有郁达夫极尽失望写下的《广州事情》，后有许广平信中相对积极乐观的描述，但只有亲临其境，鲁迅才了解了“革命的策源地”的真相。更何况，恰在他寓居广州期间发生了令他目瞪口呆的“四一五”事件，这些真切的经历不能不促使鲁迅的思想发生转变。

还在广州的时候，鲁迅就说：“……我的一种妄想破灭了。我至今为止，时时有一种乐观，以为压迫，杀戮青年的，大概是老人。这种老人渐渐死去，中国总可比较地有生气。现在我知道不然了，杀戮青年的，似乎倒大概是青年，而且对于别个的不能再造的生命和

---

① 鲁迅：《呐喊 · 自序》，载《鲁迅全集》第 1 卷，人民文学出版社 2005 年版，第 437—438 页。

② 鲁迅：《无花的蔷薇之二》，载《鲁迅全集》第 3 卷，人民文学出版社 2005 年版，第 280 页。

③ ［日］山上正义：《谈鲁迅》，李芒译，载《鲁迅生平史料汇编》第 4 辑，天津人民出版社 1983 年版，第 295 页。

青春，更无顾惜。……血的游戏已经开头，而角色又是青年，并且有得意之色。我现在已经看不见这出戏的收场。”① 与这段话十分相似的，是他五年后在《三闲集·序言》中所说的：“我一向是相信进化论的，总以为将来必胜于过去，青年必胜于老人，对于青年，我敬重之不暇，往往给我十刀，我只还他一箭。然而后来我明白我倒是错了。这并非唯物史观的理论或革命文艺的作品蛊惑我的，我在广东，就目睹了同是青年，而分成两大阵营，或则投书告密，或则助官捕人的事实！我的思路因此轰毁，后来便时常用了怀疑的眼光去看青年，不再无条件的敬畏了。”② 这里所谓“进化论”“轰毁”的说法，虽然看似一种修辞，却来自血的事实。说鲁迅在广州突然“由进化论转向阶级论”固然有些简单粗暴，但不可否认的是，在与现实的不断遭遇中，鲁迅确实在进行自我反省和调整。如果说，他从此不再迷信一种整体性存在的“青年”，那么我相信，他也完全摒弃了一种整体性的“知识阶级”的概念。换句话说，与同是青年而分成两大阵营一样，同是新文化阵营的知识界，也是会分裂成不同的阵营，不能“无条件的敬畏”的。就像他在给许广平的信里说的：“现在我最恨什么‘学者只讲学问，不问派别’这些话。”③

因而，在一切有关“革命”“革命文学”之类的反思中，鲁迅都会最终落实到对人的认识，以及对“革命人”的强调。初到广州的鲁迅就已清醒地发现，“广州的人民并无力量，所以这里可以做‘革命的策源地’，也可以做反革命的策源地”④。他身边的朋友回忆说：“当

---

① 鲁迅：《答有恒先生》，载《鲁迅全集》第 3 卷，人民文学出版社 2005 年版，第 473—474 页。

② 鲁迅：《三闲集·序言》，载《鲁迅全集》第 4 卷，人民文学出版社 2005 年版，第 5 页。

③ 鲁迅：《致许广平》，载王世家、止庵编：《鲁迅著译编年全集》第 7 卷，人民出版社 2009 年版，第 321 页。

④ 鲁迅：《在钟楼上——夜记之二》，载《鲁迅全集》第 4 卷，人民文学出版社 2005 年版，第 33 页。

我问到先生对广州的看法时，鲁迅回答说：‘广州的学生和青年都把革命游戏化了，正受着过分的娇宠，使人感觉不到真挚和严肃。无宁说倒是从经常处在压迫和摧残之中的北方青年和学生那里，可以看到严肃认真的态度。’”①可以看到，鲁迅完全是从人的角度来认识广州的问题的，恰恰是因为看到了包括学生和青年在内的“广州的人民”的问题，他才预料到这里成为“反革命的策源地”的可能和危险。就在“四一二”前夜，他还极其敏锐地指出：“在广州，我觉得纪念和庆祝的盛典似乎特别多。……小有胜利，便陶醉在凯歌中，肌肉松懈，忘却进击了，于是敌人便又乘隙而起。”“庆祝和革命没有什么相干，至多不过是一种点缀。庆祝，讴歌，陶醉着革命的人们多，好自然是好的，但有时也会使革命精神转成浮滑。……坚苦的进击者向前进行，遗下广大的已经革命的地方，使我们可以放心歌呼，也显出革命者的色彩，其实是和革命毫不相干。这样的人们一多，革命的精神反而会从浮滑，稀薄，以至于消亡，再下去是复旧。”“广东是革命的策源地，因此也先成为革命的后方，因此也先有上面所说的危机。”②发出这样的提醒，当然不是因为鲁迅未卜先知，而是他清醒、深刻的观察与思考的结果。因而，他后来诸如“革命，革革命，革革革命，革革……”③等很多清醒、尖锐的提醒，都不同于那些简单的鼓舞或愤怒，成为大革命时代里真正具有思想性和洞察力的声音。透过革命时代的种种表相，鲁迅看到革命的残酷性、反革命的危险性和隐蔽性，以及成功之后“继续革命”的必要性。

尤为重要的是，作为思想者和写作者的鲁迅，也是作为当年新文化运动的一员，在新的局势下，开始不断追问和反思文化革命的作

① ［日］山上正义：《谈鲁迅》，李芒译，载《鲁迅生平史料汇编》第4辑，天津人民出版社1983年版，第295—296页。

② 鲁迅：《庆祝沪宁克复的那一边》，载《鲁迅全集》第8卷，人民文学出版社2005年版，第196—198页。

③ 鲁迅：《小杂感》，载《鲁迅全集》第3卷，人民文学出版社2005年版，第556页。

用、可能性和有限性。或者说，他关心的是如何在更加残酷的现实条件下继续文化革命，如何以政治革命的方式来保存和推进文化革命的成果。因为在他看来，那些“四平八稳的‘救救孩子’似的议论”已经失效，而新的现实已经提出要求，写作应该以新的方式对之做出呼应。鲁迅本人从此专注于杂文，应该看作是他交出的一份直接的、实践性的答卷。同时，对其他同样在思考“革命与革命文学”的左翼作家们，他也给出了一个鲁迅式的建议：“……根本问题是在作者可是一个‘革命人’，倘是的，则无论写的是什么事件，用的是什么材料，即都是‘革命文学’。从喷泉里出来的都是水，从血管里出来的都是血。”① 在这里，鲁迅仍是将问题的重点置于人本身。在他看来，比“写什么”和“怎么写”更重要的是“怎么活”、怎么成为一个“革命人”的问题。只有人自身的革命才是最根本意义上的革命，这既可以看作是鲁迅随着历史现实而发展的思想轨迹，同时又应该视为他一以贯之、从不动摇的思想基础。

如果说，广州首先给了鲁迅一个观察“革命”的新角度，那么与此相关的是，由于地理上与香港的切近，这里也提供给了鲁迅一个观察和反思殖民地问题的新视角。出于顺路，鲁迅在 1927 年 2 月应邀赴港做了两次讲演，分别为《无声的中国》和《老调子已经唱完》。许寿裳后来说到，曾“问他在香港讲演的题目是什么，反应是怎样？他答道：‘香港这殖民地是极不自由的，我的讲演受到种种阻碍……有人想把我的讲稿登载报上，可是被禁止了。’”② 这篇初被禁载的讲稿就是《老调子已经唱完》，其观点与措辞之犀利，尤其是对殖民问题的直接涉及，当然就是其被禁的原因。比如：

① 鲁迅：《革命文学》，载《鲁迅全集》第 3 卷，人民文学出版社 2005 年版，第 568 页。

② 许寿裳：《广州同住》，载《鲁迅生平史料汇编》第 4 辑，天津人民出版社 1983 年版，第 269 页。

> 别的地方我不知道，只好用上海来类推。上海是：最有权势的是一群外国人，接近他们的是一圈中国的商人和所谓读书的人，圈子外面是许多中国的苦人，就是下等奴才。将来呢，倘使还要唱着老调子，那么，上海的情状会扩大到全国，苦人会多起来。①

半年多之后，就在离穗的前夕，他在《再谈香港》里再次描绘了这样一幅殖民地的“小照”：

> 香港虽只一岛，却活画着中国许多地方现在和将来的小照：中央几位洋主子，手下是若干颂德的“高等华人”和一伙作伥的奴气同胞。此外即全是默默吃苦的“土人”，能耐的死在洋场上，耐不住的逃入深山中，苗瑶是我们的前辈。②

包括他讲到自己在轮船上的遭遇和见闻：“同胞之外，是还有一位高鼻子，白皮肤的主人翁的。”③这不仅是对半殖民现状的揭露，更带有对其发展趋势的洞察。鲁迅不仅看到殖民的危险和被殖民的屈辱，他更关心的是“同胞”们是如何在殖民的秩序下各就其位，那些“颂德的‘高等华人’”和“作伥的奴气同胞”究竟是怎样获得各自的地位，以及这殖民的秩序究竟有怎样的罪恶。

还是那句话，在殖民主义的问题上，政治的、军事的、经济的等方面固然无不重要且复杂，但鲁迅最关切的仍然是人的问题，是文化的问题和知识分子的问题。他的所思所言始终围绕着这个方面，比如，他最担心的是殖民者“利用了我们的腐败文化，来治理我们这腐

---

① 鲁迅：《老调子已经唱完》，载《鲁迅全集》第 7 卷，人民文学出版社 2005 年版，第 324—325 页。

② 鲁迅：《再谈香港》，载《鲁迅全集》第 3 卷，人民文学出版社 2005 年版，第 565 页。

③ 鲁迅：《再谈香港》，载《鲁迅全集》第 3 卷，人民文学出版社 2005 年版，第 563 页。

败民族”。因为“现在听说又很有别国人在尊重中国的旧文化了，那里是真在尊重呢，不过是利用！”鲁迅深忧这种文化殖民的危险，他说：“中国人倘被别人用钢刀来割，是觉得痛的，还有法子想；倘是软刀子，那可真是‘割头不觉死’，一定要完的。”但更关键的问题还在于，殖民者的这套策略却是在某些“同胞”的帮助下得以实施的，无论这种“帮助”是出于有意或是无心，鲁迅都已敏锐地感到其中的危险。他说：

> 现在也的确常常有人说，中国的文化好得很，应该保存。那证据，是外国人也常在赞美。这就是软刀子。用钢刀，我们也许还会觉得的，于是就改用软刀子。我想：叫我们用自己的老调子唱完我们自己的时候，是已经要到了。
>
> ……
>
> 中国的文化，都是侍奉主子的文化，是用很多的人的痛苦换来的。无论中国人，外国人，凡是称赞中国文化的，都只是以主子自居的一部份。①

在这里，鲁迅深刻揭示了半殖民地背景下鼓吹旧文化和奴性制度的中外人士们的真面目，他们看似鼓吹文化保存，其实却是“软刀子割头”般地断送着国家和民族。无论借口看起来多么堂皇，其真相都是非常严峻和危险的。鲁迅如此锋利深刻的洞察既是对殖民者和作伥者的揭露，也有对盲目者的提醒。在这个意义上说，他在厦门大学与那位英国籍而满口孔子的林文庆校长之间的冲突，也并非个人恩怨，而多少带有了一种大是大非的意义。

说到底，无论是在殖民的背景中还是在革命的前提下，鲁迅始终

---

① 鲁迅：《老调子已经唱完》，载《鲁迅全集》第7卷，人民文学出版社2005年版，第326页。

关切的一个要点都在于知识分子的立场和选择。在他那里，革命的问题和殖民的问题都与新文化的使命问题结合在了一起。包括曾促使他离京南下的“三一八”惨案，其实就是一个帝国主义和军阀勾结，同时也纠合了某些新文化阵营中的势力的实例，鲁迅在“女师大”问题上严厉批评陈西滢、杨荫榆们，也就是因为看到了他们与统治者合谋的危险。正如瞿秋白所说的：“不但‘陈西滢’，就是‘章士钊（孤桐）’等类的姓名，在鲁迅的杂感里，简直可以当作普通名词读，就是认作社会上的某种典型。”① 也就是说，鲁迅批评的是现象性的问题，他是透过具体的人与事看到了其背后的典型意义。

瞿秋白敏锐指出的，不仅是鲁迅一贯以来的思考与发言的方式，更是这个方式背后所体现出的一种特殊的角度和立场。无论对于什么问题，无论在厦门、广州还是在北京、上海，鲁迅的新观察都会联带着他自己的“老问题”。那就是，在鲁迅的思想里，知识阶级的使命、立场以及斗争方式永远是问题的根本与核心。在讨论宏大的历史、现实、政治问题的时候，鲁迅从不会超然事外作壁上观，他的思考最终都会落到知识分子的选择上，在这类思考中，他不仅不作空谈，而且还特别善于设身处地、反省自剖，继而以身作则、付诸实践。因此可以说，告别广州、离开大学，重新思考与青年和当权者之间的关系问题，在新的历史现实环境下选择新的斗争方式，这是他在广州时期经过深刻自省与思考做出的决定。这个决定，令他最终走向了独立思想、自由写作、深度介入现实的“上海十年”。也正是从这个意义上说，广州对鲁迅来说，并非一个匆匆走过的驿站，而是他反省此前思想并自觉此后道路的一个根据地；而出走广州，也绝非事出偶然或一时冲动，而是鲁迅思想与人生中的又一个重大抉择。

---

① 何凝（瞿秋白）：《鲁迅杂感选集序言》，载何凝（瞿秋白）编：《鲁迅杂感选集》，贵州教育出版社 2001 年版，第 108 页。

第二章 《野草》与“写作”

一、审视，并被审视

——作为鲁迅“自画像”的《野草》

鲁迅曾经自陈，《野草》里有他全部的哲学①，这句话为无数解读者指引着路向。每个解读者都相信：探究这幽曲深邃的《野草》，就是探究鲁迅的内心，探究他复杂思想与真实情感最深处的秘密。

《野草》写于1924—1926年间，这正是鲁迅“运交华盖”的一段日子。这两年里，鲁迅经历了“女师大风潮”“新月派”诸绅士的围剿、教育部的非法免职，以及因“青年必读书”引起的各种误解与责难，直至发生了令他无比震惊和悲恸的“三一八”惨案。而在他的个人生活里，也经历了搬家、打架，以及与许广平的恋爱……可以说，这是鲁迅思想精神、日常生活和情感世界都发生着巨变的两年，也正是这样的巨变，最终导致了他的出走南方。“《野草》时期”正是鲁迅生命里最严峻也最重要的时期，他的种种愁烦苦闷都在这时蕴积到了相当深重的程度。而《野草》，就是他在这人生最晦暗时期的一个特殊的精神产物。《野草》的重要意义绝不仅仅在于它记录了鲁迅此时的生活与精神状态的真相，更重要的是，它体现了鲁迅在这一

---

① 衣萍：《古庙杂谈（五）》，《京报副刊》1925年3月31日。

特殊时期对于自我生命的一次深刻反省和彻底清理。即如他后来在《野草·题辞》中所说:“过去的生命已经死亡。我对于这死亡有大欢喜,因为我借此知道它曾经存活。死亡的生命已经朽腐。我对于这朽腐有大欢喜,因为我借此知道它还非空虚。”①可以说,就是在《野草》的写作过程中,鲁迅检视了自己“过去的生命”,在看似“朽腐”与“死亡”的遗迹里发现了“还非空虚”和“曾经存活”的“生”之体验,这体验带给他的,是“坦然,欣然”,更是彻悟般深沉高远的“大欢喜”。

在这个意义上说《野草》是鲁迅一部私密的日记,也许是不错的,但我更愿意把《野草》看作是鲁迅的一组“自画像”。因为与“日记”主观、破碎、自言自语的方式相比,“自画像”是必须创造出一个形象——一个画家眼中的“自我”形象——来的。这个形象,既是画家本人,又是画家反复观察和描绘着的模特。模特与画家之间,由此构成了一种既同一又分裂的关系。事实上,在《野草》中也一直存在着一个观察者的鲁迅和一个被观察着的“自我”。作为画家的那个鲁迅,一直都在有意识地解剖和审视他自己。他的一切说明、分析、理解、揭露、批评、嘲讽,针对的都是他自己。《野草》中屡屡出现的“我”虽不能直接被认为就是鲁迅本人,但在这个“我”的身上,的确流露和体现着鲁迅的思想感情和性格气质。同时,这个“我”也是鲁迅用以认识和表述自我(尤其是精神领域内的自我)的一个角度。他用对《野草》的写作来清理自己的内心、反省自己的生命,同时更是认识和整理自己的精神世界。他用《野草》画出了一个既熟悉又陌生的自己,他用文字的“自画像”创造出一种对自我的清醒全面的认知。因此,我也更愿意认为,鲁迅所说的《野草》里有他全部的哲学,不仅指向这些文字所传达出来的思想与精神,更指向了

---

① 鲁迅:《野草·题辞》,载《鲁迅全集》第2卷,人民文学出版社2005年版,第163页。

这样一种认识自我、审视自我的独特的思维方式。

（一）

在我的后园，可以看见墙外有两株树，一株是枣树，还有一株也是枣树。

这是《野草》的“开场白”[①]。这两株枣树也成为《野草》中出现的第一个意象。多少年来，很多解读者都在追索这个非同寻常的表达中所蕴含的深意。较多的理解是，这样的表达一来为读者的阅读造成了反常的刺激，并通过这种“陌生感”强化了枣树意象的感染力；二来也体现了鲁迅当时的“寂寞”与孤立感，流露出一种“执拗的反抗绝望的完全性和倔强感”[②]。这些理解都有一定的道理，但在此之外，我以为还可以有一层意味，那就是它确定了《野草》作为鲁迅“自画像”的性质。

枣树作为确定《野草》基调的首篇——《秋夜》[③]——的第一笔，呈现出来的就是两个既同一又分置的对象。这是同名同种、相邻而立却彼此独立的两棵树，它们之间合一而又分立的奇特关系，正如一个画家与画布上的自画像相互面对。通读整个《秋夜》不难看出，枣树的意象只在篇首被突出为“两株”，而后文所有提及枣树的地方基本上都是单数，不再给人复数的感觉。如：“他知道小粉红花的梦……他也知道落叶的梦……他简直落尽叶子……但是，有几枝还低亚着，护定他从打枣的竿梢所得的皮伤……”“而一无所有的干子，却仍然

① 因《题辞》作于1927年4月26日，故以写作时间论，作于1924年9月15日的《秋夜》应是《野草》首篇。

② 孙玉石：《现实的与哲学的——鲁迅〈野草〉重释》，上海书店出版社2001年版，第18页。

③ 《鲁迅全集》第2卷，人民文学出版社2005年版，第166—168页。

默默地铁似的直刺着奇怪而高的天空，一意要制他的死命……”，等等。也就是说，在作者的意识中，这两株“枣树”其实根本就是一体的。而在开篇处他以极为突出的笔墨强调它们各自的独立——甚至拒绝与对方共用一个名字——恰是在一体之中硬生生地创造出“另一个”来。换句话说，即如画家用自己的笔创造出一个自我形象那样，那“还有一株”的枣树其实也正是在第一株枣树的审视目光中被创造出来的。

也许在鲁迅看来，仅仅用拟人化的枣树来确定“自画像”的性质还不太够，因此在《秋夜》中，紧接着又出现了一个同样带有分裂特征的“我”：

> 我忽而听到夜半的笑声，吃吃地，似乎不愿意惊动睡着的人，然而四围的空气都应和着笑。夜半，没有别的人，我即刻听出这声音就在我嘴里，我也即刻被这笑声所驱逐，回进自己的房。灯火的带子也即刻被我旋高了。

显然，如果把“我”看作作者本人，就无法理解为什么我自己会不知道笑声出于自己的嘴里。而如果把这个“我”看作作者“自画像”中的形象，就很容易理解了。应该说，与枣树相比，这个夜半写作的“我”更像是鲁迅画出来的自己。他是秋夜的主人，是洞察一切的观看者，但在他之外，显然还有一双观看着他的眼睛，那就是画家本人。画家鲁迅与“我”，分明有着一些不尽相同的情绪和感觉。

这样的一体分立在《秋夜》中出现了两次，应该是鲁迅有意为之。他也许是在强调自己的创作意图，提示读者不要放过他埋藏在这里的线索。一直以来，“枣树”和“笑声”都是《秋夜》里最难读懂的细节，因为它们违反了日常的语言习惯和思维逻辑。如果说《秋夜》是鲁迅自言自语的日记，那显然他打破语言和逻辑习惯的做法就难以解释，但是如果把《秋夜》理解为鲁迅的“自画像”，理解为他以一个自我的眼光去审视和呈现另一个自我的实验，这两个细节的疑问也就可以迎刃而解了。

紧接着，在写完《秋夜》九天之后，鲁迅又写出了《野草》系列的第二篇《影的告别》[①]。与《秋夜》托物言志的方式相比，这是更加晦涩深曲、更加令人费解的一篇。同时，在我看来，它也是鲁迅继《秋夜》的尝试之后，以更加熟练的笔墨画出的第二幅“自画像”。

在《影的告别》中，同样存在着两个可合可分的个体：“影”与“形”。“影”与“形”合在一起，构成了一个正常的人的形象，而在某种奇异的时刻——或是在某个奇异的头脑中——他们又成为两个彼此可以分开、可以对话的个体。作为附生于“形”的“影”，也许可以被看作画家笔下的“自我”，而当这个“自我”被完成之后，他与“形”之间就有了这样一场“告而不别”的谈话。

对于鲁迅写作《影的告别》的用意，同样存在多种理解。很多学者认为，它源自鲁迅对自己灵魂深处存在的“毒气和鬼气”的憎恶和驱逐[②]，这当然是一种解释。但问题是，从行文中可以看到，通篇都是“影”的主动告辞和义无反顾，这似乎并不十分符合“形”对“影”驱逐的姿态。相反，倒是“影”一直在说“不想跟随”，或“你就是我所不乐意的”之类的话。我以为，“形”与“影”的关系，其实就是鲁迅与他自己画出的那个“自我”的关系。鲁迅其实是在审视着自己的灵魂，让他用自己的语言说出他的黑暗。正如这个“影”自己所说：“然而我不愿彷徨于明暗之间”，“然而我终于彷徨于明暗之间”，“我将向黑暗里彷徨于无地”……通过这些既犹疑又倔强的语言不难看出，画家鲁迅是在深入地观察和刻画着一个精神层面的自我，他深入到那个被观察着的鲁迅的灵魂之中，既看到他“彷徨于无地”的命运，也看到他毅然没入黑暗的决心。尤其是在文章的结尾，

---

① 《鲁迅全集》第 2 卷，人民出版社 2005 年版，第 169—170 页。

② 参见孙玉石：《现实的与哲学的——鲁迅〈野草〉重释》，上海书店出版社 2001 年版，第 27—37 页。

“影”说：

我愿意这样，朋友——

我独自远行，不但没有你，并且再没有别的影在黑暗里。只有我被黑暗沉没，那世界全属于我自己。

若说《影的告别》表达了鲁迅对灵魂里毒气和鬼气“想除去他，而不能”的心态，那么这个结尾就难以理解了。他是表示“鬼气”最终被除去了吗？显然不是。而若我们还是把整篇文章理解为一幅“自画像”，这个结尾就很合理也很明白了。这个“影”自然也是鲁迅的自我，而且是由他的思想创造出来的一个精神层面的自我。他被“形”的鲁迅以理智的态度放行，独自沉没到黑暗中去，恰是鲁迅为自己的灵魂指出的一条道路。虽然那是孤独的行旅，但因为可以把光明留给他人，就像他五年前曾说的那样：“自己背着因袭的重担，肩住了黑暗的闸门，放他们到宽阔光明的地方去；此后幸福的度日，合理的做人。”[①] 对此，他由衷地感到“愿意这样”。

这确实是极富意味的。鲁迅在《野草》最初的两篇中写的其实是同一个主题，它们清晰表明了他为自己“画像”的意图，也由此确定了《野草》的主调。有人说《野草》是鲁迅写给自己的，我更愿意说《野草》是鲁迅写自己——而不是写给自己——的。“写给自己的”往往是日记，而“写自己”“写出自己”，则是自叙传，是“自画像”，是创造出一个可以变形但必须完整的自我形象。

顺着这个思路继续下去，另一个值得关注的重要文本则是《过客》[②]。这一回，一个更为具体的、戏剧性的人物形象出现了。说“过客”是鲁迅的自画像，并不算是新见，何况鲁迅对这个形象的样貌有

① 鲁迅：《我们现在怎样做父亲》，载《鲁迅全集》第1卷，人民文学出版社2005年版，第145页。

② 《鲁迅全集》第2卷，人民文学出版社2005年版，第193—199页。

非常直接的描绘：

> 过客——约三四十岁，状态困顿倔强，眼光阴沉，黑须，乱发，黑色短衣裤皆破碎，赤足著破鞋，胁下挂一个口袋，支着等身的竹杖。

这个形象从年龄、模样、气质等各个方面，都无疑带有鲁迅本人的特征。但这还并非问题的关键。在我看来，问题的关键其实在于，鲁迅为什么要把这样一个剧本编入《野草》系列。

从文体的角度看，《过客》与《野草》在整体上是不协调的。说鲁迅是“在探索散文诗的一种表现形式”，“是刻意作为散文诗的形式的一种而精心创作的”，所以对于《过客》，“仍然应该把它看成为作者有意构创的一篇杰出的戏剧对话形式的散文诗”。① 这样的解释多少有点勉强。而若再次把《过客》看作《野草》“自画像”系列中的重要一幅，就又很容易解释了。应该说，《过客》出现在《野草》里，其实是鲁迅这组“自画像”创作过程中的必然。相比于“枣树”和“影”之类的意象，“过客”无疑是一次更为直截的表达。他的清醒、执拗、沉默、疲惫，他的“我只得走”的人生哲学，都是鲁迅对自己精神特征的扼要而精确的捕捉与呈现。

特别值得一提的是《过客》的结尾。过客对老翁和小女孩说的最后一句话是：

> 多谢你们。祝你们平安。……然而我不能！我只得走。我还是走好罢……。

① 孙玉石：《现实的与哲学的——鲁迅〈野草〉重释》，上海书店出版社 2001 年版，第 136 页。

鲁迅向来是不喜欢“平安”的。在《希望》里他曾说：“……我的心很平安：没有爱憎，没有哀乐，也没有颜色和声音。”这“平安”让他知道，“我大概老了”，“我的心分外地寂寞”。[①]可以说，这种“平安”在鲁迅看来，是悲哀、空虚和绝望的。比这更加可怕的是，曾经不“平安”的老去的“我”，只能把希望寄托于还未变老的青年们身上，但是，竟然，“青年们很平安”。青年们的“平安”无疑比自己的“平安”更让“我”绝望，以至于在我想“用这希望的盾，抗拒那空虚中的暗夜的袭来”的时候，发现连“盾后面也依然是空虚中的暗夜”。就是说，青年们的平安几乎就意味着再也没有希望了。

如此不愿意和不喜欢“平安”的鲁迅，却让过客对老翁和小女孩给予了这样的“祝愿”。这当然一部分来自对老翁“祝你平安”的回应，但更深层的意思是正与《影的告别》完全一致的。即是说：即便他们都“平安”了，“然而我不能！我只得走”。当所有的人都“阖了门”睡去的时候，只有“过客”一个人——像那个“影”一样——告别众人，独自远行，“向野地里跄踉地闯进去，夜色跟在他后面”。而且，“再没有别的影在黑暗里”，那世界全属于他自己。

与《过客》相距九个月，鲁迅又写出了《这样的战士》[②]。冯雪峰说，这“是关于作者自己当时作为一个战士的精神及其特点的一篇最好的写照”[③]。这几乎就是在说，这是继《过客》之后的又一篇精神“自画像”。“这样的战士”和其他“自画像”中的形象具有完全一致的特点：他孤独倔强，“只有自己”；他身处“无物之阵”，“在无物之阵中大踏步走”，他常常举起投枪，有时正中敌人的心窝，有时却被敌人脱走，无从取得胜利。他即便“终于不是战士”，但也还是在“太平”的无物之阵里，顽强地、频频地“举起了投枪”。

---

① 鲁迅：《希望》，载《鲁迅全集》第2卷，人民文学出版社2005年版，第181页。

② 《鲁迅全集》第2卷，人民文学出版社2005年版，第219—220页。

③ 冯雪峰：《论〈野草〉》，载《冯雪峰论文集》（下），人民文学出版社1981年版，第361页。

无论在《秋夜》《影的告别》，还是《过客》《这样的战士》之中，都无一例外地充满着黑暗的夜色，而且，也都无一例外地显得非常“安静”、“平安”和“太平”。这是鲁迅“自画像”——《野草》——的底色。正是在这层黑暗寂静的底色上，凸显出了一个被鲁迅亲手创造出来的自己——那个他精神和灵魂的“自画像”。他可以是枣树，可以是黑影，可以是过客，也可以是战士……他的存在就是对黑暗和寂静尤其是对“太平”景象的反抗和打破。他或者“直刺着奇怪而高的天空”，或者发出“夜半的笑声”，[①] 或者“举灰黑的手装作喝干一杯酒”[②]，或者“举起了投枪”[③]，或者“向野地里跄踉地闯进去”[④]……他以一种悲壮的、“动”的姿态，打破了身外的黑暗的“太平”。这个姿态，是《野草》的精魂，是鲁迅亲手创造出来的那个自我的精魂。

（二）

恰恰就在开始写作《野草》的同时——确切地说就在写作《影的告别》的那一天——鲁迅也开始了对厨川白村《苦闷的象征》的翻译。因此，很显然也很必然的，前者的写作会受到后者的影响。在诸多方面的影响之中，对于象征主义表现手法的认同和借鉴，以及对于“梦”的特别看重和描画，无疑是最为突出的两个方面。

厨川白村认为：

> 我们的生活，是从“实利”“实际”经了净化，经了醇化，

① 鲁迅：《秋夜》，载《鲁迅全集》第 2 卷，人民文学出版社 2005 年版，第 167 页。

② 鲁迅：《影的告别》，载《鲁迅全集》第 2 卷，人民文学出版社 2005 年版，第 169 页。

③ 鲁迅：《这样的战士》，载《鲁迅全集》第 2 卷，人民文学出版社 2005 年版，第 219 页。

④ 鲁迅：《过客》，载《鲁迅全集》第 2 卷，人民文学出版社 2005 年版，第 199 页。

进到能够“离开着看”的“梦”的境地，而我们的生活这才被增高，被加深，被增强，被扩大的。将浑沌地无秩序无统一似的这世界，能被观照为整然的有秩序有统一的世界者，只有在“梦的生活”中。拂去了从“实际底”所生的杂念的尘昏，进了那清朗一碧，宛如明镜止水的心境的时候，于是乃达于艺术底观照生活的极致。①

人生的大苦患大苦恼，正如在梦中，欲望便打扮改装着出来似的，在文艺作品上，则身上裹了自然和人生的各种事象而出现。以为这不过是外底事象的忠实的描写和再现，那是谬误的皮相之谈。……要之就在以文艺作品为不仅是从外界受来的印象的再现，乃是将蓄在作家的内心的东西，向外面表现出去。②

即使是怎样地空想底不可捉摸的梦，然而那一定是那人的经验的内容中的事物，各式各样地凑合了而再现的。那幻想，那梦幻，总而言之，就是描写着藏在自己的胸中的心象。并非单是摹写，也不是摹仿。创造创作的根本义，即在这一点。③

可见在厨川白村看来，文艺创作的根本动力是在于“生命力受压抑而生的苦闷懊恼”。这种苦闷通过象征的方法表现出来，就构成了一种看似空想、画梦，实则是最真实、最深入的一种文学的体验和表达。

---

① ［日］厨川白村：《苦闷的象征》，鲁迅译，载《鲁迅译文全集》第 2 卷，福建教育出版社 2008 年版，第 273 页。

② ［日］厨川白村：《苦闷的象征》，鲁迅译，载《鲁迅译文全集》第 2 卷，福建教育出版社 2008 年版，第 241 页。

③ ［日］厨川白村：《苦闷的象征》，鲁迅译，载《鲁迅译文全集》第 2 卷，福建教育出版社 2008 年版，第 243 页。

通过《野草》不难看到，厨川白村的这些观点对鲁迅造成了极为重要的影响。事实上，《野草》中的象征手法的确被越来越纯熟地运用着，而且，"画梦"也成为这一系列文章的显著特征。尤其是他1925年春夏所作的从《死火》至《死后》的七篇，都是直接以"我梦见"开篇的，而这个时候，《苦闷的象征》已经译完付印了。除了"我梦见"系列外，《野草》中如《影的告别》《好的故事》《一觉》等也都与做梦有关，简直可以说，《野草》中有半数以上的篇章都是在"画梦"。

先抛开鲁迅在《野草》中"写自己"的心理需要和传达效果的需要不说，"画梦"首先是鲁迅对于新的文学观念的一种试验和实践。事实上，在《野草》之前的很多作品中，鲁迅也多次提到过"梦"与"做梦"。比如：

> 我在年青时候也曾经做过许多梦……我的梦很美满，预备卒业回来，救治像我父亲似的被误的病人的疾苦，战争时候便去当军医，一面又促进了国人对于维新的信仰。①

> 我抱着梦幻而来，一遇实际，便被从梦境放逐了，不过剩下些索漠。我觉得广州究竟是中国的一部分，虽然奇异的花果，特别的语言，可以淆乱游子的耳目，但实际是和我所走过的别处都差不多的。②

> 人生最苦痛的是梦醒了无路可以走。做梦的人是幸福的；倘没有看出可走的路，最要紧的是不要去惊醒他。……所以我想，

---

① 鲁迅：《呐喊·自序》，载《鲁迅全集》第1卷，人民文学出版社2005年版，第437—438页。

② 鲁迅：《在钟楼上——夜记之二》，载《鲁迅全集》第4卷，人民文学出版社2005年版，第33页。

假使寻不出路，我们所要的倒是梦。[①]

显然，这些关于“梦”的比喻与《野草》的“画梦”有很大不同，相较而言，后者是真正自觉地运用了象征主义的手法，以“梦”和梦中的各种意象来象征作者的内心情感和哲学思想的。鲁迅应该是认同厨川白村所说的：“和梦的潜在内容改装打扮了而出现时，走着同一的径路的东西，才是艺术。而赋与这具象性者，就称为象征（symbol）。”[②]因此，《野草》中的梦境，虽然大多幽曲晦涩、远离现实，却无不体现着“蓄在作家的内心的东西”。即如厨川白村所说：“所谓深入的描写者……乃是作家将自己的心底的深处，深深地而且更深深地穿掘下去，到了自己的内容的底的底里，从哪里生出艺术来的意思。探检自己愈深，便比照着这深，那作品也愈高，愈大，愈强。人觉得深入了所描写的客观底事象的底里者，岂知这其实是作家就将自己的心底极深地抉剔着，探检着呢。”[③]因此，必须探索这样的梦境，才可能理解鲁迅在《野草》中所要表达的深意。

当然，在践行新的文学观念的同时，用“画梦”来“写自己”也是符合鲁迅写作《野草》的心理需要和传达效果方面的需要的。从心理的角度来说，梦是最个人、最内在、最隐秘也最不可分享的东西。通过对梦的描画，鲁迅不仅营造了《野草》幽深晦涩的意境，在一定程度上避免了将自己的“毒气和鬼气”传染给更多的人；同时，他也成功地在《野草》中达成了“陌生化”的美学效果，以偶然性、非理性、非逻辑性甚至荒诞性等特点，实现了在表达自己与隐藏自己之间的某种平衡。造成这样的美学效果，正是象征主义文学最适合和擅长

① 鲁迅：《娜拉走后怎样》，载《鲁迅全集》第1卷，人民文学出版社2005年版，第166—167页。

② ［日］厨川白村：《苦闷的象征》，鲁迅译，载《鲁迅译文全集》第2卷，福建教育出版社2008年版，第240页。

③ ［日］厨川白村：《苦闷的象征》，鲁迅译，载《鲁迅译文全集》第2卷，福建教育出版社2008年版，第242页。

的。鲁迅用“画梦”的方式来“画自己”，无疑可以更加自由地——如同《狂人日记》中的狂人那样——说出内心极细微又极精确的想法和感受。《野草》里的做梦的“我”——可以像狂人那样——摆脱日常生活的逻辑，回避具体的现实生活场景，说出惊人的真话，从而达到一种看似曲折其实却又非常直接的特殊效果。这当然是鲁迅有意为之的，因为他即便自知黑暗，不想传染别人，但又“非这样写不可”，只因这正是他内心中最真实最常在的东西。试想一个只能与文字为友，只信任文字，或说是只有文字一种排解方式的人，在夜深人静之际，当他暂且放下“为人生”写作的使命而面对自己的时候，他写出来的，必然只能是《野草》。这也就是厨川白村所说的，是“以绝对的自由而表现的”“潜伏在心灵的深奥的圣殿里的”“唯一的生活”。①

与之前作品中那些关于梦的比喻相比，《野草》里的梦几乎都是噩梦。即便是《好的故事》那样一个“美丽，幽雅，有趣，而且分明”的梦境，也只是瞬间就破灭了的。可以说，作者用尽锦绣华美的辞藻来描绘这样一个“有无数美的人和美的事”的梦境，就是为了在强烈的对比中凸显其“骤然一惊”、大梦初醒时的复杂情感。“好的故事”于是变成了一首关于梦碎的挽歌。

更值得一提的是，鲁迅在《好的故事》的开头与结尾设置了一个由语言的重复形成的函套：以“是昏沉的夜”开篇，又以“在昏沉的夜……”收尾。用一个巨大的“夜”的意象笼罩住了一个短暂的“梦”的瞬间。这里其实藏有一个鲁迅式的判断，那就是：“梦”是虚幻的、遥远的、瞬间的，而“夜”是实在的、近切的、恒在的。“夜”与“梦”的对置，正与《野草·题辞》中的“明与暗，生与死，过去与未来”，“友与仇，人与兽，爱者与不爱者”，以及“沉默”与“充实”等一样，是《野草》中一系列紧张对立的二元项中的一组。可以

---

① ［日］厨川白村：《苦闷的象征》，鲁迅译，载《鲁迅译文全集》第2卷，福建教育出版社2008年版，第241页。

说，“夜”正是一个笼罩着《野草》的整体性的意境。如前所述，它一方面具有对于作者身处的现实环境以其遭遇和情绪的象征意味；另一方面，它也是《野草》这一组“自画像”的一个统一的底色。

《野草》是从“秋夜”开始的。这既不是“春风沉醉的晚上”，也不是“仲夏夜之梦”，而是一个肃杀的寒夜，枣树的枝叶落尽，小花也冻得瑟瑟发抖，仅有的光亮不是来自“鬼眨眼”的星星，就是来自“窘得发白”的月亮。这样的意境不仅与鲁迅自己笔下的“如磐夜气压重楼”① 非常神似，而且可以说是带有鲁迅笔下所有的“暗夜”“静夜”“长夜”的特征。

用“夜”的比喻来指涉现实环境的黑暗冷酷，这是中国现代文学中常见的修辞。鲁迅当然是这些在暗夜里前驱的新文化战士中最勇猛倔强的一员。但是，与其他作家不同的是，鲁迅的“夜”不仅存在于身外，同时也深深存在于他的内心当中。就在写于 1925 年元旦的《希望》中，他说：

> 希望，希望，用这希望的盾，抗拒那空虚中的暗夜的袭来，虽然盾后面也依然是空虚中的暗夜。……
>
> ……
>
> 我只得由我来肉薄这空虚中的暗夜了，纵使寻不到身外的青春，也总得自己来一掷我身中的迟暮。但暗夜又在那里呢？现在没有星，没有月光以至笑的渺茫和爱的翔舞；青年们很平安，而我的面前又竟至于并且没有真的暗夜。②

“希望的盾”的正面是暗夜，背面还是暗夜；身外是空虚和绝望，身心之内也还是空虚和绝望。这就是鲁迅在《野草》“自画像”中画

---

① 鲁迅：《悼丁君》，载《鲁迅全集》第 7 卷，人民文学出版社 2005 年版，第 159 页。
② 鲁迅：《希望》，载《鲁迅全集》第 2 卷，人民文学出版社 2005 年版，第 181—182 页。

出的自己最真实的处境与心境。身外的暗夜是现实的遭遇，而心里的暗夜则来自青年们的“平安”。在没有星光和月光的暗夜里，只有青年们的粗暴、愤怒和战斗才可能带来走出暗夜的希望。否则，没有照亮暗夜的光明，没有天明的时刻，暗夜也就变成“无物之阵”，无从反抗了。鲁迅在这篇题为“希望”的文章中，写出的却是绝望中的绝望。可以说，这正是鲁迅“自画像”最独特的地方。因为，写“夜”的作家很多，但追问“暗夜又在那里”的作家却大概只有鲁迅一个；同样，用“夜”的比喻来寄托对现实环境的不满的散文也有很多，但真正写到内心中暗夜，或虚无到怀疑“竟至于并且没有真的暗夜”的，大概也只有鲁迅的《野草》。

事实上，与“夜”相关的还有“路”。就像“梦”与“夜”中都交织着希望与绝望一样，“路”也象征着“希望”的“有”与“无”。在《故乡》著名的结尾中，鲁迅就对此做出了非常明确的表达：“希望是本无所谓有，无所谓无的。这正如地上的路；其实地上本没有路，走的人多了，也便成了路。”①

在《野草》里，因为只是要画出暗夜中的自己，而不必为“在暗夜里前驱的勇士”呐喊，所以鲁迅几乎没有写到这种象征着希望的“路”。只有在《过客》里，出现过“一条似路非路的痕迹”。而这条痕迹能否真的成为一条路，却要看过客是不是能够一直坚持走下去。就像鲁迅在杂文中说过的：“坐着而等待平安，等待前进，倘能，那自然是很好的，但可虑的是老死而所等待的却终于不至；不生育，不流产而等待一个英伟的宁馨儿，那自然也很可喜的，但可虑的是终于什么也没有。”② 所以，与其茫然寻路，“不如寻朋友，联合起来，同向着似乎可以生存的方向走。你们所多的是生力，遇见深林，可以辟成平地的，遇见旷野，可以栽种树木的，遇见沙漠，可以开掘井泉

---

① 鲁迅：《故乡》，载《鲁迅全集》第1卷，人民文学出版社2005年版，第510页。

② 鲁迅：《这个与那个》，载《鲁迅全集》第3卷，人民文学出版社2005年版，第154页。

的”①。鲁迅本人就如同那个“过客”一样，他说：“我自己，是什么也不怕的，生命是我自己的东西，所以我不妨大步走去，向着我自以为可以走去的路；即使前面是深渊，荆棘，狭谷，火坑，都由我自己负责。”②

在鲁迅的心里，“路”意味着希望的“有”和“无”，而这种“有”和“无”之间的关系十分奇特：追根究底，“无”才是实有的，而“有”反倒是虚幻的。也就是说，对希望的追索带来的往往是绝望，而对绝望的反抗却有可能会带来希望。所以，尽管《野草》里很少提到希望的“路”，但这一部《野草》却可以被看作鲁迅自己一次反抗绝望的“走”的行为。鲁迅曾经慨叹“夜正长，路也正长”③，是因为他知道，只有走路才是逃离暗夜的唯一希望。尽管与实有的“夜”相比，“路”仍可能是虚幻的，但若果真放下对“路”的信仰和对“走”的执着，那可就真的永远走不出暗夜，即如前文已经说过的，“又竟至于并且没有真的暗夜”了。

（三）

最后来谈谈《野草·题辞》④。

《野草·题辞》写于1927年4月26日的广州，严格地说，是《野草》的最后一篇，并且与其他诸篇在写作的环境和心境方面都存在很大不同。但作为整个《野草》系列的一个“总结”，《题辞》又具有特别的意义，甚至可以说，鲁迅在这里埋下了解读《野草》的最重要的线索。

首先，“野草”是对应于花叶和乔木而言的。鲁迅说：“生命的泥委弃在地面上，不生乔木，只生野草，这是我的罪过。”况且这“野

① 鲁迅：《导师》，载《鲁迅全集》第3卷，人民文学出版社2005年版，第59页。

② 鲁迅：《北京通信》，载《鲁迅全集》第3卷，人民文学出版社2005年版，第54页。

③ 鲁迅：《为了忘却的记念》，载《鲁迅全集》第4卷，人民文学出版社2005年版，第502页。

④ 鲁迅：《野草·题辞》，载《鲁迅全集》第2卷，人民文学出版社2005年版，第163—165页。

草，根本不深，花叶不美，然而吸取露，吸取水，吸取陈死人的血和肉，各各夺取它的生存”。但是，他说：“我自爱我的野草，但我憎恶这以野草作装饰的地面。”在这里，鲁迅已经说得非常明确，“野草”是代表着他这部散文诗集的精神特征的。一则它的完成，是鲁迅倾“生命”之力换取的，这是他真正为自己而作的、对于已经“死亡”的生命的一段记录和纪念。而更重要的是，这部《野草》是不“美”的，它不取悦于人，不具有任何装饰性。它拒绝成为地面的装饰，这拒绝的姿态里也写满了鲁迅自己的倔强性格。

如前所述，鲁迅曾将自己的杂文称为“无花的蔷薇”①。蔷薇而无花，自然也就没有了娇艳之态，所剩下的就只有尖刺而已。然而即便如此，与“野草”相比，“无花的蔷薇”也还是带有些许浪漫色彩的，唯有“野草”，连蔷薇之名都不要，从“名”到“实”完完全全摆脱了高雅美丽的特征。在“纯文学”的园地里，这一丛自生自灭的“野草”的存在，本身就表达了对于“乔木”和“花叶”的抗拒和嘲讽。

与文学观相联系，但又较之更为严峻深刻的是，“野草”意象还体现着鲁迅的生命观。

如《题辞》所说，野草“吸取露，吸取水，吸取陈死人的血和肉，各各夺取它的生存。当生存时，还是将遭践踏，将遭删刈，直至于死亡而朽腐。”此外，还有“地火在地下运行，奔突；熔岩一旦喷出，将烧尽一切野草，以及乔木，于是并且无可朽腐”。在这样的意义上说“野草”意象关乎生死是一点都不嫌过分的。“野草”是“过去的生命”死亡朽腐之后的产物，它的生存建立在死亡的基础之上，而同时，它的生存也时时为死亡所威胁，与死亡相伴随。这样的理解并不仅仅出自鲁迅的个性体验，事实上，在大多数中国人的文化意识中，“一岁一枯荣”“野火烧不尽”的野草，本就是一种生命虽然短暂

---

① 《华盖集续编》中有《无花的蔷薇》《无花的蔷薇之二》《无花的蔷薇之三》《新的蔷薇——然而还是无花的》等数篇。

但生命力又极顽强的象征。可以说，“野草”恰是以这样极为独特的方式联结着生死两端，它既代表着随时面临删刈与死亡的命运，同时也代表着一种对死亡命运的不断抗争与战胜。

1927 年 4 月的鲁迅，定然比 1925 年前后的鲁迅更加关注生死问题，这是直接受到现实刺激的结果。“四一二”的血腥屠杀令身在白色恐怖中的广州的鲁迅陷入了更深重的绝望，而与绝望俱来的，当然也是更“韧”的战斗精神。因此，当鲁迅重新面对两年前写作的《野草》系列的时候，在原有的思想基础上，他必然又加深了对自己生命的理解。所以他说：

> 我以这一丛野草，在明与暗，生与死，过去与未来之际，献于友与仇，人与兽，爱者与不爱者之前作证。
>
> 为我自己，为友与仇，人与兽，爱者与不爱者，我希望这野草的朽腐，火速到来。要不然，我先就未曾生存，这实在比死亡与朽腐更其不幸。

鲁迅在这里自问自答了一个非常重要的问题。那就是：这一丛生于明暗之间、辗转于生死之际的野草，究竟是为什么而存在呢？回答是：为了“作证”。为了在“过去与未来之际”的“现在”的生命作证；更为“过去的生命已经死亡”、为“它曾经存活”、为“它还非空虚”作证。换句话说，在鲁迅的心里，这一幅幅用文字完成的“自画像”，既是为当下的生命作出的写照，又是用以向未来证明，他曾经这样活过，并且这样写过。

厨川白村在《苦闷的象征》中开篇即说：“正因为有生的苦闷，也因为有战的苦痛，所以人生才有生的功效。”① 因此他说：“生是战斗”。

① ［日］厨川白村：《苦闷的象征》，鲁迅译，载《鲁迅译文全集》第 2 卷，福建教育出版社 2008 年版，第 225 页。

> “活着”这事，就是反覆着这战斗的苦恼。我们的生活愈不肤浅，愈深，便比照着这深，生命力愈盛，便比照着这盛，这苦恼也不得不愈加其烈。在伏在心的深处的内底生活，即无意识心理的底里，是蓄积着极痛烈而且深刻的许多伤害的。一面经验着这样的苦闷，一面参与着悲惨的战斗，向人生的道路进行的时候，我们就或呻，或叫，或怨嗟，或号泣，而同时也常有自己陶醉在奏凯的欢乐和赞美里的事。这发出来的声音，就是文艺。对于人生，有着极强的爱慕和执着，至于虽然负了重伤，流着血，苦闷着，悲哀着，然而放不下，忘不掉的时候，在这时候，人类所发出来的诅咒，愤激，赞叹，企慕，欢呼的声音，不就是文艺么？[①]

这样的观点，无疑是和鲁迅相一致的。事实上，这种认识上的一致也许正是推动鲁迅亲译《苦闷的象征》的原因。鲁迅从来都非常注重“活”的生命。从20世纪20年代在《青年必读书》中强调“活人”与“行”的重要性，直到晚年在病榻上感叹“无穷的远方，无数的人们，都和我有关。我存在着，我在生活，我将生活下去，我开始觉得自己更切实了，我有动作的欲望……”[②]鲁迅一生强调的都是“生活”“行动”“存在”“动作”……而《野草》之所以能够为他自己的生命“作证”，也就是因为它的存在本身体现了鲁迅的行动和写作。它的重大意义就在于，它是绝望的反抗，是虚无的克服。这又是鲁迅独特的逻辑了：因为在鲁迅看来，没有“死亡与朽腐”的到来，就无法为生存作证。因为没有对死亡和绝望的战斗和较量，生命就会沦为一种混沌的、半死不活的状态。在鲁迅的眼中，这不是生命的真谛，

---

① ［日］厨川白村：《苦闷的象征》，鲁迅译，载《鲁迅译文全集》第2卷，福建教育出版社2008年版，第237页。

② 鲁迅：《“这也是生活”……》，载《鲁迅全集》第6卷，人民文学出版社2005年版，第624页。

而是生命的悲哀，因为这意味着“我先就未曾生存”，而且，“这实在比死亡与朽腐更其不幸”。

《野草》是鲁迅“活”过、反抗过的一个证明。它是一个虚无和绝望的人对于虚无和绝望的抗战。鲁迅这样审视和认识了他自己，就像他在《淡淡的血痕中——记念几个死者和生者和未生者》中对于“叛逆的猛士”的认识：

> 叛逆的猛士出于人间；他屹立着，洞见一切已改和现有的废墟和荒坟，记得一切深广和久远的苦痛，正视一切重叠淤积的凝血，深知一切已死，方生，将生和未生。他看透了造化的把戏；他将要起来使人类苏生，或者使人类灭尽，这些造物主的良民们。
>
> 造物主，怯弱者，羞惭了，于是伏藏。天地在猛士的眼中于是变色。①

无论是野草、废墟，还是荒坟，在“叛逆的猛士”眼中，都不单纯意味着死亡，它们更意味着生与死的相互依存。不断燃烧的地火既带来旧生命的毁灭，也带来新生命的复苏，一切“已死，方生，将生和未生”，都成为造物链条中的“中间物”。生死相继，方能组成整个人类历史更宏大的生命。鲁迅就是在这样的思想基础上提炼出了一个高度凝练的“野草”意象，为他自己的“自画像”作出了一个精彩的概括和升华，并以此统领起了那些看似破碎晦涩、实则完整深邃的篇章。

---

① 鲁迅：《淡淡的血痕中——记念几个死者和生者和未生者》，载《鲁迅全集》第2卷，人民文学出版社2005年版，第226—227页。

二、“诗”与“真”

——《野草》与鲁迅的“写作观”

(一)

> 当我沉默着的时候，我觉得充实；我将开口，同时感到空虚。①

1927年4月，在编定散文诗集《野草》之际，鲁迅写下了一篇沉郁深刻的题辞，首句就是：“当我沉默着的时候，我觉得充实；我将开口，同时感到空虚。”这句充满诗性的语言历来为研究者们所乐道，因为它不仅含蓄深邃极富张力，给人以丰富的阐释空间，凝练地体现了《野草》的整体艺术风格；同时，它也以一种既隐晦又精确的特殊方式，概括和暗示了鲁迅在《野草》时期的“写作”观，道出了他对于写作与表达的困境、方式与可能性等诸多问题的独特思考。

“沉默”中的“充实”与“开口”后的“空虚”，似乎是鲁迅一贯的问题。这里既有对于思想本身的黑暗与复杂状况的坦陈，也有对于表达方式的怀疑和对写作行为本身的追问。可以说，《野草》时期的鲁迅所面临的最大问题，就是如何在从“沉默”到“开口”的过程中，准确地将思想情感转化为文学语言，使之既不丧失原有的丰富、复杂与真实，又能符合文学的审美要求与历史抱负。当然，这在实践的层面上是极为困难的，即便如鲁迅这样的作家，也常常感到困窘无措、力不从心。正如他几个月后在另一篇文章中所说的：

① 鲁迅：《野草·题辞》，载《鲁迅全集》第2卷，人民文学出版社2005年版，第163页。

> 记得还是去年躲在厦门岛上的时候……我沉静下去了。寂静浓到如酒，令人微醺。望后窗外骨立的乱山中许多白点，是丛冢；一粒深黄色火，是南普陀寺的琉璃灯。前面则海天微茫，黑絮一般的夜色简直似乎要扑到心坎里。我靠了石栏远眺，听得自己的心音，四远还仿佛有无量悲哀，苦恼，零落，死灭，都杂入这寂静中，使它变成药酒，加色，加味，加香。这时，我曾经想要写，但是不能写，无从写。这也就是我所谓"当我沉默着的时候，我觉得充实，我将开口，同时感到空虚"。①

鲁迅在这里所记述的是他内心中深沉的痛苦，这痛苦"不能写，无从写"，却时时压迫着他，令他最终"不得不写"。《野草》的写作，正体现了这样一个艰难的过程，也正是这个过程所造就的特殊成果。它以极为隐晦含蓄的特殊方式表达了鲁迅思想与内心最深处的真实。同时，《野草》特殊的表达与呈现方式，也是鲁迅有意识进行的一次写作试验。对此，鲁迅有高度的自觉，这从《野草》的相关篇章中就能够看出。以往的研究多着眼于《野草》所剖露的鲁迅的思想与情绪，关注其内心的虚无绝望及其对绝望的抗战，而对于鲁迅是如何在写作中以丰富多样的方式传达出这些复杂深邃的内容，如何把个人的感性的痛苦转化为成功的文学性文本，却一直少有讨论。事实上，人生的苦难并不能自发地转化为文学，具有审美价值和历史意义的文学作品必须依赖于作家的充分自觉的写作。20 世纪的中国并不缺少痛苦，也不乏对痛苦的感受与暴露，但将个人内心复杂痛苦的感受与文学性的写作方式相结合的成功例子却并不是那么多。鲁迅的独特意义在于，他不仅在对中国历史与现实的思想认识上达到了前所未有的高度，同时更在文学写作的层面上开创了一种现代性质的个性化写作

---

① 鲁迅：《怎么写——夜记之一》，载《鲁迅全集》第 4 卷，人民文学出版社 2005 年版，第 18—19 页。

风格。本书的讨论就要从这里开始，即通过《野草》来考察鲁迅的现代文学“写作观”。之所以使用“写作观”而非“文学观”的概念，是为了强调：鲁迅并非以文学理论家或批评家的姿态去审视和评价文学，而是以一个写作者的身份，从自己写作的困境与实践出发去坚持思考和写作。也因此，他关于“写作”的观念和思想始终是与他的写作行为和作品文本紧密联系在一起的。

事实上，作为中国现代文学最早的建构者与实践者之一，鲁迅既有代表性又有特殊性。一方面，他与“新青年”同人一道倡导并实践新文学，提倡“为人生”的、现实主义的“人的文学”，发出时代的“呐喊”；但另一方面，他比其他任何同时代作家都更复杂、更清醒，因而也就更虚无、更怀疑。因此，鲁迅的写作，即便是在最高昂的呐喊声里，也仍流露着某种难于直说的隐衷，而其写作实践与相关思考也由此成为现代文学史上的一个独特现象。鲁迅内心的矛盾与两难，以及他在写作中对这些矛盾的自觉处理，都决定了他比同时代的其他人更关注“怎么写”的问题。在不断面对“写作之难”与“真话之难”的过程中，鲁迅展开了一系列关于“诗与真”问题的思考，其思考的过程与成果，就集中反映于《野草》及其同时期的部分文本之中。

正如有研究者所说：“一九二四年似乎是一个临界点和突破点。在这之前，鲁迅极力压抑自己的‘黑暗’思想，不让它表露出来，而在这之后，鲁迅不但有意无意地放松了这种限制，并且一反先前的态度，逐渐公开地对自己进行自我解剖，把自己思想的‘黑暗’底层有系统地呈现出来，这就是……《野草》以及写于这一时期的其他更带个人性的文字。”① 事实确乎如此，《野草》时期（1924—1927 年）正是鲁迅的人生与写作生涯中一个非常重要的时期。抛开他在生活中的

---

① 解志熙：《生的执著——存在主义与中国现代文学》，人民文学出版社 1999 年版，第 94 页。

种种遭遇不谈，他在写作的观念和风格上也表现出很大的转变。而1927年之后，鲁迅又完成了他“走向杂文”的转变，从此专注于杂文的写作，文字的内容和风格再次发生重大变化，转向了另一个新的方向[①]。因此，通过《野草》考察鲁迅的写作观，无疑最能把握住鲁迅在这一特殊时期内的文学思想，并且，由其承上启下的转变轨迹中，也更能贯通地观察和理解鲁迅一生的文学写作的历程。

此外，《野草》的特殊写法也为我们提供了一个透视鲁迅写作观的特殊角度。一方面，它作为鲁迅“写自己”的一个特殊文本，被公认是最深入、最真实地呈露了他的人生哲学的各个方面，其中必然也包含了被鲁迅视为终生志业的文学创作，体现了鲁迅对于文学和写作的最基本的认识和理解。另一方面，由于鲁迅采用了极为隐晦曲折的表达方式，就使得读者必须穿越种种晦涩的象征性意象或戏剧性人物形象才能抵达其思想的深处，这种写法本身即与其对于写作问题的某种要求甚或某种尝试有关。因而，无论从哪个方面说，《野草》都是我们理解鲁迅写作观的最重要也最适宜的角度和途径。

（二）

“说要死的必然，说富贵的许谎。但说谎的得好报，说必然的遭打。你……”

“我愿意既不谎人，也不遭打。那么，老师，我得怎么说呢？”

“那么，你得说：‘啊呀！这孩子呵！您瞧！多么……阿唷！哈哈！ Hehe！ he，hehehehe！’”[②]

---

① 参见张旭东：《杂文的“自觉”——鲁迅“过渡期”写作的现代性与语言政治》（上）、（下），《文艺理论与批评》2009年第1、2期。

② 鲁迅：《野草 · 立论》，载《鲁迅全集》第2卷，人民文学出版社2005年版，第212页。

1924年开始写作《野草》之前，鲁迅确乎很少在文本中暴露自己内心深处的情绪和思想，其中的原因他自己也曾坦白过：“不愿将自己的思想，传染给别人。何以不愿，则因为我的思想太黑暗，而自己终于不能确知是否正确之故”[①]。因为如此，鲁迅在早期的文本中有意识地压抑“黑暗”的思想，更多地发出“听将令”的“呐喊”，甚至“不恤用了曲笔”，“硬唱凯歌”，只为“聊以慰藉那在寂寞里奔驰的猛士，使他不惮于前驱”[②]。这样的“呐喊”一直持续到“五四”落潮之后，当理想愈发渺茫，周围的同道却“有的高升，有的退隐，有的前进”[③]，只留他“荷戟独彷徨”[④]的时候，鲁迅这才开始按捺不住自己，尝试着以委婉曲折的方式暴露自己部分的内心真实，走向了《野草》式的内向型写作。

走向《野草》，从“不说”到“说”，这一方面与“五四”落潮的现实大背景相关，但更重要的原因还是鲁迅本人写作观的变化与发展。诚然他内心的“黑暗”中有不少“时代症”的成分，但实际上并不是每个和他一样痛苦的人都尝试并找到了新的写作方式，也不是每一种时代的痛楚都能成功被“文学”地表现出来。鲁迅的新尝试并不意味着他从此抛弃了早期“为人生”的启蒙文学观念，而是说在原有的方式之外，他开始寻找一种新的传达自我内心真实的方式，而不再是一味地压抑和隐藏。也因此，作为文学文本的《野草》，不仅是一部具有极高艺术价值的散文诗作品，是鲁迅自我心灵最真实的“自画像”，同时也是鲁迅在写作中思考、尝试、寻求突破的过程的真

---

① 鲁迅：《致许广平（1925年5月30日）》，载王世家、止庵编：《鲁迅著译编年全集》第6卷，人民出版社2009年版，第241页。

② 鲁迅：《呐喊·自序》，载《鲁迅全集》第1卷，人民文学出版社2005年版，第441页。

③ 鲁迅：《〈自选集〉自序》，载《鲁迅全集》第4卷，人民文学出版社2005年版，第469页。

④ 鲁迅：《题〈彷徨〉》，载《鲁迅全集》第7卷，人民文学出版社2005年版，第156页。

实反映。

事实上，从“不说”到“说”，鲁迅经历了长时间的痛苦挣扎。从“不能说，无从说”，到“不得不说”，这是外部的社会现实与内心的强大需要共同造就的。正如他后来曾说的：“我还有什么话可说呢？我懂得衰亡民族之所以默无声息的缘由了。沉默呵，沉默呵！不在沉默中爆发，就在沉默中灭亡。”[①]若要抗争灭亡的命运，就必须打破沉默，这是鲁迅对文学的意义与价值的一个最基本的认识，这个认识伴随和指导了他一生的写作。

但是，即便是到了“不得不说”的关头，“说什么”和“怎么说”也仍然是问题。这样困境中的挣扎，是从鲁迅写作的初期就已开始了的，直至他的晚年也未能彻底解决。可以说，“说”与“不说”的困扰，以及“怎么说”的为难，是作为写作者的鲁迅的终生困境，同时也是他毕生的追问和追求。对此，他在《野草》中曾专门写到过，那就是被大多研究者忽略了的《立论》。

《立论》是《野草》中为数不多的轻松明快甚至略带幽默感的一篇。历来的研究者们一致认为其主旨在于讽刺当时社会上的“哈哈论者”这样一个现实层面[②]。这样的理解也不能说不对，但仅仅局限于这个现实层面的理解还是大有问题的。首先，《野草》式的散文诗与杂文相比，其主题和表达方式都存在很大不同，这在鲁迅的写作中是极为明确和自觉的。《立论》若以单纯批判“哈哈论”这类社会现象为主题，则在《野草》系列中就显得分量太轻也太表面化了。事实上，《野草》诸篇无不关乎鲁迅内心中的重大问题（虽

---

① 鲁迅：《记念刘和珍君》，载《鲁迅全集》第3卷，人民文学出版社2005年版，第292页。

② 例如，冯雪峰认为该篇“所讽刺的是有普遍的典型性和深刻的社会意义的现象”，日本学者片山智行认为这是“并非一定要借梦的表现来描写无序的世界，应该说是具有讽刺性的寓言作品”，孙玉石认为是“对于一种社会上流行的人生哲学的批判”，等等。（参见孙玉石：《现实的与哲学的——鲁迅〈野草〉重释》，上海书店出版社2001年版。）

然有的篇章以浅显时事作为“掩体”），尤其是到《野草》写作的后期，这个特征就愈加突出。《立论》作为《野草》的第17篇，是不可能例外的。其次，从“立论”这个题目来看，也分明透露了该篇的主旨。对“哈哈论者”的批判显然并非“立论”的问题，而文本以“画梦”的方式起首就提出了“预备作文”和“请教立论的方法”的问题。因此我认为，《立论》是鲁迅关于“作文”和“立论”问题的一次深入讨论，“立论的方法”不仅关乎写作的方式，同时也关系到写作的态度、立场和基本观念。虽然文章的风格是轻松幽默的，但其背后的问题却相当严肃和沉重。可以说，《立论》是鲁迅对于自己在写作中的“说”与“不说”的根本性困境的剖露，更是他对于“说什么”和“怎么说”等重大问题的深入思考。

《立论》的故事非常简单：在梦中身为小学生的“我”向老师请教“立论的方法”，老师给“我”讲了一个故事，一个“说谎的得好报，说必然的遭打”的故事。“我”于是对老师说：“我愿意既不谎人，也不遭打。那么，老师，我得怎么说呢？”老师于是给出了一个“哈哈哈”的办法。

“谎人”与“哈哈哈”当然都是不“说真话”。前者是“骗”，后者是“瞒”，都是鲁迅所深深嫌恶的，更是他一再强调要在新文学中坚决去除的旧文学遗毒与糟粕。他在写完《立论》之后两周又写了一篇著名的杂文《论睁了眼看》，其中就曾说道：“中国人的不敢正视各方面，用瞒和骗，造出奇妙的逃路来，而自以为正路。在这路上，就证明着国民性的怯弱，懒惰，而又巧滑。”“中国人向来因为不敢正视人生，只好瞒和骗，由此也生出瞒和骗的文艺来，由这文艺，更令中国人更深地陷入瞒和骗的大泽中，甚而至于已经自己不觉得。世界日日改变，我们的作家取下假面，真诚地，深入地，大胆地看取人生并且写出他的血和肉来的时候早到了；早就应该有一片崭新的文场，早就应该有几个凶猛的闯将！”[①]基于此，在他自己的写作中，鲁迅当然更不能容忍“瞒”和“骗”这两样东西的存在。可以说，鲁迅的写作——从原则上说——必然是“说真话”的写作。

但问题在于，“说真话”并不容易，这一点鲁迅深有体会。“挨打”还在其次——事实上，他在写《立论》之前，已经在为“说真话”而挨“正人君子”们的打了——更重要的是“毒气和鬼气”的问题。因为自知内心的“黑暗”，深恐传染他人，所以他曾说他最担心的是，“我就怕我未熟的果实偏偏毒死了偏爱我的果实的人，而憎恨我的东西如所谓正人君子也者偏偏都矍铄”[②]。因此在他看来，“说真话”也要看时机、讲方法，在很多时候，直截了当和直言不讳未必就是最正确最合适的战斗方式，这是鲁迅在多年的战斗中深刻认识和总结出来的。因此，“说真话”绝不是一种简单机械的表态，而必须通过智慧的方式。更具体到文学性写作——如散文诗而非杂文——当中，如何“文学”地“说真话”更是一个事关“诗与真”的重大的艺术问题。

如何不“瞒”、不“骗”、不说假话，同时又避免简单机械地“说真话”的负面影响，这些都是鲁迅在写作中所面临的困境。更进一步说，《立论》所表达的不仅仅是这个写作中的困境，其实更已深入到如何认识世界、如何表达自我之类的写作哲学的问题。说到底，这是一个如何面对、认识、处理和表现“真实”的问题。并且，在这个“真实”当中，至少包含有“现实的真实”“内心的真实”和“文学的真实”这三个层面。

---

① 鲁迅：《论睁了眼看》，载《鲁迅全集》第1卷，人民文学出版社2005年版，第254页。

② 鲁迅：《写在〈坟〉后面》，载《鲁迅全集》第1卷，人民文学出版社2005年版，第300页。

（三）

写什么是一个问题，怎么写又是一个问题。①

在“现实的”“内心的”和“文学的”三重“真实”中，作为作家的鲁迅，关注的焦点当然最终还是要落在“文学的真实”上。前两种“真实”，说到底都是“说真话”的问题，也就是“写什么”的问题；而“文学的真实”，才是真话“怎么说”或文章“怎么写”的问题。确切地说，就是如何以文学的方式说出现实中和内心深处的真实，一方面让“真实”得以表达，另一方面也让说出来的“真实”成为具有艺术价值和历史意义的“文学”文本。这里，涉及了鲁迅对于三重“真实”之间的关系的理解。

在题为“怎么写”的文章中，鲁迅说：

> 尼采爱看血写的书。但我想，血写的文章，怕未必有罢。文章总是墨写的，血写的倒不过是血迹。它比文章自然更惊心动魄，更直截分明，然而容易变色，容易消磨。这一点，就要凭文学逞能，恰如冢中的白骨，往古来今，总要以它的永久来傲视少女颊上的轻红似的。

这句话确实非常重要，因为它清晰而深刻地体现了鲁迅的文学观和写作观，即：必须以“文学的真实”来反映“现实的真实”。因为，“文学的真实”（墨写的文章）要比“现实的真实”（血写的血迹）更具有长久的历史价值，因而，也只有“文学的真实”才能真正保存住“现实的真实”。在我看来，这个关于文学的功用与意义的认识，应

① 鲁迅：《怎么写——夜记之一》，载《鲁迅全集》第4卷，人民文学出版社2005年版，第18页。

该也就是促使鲁迅当年毅然“弃医从文”、以文学为终生志业的动力之一。

虽然鲁迅曾在他最愤怒的时候说过：“墨写的谎说，决掩不住血写的事实。”[①] 但他同时也更清楚地知道：“……造化又常常为庸人设计，以时间的流驶，来洗涤旧迹，仅使留下淡红的血色和微漠的悲哀。在这淡红的血色和微漠的悲哀中，又给人暂得偷生，维持着这似人非人的世界。”[②] 因此，纵然已是“实在无话可说”，甚至已“艰于呼吸视听”的他，仍在现实生活中常常“觉得有写一点东西的必要”，尤其是在发生了“血写的事实”之后。因为，能与“忘却的救主”相对抗的，只有那看似无用却终将胜于那“容易变色，容易消磨”的血迹（现实的真实）的文章（文学的真实）。是否可以这样说，鲁迅一生的写作，其实就是一种“为了忘却的记念”。他“记念”的目的就在于留住真实，对抗“忘却的救主”，为自己、为他人、为民族、为历史“立此存照”，书写“诗史”。而他“记念”的唯一方式，就是用笔墨写作，也就是将“现实的”与“内心的”真实转化为“文学的”真实。

但是，究竟应该“怎么写”呢？

在鲁迅看来，“事实”（现实的真实）并不直接等于“真实”（文学的真实），反之亦然。因为，文学作品“大抵是作者借别人以叙自己，或以自己推测别人的东西……即使有时不合事实，然而还是真实。其真实，正与用第三人称时或误用第一人称时毫无不同”。相反，那些以日记体、书简体的方式标榜真实性的作品，反而让人觉得非常做作，读者从中看不见作者的真心，“却时时看到一些做作，仿佛受了欺骗”。因此他说：“我宁看《红楼梦》，却不愿看新出的《林黛玉

---

① 鲁迅：《无花的蔷薇之二》，载《鲁迅全集》第 3 卷，人民文学出版社 2005 年版，第 279 页。

② 鲁迅：《记念刘和珍君》，载《鲁迅全集》第 3 卷，人民文学出版社 2005 年版，第 290 页。

日记》，它一页能够使我不舒服小半天。”究其原因，就在于这类东西打着“真实”的旗号，实际上却“不免有些装腔”，反而引起读者的幻灭。因此鲁迅说：“一般的幻灭的悲哀，我以为不在假，而在以假为真”，“幻灭之来，多不在假中见真，而在真中见假”。[①]

鲁迅批评和否定的是对于“真实性”的机械理解，因而也就同时表明了他自己对于“文学的真实”的独特认识。在他看来，“真实”不能依赖于表面看去的“事实”，更不能依赖于自我的标榜。表面的做作或标榜只能透露出作者内心的虚假，而文学的真实依赖的是作者对于事实的把握和内心的真诚。至于是否运用虚构等文学表达方式，则是丝毫不会影响和妨害到“真实”本身的。事实上，《野草》正是这样一个“假中见真”的有力例证。由于其“真实”更多地侧重于“内心的”层面，为了找到合适的方式说出他带有“毒气和鬼气”的内心，鲁迅在《野草》中尝试了多种方式，以托物、象征、戏剧化等手法，含蓄隐晦地表达出一种极为特殊的“真实”。《野草》的真实性并不在于它是不是“血写的”，或者是不是以第一人称的、日记体的、纪实的手法写的。它的变形、它的画梦、它的象征，让人“假中见真”，甚至是更深入地体现出“真实”状态的复杂性与深刻性。从这个意义上说，《野草》是鲁迅的一次写作试验，并且是一次独特的、重要的、成功的写作试验。

（四）

……抉心自食，欲知本味。创痛酷烈，本味何能知？……

……痛定之后，徐徐食之。然其心已陈旧，本味又何由知？……

① 鲁迅：《怎么写——夜记之一》，载《鲁迅全集》第4卷，人民文学出版社2005年版，第23—24页。

……答我。否则，离开！……[①]

《野草》是鲁迅“写自己”的特殊文本，它以最隐晦的方式写出了最深切的真实，是鲁迅文学性写作中的一次“假中见真”的尝试。与他在小说和杂文中以“最清醒的现实主义”进行历史批判与社会批判的方式不同，《野草》的写作是他时时面对自己内心的过程。正因为内心中有太多的矛盾、痛苦、绝望和虚无等“黑暗”的东西，所以在写作的过程中，“怎么写”的问题就必然成为一个比他在任何其他写作中都更需要思考和应对的问题。或者说，对《野草》而言，“怎么写”的问题更突出、更重要，同时也更加困难。事实上，《野草》中的“真实”之所以难以直说，还不仅因为说出来以后可能有“挨打”或“传染别人”的严重后果，更重要的是，这“真实”本身就太矛盾太复杂，作家自己甚至无法用语言将之准确地表达出来。这正如鲁迅在《题辞》中所说的：“天地有如此静穆，我不能大笑而且歌唱。天地即不如此静穆，我或者也将不能。”[②]这足见真话之难不仅来自外部环境的压力，同时也有来源于写作内部的困难。

在《野草》的第15篇《墓碣文》中，就提出了这个有关写作内部困境的问题。《墓碣文》是《野草》中最为晦涩难懂的篇章之一，多年来对此篇的理解和阐释仍莫衷一是。研究者大都承认这里包含了鲁迅的生命哲学，是他“对于自己曾经生活过的生命的存在”的“重新反省与确认”，是他“在努力发现自己身上存在的‘毒气和鬼气’，并想通过一种文字上自我解剖的办法，竭力地去铲除它们，同时也获得在心理紧张方面的缓解与平衡”。[③]我赞同这样的理解，但在此基

① 鲁迅：《墓碣文》，载《鲁迅全集》第2卷，人民文学出版社2005年版，第207页。

② 鲁迅：《野草·题辞》，载《鲁迅全集》第2卷，人民文学出版社2005年版，第163页。

③ 孙玉石：《现实的与哲学的——鲁迅〈野草〉重释》，上海书店出版社2001年版，第186页。

础上，我认为还需特别强调一点，即鲁迅在反省自己的生命哲学之外，更特别提出了文学与写作的问题，甚至可以说，《墓碣文》中墓碣背面的文字就是《野草》写作姿态的一个总结。

噩梦中的“我”与墓碣对立，形成了一个“我”与过去、未来的生命与自我灵魂的对话姿态。这其实是整个《野草》的姿态：与“墓碣”“对立”，“向死而生”，这是鲁迅一贯的生存和写作的姿态和立场。或者说，他的所有的言行也始终是面对（面向）着绝望而存在的，在这个姿态中，我们可以理解他对于绝望的认识和体验，理解他的虚无的来源与表现，从而更由此理解他对于自我生命的一种积极性的调动和安排。可以说，他在《野草》中的一切言行，都是对绝望的抗拒和对虚无的克服。《墓碣文》以其独特的断断续续的方式，隐隐约约地说出的，正是这样一种“内心的真实”。而事实上，这样的“真话”，也只能以这样断断续续、隐隐约约的方式来说出。

墓碣的正面，写出了一个极度矛盾冲突着的“自我”的生命，写出了这个生命中最尖锐的矛盾以及与之伴生的克服与反抗的力量：“于浩歌狂热之际中寒；于天上看见深渊。于一切眼中看见无所有；于无所希望中得救。”这个“化为长蛇，口有毒牙。不以啮人，自啮其身”的“游魂”正是鲁迅自己，而《野草》也正是他“时时解剖自己”，“自啮其身”的写照。①

与墓碣正面的生命观相比，墓碣背面的文字更集中体现了时时萦绕于鲁迅思想中的文学观和写作观：“……抉心自食，欲知本味。创痛酷烈，本味何能知？……痛定之后，徐徐食之，然其心已陈旧，本味又何由知？……”这里提出的两个问题，正是鲁迅对于挖掘和曝露内心真实的方式的思考和讨论。

这里所说的“本味”，首先是“内心的真实”，而“抉心自食”

① 鲁迅：《墓碣文》，载《鲁迅全集》第 2 卷，人民文学出版社 2005 年版，第 207 页。

也就意味着要在写作的过程中充分面对、认识和表达这一内心的真实。但问题的关键在于：如何能将“心”的“本味”如实准确地保留并传达到文本中，使之成为“文学的真实”？很显然，这是一个关乎写作内部的艺术问题。

在鲁迅看来，“抉心自食”的过程是“创痛酷烈”的，而所得到的效果却未必理想。其原因在于“感情正烈的时候，不宜做诗，否则锋芒太露，能将‘诗美’杀掉”①。这句话是鲁迅在1925年6月28日——亦即写作《墓碣文》之后的第11天——与许广平的通信中说到的。他说的是许广平投与《莽原》的一首诗作：“那一首诗，意气也未尝不盛，但此种猛烈的攻击，只宜用散文，如‘杂感’之类，而造语还须曲折，否，即容易引起反感。诗歌较有永久性，所以不甚合于做这样的题目。”他接着就谈道：“沪案以后，周刊上常有极锋利肃杀的诗，其实是没有意思的，情随事迁，即味如嚼蜡。”②为此他明确提出了“感情正烈的时候，不宜做诗”的观点。这个观点的提出，完全是出于艺术（“诗美”）的角度，因为“感情正烈”的时候最易失去冷静，因而造成“锋芒太露”，失去了审美所需的距离，完全成为作者主观情绪的宣泄，失却了优秀文学作品本应具有的“永久性”和历史意义。且当作者与读者的情绪高潮都渐渐消歇之后，“情随事迁”，那种单纯宣泄情绪的作品也就“味如嚼蜡”，减损了审美与历史的价值。

这正是《墓碣文》中所说的“抉心自食，欲知本味”的问题。这个问题，绝不仅仅事关狭义的诗歌文体，而是一个根本性的艺术问题。以往的研究多强调鲁迅在这段文字中所流露的“创痛酷烈”，认为这是他内心矛盾痛苦的体现。但我以为，痛不痛并不是最重要的，

① 鲁迅：《致许广平（1925年6月28日）》，载王世家、止庵编：《鲁迅著译编年全集》第6卷，人民出版社2009年版，第276页。

② 鲁迅：《致许广平（1925年6月28日）》，载王世家、止庵编：《鲁迅著译编年全集》第6卷，人民出版社2009年版，第276页。

最重要的问题是“本味何能知？”——仍然是“怎么写”的问题。

鲁迅自己是从不在感情最烈的时候写作的，即便是那些锋利无比的杂文。正如他在“三一八”惨案发生十余天后所写的《记念刘和珍君》中所说：“可是我实在无话可说。我只觉得所住的并非人间。四十多个青年的血，洋溢在我的周围，使我艰于呼吸视听，那里还能有什么言语？长歌当哭，是必须在痛定之后的。”①

但是，“痛定之后”问题就解决了吗？“痛定之后”的“长歌当哭”就能艺术地再现内心的或现实的“真实”了吗？鲁迅的回答仍然是怀疑的：“痛定之后，徐徐食之，然其心已陈旧，本味又何由知？”也就是说，当写作与现实或内心之痛拉开一定距离之后，却又面临了另一种困境，那就是：感情渐弱，“忘却的救主”开始降临，“又给人暂得偷生，维持着这似人非人的世界”。因此，这样写就的作品又将出现由时间和情绪的“距离”所带来的损耗，因为“其心已陈旧”，所以作者的情绪力量和文本的感染力都有可能随之受损，似乎仍不能达到“欲知本味”的效果和目标。

鲁迅在这里所提出的，显然正是他自己在写作中遭遇的问题——如何在“诗”中处理“真”，如何在“欲知本味”的写作中保留“诗美”、追求艺术？这个问题，他自己无法给出清楚的回答。他的答案——或说是他对答案的探索——都体现在《野草》等尝试性的文本之中。这让人不由得想起，鲁迅曾半真半假地承认自己“做惯了晦涩的文章，一时改不过来，初做时立志要显豁，而后来往往仍以晦涩结尾，实在可气之至”②。其实，下笔晦涩并不一定真的是积习难改，而更可能是他在某一种题材和环境的制约之下有意识的选择，是他在“诗与真”问题上的某种尝试和应对。

---

① 鲁迅：《记念刘和珍君》，载《鲁迅全集》第3卷，人民文学出版社2005年版，第289页。

② 鲁迅：《致许广平（1925年5月30日）》，载王世家、止庵编：《鲁迅著译编年全集》第6卷，人民出版社2009年版，第241页。

（五）

爱人赠我百蝶巾；
回她什么：猫头鹰。
……
爱人赠我玫瑰花；
回她什么：赤练蛇。①

在我看来，鲁迅关于文学之“真”的独特思考，其实并不仅仅事关写作的态度与方法，其更深层的意义还在于：它通过对“诗与真”这一问题的重新理解，显示了某种新的、具有现代性质的“文学”观念，是对原有“文学”的边界与评判标准的一种调整。或者说，鲁迅以一种经过重新界定的“真”引发了对于传统文学中诸如“真善美”等价值观念和标准的重估。这样一个具有革命性和深远影响的文学抱负，同样体现在《野草》的文本之中。

《野草》中有一首非常特别的作品——“拟古的新打油诗”《我的失恋》。这首诗从语言风格上说更像一篇“玩笑之作”，不仅在《野草》中显得非常“另类”，同时也造成了解读上的困难。对于这首诗的入选，很多研究者都认为具有某种偶然因素②，但在我看来，在偶然性之外也有其合理之处——否则就无法解释为什么在编集问题上从不随意的鲁迅在后来编定《野草》时保留了这一篇——那是因为，《我的失恋》其实是十分隐晦地体现了鲁迅独特的文学观。

这是一个非常严肃的文学观。鲁迅以恋人之间互赠礼物的贵贱美丑的悬殊，对所有自以为高雅尊贵的文学家们开了一个玩笑：如果

① 鲁迅：《我的失恋》，载《鲁迅全集》第 2 卷，人民文学出版社 2005 年版，第 173 页。

② 参见孙玉石：《现实的与哲学的——鲁迅〈野草〉重释》，上海书店出版社 2001 年版，第 51—52 页。

说，戴着桂冠的诗歌——无论新诗还是旧诗——是“百蝶巾”“双燕图”“金表索”“玫瑰花”那样高雅优美、地位显赫的东西，那么，鲁迅情愿自己的《野草》——以及其他一些作品——就像“猫头鹰”“冰糖壶卢”“发汗药”“赤练蛇”那样，不登大雅之堂，不求名留青史，但却让人或觉可近，或觉可惊，心有所动。鲁迅在这里颠覆的是古典主义文学的传统价值观念，他以一种革命式的态度将那些被供奉在文学殿堂中的经典价值奚落嘲弄了一番，尤其消解了“美”“优雅”“高贵”“浪漫”“神圣”之类的传统价值。可以说，这是一次文学艺术领域“重新估价一切”的革命，颠覆了旧有的价值，代之而起的则是一个新的、现代的、有关“诗与真”的观念。即以“真”取代了空洞的“美”，以“真”改写了“诗”，以一种与现代生活和现代体验血肉相连的“真实”作为现代意义上的文学的核心价值。

对于鲁迅来说，这样一种“真”的写作，既是符合启蒙理想与时代主潮的“为人生”的写作方式，也是他个人文学生命中最深层最真切的内在需求。综观整个《野草》，关于生命与文学的深入探索几乎无处不在。生命哲学是鲁迅关于“写什么”的探索，而文学写作观念则是他时刻关心的“怎么写”的思考。而这两者，在他的生命中是紧密交织、不可分离的。正如他在《题辞》中所强调的：“生命的泥委弃在地面上，不生乔木，只生野草”，这“野草，根本不深，花叶不美，然而吸取露，吸取水，吸取陈死人的血和肉，各各夺取它的生存”。但是，他说：“我自爱我的野草，但我憎恶这以野草作装饰的地面。”在这里，鲁迅已经说得非常明确，“野草”是代表着他这部散文诗集的精神特征的。对应于所有美好的花叶和乔木而言，“野草”不“美”、不取悦于人、不具有任何装饰性，但是，它却是鲁迅以自己“生命的泥”所养育，以“过去的生命”的“死亡”与“朽腐”所换取的，它甚至可以直接等同于作家的生命。因此鲁迅说：“我以这一丛野草，在明与暗，生与死，过去与未来之际，献于友与仇，人与兽，爱者与不爱者之前作证。”[①]这句话，包含了鲁迅对于写作的最根本的看法，以及他对文学的信仰。因为这里的“写作观”，绝非一种纯文学意义上的概念，而已经深化为一种生命的方式：鲁迅以“写作”作为斗争与实践的方式、作为“生”——生命与生活——的实践方式，他的生命几乎是与他的写作完全交织在一起的。写作是他“活”的证明、“活”的动力和成果，更是支持他继续“活”下去的最大安慰。即如他在《写在〈坟〉后面》中所说的：

> 我的生命的一部分，就这样地用去了，也就是做了这样的工作。然而我至今终于不明白我一向是在做什么。比方做土工的罢，做着做着，而不明白是在筑台呢还是在掘坑。所知道的是即使是筑台，也无非要将自己从那上面跌下来或者显示老死；倘是掘坑，那就当然不过是埋掉自己。总之：逝去，逝去，一切一切，和光阴一同早逝去，在逝去，要逝去了。——不过如此，但也为我所十分甘愿的。[②]

这段动情的文字透露了鲁迅内心非常真实的一面。的确，鲁迅从来不是一个“为艺术而艺术”的作家，他的写作几乎是与他的人生同为一体的，他的写作也就是他以生命的心血进行灌溉的过程。可以说，“诗与真”的问题在他那里已不仅是一个艺术问题，而成为一个熔铸着写作者生命与写作的特殊的哲学追问。也是在这个意义上说，鲁迅对于“诗与真”的理解与实践，超越了古今中外很多艺术家的认识和理解，达到了一个更加高远的境界，也具备了更为强大而独特的生命力量与历史意义。

---

① 鲁迅：《野草·题辞》，载《鲁迅全集》第2卷，人民文学出版社2005年版，第163页。

② 鲁迅：《写在〈坟〉后面》，载《鲁迅全集》第1卷，人民文学出版社2005年版，第299页。

第三章　重读鲁迅作品四则

一、鲁迅那代人的醒和怕

——重读《狂人日记》

《狂人日记》发表至今已逾百年。作为中国现代文学的奠基之作，它以石破天惊的方式发出了现代中国的第一声“呐喊”，被誉为文学的“人权宣言”。因为这样的历史地位和影响，对它的阐释和析读百年来从未中止，尽管在不同时代和文化语境中的解读存在差异，但在总体的认识评价上始终保持着一致。一方面，它在思想意义上“暴露家族制度和礼教的弊害”①，揭示封建伦理的“吃人”本质，以“救救孩子”的呐喊开启了那场以掀翻吃人筵席为理想的思想运动；另一方面，它以“新奇可怪”的艺术效果开创了现代短篇小说的审美方式，在其“异样的风格”中给人带来“一种痛快的刺戟”，“犹如久处黑暗的人们骤然看见了耀眼的阳光”，“感着不可言喻的悲哀的愉快”。②

多年来，较多引起讨论乃至争论的还是狂人的形象。比如他究竟是真疯还是佯狂？是独醒还是被诬？他最终的“赴某地候补”，究竟是病愈还是自暴自弃？……对这些问题的不同理解不仅丰富和加深

---

① 鲁迅：《导言》，载鲁迅编选：《中国新文学大系·小说二集》（影印本），上海文艺出版社 1981 年版，第 2 页。

② 沈雁冰：《读〈呐喊〉》，《文学》第 91 期，1923 年 10 月 8 日。

着对于鲁迅的理解，同时也体现出不同时期不同研究者的认识角度与关注焦点的不同，构成了一部独特的“狂人”研究史。时至今日，这部经典文本仍具有强大的吸引力，召唤着新的讨论与新的阐释。

（一）

曾有学者提出，“狂人的主导心理特征是恐怖和发现”①，并且，“狂人的恐惧和发现→夏瑜的奋斗和悲哀→N先生的失望和愤激→吕纬甫的颓唐和自责→疯子的幽愤和决绝→魏连殳的孤独和复仇，以及《伤逝》在象征意义上表述的‘新的生路自然还很多’，‘然而我还没有知道跨进那里去的第一步的方法’的绝处逢生的希望和彷徨，这是历史‘中间物’在社会变革过程中间断与不间断相统一的完整心理过程，它构成了《呐喊》《彷徨》的一条内在感情线索”②。这条线索虽然可能过于清晰完整了，但它确实在一定程度上贯穿了鲁迅笔下一系列相关的小说人物，解释了他们的联系，总结了他们的命运；同时，也通过这些人物的命运呈现了鲁迅本人的思想发展和内在逻辑；甚而可以说，这里还反映着鲁迅那一代人共同的处境与思考。

既然狂人是这个链条上的第一个形象，所以还是回到起点，谈谈他的“恐怖和发现”。这里，我更愿用原文中频繁出现的“怕”和“醒”来作为概括。与“恐怖和发现”相比，“怕”和“醒”也许更接近感性的层面，更有生理性、肉身性的特征，它们更像是出于本能，之后在理性的逐步加强中慢慢变为自觉。换句话说，“怕”和“醒”正是觉悟的开始，也是在这个意义上说，狂人的形象是有一个发展变化过程的，确乎不能等同于一名已经成熟自觉的战士。

此外还需强调的是，“怕”和“醒”之间有着密切的关联，二者

① 汪晖：《反抗绝望——鲁迅及其文学世界》，河北教育出版社2000年版，第199页。
② 汪晖：《反抗绝望——鲁迅及其文学世界》，河北教育出版社2000年版，第202页。

甚至是互为因果的。醒是怕的开始，怕是醒的表现。也正是这种既醒且怕、越理智就越惊惶的状态，构成了常人眼中的“狂”。

日记的第一则就是从“醒”和“怕”开始的：

> 今天晚上，很好的月光。
>
> 我不见他，已是三十多年；今天见了，精神分外爽快。才知道以前的三十多年，全是发昏；然而须十分小心。不然，那赵家的狗，何以看我两眼呢？
>
> 我怕得有理。①

这是精妙的起笔。第一句的感叹看似与正常人无异，但到了第二句，“狂人”形象就现身了。三十多年不见月光，这当然是昏话和胡说，但这显然也是一语双关。即如严家炎先生所言：“奇异的感觉，不正常的推理，完全是狂人的一派疯话！然而，其中有些话语又隐含着象征、双关的意义。‘月光’，就不仅指现实的月色，也是光明的象征。狂人见了它，感到‘精神分外爽快’，‘才知道以前的三十多年，全是发昏’；这里就暗寓着主人公告别过去‘发昏’的生活而有所觉醒之意。”②确实，“觉今是而昨非”是“醒”的最直接表现；豁然开朗的“爽快”也是初醒者精神解放的第一感受。但是紧接着，狂人立刻就说出了“然而”，也就是说，与爽快相伴随的——几乎是直觉性的——他感到了“怕”。而且他知道，他“怕得有理”。这个怕并不是怯懦的恐惧，而是清醒的直觉，因为觉醒于蒙昧的庸众之中，他知道他必将被视为异类，因而也必将在尚未得到改变的旧秩序中遭到迫害。

① 鲁迅：《狂人日记》，载《鲁迅全集》第1卷，人民文学出版社2005年版，第444页。

② 严家炎：《论〈狂人日记〉的创作方法》，载《论鲁迅的复调小说》，上海教育出版社2002年版，第101页。

在第二则日记中，“怕”出现的频率更高了。先是在别人的“眼色”里看到了危险，看到赵贵翁和“一路上的人”都“似乎怕我，似乎想害我”，于是在各种阴谋虚伪的凶相中，“我便从头直冷到脚跟”。与第一则日记中的“怕”相比，这时的怕已经不是出于直觉，而是源于观察和分析。狂人通过对周围人的眼色、脸色、议论、笑容的观察，极力想要破解人们的心思，他甚至通过大声质问、自以为是的推理来寻找答案，虽然并没有什么结论，只得到了“这真教我怕，教我纳罕而且伤心”的感慨。

但值得注意的是，狂人在“从头直冷到脚跟”的同时，却也说出了“我可不怕，仍旧走我的路”。这并不是自相矛盾，而显示了他的“怕”与怯懦的不同。正因为这已不再是直觉的怕而是理性的清醒，所以在看穿了人们的诡计和把戏、预见到可能的加害的同时，反而激发了狂人的勇气。

也就是说，第一、第二则日记中的“怕”，正暗中表现了“醒”的过程。这“醒”正是由“怕”体现出来的，而且，从直觉的怕到理智的怕，已经说明了醒的程度正在加强。于是，在第三则日记里，“醒”代替“怕”，变成了主角：

> 晚上总是睡不着。凡事须得研究，才会明白。①

生理意义上的“醒”确实表现为“睡不着”，而在双关的意义上说，思想上的觉醒也必然让人不会再甘于堕回蒙昧的状态中去。在之前观察和分析的基础之上，醒来的狂人开始自觉地“研究”（“研究”这一明显带有现代性色彩的词汇无疑再次强调了其理性自觉的意义）。他研究的目标是那些原本不假思索的“凡事”，而他所谓的

① 鲁迅:《狂人日记》，载《鲁迅全集》第1卷，人民文学出版社2005年版，第445页。

“明白”，也就是要打破“从来如此”与不假思索的老例，对这些“凡事”给出新的、理性的判断。

正是在“横竖睡不着”的清醒状态里，狂人的“研究”得出了最为重要的结论，那就是：在歪歪斜斜没有年代的历史的字缝里，他看到“满本都写着两个字是‘吃人’！”而且，在不断的研究中，他不仅“明白”了历史的“吃人”本质，更看到了满纸“仁义道德”的虚伪，也开始“晓得他们的方法”，包括他自己将要被逼、被诬甚至被吃的可能。也正是经过清醒的观察和研究，狂人的心理发生了重要变化，逐渐由感性的“怕”变为了理性的“不怕”。

狂人最初的怕是本能的、直觉的，是由生命意识的苏醒所带来的对死亡的恐惧。这种怕，也曾出现在的鲁迅其他作品中，比如，《阿Q正传》的结尾：

> 阿Q于是再看那些喝采的人们。
>
> 这刹那中，他的思想又仿佛旋风似的在脑里一回旋了。四年之前，他曾在山脚下遇见一只饿狼，永是不近不远的跟定他，要吃他的肉。他那时吓得几乎要死，幸而手里有一柄斫柴刀，才得仗这壮了胆，支持到未庄；可是永远记得那狼眼睛，又凶又怯，闪闪的像两颗鬼火，似乎远远的来穿透了他的皮肉。而这回他又看见从来没有见过的更可怕的眼睛了，又钝又锋利，不但已经咀嚼了他的话，并且还要咀嚼他皮肉外的东西，永是不远不近的跟他走。
>
> 这些眼睛们似乎连成一气，已经在那里咬他的灵魂。
>
> “救命，……”
>
> 然而阿Q没有说。他早就两眼发黑，耳朵里嗡的一声，觉得全身仿佛微尘似的迸散了。①

---

① 鲁迅：《阿Q正传》，载《鲁迅全集》第1卷，人民文学出版社2005年版，第551—552页。

临死之际的阿Q终于懂得害怕了。这一段回旋在他脑里的“思想”实在是很不“阿Q”，从写作上说甚至有痕迹太露之嫌，但也正是这硬来的一笔用一种“怕”和一句未及出口的“救命”写出了阿Q在最后时刻似乎要“醒”来的可能。

阿Q最后的怕与狂人最初的怕是相似的，怕死与喊救命，都是求生意识的表现，是他们人生中第一次对“生”与“活”的自觉。与之不同的是那些在前启蒙状态中懵懂地生、糊涂地死的人们，他们当然也并不想死，但对死亡本身却也谈不上什么恐惧。比如顺从父命服食人血馒头的华小栓，连吃“药”也不过是他听天由命的一部分而已。再比如认真思忖过死的问题的祥林嫂，与其说她怕死，倒不如说她只是畏惧在阴间被劈成两半。甚而，相较于人世的冷漠，祥林嫂倒是愿意赴死的。我以为小说之所以模糊了祥林嫂的死因，就是作者对她可能死于自尽的暗示。因而，对比之下，狂人对死亡的恐惧是强烈的，但这并不等于怯懦，而是一种对生命的自觉。

有意味的是，狂人的这个“怕”却在一步一步“醒”来的过程中变为了“不怕”。他一再说到的“我不怕”“我有勇气”，正是来自求生与启蒙精神所催生出来的勇敢力量。换句话说，狂人因为醒所以怕，却也因为怕死和求生而越发自觉地要求彻底觉醒。因而，面对“吃人的”“一伙”，他越来越“勇气百倍”，“偏要问”“偏要说”，偏要发出他质询、控诉、警劝的声音。最终，他在清醒与勇气之中终于看到了“一条门槛，一个关头”，那就是从“说不能”开始，即对“从来如此”的一切，发出第一个否定的声音：“不能！”狂人相信，“跨过这一步”，一切便会不同，“将来容不得吃人的人，活在世上”①。

日记的语言虽然是凌乱破碎的，但狂人的逻辑其实相当清晰。

① 鲁迅：《狂人日记》，载《鲁迅全集》第1卷，人民文学出版社2005年版，第453页。

在以往的研究中，对狂人形象的分析大多集中于其狂态掩盖之下的微言大义与当头棒喝，而忽略了其心理和思想的变化过程。事实上，作者在此埋伏着一条思想发展的线索，通过狂人的“醒”的加深与“怕”的减弱，精微地写出了一个启蒙和觉醒的过程。认识到这个过程，我们或可不必再争论他是真疯还是佯狂，因为他既非普通的疯子，也不是被诬的战士，而是一个一步一步觉醒过来的“真的人”。

（二）

《狂人日记》就像是鲁迅小说——乃至中国现代文学——的一篇总序，涉及和提出了一些根本性的问题，有关这些问题的思考延伸在鲁迅本人以及他人后来的相关作品中，历史地形成了某种系统，在每个问题上都延展出更多的思想探讨和文本实绩。在这个意义上说，狂人形象的意义也超越了其作为个体的意义，而成为某种思想或某些问题的承载者。在狂人的身后，在鲁迅日渐深入的思考中，又陆续出现了一批类似的人物形象，共同承载起对这些问题的思考。在这个人物系列中，就包括了夏瑜（《药》）、N 先生（《头发的故事》）、吕纬甫（《在酒楼上》）、疯子（《长明灯》）、魏连殳（《孤独者》），以及实有其人的范爱农（《范爱农》）。

这几个人物当然并不都是“狂人”，但多少都有些迥于常人的行状。夏瑜面临就义之际“还要劝牢头造反”，被打之后还要说打人者可怜，“简直是发了疯了”①。N 先生“本来脾气有点乖张，时常生些无谓的气，说些不通世故的话”②。吕纬甫也曾有“到城隍庙里去拔掉神像的胡子的时候，连日议论些改革中国的方法以至于打起来的时

① 鲁迅：《药》，载《鲁迅全集》第 1 卷，人民文学出版社 2005 年版，第 468—469 页。

② 鲁迅：《头发的故事》，载《鲁迅全集》第 1 卷，人民文学出版社 2005 年版，第 484 页。

候”[①]。范爱农也是“离奇”,“回到故乡之后，又受着轻蔑，排斥，迫害，几乎无地可容”[②]。最明显的是疯子和魏连殳，直然就是乡人眼中令人忧惧的“大害”和“异类”。

值得注意的是，鲁迅对这些人物的描写已与《狂人日记》的写法有所不同，虽然仍以某些独异的言行来表现他们超拔独醒的状态，却都不再将之呈现为病状。即便是吉光屯里的“疯子”，在叙述者的眼中其实也全无病态：

> 他也还如平常一样，黄的方脸和蓝布破大衫，只在浓眉底下的大而且长的眼睛中，略带些异样的光闪，看人就许多工夫不眨眼，并且总含着悲愤疑惧的神情。短的头发上粘着两片稻草叶，那该是孩子暗暗地从背后给他放上去的，因为他们向他头上一看之后，就都缩了颈子，笑着将舌头很快地一伸。[③]

从这段描写中丝毫看不出这是一个疯子，相反，这更像是一个清醒的觉醒者，甚而更进一步，是一位清醒并且已付诸实践的战士——虽然是一个单枪匹马，找不到斗争方式的失败的战士。他“悲愤疑惧的神情”说明了他的觉醒，他眼里“异样的光闪”可以理解为理性的光芒，他看人不眨眼的方式也可以理解为犀利与洞察，而唯一可被视为失常的头发上的稻草叶，其实只是小孩子恶作剧的结果。

如果说“狂人”至少在表面上看起来还存在真疯的可能，那么，到《长明灯》中，这个“疯子”就纯粹是被庸众和看客所误解甚至诬害的了。鲁迅在写法上的变化体现着思考重心的变化，就是说，在对

---

① 鲁迅:《在酒楼上》，载《鲁迅全集》第 2 卷，人民文学出版社 2005 年版，第 29 页。

② 鲁迅:《范爱农》，载《鲁迅全集》第 2 卷，人民文学出版社 2005 年版，第 322—323 页。

③ 鲁迅:《长明灯》，载《鲁迅全集》第 2 卷，人民文学出版社 2005 年版，第 61—62 页。

觉醒本身和过程的强调之外，他更多地关注觉醒者与未启蒙的庸众之间的隔膜与冲突，以及——也是最重要的——觉醒之后的出路问题。

在《狂人日记》中，对狂人后来出路的交代是模糊的，因而这也引起了最多的争论。文言小序中的交代是："然已早愈，赴某地候补矣"，也就是说，狂人恢复了"正常"，回到正常人的正常社会秩序之中去了。对此，以往的争论中有人认为这是一种"投降"，也有人为之辩护说只是普通的任职，不带有鲜明的倾向①。无论如何有一点是毫无疑问的，那就是他至少看起来是病愈了，赴任也总算是狂态的结束。但是当然，对这个问题的深究还是会引发不同的理解，即：他究竟是恢复了常态，还是隐埋了内心？这是他的堕落或投降，还是他的自暴自弃？抑或又是在隐忍之中继续苦闷的探索？我以为，要回答这些问题，必须回到鲁迅的思想之中，讨论他的构思中包含着怎样的意蕴。而要想弄清他的意图，就还需要结合他笔下其他相关的人物形象，不仅弄清鲁迅在《狂人日记》写作当时的思考，也追问他在日后创作中对这个问题的深化。

最具有参考价值的就是"孤独者"魏连殳。这是一个早就以"古怪"和"异样"闻名的"异类"，虽然不算狂人，但其行状样貌也多少与常人有异。比如他"两眼在黑气里闪闪地发光"的样子，他"对人总是爱理不理的，却常喜欢管别人的闲事"的态度，还有他独身的原则、对祖产的另类安排，以及对小孩子的特别态度等，都是常人所无法理解的。特别是他在祖母大殓的仪式上，虽然看似墨守成规，但在众人拜哭时不落一滴泪，继而又在所有人都安静了之后发出"长嚎"般的痛哭，"像一匹受伤的狼，当深夜在旷野中嗥叫，惨伤里夹杂着愤怒和悲哀"②。其言行的种种出人意料，都是"老例上所没有"，

① 参见严家炎：《〈狂人日记〉的思想和艺术》，载《论鲁迅的复调小说》，上海教育出版社 2002 年版，第 13 页。

② 鲁迅：《孤独者》，载《鲁迅全集》第 2 卷，人民文学出版社 2005 年版，第 90—91 页。

因而显得无比特异、迥乎常人。

但是，在鲁迅的笔下，魏连殳并不是一个疯子，他的独异源自他的经历、更源自他的觉醒。他外出游学、离家多年，早已成为一个以新式科学（动物学）为业的新型知识分子，无法回到原有的社会秩序之中。《孤独者》强调的并非魏连殳是如何的怪，而是这个怪人到底有多么孤独。换句话说，重要的是这个已经醒来的狂人是如何在梦醒之后走投无路，最终选择了一条看似荒唐其实惨伤的绝路。

魏连殳命运中最大的戏剧性转折就是他从学界失业之后，走投无路最终从政，“做了杜师长的顾问”。鲁迅的妙笔对这个突发的转折和特殊的经历给予了浓墨重彩的描绘，借大良们的祖母之口，写出了世人眼中魏连殳的变化：“自从交运之后，人就和先前两样了，脸也抬高起来，气昂昂的。对人也不再那么迂。”“不肯积蓄一点，水似的化钱。……譬如买东西，今天买进，明天又卖出，弄破，真不知道是怎么一回事。待到死了下来，什么也没有，都糟掉了。”“他就是胡闹，不想办一点正经事。”而这些看似荒唐的异状，在魏连殳本人字字血泪的信中，早已做出了解释：

> “……我已经躬行我先前所憎恶，所反对的一切，拒斥我先前所崇仰，所主张的一切了。我已经真的失败，——然而我胜利了。
>
> ……
>
> ……这里有新的宾客，新的馈赠，新的颂扬，新的钻营，新的磕头和打拱，新的打牌和猜拳，新的冷眼和恶心，新的失眠和吐血……。
>
> ……
>
> ……现在忘记我罢；我现在已经‘好’了。”①

① 鲁迅：《孤独者》，载《鲁迅全集》第2卷，人民文学出版社2005年版，第103—104页。

魏连殳的自暴自弃源于彻底的绝望，他终于在这条自己选定的死路上迅速走完了余生。他并不是自甘堕落，事实上，一直到死他都没有真正变为旧秩序的一分子，他在棺材里仍是“很不妥帖地躺着”，“在不妥帖的衣冠中，安静地躺着，合了眼，闭着嘴，口角间仿佛含着冰冷的微笑，冷笑着这可笑的死尸”。可以说，魏连殳至死都是清醒的，这个结局是他在没有选择中的选择。从魏连殳的身上，我们似乎看到狂人“赴某地候补”的某种可能，那些在《狂人日记》里也许未及想到和写到的部分，似乎在《孤独者》里得到了延续。或许，正是因为被当作疯子囚禁让狂人忍无可忍，所以他以赴任候补的方式逃离故乡，也或许会以同样的方式走上自我毁灭的道路。我们虽然不能说《孤独者》就是《狂人日记》的续写，但至少可以说，在魏连殳的身上，鲁迅在继续着对狂人的出路的思索。而且，在亲身经历了“五四”落潮和知识分子阵营的分化之后，1925 年的鲁迅比起 1918 年发出第一声呐喊的时候，只会增添了更多的悲愤和无奈，因而，他对于启蒙者出路的探索必然已超过了对于觉醒本身的关注。

与魏连殳殊途同归的还有鲁迅的好友范爱农。在鲁迅的笔下，范爱农是一个比鲁迅更清醒更深刻的觉醒者，这一点从他们在东京为是否因徐锡麟被杀而给政府发电报的争论当中就可以看出。但就是这个更清醒更深刻的范爱农，同样逃不出走投无路的困境。从学界失业之后“什么事也没得做”，终于也没有人“愿意多听他的牢骚”，只能在孤独绝望中郁郁而终。范爱农的尸体“是在菱荡里找到的，直立着”。作为深知他的挚友，鲁迅“疑心他是自杀”，并且相信“这是极其可靠的，虽然并无证据”。[①] 范爱农最终的“直立”姿态，让人很容易联想到魏连殳“很不妥帖”地躺在棺中的样子，

① 鲁迅:《范爱农》，载《鲁迅全集》第 2 卷，人民文学出版社 2005 年版，第 327—328 页。

前者的宁折不弯，后者的格格不入，似乎都是其生前性格与精神的最好象征。

综观“狂人形象”系列中的人物，大体可以分为三种结局。第一类就是夏瑜和疯子这一类，他们结局的性质应该属于牺牲。虽然疯子被囚禁在社庙里一时或未有性命之危，但一来这种关押几乎等同于戕害，大概难有重见天日的希望；二来，小说中两次出现小孩子用苇叶对他瞄准着，将樱桃似的小口一张，道：“吧！”[①]这无疑是一种强烈的暗示，预示着疯子终会被他所想要唤醒的人们杀害的结局。第二类则是魏连殳、范爱农式的结局，是典型的“梦醒了无路可以走”[②]的悲剧，他们在走投无路的情况下清醒地选择了绝路，他们的自我毁灭并不是因为怯懦，而是源于绝望。而第三类狂人，就是N先生和吕纬甫这一类，他们幽愤、颓唐但仍不甘堕落，也并未完全麻木，只是他们看不到出路，所以也几乎无从做出选择，找不到行动的方式和方向。

说到底，这三种结局其实都算不上是出路。而这无路可走的真实状态，就是鲁迅在狂人“醒”来之后提出来的比“醒”本身更加沉重的问题。当初，在钱玄同动员鲁迅写作的时候，鲁迅曾以“铁屋子”的寓言征问过他这位激进的朋友：

> “假如一间铁屋子，是绝无窗户而万难破毁的，里面有许多熟睡的人们，不久都要闷死了，然而是从昏睡入死灭，并不感到就死的悲哀。现在你大嚷起来，惊起了较为清醒的几个人，使这不幸的少数者来受无可挽救的临终的苦楚，你倒以为对得起他们么？”[③]

---

① 鲁迅：《长明灯》，载《鲁迅全集》第2卷，人民文学出版社2005年版，第62、68页。

② 鲁迅：《娜拉走后怎样》，载《鲁迅全集》第1卷，人民文学出版社2005年版，第166页。

③ 鲁迅：《呐喊·自序》，载《鲁迅全集》第1卷，人民文学出版社2005年版，第441页。

虽然最终因为“不能以我之必无的证明，来折服了他之所谓可有”的希望，鲁迅答应钱玄同开始为《新青年》做文章，但事后看来，这个疑问始终没有被他所淡忘。在鲁迅的笔下，从一开始出现的就是那几个“较为清醒的”“不幸的少数者”，而他们在他的笔下，无不受着“无可挽救的临终的苦楚”，且最终还是不可避免地走入死灭。这并非是鲁迅冷酷无情，而是作为思考和写作者的他也并没有寻到出路，他没有办法为笔下的人物预设一个完满的结局，因此他选择用清醒的笔写出这无路可走的痛苦。

（三）

醒过来的狂人不会再盲目地怕死，但会变得苦闷幽愤，忧惧“梦醒了无路可以走”的下场。其实，这何尝不是鲁迅本人的一种“怕”呢？作为一个启蒙思想者，对于启蒙本身他始终心怀忧虑，有关“铁屋子”的讨论就已充分说明了这一点。鲁迅从一开始就担心的是：如果找不到出路和方向，单纯的“启蒙”是否反倒更加对不起那些清醒而不幸的人们？

在《范爱农》里，鲁迅的笔下就流溢着明显的内疚。虽然范爱农并不是因他而“醒”，但后来范爱农确实把新生的希望寄托在了他的身上。当鲁迅在文中写到，听说范爱农时常说起：“也许明天就收到一个电报，拆开来一看，是鲁迅来叫我的。”他的负疚之情确实是无比沉重的。无论这是不是小说笔法，无论范爱农是否真的时常说这样的话，鲁迅这样写就已经充分说明了他的内心。这不仅是个人情感上的痛惜和无奈，同时也是对于启蒙以后寻路之难的深切感慨，更是一个清醒的启蒙主义者对于自身责任的严肃反思。

这种愧疚和不安也同样出现在《孤独者》中。与《范爱农》不同，《孤独者》和《在酒楼上》都是虚构的故事，但即便如此，在魏连殳和吕纬甫的故事里，也有一个很像鲁迅本人的“我”存在。这个人物的存在，是作者审视的需要，也是小说叙事的需要，更是故事情节本身对于一个同路搀扶的朋友的心理需要。对于魏连殳，“我”同样是内疚而无力的：“……当日一口承当的答话，后来常常自己听见，眼前也同时浮出连殳的相貌，而且吞吞吐吐地说道‘我还得活几天’。”[①] 但是，“我”同样没能帮上魏连殳任何忙，这无奈的结果让“我”连在静夜的独思中也会想起“连殳的眼睛”，时时唤起“我”的不安。在收到他最后一封信之后，“他的面貌却总是逐渐模胡；然而又似乎和我日加密切起来，往往无端感到一种连自己也莫明其妙的不安和极轻微的震颤”[②]。这种不安和愧疚和《范爱农》如出一辙，简直成为鲁迅心中一种无法摆脱的思绪。这种情绪，甚至还出现在以爱情故事为伪装的《伤逝》之中，作为子君的启蒙者的涓生，最后却无力对醒过来的子君负起更大的责任，甚至对她的毁灭也完全束手无策，他沉重而复杂的愧疚和悔恨充盈在文本之中，同另外几篇小说中的“我”一样，永远无法得到解脱。

在我看来，这是鲁迅的醒和怕，也是他的难与痛。在看到了三种同为绝径的结果之后，鲁迅做出了他的选择。他或许是绝望的，但他仍须有所行动来克服他的绝望，所以，他没有像吕纬甫们一样沉默地兜圈子，而是选择了行动。于是在几个故事的结尾，我们看到某种惊人的相似：

> 我们一同走出店门，他所住的旅馆和我的方向正相反，就在门口分别了。我独自向着自己的旅馆走，寒风和雪片扑在脸上，倒觉得很爽快。见天色已是黄昏，和屋宇和街道都织在密雪的纯白而不定的罗网里。[③]

---

① 鲁迅：《孤独者》，载《鲁迅全集》第 2 卷，人民文学出版社 2005 年版，第 101 页。
② 鲁迅：《孤独者》，载《鲁迅全集》第 2 卷，人民文学出版社 2005 年版，第 105 页。
③ 鲁迅：《在酒楼上》，载《鲁迅全集》第 2 卷，人民文学出版社 2005 年版，第 34 页。

我快步走着，仿佛要从一种沉重的东西中冲出，但是不能够。耳朵中有什么挣扎着，久之，久之，终于挣扎出来了，隐约像是长嗥，像一匹受伤的狼，当深夜在旷野中嗥叫，惨伤里夹杂着愤怒和悲哀。

我的心地就轻松起来，坦然地在潮湿的石路上走，月光底下。①

我要向着新的生路跨进第一步去，我要将真实深深地藏在心的创伤中，默默地前行，用遗忘和说谎做我的前导……。②

故事的结尾都落在“我”“走”的动作上，而且，这个“走”都因为带有“从一种沉重的东西中冲出”的愿望，变得甚至有些“爽快”“轻松”和“坦然”。如果不考虑这里的象征意义，恐怕难以理解这种轻松爽快的感受，比如在《孤独者》中，如何能在痛失好友之后立即产生“轻松”“坦然”之感？这确实是一直以来文本解读中的一个难题，但或许也正是由此把握鲁迅思想的一个关键所在。在我看来，“爽快”也好、“轻松”也罢，与吕纬甫或魏连殳的悲剧无关，而完完全全是对“我”而言的。“我”与他们，本是同处困境，也并看不到比他们有更好结局的可能，但是，正因为“我”还能“走”、也还在“走”，即便是在雪色中或是月光下，即便是一条似有若无的潮湿的泥路，但只要走着，绝望或许就能得到克服。就像鲁迅在《故乡》结尾处那个脍炙人口的名句：

我想：希望是本无所谓有，无所谓无的。这正如地上的路；其实地上本没有路，走的人多了，也便成了路。③

---

① 鲁迅：《孤独者》，载《鲁迅全集》第 2 卷，人民文学出版社 2005 年版，第 110 页。
② 鲁迅：《伤逝》，载《鲁迅全集》第 2 卷，人民文学出版社 2005 年版，第 133 页。
③ 鲁迅：《故乡》，载《鲁迅全集》第 1 卷，人民文学出版社 2005 年版，第 510 页。

我以为，这个名句其实也是鲁迅本人对于当年“铁屋子”之问的自我解答，更是他后来一切写作与思考的一个出发点。从《呐喊》到《彷徨》，从《狂人日记》到《孤独者》，前后将近十年的时间里，鲁迅确乎用自己的思考与写作“走”出了一条堪称伟大的道路。1927年，身在广州的鲁迅曾再次提到《狂人日记》，他说：“总而言之，现在倘再发那些四平八稳的‘救救孩子’似的议论，连我自己听去，也觉得空空洞洞了。”[①]这是他十年之后在更加严峻的现实中对当年的思想启蒙所作的又一次反思，此时，他更加深刻地认识到，启蒙之后不仅有更漫长的道路，而且需要更加实际的行动和斗争。在“大夜弥天”的高压专制下，如果知识分子只满足于呼吁和冷嘲，而不以更大更坚韧的热情寻求出路，那么他们的议论终将沦为空洞的废话——这是鲁迅在不断的反思与实践中得出的结论，而他本人也由此朝向更残酷的“实生活”“走”去。

二、一个严肃而深刻的“玩笑”

——重读《我的失恋》兼谈鲁迅对新诗的看法

（一）

《我的失恋》[②]是《野草》里的“另类”。从文体上说，它是“拟古的新打油诗”；从题材内容和艺术效果上说，它更像一篇“玩笑之作”。与之前的三篇《野草》系列文章相比，它在风格上表现出巨大

---

① 鲁迅：《答有恒先生》，载《鲁迅全集》第3卷，人民文学出版社2005年版，第476—477页。

② 鲁迅：《我的失恋》，载《鲁迅全集》第2卷，人民文学出版社2005年版，第173—175页。

的变化，因而也造成了解读上的困难。

事实上，《我的失恋》与《影的告别》《求乞者》是同时发表在1924年12月8日的《语丝》第4期上的。这三篇文章艺术风格迥异，情绪意境也大不相同，题材内容更是相差甚远，这种现象也从一个侧面体现出鲁迅在《野草》写作初期的探索性姿态。

当然，“另类”的《我的失恋》之所以能“入选”《野草》，似乎更带有一点特殊性甚至是偶然性。与之相关的那段故事早已广为人知，这个故事在鲁迅的《我和〈语丝〉的始终》（《三闲集》）和孙伏园的《鲁迅和当年北京的几个副刊》中都有记载。在《野草》的“发生史”上，这应该说是一段值得重视的史实。

鲁迅的回忆是这样的：

> “我辞职了。可恶！”
>
> 这是有一夜，伏园来访，见面后的第一句话。那原是意料中事，不足异的。第二步，我当然要问问辞职的原因，而不料竟和我有了关系。他说，那位留学生乘他外出时，到排字房去将我的稿子抽掉，因此争执起来，弄到非辞职不可了。但我并不气忿，因为那稿子不过是三段打油诗，题作《我的失恋》，是看见当时“阿呀阿唷，我要死了”之类的失恋诗盛行，故意做一首用“由她去罢”收场的东西，开开玩笑的。这诗后来又添了一段，登在《语丝》上，再后来就收在《野草》中。①

孙伏园的叙述则更为详细：

> 一九二四年十月，鲁迅先生写了一首诗《我的失恋》，寄给

① 鲁迅：《我和〈语丝〉的始终》，载《鲁迅全集》第4卷，人民文学出版社2005年版，第169—170页。

> 了《晨报副刊》。稿已经发排，在见报的头天晚上，我到报馆看大样时，鲁迅先生的诗被代理总编辑刘勉己抽掉了，抽去这稿，我已经按捺不住火气，再加上刘勉己又跑来说那首诗实在要不得，但吞吞吐吐地有说不出何以“要不得”的理由来，于是我气极了，就顺手打了他一个嘴巴，还追着大骂他一顿。第二天我气忿忿地跑到鲁迅先生的寓所，告诉他“我辞职了”。鲁迅先生认为这事和他有关，心里有些不安，给了我很大的安慰。①

这个故事可以在一定程度上解释为什么《我的失恋》与《野草》系列显得很不协调。原因就是鲁迅在最初写作的时候并未将之纳入《野草》的构思，后来因为人事纠纷等偶然因素，它才被置于《野草》系列当中。因此，很多研究者认为《我的失恋》原先并不属于《野草》系列，因此对之并不重视。孙玉石就用了“混入”一词来说明其与《野草》整体之间的关系，并且认为连鲁迅本人对这篇稿子也“并不看重”。②

在我看来，《我的失恋》最初在写作时可能的确不在《野草》的整体构思之内，但当它阴差阳错地以“野草之四”的名义发表在《语丝》上的时候，特别是当它后来被编入散文诗集《野草》的时候，这个“另类”就显得并不那么格格不入了。而且，其入选《野草》的偶然性似乎也像是冥冥之中的一个安排，它虽然有“开玩笑”的一面，但透过这个玩笑，其实也同样具有深刻而严肃的思想的光芒，这光芒，与《野草》里的其他篇章是非常一致的。而且我以为，如果此篇真的与整体非常不协调，鲁迅在投稿和编集子的时候都会有所考虑。事实上，鲁迅对于编文集这类事情从来是非常严格，甚至是非常“较

① 孙伏园：《鲁迅和当年北京的几个副刊》，载《鲁迅回忆录·散篇》上册，北京出版社 1999 年版，第 78 页。

② 参见孙玉石：《现实的与哲学的——鲁迅〈野草〉重释》，上海书店出版社 2001 年版，第 52 页。

真儿”的。因此，《我的失恋》能跻身于《野草》系列并最终保留在《野草》集中，正说明了其与《野草》系列整体之间既有区别又有关联的特殊关系。

事实上，日常生活中幽默诙谐的鲁迅，在写文章时虽常常有幽默生动之语，但在写作态度和动机上从来都是非常严肃的。可以说，他从未以游戏的目的和状态写作过。因此，《我的失恋》的谐谑风格，背后也必定有某种严肃深刻的用意在。只看到他的玩笑，而不去追问其背后的意图，显然是完全不符合阅读和研究鲁迅的正确方法的。

(二)

从文体上说，所谓“拟古的新打油诗”，就意味着既不是旧体诗，也不是纯然的新诗。它“拟古”，而且还“打油”，这似乎是一个具有双重意味的玩笑。“拟古”，也就是“戏仿”，其态度上暗含了对于古体本身的不敬和调侃；“打油”，则更是一个明确的开玩笑的姿态。因此在我看来，这是一个针对整个诗歌的玩笑，既包括旧诗，也包含新诗。对于两种不同的诗歌传统，鲁迅以一首“拟古的新打油诗”同时进行了调侃。

那么，鲁迅为什么要这样做呢？

首先要讨论的是鲁迅对于旧诗的看法。对于鲁迅本人所写的旧体诗，学界也有很多解读和研究，但这一直不是鲁迅研究的重心。事实上，对于中国现代作家的旧体诗词写作的研究，也一直是现代文学研究者普遍不大重视的一个领域，因而事实上这也是一个一直未被充分研究的领域。而这种现象又是很正常的，之所以会这样，也有其自身的道理和原因。

事实上，并不是研究者们都在有意忽视这个领域，而是现代文学作家们本身早就在有意地忽略这一部分写作了。他们有意忽略旧体诗词的写作、发表和收集的做法，是与他们的“新文学”观念密切相关的。不仅是鲁迅，还有周作人、郁达夫等很多作家，他们都会写甚至是擅长写旧体诗。他们从小受到的诗教和熏陶，有深厚的积累，也有写诗的才华，虽然后来从事了新文学，但还是时时有写旧体诗的冲动。比如朋友们之间交流酬唱的时候，常会写作一些“题赠”“感怀”“口占”等，因此也都多少留下了一些名篇佳作。但是有趣也非常重要的是，他们都并不谋求将这些旧体诗词作品公开发表，而且在编选自己的文集时，他们也都不约而同地把这些诗篇排除在外。这种现象，在鲁迅、周作人、郁达夫等人身上都发生过。即便胡适在《尝试集》里收了大量旧体诗，但他也是非常自觉地将之“打入另册”，作为新诗“尝试”的一种参照。

这是为什么呢？我以为，是因为他们头脑中的“新文学”观念。换句话说，这些作家们是不把旧体诗与他们的其他创作——诸如小说、散文、杂文等文体——一视同仁的。在他们的观念里，旧体诗不是“文学”——尤其不是现代意义上的新文学。不管是与朋友赠答，还是心有所动的感怀，在他们看来，这种旧诗写作的积习，只是一种私人化的写作，有点像写日记，或者是与朋友的通信、交流，类似于一种传统士大夫的交流方式。这与新文学所主张的“社会文学”“写实文学”、自由写作、个性化语言的建立等，都是背道而驰的，属于另外一套语言和另外一种文学表达和评价体系。相反的是，他们会写日记体小说、书信体小说，甚至将朋友之间的通信原封不动地拿出来发表，将这些看似非文学的东西定义为“新文学”的创作，是因为他们认为这些反而在形式、内容上具有创造性或公共性，那些他们私人间的感怀赠答的旧体诗，反而是不具备这种创造性和公共性的。

因此，新文学时期所产生出来的旧体诗词，常常是介乎公开与不公开之间、文学创作与非文学创作之间的一种特殊的写作现象。后来的现代文学研究者，往往也就继承和认同了作家们这样一种新文学的观念，将新文学定义为一种“现代人以现代的语言写出现代的经验与情感的文学”，因此，我们的研究也就必然有意忽略了旧体诗词。

具体到鲁迅写作的旧体诗，在以往的研究中也多被视为其思想研究的佐证。比如脍炙人口的“横眉冷对千夫指，俯首甘为孺子牛”，“惯于长夜过春时”，“如磐夜气压重楼”等，都被用于体会鲁迅某个阶段的情绪或是某个方面的思想，被当作鲁迅的心灵史和现代社会的“诗史”的材料。

从这一侧面不难看出，鲁迅关于旧诗的认识是完全符合新文学的思潮和观念的。事实上，对于旧文学、旧诗，鲁迅的立场一向是鲜明而坚定的。他对于新诗的革命与“尝试”，也是一贯支持和认同的。在新文学探索的早期，他本人也发表过一些新诗的尝试之作，作为一种声援。用他自己的话说：“只因为那时诗坛寂寞，所以打打边鼓，凑些热闹；待到称为诗人的一出现，就洗手不作了。”①

鲁迅所谓“打边鼓”和“凑热闹”的新诗作品集中于1918年在《新青年》上发表，代表作有《梦》《爱之神》《桃花》《他们的花园》《人与时》等。作品数量虽然不多，但影响还是相当大的。比如当时还在念中学的汪静之后来就说起过他对《爱之神》一诗的特别印象和所受到的深刻影响②。对于鲁迅的“诗才”，胡适曾有很高的评价。他说过：“我所知道的‘新诗人’，除了会稽周氏兄弟之外，大都是从旧式诗、词、曲里脱胎出来的。”③后来的文学史家也认为，鲁迅的新诗作品“拒绝直白的说理，追求意境的幽深，其象征手法的娴熟，以及驾御白话的能力，却非同期半词半曲的‘放大的小脚’可比。如果再考虑1919年陆续发表总题为《自言自语》的散文诗，称道鲁迅的‘诗

① 鲁迅：《集外集·序言》，载《鲁迅全集》第7卷，人民文学出版社2005年版，第4页。

② 参见汪静之：《鲁迅——莳花的园丁——从鼓励写恋爱诗到劝止写恋爱诗》，载《鲁迅回忆录·散篇》上册，北京出版社1999年版。

③ 胡适：《谈新诗》，载胡适编选：《中国新文学大系·建设理论集》（影印本），上海文艺出版社1981年版，第300页。

才'，不是没道理的"①。

胡适的确是非常看重周氏兄弟在新诗方面的支持和成绩的。他1922年曾在日记中说："周氏兄弟最可爱，他们的天才都很高。豫才兼有赏鉴力与创作力，而启明的赏鉴力虽佳，创作较少。"②直到1929年与周作人的通信中，他还又说道："生平对于君家昆弟，只有最诚意的敬爱，种种疏隔和人事变迁，此意始终不减分毫。"因此，在《尝试集》四版定稿之前，周氏兄弟都受他本人之邀参与了著名的"删诗事件"。

胡适在《尝试集 · 四版自序》中说：

> 删诗的事，起于民国九年的年底。当时我自己删了一遍，把删剩的本子，送给任叔永、陈莎菲，请他们再删一遍。后来又送给"鲁迅"先生删一遍。那时周作人先生病在医院里，他也替我删一遍。他们删过之后，我自己又仔细看了好几遍，又删去了几首，同时却也保留了一两首他们主张删去的。③

对此，周氏兄弟二人在日记和书信中都只字未提，细节因此不得而知。直到20世纪末，一个偶然的机会，在北大图书馆新发现了一批胡适的遗物，其中包括当年删诗的底本和周氏兄弟的书信，这才令"删诗事件"真相大白。对此，陈平原先生的长文《经典是怎样形成的——周氏兄弟等为胡适删诗考》中有着非常详尽精彩的考证和论述。

从鲁迅的删改意见中可以看出他对新诗的一些看法。比如，他建

---

① 陈平原：《导言：经典是怎样形成的》，载胡适：《尝试集 · 尝试后集》，贵州教育出版社2001年版，第29页。

② 中国社会科学院近代史研究所中华民国史研究室编：《胡适的日记》下册，中华书局1985年版，第424页。

③ 胡适：《尝试集 · 四版自序》，载《尝试集 · 尝试后集》，贵州教育出版社2001年版，第69—70页。

议删掉《礼！》和《周岁》两首作品。删掉《礼！》的理由是为警惕以诗说理，强调新诗抒发个人真情实感的特性。删掉《周岁》的理由则在于警惕新诗成为一种新的应酬工具。因为《周岁》是胡适为《晨报》一周年所作的“贺诗”，鲁迅的反对意在提醒新诗人不要沿袭旧诗中的“寿诗”传统，不要在新诗里保留酬唱应答的旧习，而违背了新诗“有什么题目做什么诗”的写作精神。对于这些意见，胡适的确认真对待，后来综合各家意见，虽有自己的坚持和保留，但从最终的结果看，他是极其尊重周氏兄弟的意见的。

说这个看似有些离题，但通过这些事实确乎可以看到的是，鲁迅对于新诗有他自己明确的看法和评判。他本人虽自 1918 年后不涉诗坛，但这些对于新诗的认识是与他对于新文学的认识紧密联系在一起，一直影响着他的写作和文学批评活动的。

事实上，鲁迅一直关注着新诗领域的动向，对于徐志摩等人的诗歌也有所批评。特别是对于一些年轻的诗人，他更是倍加关心。比如汪静之就谈到过鲁迅对他写爱情诗，先是非常支持鼓励，也非常关心他这个人，后来听到关于汪生活放荡的传言——其实是谣言——非常着急，还要冯雪峰带话让他“不要这样”。①

从这个角度说，鲁迅本人的写作虽重在小说、杂文等方面，但他对新诗始终是关注的。因此，在 1924 年这个时候，他想起来写一首“拟古的新打油诗”，我想，未必完全是游戏，而且未必是一时兴起，而是一种对于诗歌——包括新诗和旧诗——的一次曲折的发言。这一点，即如鲁迅自己所说，“是看见当时‘阿呀阿唷，我要死了’之类的失恋诗盛行，故意做一首用‘由她去罢’收场的东西，开开玩笑的”②。有鲁迅自己的话为证，我们不能脱离这个证据来妄作解读。所

① 参见汪静之：《鲁迅——莳花的园丁——从鼓励写恋爱诗到劝止写恋爱诗》，载《鲁迅回忆录·散篇》上册，北京出版社 1999 年版。

② 鲁迅：《我和〈语丝〉的始终》，载《鲁迅全集》第 4 卷，人民文学出版社 2005 年版，第 170 页。

以我们就从这个“开开玩笑”的角度来理解。

（三）

“拟古”的古意，来自张衡的《四愁诗》，但鲁迅大约并没有准备带有一种致敬的心态来拟古，他的拟古不仅是开玩笑，而且有随意的成分，否则，一开始怎么只有三段呢。事实上，究竟哪一段是在投稿《语丝》前另加的，也无法确知。因为按鲁迅自己的回忆，前三段完成的时候就已经有了“由她去罢”那一段了。因此，很可能他后来添加的并不是现在我们看到的第四段。

《四愁诗》的原文如下：

> 我所思兮在太山。欲往从之梁父艰，侧身东望涕沾翰！美人赠我金错刀，何以报之英琼瑶。路远莫致倚逍遥，何为怀忧心烦劳！
>
> 我所思兮在桂林。欲往从之湘水深，侧身南望涕沾襟！美人赠我金琅玕，何以报之双玉盘。路远莫致倚惆怅，何为怀忧心烦伤！
>
> 我所思兮在汉阳。欲往从之陇阪长，侧身西望涕沾裳！美人赠我貂襜褕，何以报之明月珠。路远莫致倚踟蹰，何为怀忧心烦纡！
>
> 我所思兮在雁门。欲往从之雪纷纷，侧身北望涕沾巾！美人赠我锦绣段，何以报之青玉案。路远莫致倚增叹，何为怀忧心烦惋！

从形式上说，《我的失恋》与《四愁诗》的确非常相近。“我所思兮在……”与“我的所爱在……”的起首方式，互赠信物的细节等，都似乎表明了《我的失恋》的“拟古”是直接针对《四愁诗》的。但是，更为明显的是，两首诗所表现出来的意蕴又是那样的截然不同，甚至是极端相反。因此，这样一首看似非常不严肃的拟古之作，的确让人很难理解和评判。也难怪刘勉已一面觉得此诗“要不得”，一面却也说不出何以“要不得”的原因来。在我看来，最主要的原因在于这里表现出了一种“非文学”的态度，甚或是一种反经典、反审美的激烈姿态，而且这种激进的态度并不“以革命的名义”出现，而是显露出一种类似于鲁迅后来在《故事新编》中发挥得更加淋漓尽致的“油滑”的味道。

在《故事新编》的研究史上，大家都去有意地理解和认同这种“油滑”的意图和效果。比如，王瑶先生就提出，《故事新编》中的“油滑”体现在两个方面。一是对古人的虚构，如古衣冠的小丈夫——这个被鲁迅自己称为“油滑的开始”——的人物形象，历史上原本是没有的，鲁迅的虚构完全是为自己的创作服务的。二则是喜剧性，王瑶认为：“所谓‘油滑’，即指它具有类似戏剧中丑角那样的插科打诨的性质，也即具有喜剧性”，是一种对人物的漫画化。“在作品中只是穿插性的‘随意点染’的人物，但在他们身上可以有现代性的词汇和细节，这就是‘油滑’的具体内容。”[①]对此，王瑶认为：“鲁迅的创作态度是严肃的……希望在取材于古代的小说中也对现实能起比较直接的作用”，“鲁迅所以坚持运用者，就因为这种写法不仅可以对社会现实起揭露和讽刺的作用，而且由于它同故事整体保持联系，也可以引导读者对历史人物作出对比和评价”。因此可以说，这种所谓的“油滑”首先是一种讽刺的方式，其次是一种面对现实的、现代的手法。正如茅盾也认为的那样，《故事新编》一方面“给我们树立了可贵的楷式”，另一方面又认为“我们虽能理会，能吟味，却未能学而几及”。[②]

我认为，完全可以将这些理解用来理解《我的失恋》，可以说，《我的失恋》采用的方式与《故事新编》的方式有很大的关联性。它与《四愁诗》之间的似有若无的联系，其实就与《故事新编》中那些

① 王瑶：《〈故事新编〉散论》，载《王瑶文集》第6卷，北岳文艺出版社1995年版，第333—338页。

② 茅盾：《〈玄武门之变〉序（节选）》，载孟广来、韩日新编：《〈故事新编〉研究资料》，山东文艺出版社1984年版，第137页。

历史人物与历史的真实之间的似有若无但又漫画变形的关系非常类似。因此，它的效果其实也与《故事新编》类似，既有对于“故事”的消解——具体在这首诗里就是对于旧体诗的雍容传统的颠覆；同时又有对于现实的讽刺——对新诗中的空洞的爱情书写的嘲弄。

要特别强调的是，鲁迅并不是要讽刺“失恋”的情绪和有关失恋体验的书写，他讽刺的是一种做作的、夸张的“失恋诗”。对于爱情——无论是热恋还是失恋——鲁迅并不回避，他自己年轻时也写过爱情题材的诗，可见他并不是因为某种题材禁忌才去反对“失恋诗”的。

据汪静之后来回忆，他本人 1919 年在《新青年》上看到一首署名唐俟的《爱之神》："一个小娃子，展开翅子在空中，／一手搭箭，一手张弓，／不知怎么一下，一箭射着前胸。／‘小娃子先生，谢你胡乱栽培！／但得告诉我：我应该爱谁？’”这首诗正是鲁迅“打边鼓”的作品，确实表现了新诗试验期的那种特殊风韵。对于这首诗，汪静之回忆说他最初是“看不懂”的，因为他那时完全不知道希腊神话里有关爱神的“洋典故”。后来他知道了，才不仅读懂了这首小诗，而且觉得特别喜欢。因此，在他自己的情诗集《蕙的风》出版时，他请应修人给他画一幅爱神的图画作封面，但应修人没有完全理解他的用意，所以画的是弹竖琴的爱神，而不是鲁迅诗中那个张弓射箭的爱神。事实上，这个张弓射箭的小爱神，确实是鲁迅所喜爱的一个形象。他在旧体诗《自题小像》中也有“灵台无计逃神矢”的诗句，这个“神矢”应该也就是爱神丘比特之箭。后来，汪静之与鲁迅有了直接的交往，鲁迅在给这位年轻诗人的信中讨论到诗歌写作的问题，认为他“情感自然流露，天真而清晰，是天籁，不是硬做出来的。然而颇幼稚，宜读拜伦、雪莱、海涅之诗，以助成长”①。这个评价和批评都是相当中肯的，看得出鲁迅对于这位诗人的鼓励和期待。

---

① 汪静之：《鲁迅——莳花的园丁——从鼓励写恋爱诗到劝止写恋爱诗》，载《鲁迅回忆录 · 散篇》上册，北京出版社 1999 年版。

后来鲁迅写的《反对“含泪”的批评家》，也是为汪静之的天真情诗所做的一种辩护。甚至，在小说《不周山》中，他也曾灵光一闪地凭空加了一个“古衣冠的小丈夫”，讽刺道貌岸然的卫道士，也同样出于对以汪静之为代表的新诗人的声援。同时，这个“小丈夫”也正是他后来在《故事新编》中多次使用的“油滑”写法的肇始。

说这些看似都与《我的失恋》并不直接相关。我的意思其实在于，鲁迅写《我的失恋》讽刺的是那种失恋诗，不是反对爱情诗。包括后来（1929 年）鲁迅对汪静之说“现在不是写恋爱诗的时候了”，也体现了鲁迅的文学观念与时代现实环境的密切关系。当初支持爱情诗，当然与新文化的自由恋爱的思潮相关，而 1929 年阻止年轻人单纯地写爱情诗，也是因为局势的变化，因为他认为时代已经到了一个不再是莺歌燕舞的时候了。因此，他的特别讽刺那些“阿呀阿唷，我要死了”的“失恋诗”，大概也是与他的这种“为人生”的文学观，以及看重生命、实践的一贯思想相关的吧。

（四）

也许可以说，在《野草》的诗篇之中，最难“细读”但又最被“过度阐释”了的作品，就是《我的失恋》。其中，“细读”的难点最集中体现在冰糖葫芦、猫头鹰、发汗药和赤练蛇这四个“回赠”的礼物上。究竟这里面是否藏有什么深刻的寓意或是象征？这是研究者最感兴趣同时也最难以取得共识的地方。

对此，我同意孙玉石所说的：“在泛指的意义上进行理解与阐释更好一些”，“宁肯趋于过虚不要求之过实，可能会更接近作品的实际一些。”[①] 在以往的解读中，有鲁迅的友人孙伏园、许寿裳等人曾经

① 孙玉石：《现实的与哲学的——鲁迅〈野草〉重释》，上海书店出版社 2001 年版，第 56 页。

说过："猫头鹰本是他自己钟爱的，冰糖壶卢是爱吃的，发汗药是常用的，赤练蛇也是爱看的。还是一本正经，没有什么做作。"[①]但我以为这实在是一种没有必要的过度辩护了。说鲁迅在这里仍是"一本正经"，应该是解读者的善意，想为作者的"油滑"辩护。孙伏园的说法是，因为这四样东西都是鲁迅"所爱好的东西"，因此，以此回报百蝶巾之类的礼物，并没有什么不妥，"因为他实在喜欢这四样东西"[②]。许寿裳的意思也基本与此一致，即认为不能"以为信口胡诌，觉得有趣而已"，而是要当成"一本正经"，实在没有恶作剧的意思。

相比之下，理解得最为"实在"的是孙席珍。他认为鲁迅对这四样东西的选择都"有深意存乎其间"，即猫头鹰暗指徐志摩所做散文《济慈的〈夜莺歌〉》，冰糖壶卢暗指徐作《冰糖壶卢》的二联诗，发汗药和赤练蛇也都是从徐志摩文中引申得出的。因此他认为鲁迅这四个"回她什么"，"个个都是有来历的，决非向壁虚造"[③]。

对此，我有不同的理解。第一，我认为作者对这四样东西的选择，恐怕更多的还是从"押韵"的角度考虑的。即如第一节的"百蝶巾""猫头鹰"和"使我心惊"押韵；第二节中"双燕图""冰糖壶卢"和"使我糊涂"押韵；第三节中"金表索""发汗药"和"神经衰弱"押韵；最后一节中"玫瑰花""赤练蛇"和"由她去罢"押韵。也就是说，鲁迅选择这些回赠的东西，音韵方面的考虑更多，而其含义只要是与高雅美丽名贵的礼物相针对就可以了，并不各自具有什么更具体的深意了。

第二，重要的在于，即便鲁迅真的是"实在喜欢"这四样东

① 许寿裳：《鲁迅先生的游戏文章》，载《鲁迅回忆录·专著》上册，北京出版社1999年版，第532页。

② 孙伏园：《京副一周年》，转引自孙玉石：《现实的与哲学的——鲁迅〈野草〉重释》，上海书店出版社2001年版，第55页。

③ 转引自孙玉石：《现实的与哲学的——鲁迅〈野草〉重释》，上海书店出版社2001年版，第57页注5。

西，他也并不是认真将之与对方所赠的礼物相匹配的。在他的眼里，这四样回赠无论如何是对于受赠的一种调侃和“恶作剧”。而关键的问题是，这样的调侃和恶作剧，正是鲁迅有意为之的，在这个玩笑的背后，其实隐藏着一个非常严肃的有关“现代文学”的观念。

这是一个非常严肃的文学观。鲁迅以恋人之间互赠礼物的贵贱美丑的悬殊，对所有自以为高雅尊贵的文学家们开了一个玩笑。如果说戴着桂冠的诗歌——无论新诗还是旧诗——是“百蝶巾”“双燕图”“金表索”“玫瑰花”那样高雅优美、地位显赫的东西，那么，鲁迅情愿自己的《野草》——以及其他一些作品——就像“猫头鹰”“冰糖壶卢”“发汗药”“赤练蛇”那样，不登大雅之堂，不求名留青史，但却让人或觉可近，或觉可惊，心有所动。

在《野草·题辞》中，鲁迅又强调了这个“野草”是对应于花叶和乔木而言的。鲁迅说：“生命的泥委弃在地面上，不生乔木，只生野草，这是我的罪过。”况且这“野草，根本不深，花叶不美，然而吸取露，吸取水，吸取陈死人的血和肉，各各夺取它的生存”。但是，他说：“我自爱我的野草，但我憎恶这以野草作装饰的地面。”①在这里，鲁迅已经说得非常明确，“野草”是代表着他这部散文诗集的精神特征的。它的完成，是鲁迅倾“生命”之力换取的，这是他真正为自己而作的、对于已经“死亡”的生命的一段记录和纪念。而更重要的是，这部《野草》是不“美”的，它不取悦于人，不具有任何装饰性。它拒绝成为地面的装饰，这拒绝的姿态里也写满了鲁迅自己的倔强性格。“野草”意象与“猫头鹰”们一样，它不美、不雅、不高贵，但却实实在在地出自作家的生命与血肉，得到作家自己特别的珍爱。

---

① 鲁迅：《野草·题辞》，载《鲁迅全集》第 2 卷，人民文学出版社 2005 年版，第 163 页。

三、沉默的灰土

——《求乞者》考论

（一）

《求乞者》是鲁迅的散文诗集《野草》中的第三篇，写于1924年9月24日，最初发表于1924年12月8日的《语丝》周刊第4期。

与《野草》中很多更为晦涩深幽的篇章相比，《求乞者》看上去算是比较明白易懂的。它描写了两个在深秋北京街头“四面都是灰土”的环境中行乞的孩子，他们有求乞的表情和腔调，却“也不见得悲戚”。“我”对此心生“烦腻”与“憎恶”，决心“我不布施，我无布施心，我但居布施者之上，给与烦腻，疑心，憎恶”[①]。

这篇似乎好懂的短章其实并不简单，多年来一直令研究者有所困惑。即如孙玉石所说：“了解了字面上的意义，不等于就弄清了作者在创作中赋予它的深层的内涵。”[②]孙玉石本人就在后来的研究中修正了以前的理解，将本篇的主旨从“着重社会批判的层面”调整为“表现作者内心的生命存在的哲学”，“揭示自身内心世界的矛盾和阴暗面，但又进行‘绝望的抗战’这个视角”。[③]之所以如此，问题就在

---

① 鲁迅：《求乞者》，载《鲁迅全集》第2卷，人民文学出版社2005年版，第171页。

② 孙玉石：《现实的与哲学的——鲁迅〈野草〉重释》，上海书店出版社2001年版，第39页。

③ 孙玉石：《现实的与哲学的——鲁迅〈野草〉重释》，上海书店出版社2001年版，第39—40页。孙玉石在《〈野草〉研究》中认为这篇作品“对奴隶式的思想，表示了神圣的憎恶”，传达了鲁迅“憎恶求乞者所概括的安于命运的乞怜哀呼的态度”，是一篇“针砭社会痼弊的投枪”类的作品。至《现实的与哲学的——鲁迅〈野草〉重释》一书中则提出它与《影的告别》类似，深入揭示了鲁迅“内心世界的哲学思考”，体现了“鲁迅思想的一个最本质的侧面”。

于此篇流露出来的对于“求乞者”的憎恶之情与鲁迅的一贯思想大相径庭。

首先，如果将乞儿们作为社会最底层的穷苦人来看待，那么，鲁迅是绝不可能对之“烦腻”和“憎恶”的，这与他的最基本的人道主义观念完全相悖。更何况，他描写的是两个行乞的“孩子”，即便现实中真的存在这样冷漠麻木的职业化小乞丐，鲁迅对他们也一定是抱有复杂的同情和怜悯，绝不至于产生那样深刻的“烦腻”与“憎恶”。这不可能是那个曾经呼喊“救救孩子”的鲁迅的态度，何况他在此后的作品中还一再表示：“孩子总是好的。他们全是天真。”“大人的坏脾气，在孩子们是没有的。后来的坏，如你平日所攻击的坏，那是环境教坏的。原来却并不坏，天真……我以为中国的可以希望，只在这一点。”（《孤独者》）事实上，鲁迅对于人道主义、进化论的信仰一直贯穿了他的一生，而对青年和孩子的爱护，以及对于“无穷的远方、无数的人们”的关切与悲悯，更是他终生未变的情感根基。因此，突然对于两个职业乞儿表现出那样激烈的反感情绪，只能是事出有因、借题发挥。

此外，即便退一步说，鲁迅是在借此表达一种对于奴隶性——包括对求乞者的缺乏抗争和对路人的麻木冷漠——的强烈批判，那么他又为什么要把这样一篇针对现实与世态的文字编入他“写自己”的《野草》系列呢？[①] 而且，这样一个完全可以直接表达出来——并且也被鲁迅多次表达过——的批判性题旨，有什么必要要以“灰土”之类的文学笔法来加以装饰和迂回，并且在结构上回旋往复、精心营造，形成了一种非常文学性的曲折的抒写方式呢？他为什么不以他一贯的“匕首”“投枪”式的杂文方式来完成它呢？

这些都是绕不过去的问题，不回答这些问题，就无法真正理解

---

① 《野草》系列初刊于《语丝》时即以如“野草之一·秋夜”为题，每篇前面都冠以“野草”总题，可见鲁迅在创作时即有整体性构思，虽然起初可能并不非常明确。

《求乞者》的含义，也就无法洞悉鲁迅通过这篇散文诗的写作究竟想要表达什么样的思想和情绪。本书的考察也就从这些问题开始。

（二）

《求乞者》写于1924年9月24日，亦即鲁迅完成《秋夜》之后的第9天。在12月8日《语丝》周刊第4期上，一期刊出了三篇“野草”，总标题为“野草二至四”，分别为《影的告别》《求乞者》和《我的失恋》。其中，《影的告别》与《求乞者》两篇是在同一天完成的。而且在这一天，鲁迅还开始了对厨川白村《苦闷的象征》的翻译，据他自己说，“本以为易，译起来却也难”[①]。此外，也是在这一天夜里，他还给一位名叫李秉中的青年写了一封后来非常著名的长信。可以说，这确乎是鲁迅非常“高产”的一天。

暂且放下这多产而重要的9月24日，再把时间回溯几天可以发现，在9月15日完成了“野草之一”的《秋夜》之后的整整九天，鲁迅只写了一篇百余字的短文——《〈俟堂专文杂集〉题记》，全文如下：

> 曩尝欲著《越中专录》，颇锐意蒐集乡邦专甓及拓本，而资力薄劣，俱不易致。以十余年之勤，所得仅古专二十余及打本少许而已。迁徙以后，忽遭寇劫，孑身逭遁，止携大同十一年者一枚出，余悉委盗窟中。日月除矣，意兴亦尽，纂述之事，渺焉何期？聊集燹余，以为永念哉！甲子八月廿三日，宴之敖者手记。[②]

---

① 鲁迅：《译〈苦闷的象征〉后三日序》，载王世家、止庵编：《鲁迅著译编年全集》第5卷，人民出版社2009年版，第286页。

② 鲁迅：《〈俟堂专文杂集〉题记》，载王世家、止庵编：《鲁迅著译编年全集》第5卷，人民出版社2009年版，第280页。

“高产”的一天之前，长达九天的时间里只写了这样短短几句话，这个情况是值得注意的。而更值得注意的是这篇很少被人注意的题记，它其实极为重要，因为这几乎是鲁迅关于“兄弟失和”事件的唯一一次较为明白的发言，它至少说明了鲁迅到此时为止仍耿耿于失和之事，而且对此充满了怨愤。

为什么这样说呢？

首先是题记的署名。这是鲁迅第一次使用“宴之敖者”这一笔名。这个名字后来（1926年）被他用在《铸剑》中的主人公身上，并由此变得非常著名。事实上，这正是鲁迅本人的笔名之一。算上《题记》与《铸剑》，这个名字及其“变体”一共出现过五次，此外还有：“敖者”两次（1924年1月《奇怪的日历》、1935年《集外集拾遗补编·死所》）和“晏敖”一次（1931年《二心集·“民族主义文学”的任务和运命》）。许广平后来撰文说，鲁迅曾经亲口告诉她这个笔名的含义是：“宴从宀（家），从日，从女；敖从出，从放（《说文》作敖，游也，从出从放）；我是被家里的日本女人逐出的。”[①] 可见，这一腔怨愤从1924年直到1935年，始终都郁积在鲁迅的胸中。如果说，他在1924年初使用“敖者”，还只是表达了“被流放”之意，那么到了创作《野草》系列的初期，他以“宴之敖者”之名则是更加明确了这怨怒的对象。

更重要的是这篇《〈俟堂专文杂集〉题记》的内容。在这里，我们看到的不仅是痛心，更是愤怒。他在叙说自己所蒐集的乡邦文献的下落时，连续使用了“寇劫”“盗窟”“燹余”这样非常激烈的字眼，其对应的事件，正是他1924年6月11日回八道湾取书和什器，与周作人夫妇发生冲突的事件。在那一天的日记中鲁迅这样写道：

① 许广平：《欣慰的纪念·略谈鲁迅先生的笔名》，载《鲁迅回忆录·专著》上册，北京出版社1999年版，第327页。

……下午往八道湾宅取书及什器，比进西厢，启孟及其妻突出骂詈殴打，又以电话招重九及张凤举，徐耀辰来，其妻向之述我罪状，多秽语，凡捏造未圆处，则启孟救正之，然终取书器而出。①

目击者川岛的回忆更加详细：

这回“往八道湾宅取书及什器”，是鲁迅先生于一九二三年八月二日迁出后的第一次也是末一次回到旧居去。其时，我正住在八道湾宅的外院（前后共有三个院子）鲁迅先生曾经住过的房子里。就在那一日的午后我快要去上班的当儿，看见鲁迅先生来了，走进我家那小院的厨房，拿起一个洋铁水杓，从水缸中舀起凉水来喝，我要请他进屋来喝茶，他就说：“勿要惹祸，管自己！”喝了水就独自到院里去了。过了一会，从院里传出周作人的骂声来，我便走到里院西厢房去。屋内西北墙角的三脚架上，原放着一个尺把高的狮形铜香炉，周作人正拿起来要砸去，我把它抢下了，劝周作人回到后院的住房后，我也回到外院自己的住所来，听得信子正在打电话，是打给张、徐二位的。是求援呢还是要他们来评理？我就说不清了。②

那天的事态显然非常严重。兄弟间的关系恶化到这个地步，可谓惊心动魄。可以想象，此事在鲁迅心理上造成的“余震”肯定也是相当强烈的。因此，直到 1924 年 9 月底，当鲁迅写作这篇题记的时候，他仍以“强盗”来称呼周作人夫妇，以“盗窟”来喻指八道湾旧宅，更将那次冲突说成“叕”，将之视为一场手足之间的战争。此外，他

① 鲁迅 1924 年 6 月 11 日日记，载王世家、止庵编：《鲁迅著译编年全集》第 5 卷，人民出版社 2009 年版，第 226 页。

② 川岛：《弟与兄》，载《鲁迅回忆录 · 散篇》上册，北京出版社 1999 年版，第 347 页。

以“俟堂”的别号自称，流露出一种“等死”的悲苦情绪，又可谓悲愤交加。

这篇短短的题记，是鲁迅对于失和事件所做的唯一一次隐晦的表达，也由此暴露了他这段时间的心境和情绪的状态。事实上，这种心境在他1924年9月24日夜里写给李秉中的信中也有充分的表露。他在这封信中说：

> 我恐怕是以不好见客出名的。但也不尽然，我所怕见的是谈不来的生客，熟识的不在内，因为我可以不必装出陪客的态度。我这里的客并不多，我喜欢寂寞，又憎恶寂寞，所以有青年肯来访问我，很使我喜欢。但我说一句真话罢，这大约你未曾觉得的，就是这人如果以我为是，我便发生一种悲哀，怕他要陷入我一类的命运；倘若一见之后，觉得我非其族类，不复再来，我便知道他较我更有希望，十分放心了。
>
> 其实我何尝坦白？我已经能够细嚼黄连而不皱眉了。我很憎恶我自己，因为有若干人，或则愿我有钱，有名，有势，或则愿我陨灭，死亡，而我偏偏无钱无名无势，又不灭不亡，对于各方面，都无以报答盛意，年纪已经如此，恐将遂以如此终。我也常常想到自杀，也常想杀人，然而都不实行，我大约不是一个勇士。……
>
> 我自己总觉得我的灵魂里有毒气和鬼气，我极憎恶他，想除去他，而不能。我虽然竭力遮蔽着，总还恐怕传染给别人，我之所以对于和我往来较多的人有时不免觉到悲哀者以此。①

从行文的语气看，李秉中与鲁迅的交往并不多，相知也不深，李还深为造访打扰之事谨慎和小心着，可见两人之间非常客气和生分。

---

① 鲁迅：《致李秉中》，载王世家、止庵编：《鲁迅著译编年全集》第5卷，人民出版社2009年版，第284页。

但对于这样一个不很熟识的青年，鲁迅却突然说出了那么多发自肺腑的话来，弄得李收到信后一夜无眠[①]。为什么对这样一个青年说出这样一番连对方都承受不起的话来？鲁迅自己说是“不过忽然想到这里，写到这里，随便说说而已”。我想，这“忽然想到这里”的原因，应该正与他白天所作的两篇“野草”文章有关，或者说，信中的情绪就是两篇文章情绪的不由自主的延续。[②]

了解了这些细节和情绪，我们才能真正读懂《影的告别》与《求乞者》。以往的研究大多从《影的告别》里读出了鲁迅内心深处的孤独、黑暗、矛盾和虚无，而对于《求乞者》，是否也应该从这个角度来加以认识和理解呢？

（三）

《求乞者》的写作和发表都与《影的告别》同时，但两者的风貌却明显不同。《影的告别》以神秘荒诞的梦境，衬托出“影”的一番矛盾彷徨却又终至决绝的独白，写出了一个甘愿独自“向黑暗里彷徨于无地”的孤独灵魂，其曲折手法的背后其实是鲜明可感的情绪，可谓似难实易；而《求乞者》看似描写现实、批评世态，但内涵却深邃委婉、难于捉摸，可谓似易实难，实在是各有千秋。

在《求乞者》中，首先逼入眼帘的就是无处不在的“灰土”。“灰土”在这篇小短文中出现了八次，且并非简单重复，而是具有由弱渐强的节奏和韵律，成为烘托情绪、呼应内容的一个重要手段。甚至可以说，这频繁出现的“灰土”本身就是这篇散文诗中的一个主角。

---

① 参见鲁迅1924年9月28日《致李秉中》：“看了我的信而一夜不睡，即是中我之毒，谓不被传染者，强辩而已。”（王世家、止庵编：《鲁迅著译编年全集》第5卷，人民出版社2009年版，第288页。）

② 两篇文章末尾都署“九月二十四日”，给李的信末则署“廿四日夜”，据此推断，信是写于文章之后的。

北京多尘土，自古至今皆然。在20世纪二三十年代的散文、诗歌甚至民谚中，对此都有直接的描绘。民谚有“无风三尺土，有雨一街泥”一说，是毫无美感的白描，而在诗人的笔下，则多有诗意的象征。例如卞之琳的《风沙夜》中有这样的诗句：“这座城／是一只古老的大香炉／一炉千年的陈灰／飞，飞，飞，飞……”何其芳的《风沙日》中也写道：“忽然狂风像狂浪卷来／满天的晴朗变成满天的黄沙……／卷起我的窗帘子来／看到底是黄昏了／还是一半天黄沙埋了这座巴比伦？”两首诗以“香炉”与“古城”为喻，直接写出了旧都北平的荒凉与衰落。此外，如何其芳在《病中》所写：“想这时湖水／正翻着黑色的浪／风掠过灰瓦的屋顶／黄瓦的屋顶／大街上沙土旋转着／像轮子，远远的郊外／一乘骡车在半途停顿／四野没有人家……／四个墙壁使我孤独／今天我的墙壁更厚了／一层层风，一层层沙。”则是以风沙来袭象征着现代社会的干燥寒冷与现代人的寂寞悲凉。这类诗歌中的“风沙”，与鲁迅笔下的“灰土”具有相同的寓意，同样超越了现实的与自然的真实层面，成为荒凉、冷漠、隔膜和精神压抑的象征。

这样的“灰土”与“剥落的高墙”和街上“各自走路”的行人一起，立体地呈现了社会现实的寒冷与人际关系的冷漠。可以说，在中国现代文学中，纯粹的写景几乎是不存在的，景物从来服务于人，“人的文学”的主角永远是“人”本身。鲁迅笔下的“灰土”当然也可以作如是观，处处体现着他身心内外的寂寞与荒凉。

事实上，早在鲁迅1919年创作的《自言自语》之《古城》中，就出现过类似的题材：

> 你以为那边是一片平地么？不是的。其实是一座沙山，沙山里面是一座古城。这古城里，一直从前住着三个人。
>
> 古城不很大，却很高。只有一个门，门是一个闸。
>
> 青铅色的浓雾，卷着黄沙，波涛一般的走。
>
> 少年说，“沙来了。活不成了。孩子快逃罢。”

老头子说，“胡说，没有的事。”

这样的过了三年和十二个月另八天。

少年说，“沙积高了，活不成了。孩子快逃罢。”

老头子说，“胡说，没有的事。”

少年想开闸，可是重了。因为上面积了许多沙了。

少年拼了死命，终于举起闸，用手脚都支着，但总不到二尺高。①

“黄沙”当然与“灰土”不完全相同，但给人的感觉却有相似，都能把人活活埋葬。事实上，鲁迅后来还曾在其他文章中谈论过“活埋”的问题。如在1925年3月给《猛进》周刊徐炳昶的信中，他说：

……我现在住在一条小胡同里，这里有所谓土车者，每月收几吊钱，将煤灰之类搬出去。搬出去怎么办呢？就堆在街道上，这街就每日增高。有几所老房子，只有一半露出在街上的，就正在豫告着别的房屋的将来。我不知道什么缘故，见了这些人家，就像看见了中国人的历史。

姓名我忘记了，总之是一个明末的遗民，他曾将自己的书斋题作“活埋庵”。谁料现在的北京的人家，都在建造“活埋庵”，还要自己拿出建造费。看看报章上的论坛，“反改革”的空气浓厚透顶了，满车的“祖传”，“老例”，“国粹”等等，都想来堆在道路上，将所有的人家完全活埋下去。……②

这一番感慨，当然不与《求乞者》直接相关，但是体现了一种相近的思想和情绪，那就是一种将被“活埋”的绝望感。“运交华盖”

① 鲁迅：《自言自语·三　古城》，载《鲁迅全集》第8卷，人民文学出版社2005年版，第115—116页。

② 鲁迅：《通讯》，载《鲁迅全集》第3卷，人民文学出版社2005年版，第22页。

之后的鲁迅，也多次流露出“六面碰壁”的被钉死在棺材里的“活埋”感。因此是否可以说，这种灰土中的沙城可以被看作鲁迅笔下众多对于自己的生命体验和思想困境的比喻之中的一个典型。正是在这四面的灰土中，才能看到鲁迅真实的生活与生命的处境。

（四）

就在“四面都是灰土”的荒街上，求乞的孩子出现了：

> 一个孩子向我求乞，也穿着夹衣，也不见得悲戚，而拦着磕头，追着哀呼。
>
> 我厌恶他的声调，态度。我憎恶他并不悲哀，近于儿戏；我烦厌他这追着哀呼。
>
> ……
>
> 一个孩子向我求乞，也穿着夹衣，也不见得悲戚，但是哑的，摊开手，装着手势。
>
> 我就憎恶他这手势。而且，他或者并不哑，这不过是一种求乞的法子。①

两个孩子的出现，上演了两场求乞的表演。因为他们有“声调”、有“态度”、有“手势”，却都“不见得悲戚”。而且，这两个职业乞儿演得并不投入，他们将原本十分悲惨的求乞行为变成了一场敷衍的表演。因为这明显的虚假成分，他们当然也就引不起路人的同情与怜悯。而“我”不仅仅是不同情，甚而是“憎恶”、“烦厌”和“疑心”，原因是他们“并不悲哀，近于儿戏”。可以想象，如果不是这样虚假的表演，而是一个真正饥寒交迫的孩子在求乞，“我”是绝不会有这

① 鲁迅：《求乞者》，载《鲁迅全集》第2卷，人民文学出版社2005年版，第171页。

种反应的。因而应该说，鲁迅的愤怒与批判针对的并不是乞儿们的麻木或不反抗，甚至也不仅是他们“安于奴隶的生活和求乞的命运”，他憎恶的关键其实在于他们的“做戏”，也就是他们这求乞行为的表演性、虚假性甚至是欺骗性，而并非求乞行为本身。

求乞的敷衍的表演，究其实质就是“骗人”。这是鲁迅最为痛恨的。在《鲁迅杂感选集序言》中，鲁迅的知己瞿秋白曾经指出四个最重要的鲁迅思想的“革命传统”，也是鲁迅思想最重要的四个基点，其中一条就是“反虚伪的精神”。瞿秋白说：“这是鲁迅——文学家的鲁迅，思想家的鲁迅的最主要的精神。他的现实主义，他的打硬仗，他的反中庸的主张，都是用这种真实，这种反虚伪做基础。他的神圣的憎恶就是针对着这个地主资产阶级的虚伪社会，这个帝国主义的虚伪世界的。”[①]这一理解确实准确。事实上，鲁迅本人曾多次在杂文中表达过这一思想。其中最著名的应该算是他 1926 年在《马上支日记》中所批判的“做戏的虚无党”。他说：

> 向来，我总不相信国粹家道德家之类的痛哭流涕是真心，即使眼角上确有珠泪横流，也须检查他手巾上可浸着辣椒水或生姜汁。什么保存国故，什么振兴道德，什么维持公理，什么整顿学风……心里可真是这样想？一做戏，则前台的架子，总与在后台的面目不相同。但看客虽然明知是戏，只要做得像，也仍然能够为它悲喜，于是这出戏就做下去了；有谁来揭穿的，他们反以为扫兴。
>
> ……看看中国的一些人，至少是上等人，他们的对于神，宗教，传统的权威，是“信”和“从”呢，还是“怕”和“利用”？只要看看他们的善于变化，毫无特操，是什么也不信从的，但总

① 何凝（瞿秋白）：《鲁迅杂感选集序言》，载何凝（瞿秋白）编：《鲁迅杂感选集》，贵州教育出版社 2001 年版，第 119 页。

要摆出和内心两样的架子来。要寻虚无党，在中国实在很不少；和俄国的不同的处所，只在他们这么想，便这么说，这么做，我们的却虽然这么想，却是那么说，在后台这么做，到前台又那么做……①

与《马上支日记》不同的是，《求乞者》不是针对"做戏的虚无党"做直接的批评，而是通过对两个装可怜的小乞儿的生动刻画，来迂回地表达出内心的烦厌与憎恶。这个似乎并不必要的迂回，暴露了鲁迅内心深处的隐痛。

联想到前面所说的鲁迅在写作前后的特殊心境，尤其是他对于与周作人失和乃至冲突的怨愤情绪，我们很容易感觉到他笔下"求乞者"的令人憎恶的"装可怜"与周作人夫妇在朋友面前的表现。他们的故作愤怒、历数罪状，以及向朋友求援喊冤等，在鲁迅眼里，显然也都是一种"装可怜"。他们的"声调""态度"和"哀呼"，也许对鲁迅来说都还历历在目。但在鲁迅看来，却如同一场"也不见得悲戚"的表演。鲁迅在《求乞者》中表现出来的超乎寻常的憎恶和烦厌，会不会是借此而做的一次发泄呢？

鲁迅在此表明的不仅是他倔强、自尊的性格，同时更是一种决不原谅、毫不妥协的态度。他说："我不布施，我无布施心，我但居布施者之上，给与烦腻，疑心，憎恶。"这种性格和态度，到文章的第三段中表现得更为突出：

我想着我将用什么方法求乞：发声，用怎样声调？装哑，用怎样手势？……

……

① 鲁迅：《马上支日记》，载《鲁迅全集》第3卷，人民文学出版社2005年版，第345—346页。

我将用无所为和沉默求乞……

我至少将得到虚无。①

看到自己喜欢和羡慕的人，或身份、状况相近的人，设想“如果是我……”，大约是人之常情。但是，看到令人鄙视和厌恶的求乞者，却联想到自己，想到自己（“如果是我……”）“将用什么方法求乞”，这恐怕是非常奇怪的。除非，想象者与所想象的对象之间，真的存在着近似的处境或心境，即如冲突双方的周氏兄弟那样。

“我”当然是不屑于表演更不齿于装可怜的。于是只有一个办法：“将用无所为和沉默求乞”。让所有关心的朋友、冷漠的看客、不怀好意的仇敌都只能得到一个失望。因为即使不如此，也没有人真正能够理解鲁迅内心的“悲戚”，同样也没有人能够真正了解事情的真相。所以，不如什么都不说，“我至少将得到虚无”。这个虚无当然是让人无奈和悲哀的，但却也是鲁迅此时唯一能够得到的真实。对于周作人夫妇而言，鲁迅的姿态是足够决绝、倔强的。这种不妥协、不求和、不宽恕、不原谅的姿态，最为符合鲁迅的性格。而且，也只有这高贵的沉默和神圣的憎恶，能让他自觉但居布施者与求乞者之上，获得一点心理上的安慰。

事实是，鲁迅此后从未直接谈论过与周作人之间的事情。虽然我们常常可以从他的文学作品中读到一点隐约的心情，勾起些不自禁的联想，但是于他而言，他的确一直是“无所为和沉默”的。

文末的“灰土，灰土，……”，与其说是描写，不如说是歌哭。在“寒风”与“灰土”中，“我”深感灵魂的凄凉、人际的冷漠，以及永不可期的真相。这灰土遮蔽了真相，埋葬了亲情，也阻断了所有旁人的目光。

---

① 鲁迅：《求乞者》，载《鲁迅全集》第2卷，人民文学出版社2005年版，第171—172页。

（五）

也许，将《求乞者》的写作与“兄弟失和”事件连在一起考论带有一定的冒险性。然而，文本细读本应该和文本的写作时间、写作环境、之前或同时发生的事件等客观因素，以及与此有关而引起的思想、心理、情绪等主观因素联系着考察和论析。本书无意完全推翻以往人们对《求乞者》的解释和分析。过去的一些解释和分析，包括诸如李何林先生提到的对“不抵抗”的批判、孙玉石讨论的对浅薄的人道主义的超越，以及片山智行先生提出的“从容地领受虚无”等①，都有相当的道理，但又仍然给人留下不小的理解和探索空间，其中特别是关乎这篇短章中所含有的那么鲜明强烈的感情因素。本书要做的，正是想发掘这些感情因素，追寻这条感情线索，以求更加接近鲁迅写作这篇《求乞者》的最初动因。

当然，正如上文已经说过的：对于虚伪的痛恨，一直是鲁迅思想的核心之一。即便不是周作人夫妇，以鲁迅的阅历和对世态的洞察，他也必然见识过各种大大小小、形形色色的虚伪的表演，这些经验，最终都可能积累起来，导致他在某个事件中有感而发。因此，必须补充说明的是，即便《求乞者》的创作起于对周作人的怨愤，但当这个晦涩曲折又充满象征意义的文本最终完成之后，它又可能——也应该——蕴含更为丰富的思想和意义，此即所谓“思想大于形象”或“意蕴超出文本”。因此，可以说，《求乞者》一文既是出自私人经验的一个非常隐晦的发泄，同时又是一篇内涵深邃而丰富的散文诗；其中，既有对那些在灰土颓垣中纷纷登场的“做戏的虚无党”的尖锐批判，也有鲁迅自己以“无所为和沉默”与之对抗的倔强身影。

---

① 参见孙玉石：《现实的与哲学的——鲁迅〈野草〉重释》，上海书店出版社 2001 年版，第 49 页。

四、“度日”与“做人”

——《伤逝》的兄弟隐喻与人生观分歧

鲁迅的短篇小说《伤逝》[①]写于1925年10月，1926年8月收入《彷徨》，之前并未单独发表。对于这篇作品，鲁迅本人并无专门的议论，只是在谈到《彷徨》时曾经说道：“技术虽然比先前好一些，思路也似乎较无拘束，而战斗的意气却冷得不少”[②]。然而，与作者本人的不置一词相反，评论家们对《伤逝》却似乎情有独钟，多年来对它的阐释与讨论始终是鲁迅小说研究中的重点和热点。大体上说，对《伤逝》主题的解读主要集中在两个方面。一方面是对其爱情与女性主题的理解。比如李长之1935年在《鲁迅批判》中就称《伤逝》为“鲁迅最成功的一篇恋爱小说”，“是他的最完整的艺术品之一”。[③]此类分析不仅肯定小说对恋爱悲剧和女性形象的深刻表现，更看重其通过爱情悲欢所表现出来的对女性解放、婚姻自由等重大现实问题的思考。另一方面，由于“涓生的手记”这一叙事角度的采用，小说的主题与情绪似乎变得更与作者本人有关，于是也有不少研究者借由涓生的“悔恨”“空虚”“遗忘”“说谎”等情绪和体验，将作品主题与知识分子的个性觉醒及自我反思，以及思想启蒙的方式与局限等问题相勾连，剖析鲁迅本人的思想与心态，并将之视为隐现于小说的虚构与叙事之外的一条真实的情感线索。

一个不得不面对的挑战是，周作人多年之后站出来说：“《伤逝》不是普通恋爱小说，乃是借假了男女的死亡来哀悼兄弟恩情的断绝。

① 《鲁迅全集》第2卷，人民文学出版社2005年版，第113—134页。

② 鲁迅：《〈自选集〉自序》，载《鲁迅全集》第4卷，人民文学出版社2005年版，第469页。

③ 李长之：《鲁迅批判》，北京出版社2003年版，第83—90页。

我这样说，或者世人都要以我为妄吧，但我有我的感觉，深信这是不大会错的。”[①] 这是个必须严肃对待的问题。周作人的“感觉”或不失据，但涓生的“悔恨”“愧疚”并不能简单等同于鲁迅对待兄弟失和的态度。如何根据周作人的解释去理解《伤逝》，这是一个问题；而更重要的问题是：如果《伤逝》中潜藏着一个有关兄弟的隐喻，那么鲁迅通过这个隐喻究竟想要表达什么？

在我看来，《伤逝》在爱情婚姻和女性解放的话题之外，的确存在一条与周作人有关的隐线。鲁迅通过小说的人物与故事情节，反思的是新人物的旧观念以及“新的生路”的问题，他由此重提“思想革命”与斗争实践的必要性，并通过兄弟隐喻提出了 20 世纪 20 年代知识分子的两种不同道路和选择的重大问题。

（一）

周作人说《伤逝》与“兄弟恩情的断绝”有关，这个说法有一定的可信度，其原因要从《伤逝》写作之前的几个月说起。

1925 年 7 月 20 日，《语丝》第 36 期发表了鲁迅的散文诗《死后》，这是《野草》系列的第 18 篇，也是《野草》中“我梦见”系列的最后一篇。这篇散文诗以“我梦见自己死在道路上”开篇，以一个荒诞梦境的想象写出一种奇特的“只是运动神经的废灭，而知觉还在”的“死后”状态。死在路上的“我”经历了路人的围观、苍蝇的烦扰、巡警的清除，直到入棺即将“六面碰壁”的时候还被兜售古籍的书铺伙计骚扰，鲁迅以一贯的幽默尖锐讽刺了看客（路人）、“正人君子”（苍蝇）、军阀（巡警），尤以漫画的方式批判了推行读经复古的小丑式文人。《死后》以对“死”的想象继续了对“生”的追问和对现实的批判，看似荒诞不经实则合理完整，堪称是一篇内容丰富、构思巧

① 周作人：《知堂回想录》（下），河北教育出版社 2002 年版，第 485—486 页。

妙的佳作。

有意思的是，就在《死后》发表后不久，周作人翻译了一首希腊小诗，题为《伤逝》，发表在了1925年10月12日的《京报副刊》上，译者署名“丙丁”。原诗如下：

我走尽迢递的长途，
渡过苍茫的大海，
兄弟呵，我来到你的墓前，
献给你一些祭品，
作最后的供献，
对你沉默的灰土，
作徒然的话别，
因为她那运命的女神，
忽而给予又忽而收回，
已经把你带走了。
我照了古书的遗风，
将这些悲哀的祭品，
来陈列在你的墓上：
兄弟，你收了这些东西吧，
都沁透了我的眼泪；
彼此永隔冥明，兄弟，
只嘱咐你一声“珍重！”

对于这首译诗，周作人有个注释：“这是罗马诗人‘喀都路死’的第百一首诗……据说这是诗人哀悼其兄之作，所以添写了这样一个题目。”① 这个注释中对诗人姓名的古怪译法令人不禁生疑，将

① 参见《京报副刊》1925年10月12日。

Catullus 译为“喀都路死”，在用字上明显不合惯例。这个情况应该也引起了编辑孙伏园的注意，孙伏园在“记者后记”中就将其改译为“卡图路斯”。而周作人本人在半年后翻译《茶话已》再次遇到这位希腊女诗人时，则改用了“加都卢斯”[①]。对于这个“路死”的特殊译法是否即与鲁迅的《死后》有关，不能妄下断言，但结合周作人译诗的内容和题目来看，却实在让人产生相关的联想与怀疑。

此外，诗中第六、第七行——“对你沉默的灰土／作徒然的话别”——令人不禁联想到鲁迅发表于数月前的《求乞者》。在篇幅很短的《求乞者》中，“灰土”出现达八次之多，文末一句“我将用无所为和沉默求乞……”的长叹，以及继而四起的“灰土，灰土，……”，都正是鲁迅针对兄弟失和所发出的歌哭，表达了他对“装可怜”式的虚伪“求乞”的憎恶。[②] 而周作人在翻译中明显化用《求乞者》中这两个关键词，也很难说是巧合。

最有意味的是，诗题“伤逝”出自译者周作人之手，据他说是因为“这是诗人哀悼其兄之作”。“伤逝”之典出自《世说新语》卷五“伤逝第十七”，全部是有关悼亡的故事，其中更不乏兄弟之丧，尤以王子猷王子敬兄弟之殇最为动人。周作人以“伤逝”为题译诗，多半典从此出，而鲁迅对此亦不会不懂。于是，鲁迅在周作人的译诗发表后 9 天——10 月 21 日——也以《伤逝》为题写了一篇小说，以同题相呼应，这绝非巧合。《伤逝》虽然在收集之前未曾单独发表，但 1926 年 8 月《彷徨》出版，周作人必然读到，后来所谓“《伤逝》不是普通恋爱小说，乃是借假了男女的死亡来哀悼兄弟恩情的断绝”之类的话，就是他做出的回应。周作人说：“因为我以不知为不知，声明自己不懂文学，不敢插嘴来批评，但对于鲁迅写作这些小说的动机，却是能够懂得。我也痛惜这种断绝，可是有什么办法呢，人总有

① 岂明（周作人）：《茶话已》，《语丝》第 74 期，1926 年 4 月 12 日。

② 参见张洁宇：《鲁迅〈野草·求乞者〉考论》，《鲁迅研究月刊》2012 年第 9 期。

人的力量。”[①]周氏兄弟的表达都很隐晦，但“伤逝”这个“典故”在他们私人语境中的深意却已相当明显。而且显然，这个典故指向了兄弟之丧，而不是小说中“男女的死亡”。

鲁迅对《伤逝》的写作没有做过任何说明，以他的性格，用同题作品来回应周作人是可能的，但他回应的方式必定十分隐晦。他本来就特别警惕文学批评中的“对号入座”，甚至曾说：“……因为我是长男，下有两个兄弟，为豫防谣言家的毒舌起见，我的作品中的坏脚色，是没有一个不是老大，或老四，老五的。”[②]所以，《伤逝》中两个主人公的情侣关系，应是鲁迅有意采取的障眼法。当然，这也不单是障眼法，因为在小说文本的层面上，人物关系与故事逻辑有其自身的合理性与完整性，很好地服务于小说有关爱情婚姻与女性解放的主题。在我看来，《伤逝》中存在着两个文本：一个是显在的爱情故事，另一个是潜藏的兄弟隐喻。两个文本既彼此相关又彼此独立，构成了一种既可相互呼应又可互不相扰的奇妙效果。

基于此，本书虽由周作人的解读出发，却并不打算以考证和索隐的方式去解释这篇小说，更无意推翻或覆盖现有的合理阐释。本书的目的在于，通过《伤逝》中的兄弟隐喻讨论鲁迅与周作人在思想观念上的差异，并由此分析鲁迅在对这种差异的深刻反思中，如何突破了日常生活与私人关系的层面，抵达了对于大时代中知识分子前途与道路选择的思考。

（二）

不得不说，周作人看到了《伤逝》中的兄弟隐喻，却错误理解了鲁迅的用意。鲁迅的“痛惜”是对兄弟殊途的痛惜，也是对知识分子

---

① 周作人：《知堂回想录》（下），河北教育出版社 2002 年版，第 485—486 页。

② 鲁迅：《答〈戏〉周刊编者信》，载《鲁迅全集》第 6 卷，人民文学出版社 2005 年版，第 149 页。

阵营走向分歧的痛惜，而绝非周作人所想象的那种私人语境中的感性表达。之所以这样说，是因为《伤逝》的主题已明确触及新人物、旧思想，以及“新的生路”的问题。

作为一部爱情小说，《伤逝》的成功不仅限于完满的艺术和动人的抒情，更在于它所深蕴的思想意义，即女性解放与婚姻自由的大问题。这个问题是五四时期的热点话题，也是“人的文学”关注与反映的重要题材。鲁迅早在 1918 年就在《我之节烈观》中讨论过男女平等与“正当的幸福”的问题。1923 年，他又在题为《娜拉走后怎样》的讲演中专门探讨了女性获取平等独立的现实途径——争取经济权——的问题，他的思考从不是口号式或浪漫化的，而是切实落于具体问题之中。他说：“从事理上推想起来，娜拉或者也实在只有两条路：不是堕落，就是回来。”他提醒那些为娜拉出走欢呼的人们：“她除了觉醒的心以外，还带了什么去？倘只有一条像诸君一样的紫红的绒绳的围巾，那可是无论宽到二尺或三尺，也完全是不中用。她还须更富有，提包里有准备，直白地说，就是要有钱。”①鲁迅清醒地认识到，女性要真正获得解放就必须争取与男性平等的经济权，争取到自食其力的可能性。这个观点，后来在《伤逝》中仍有某种延续，他所谓“人必生活着，爱才有所附丽”，也包含了这层意思。在鲁迅看来，空有觉醒之心与自由之梦，不以实际行动去争取现实的保障，则终将走向“梦醒之后无路可以走”的悲剧，而在这个意义上说，子君正是他有意塑造的一个“回来”的娜拉，是他以人物形象与故事情节为依托对伦理与社会问题做出的进一步思考。

虽然鲁迅一向关注女性问题，但激发他写出《伤逝》可能还另有原因。在我看来，一个重要动因就是“女师大风潮”。1924—1925 年间，身为教师的鲁迅在“女师大风潮”中始终站在学生一边，他支持

---

① 鲁迅：《娜拉走后怎样》，载《鲁迅全集》第 1 卷，人民文学出版社 2005 年版，第 167 页。

学生不仅因为校长杨荫榆治校粗暴专制，更因为她配合当时“尊孔复古”的逆流，推行文言，反对新文学。风潮期间，鲁迅在《忽然想到·七》《“碰壁”之后》《流言和谎话》《女校长的男女的梦》《碎话》《“公理”的把戏》《这回是“多数”的把戏》等多篇文章中，揭露事实、声援学生，甘冒被教育部免职之险，支持被解散的女师大，直至最终光复学校。正如许广平后来回忆的：“女师大事件，就是当时北京的革命知识分子、青年学生，和卖国的军阀政府之间斗争的一个环节。”①鲁迅从始至终介入其中，并为之奔走呼号，也正是看到这个事件背后的意义，而并非仅为个人荣辱和学生的具体要求。因此，与章士钊、杨荫榆、“正人君子”之间的论战，虽为具体事件和话题引发，但其牵涉的问题和造成的影响都是超出具体事实的。许广平认为：“这个斗争，是中国知识分子在五四运动之后，走向分化的具体反映。鲁迅当时反对以胡适为首的现代评论派，有些问题常常隐蔽在个别的，甚至私人的问题之下，然而这种斗争，在原则上的意义，随着历史的向前发展，却越来越明显了。”②至于瞿秋白后来所说的“不但‘陈西滢’，就是‘章士钊’等类的姓名，在鲁迅的杂感里，简直可以当做普通名词读，就是认作社会上的某种典型”③，说的也是这个意思。

在“女师大风潮”期间，鲁迅的各类写作多少都与之相关。除大量犀利尖锐的杂文之外，还包括《野草》中《狗的驳诘》《失掉的好地狱》《死后》《这样的战士》等一系列或明或暗涉及此事的篇章。同样地，他在此期间先后完成的《高老夫子》《伤逝》《离婚》等短篇小说，也都反映出此事的侧影。如果说《高老夫子》还只是拘于女校某

---

① 许广平：《女师大风潮与“三一八”惨案》，《许广平文集》第2卷，江苏文艺出版社1998年版，第210页。

② 许广平：《女师大风潮与“三一八”惨案》，《许广平文集》第2卷，江苏文艺出版社1998年版，第215页。

③ 何凝（瞿秋白）：《鲁迅杂感选集序言》，载何凝（瞿秋白）编：《鲁迅杂感选集》，贵州教育出版社2001年版，第108页。

些现实经验，重在讽刺校长和教师的观念之酸卑朽腐，那么，在《伤逝》和《离婚》里则是借城市与乡村的女性和婚姻问题重提女性解放、婚姻自主的话题，特别是对女性问题背后的观念问题的深刻反思。而且，由于鲁迅的小说艺术已臻炉火纯青，所以这两篇以女性话题为主线的小说又都各自包含了更为深广的思想和内容。换句话说，由于新的斗争形式、新文化阵营的分裂，以及新的黑暗势力的形成，促使鲁迅在原有有关女性问题思考的基础上，又有了新的忧患和新的思索。

因此，与五四初期的《终身大事》等“出走”叙述不同，《伤逝》的重心已不在觉醒与“出走”本身，而在“梦醒之后”和“走后怎样”。并且，“娜拉”式的新女性子君追求自我解放的阻力与困境也不再如《终身大事》中的田亚梅一样来自封建父权与旧家庭，而是来自新式婚姻家庭的内部。这是《伤逝》最深刻也最独特的地方，既是鲁迅在性别维度上对“五四”女性解放问题的深化，也是他对新形势与新问题的某种思考和回应。换句话说，在深入观察和反思新文化阵营内部的思想分歧的基础上，鲁迅当时最重视的就是新人——尤其是新女性——在新的文化环境中对自身道路的认识和设想。他在保留了“五四”式的社会批判与文化批判的基础上，大大增强了对新女性自身的反思，子君作为拥有某种新身份新特质的知识女性，其在新型婚姻关系中的遭遇，反过来引发了一次对新女性观念内部的拷问和反省。

子君看上去是一个勇敢的、现代的新女性。在她所发出的极少的声音中，给人印象最深的就是那句“我是我自己的，他们谁也没有干涉我的权力！”然而，这究竟是子君自己的觉悟，还是她对于涓生多日教导的一种“回声”？这句话看上去是子君觉醒的宣言，甚至震动了她的启蒙者涓生的灵魂，令他“此后许多天还在耳中发响，而且说不出的狂喜，知道中国女性，并不如厌世家所说那样的无法可施，在不远的将来，便要看见辉煌的曙色的”。但深思其意，会发现涓生不无夸张的狂喜不仅来自宣言式激情的感染，同时更带有对自己教导有方的欣慰与自得。这或许也恰好说明了子君这句话的"回声"性质，它高调、抽象而空洞，它是一句完美的宣言，却似乎并不发自子君的血肉之躯。

随后，子君不断表现出"觉醒"后的无畏与骄傲，无论是对于窥视的"小东西的脸"，还是对待租房途中各种"探索，讥笑，猥亵和轻蔑的眼光"。与涓生的瑟缩相比，子君"确是大无畏的"，然而，这"大无畏"真的体现了子君的觉醒吗？作者在后面的故事中很快作出了回答。随着涓生失业带来的困窘与平淡重复的日常生活带来的无聊，子君的无畏和骄傲渐渐消失了。在涓生的眼里，"那么一个无畏的子君也变了色，尤其使我痛心；她近来似乎也较为怯弱了"。甚而后来他说："我真不料这样微细的小事情，竟会给坚决的，无畏的子君以这么显著的变化。她近来实在变得很怯弱了，但也并不是今夜才开始的。我的心因此更缭乱。"问题可能在于，是子君真的在"变化"吗，还是她原来的"大无畏"就是个幻象？一个真正觉醒的新女性真的会在生活的压力下发生如此"显著的变化"吗？透过涓生的眼睛，作者鲁迅在观察和思考，他最终通过涓生之口，说出了一段看似无情但其实有理的话：

> 我以为将真实说给子君，她便可以毫无顾虑，坚决地毅然前行，一如我们将要同居时那样。但这恐怕是我错误了。她当时的勇敢和无畏是因为爱。

的确，子君一开始的勇敢和无畏并不是因为觉醒，而是因为"爱"，而这份"爱"本身又多少带有一些盲目和依附的成分。鲁迅在这里固然对子君满怀同情，但同时更有清醒的分析和反省。他看到的是，"五四"以来，在各种新思潮的启蒙和感召下，很多人——其实不仅是女性——似乎是觉醒了，发出了觉醒的呼声，但那觉醒却可能并不真实、更不彻底，甚而只是一种被感染、被引导后的冲动或效仿。当现实的考验和困境到来的时候，盲目而依附的“爱”变得不堪一击，没有真正的“觉醒”作为基础，所谓的“爱”就可能只是一种新的幻象，而并不带来理性独立的自我的生成。

事实上，在子君这个看似受到新思想启蒙的新女性的头脑中，旧道德旧思想的残余还是相当严重的，小说中有几处细节对此有明确的体现。比如涓生说：“壁上就钉着一张铜板的雪莱半身像，是从杂志上裁下来的，是他的最美的一张像。当我指给她看时，她却只草草一看，便低了头，似乎不好意思了。这些地方，子君就大概还未脱尽旧思想的束缚……”这里的子君虽不无少女羞涩可爱的成分，但更多的还是潜意识的暴露，可以说，对于异性、对于爱情，她的认识还是相当陈旧保守的。再比如到了吉兆胡同同居之后，子君给买回的叭儿狗改名“阿随”，阿随渐渐取代涓生成为子君最重要的陪伴和感情寄托。涓生“不喜欢这名字”，很明显也是不喜欢这样一种跟随、顺从的关系——这不仅是主人与宠物的关系，其实也是男女主人公之间关系的隐喻。如果说娜拉的觉悟是终于明白并试图反抗作为丈夫饲养的笼中雀的命运，那么不得不说，子君连这一份觉悟都还没有。在她的内心中，仍然残留着根深蒂固的“嫁鸡随鸡嫁狗随狗”的旧观念。

正是通过这些细节，鲁迅观察和反思了子君的内心和思想意识。在涓生与子君的爱情悲剧中，涓生的无能和懦弱固然需要批判，但子君本人也同样值得反省。她对“爱”的投靠和依附，最终只是让她离开父权的旧家来到夫权的新家，在“爱”的“梦醒之后”，依然是幻灭的、“无路可以走”的结果。可以说，鲁迅在《伤逝》中对于新女性“走后怎样”的追问已大大加深了一步。比 1923 年呼吁争取经济权更深刻的是，他深入到精神意识的深层，逼问出新女性精神觉醒的程度问题。在他看来，除了有爱、有钱，更重要的还是有自立和行动的意愿与能力。子君自以为有爱，出走的时候也确乎带了些钱，并以之“入股”了自己的新生活，但她最终还是没能逃脱沦亡的结局，其原因，就在精神意识的深层。

鲁迅算不上女性主义者，《伤逝》也并非“问题小说”，但在女性问题的探讨中，《伤逝》确乎成为一个独特的经典。正是在“女师大风潮”的刺激之下，他反省了新文化运动之后的某些新状况和新问题，更深地意识到新文化阵营中同样残存着旧文化的遗毒，因而，他以独特的角度深入讨论了某些看似崭新迷人的新观念和新人物的精神世界，将新文化中的旧问题再次揭露了出来。

（三）

《伤逝》爱情悲剧的真正根源在于涓生与子君在思想上的“真的隔膜”，按照故事自身的逻辑，他们最终走向歧途恐怕也是必然。而这个歧途，正是兄弟隐喻得以成立的关键和基础。换句话说，小说情节与兄弟隐喻的关联正在于对某种精神隔膜与思想差异的认识与反省，以及对这种人生歧途的痛苦呈现。

周氏兄弟在思想观念上的差异，首先是生命哲学上的分歧。爱好平安凝静式人生的周作人恐怕始终也无法理解一生追求实践行动美学的鲁迅。正如钱理群所讲的：

> 就像周作人所说的那样，鲁迅的选择是一个强者的选择，是大多数人很难做到的。而周作人的选择是凡人选择，是大多数人的选择。如果说鲁迅的选择是非常人生，那么周作人的选择是寻常人生。①

> 正像把斗争、矛盾、反抗、破坏推到极端会带来弊病一样，反过来说，把安宁、和谐、稳定推到极端，也是很危险的。也就

① 钱理群：《话说周氏兄弟——北大演讲录》，山东画报出版社1999年版，第290页。

> 是说，失去了破坏和创造的欲望，可能会导致人的生命的保守、平庸、猥琐。排斥反抗、破坏、单纯追求安宁、和谐、稳定，它是保守的。普通人这样做是很危险的。……“翅膀飞不起来了”，这是周作人的选择可能要导致的危机。……特别是把周作人的这种选择放在大动乱的、大动荡的现代社会来看，其弊端就更加明显。鲁迅在这一点上是一再批评周作人的。①

在《伤逝》中，子君就典型地代表着一种追求安宁凝固的凡人选择，涓生曾经不无讥讽地代她感叹道：“安宁和幸福是要凝固的，永久是这样的安宁和幸福。”子君深陷在日复一日的家务之中，每天“‘川流不息’的吃饭”，“管了家务便连谈天的工夫也没有，何况读书和散步”。不能说她对爱情已丧失了追求，但她确是已把爱情与生活完全凝定在了某种状态之中。这也是为什么她要对涓生求婚的那个瞬间极度迷恋并不断温习的缘故，因为在她看来，那个时刻是她爱情的巅峰时刻，即便时光无法永驻，她也要通过与涓生一起温习的方式不断让自己回到那个瞬间。在子君眼里，那个幸福的时刻就像一个美丽的标本，即便是静态而空洞的，也足以令她沉迷。

而涓生在这一点上显然有所不同。他不喜欢温习那个瞬间，不仅是因为尴尬，更大的可能是因为他对爱情有着不同的理解。在他看来，“爱情必须时时更新，生长，创造”——这或许并不是出于男性的喜新厌旧，而是他内心对于爱情、婚姻乃至生活的一种基本态度。涓生在“手记”中不断写到的那种“空虚”感，正是来自没有目标、没有活力、没有行动力的凝固的生存状态。这种状态常常变幻形式出现在鲁迅的其他作品中，比如《过客》中老人与女孩的“平安”，或者《死火》的冰谷中既不冻灭也不烧完的凝固的火焰……在涓生的生命里，对于空虚的反抗和对于“新的生路”的追求是一直存在的。最

① 钱理群：《话说周氏兄弟——北大演讲录》，山东画报出版社 1999 年版，第 295 页。

早他“仗着子君走出这空虚”，是因为子君带来了新的生活和希望，但是后来，当新生活成为新的桎梏和新的空虚的来源，他只能在矛盾纠结中选择独自离开。从恋爱关系上说，涓生的孤身前行并不可取，但从观念的角度上看，他的选择自有其合理性。这也正是鲁迅在小说中并没有对涓生形象大加批判的原因，这里所反映出来的，其实不是鲁迅的性别立场，而是他的人生观。

在涓生看来，子君“早已什么书也不看，已不知道人的生活的第一着是求生，向着这求生的道路，是必须携手同行，或奋身孤往的了，倘使只知道搥着一个人的衣角，那便是虽战士也难于战斗，只得一同灭亡”。这话看似小题大做，但细想起来却符合逻辑。这里所说的“求生”，并不是简单懵懂的生存和苟活，而是行动意义上的“生”，是创造、变动和行动，甚至是“战斗”。在这个意义上，再来重新审视涓生那段一直被人指责为“负心”的言论，或许可以得出新的解释。他说：

> ……回忆从前，这才觉得大半年来，只为了爱，——盲目的爱，——而将别的人生的要义全盘疏忽了。第一，便是生活。人必生活着，爱才有所附丽。世界上并非没有为了奋斗者而开的活路；我也还未忘却翅子的扇动，虽然比先前已经颓唐得多……。

作为人生第一要义的“生活”，不是温饱，而是奋斗和飞翔。只有理解了这一点，才能明白涓生其实并不全是不体谅子君为求温饱生活而付出的辛苦，更重要的是他无法忍受两人在人生态度上的差异。也正因如此，涓生在婚姻一开始就预感到“我的路也铸定了”，这对他来说是难以接受的。反倒是刚刚得知失业的那些天，两人因生活所迫一度挣脱了琐碎而停滞的日常生活状态，感到“外来的打击其实倒是振作了我们的新精神”。当涓生意识到“忘却翅子的扇动”的危险时，他开始不断地对自己说：“然而只要能远走高飞，生路还宽广得很。”这看似一个喜新厌旧的男人对家庭和责任的逃避，但其实也可能正是一个行动者的基本人生追求，虽然他并不知道如何“向着新的生路跨进第一步去”，但是他知道，“我活着，我总得向新的生路跨出去”。反过来说，不跨出这一步，不寻找“新的生路”，就连“我活着”的问题都难以证实。这也是涓生所谓“人必生活着，爱才有所附丽”的真实含义。并不是说只有在保证了基本物质生活条件的情况下才能奢谈精神层面的爱情，而是说，没有行动的人生观，没有不断前行的哲学，所谓的“爱”终将是盲目空洞且终将走向悲剧结局的。

在涓生和子君的悲剧中，最大的分歧就是这种一个要静一个要动、一个要停一个偏要走的分歧，而这，大概也正是周氏兄弟之间的一个根本性的分歧。这样说并不是又要把涓生和子君的形象分别与周氏兄弟对应起来，而是说，这种分歧是真正存在于兄弟二人的思想与现实人生之中的，这是两种生活哲学的对垒，对此他们一定相互深知甚至有过争论，或许，这也是鲁迅希望周作人通过《伤逝》去领会的东西。

在“平安”甚至平庸的时代，喜静还是好动、追求安适或是不断斗争，也许是可以相安无事、各遂所愿的。但是，在如20世纪20年代那样的“大时代”中，这种差异就不仅是个人生活方式的选择，而是指向了人生道途的分歧。对周氏兄弟而言，从1923年的失和到1925年的《伤逝》，时间过去越久，那些导致矛盾的具体原因和细节或许可以渐渐淡化，生活方式上的差异或许也因分居而变得不再重要，但是，两人思想深处的分歧却一定会更多地暴露出来，而且，这种分歧的意义和对未来道路的影响，也越来越显现出其重要性和典型性。甚至可以说，周氏兄弟的失和问题已渐渐突破私人生活的层面，成为现代中国知识分子两条道路与两种选择的代表。

正如《伤逝》中所写到的，当子君“只为着阿随悲愤，为着做饭出神”的时候，涓生在通俗图书馆里“瞥见一闪的光明”，看到了“新的生路横在前面”：

……我看见怒涛中的渔夫，战壕中的兵士，摩托车中的贵人，洋场上的投机家，深山密林中的豪杰，讲台上的教授，昏夜的运动者和深夜的偷儿……。

……上有蔚蓝的天，下是深山大海，广厦高楼，战场，摩托车，洋场，公馆，晴明的闹市，黑暗的夜……。

这个想象看似空泛不切实际，但其面朝“无穷的远方，无数的人们”①的指向却可能大有深意存焉。涓生的“新的生路”并不是一个男人的另求新欢，而是对生活道路的一种全新选择。更确切地说，这不再是从会馆搬入吉兆胡同式的改变，而是一个完全脱离旧轨、重新在大时代与新世界中确定自身位置的自觉。事实上，也正是在1925年的这个时刻，周氏兄弟也分别做出了不同的选择：鲁迅决意“出了象牙之塔”；而周作人说，“别人离了象牙的塔走往十字街头，我却在十字街头造起塔来住”②。两个人的殊途，已不再是两年前分家时的“家务事”性质，而变成了——甚至代表着——两种全然不同的人生抉择。

早在1919年，鲁迅在《我们现在怎样做父亲》中曾以十个字概括出他对于社会与人生的最高理想，那就是：“幸福的度日，合理的做人”③。“度日”与“做人”分别侧重物质层面的生活与精神层面的追求，两者在鲁迅眼中缺一不可。或许在当时，他对“度日”与“做人”的关系并没有特别深入、明确的思考，但在后来的实际生活与斗争经验中，他对这两个词所代表的含义一定有了越来越深切的认

① 鲁迅：《“这也是生活”……》，载《鲁迅全集》第6卷，人民文学出版社2005年版，第624页。

② 开明（周作人）：《十字街头的塔》，《语丝》第15期，1925年2月23日。

③ 鲁迅：《我们现在怎样做父亲》，载《鲁迅全集》第1卷，人民文学出版社2005年版，第135页。

识。并且，这个“人”的概念也渐渐从五四时期的“个人”深化为更具革命意识和斗争精神的“新人”。1925 年，鲁迅两次谈到人生的要务与目标：“我们目下的当务之急，是：一要生存，二要温饱，三要发展。”[①]“……倘若一定要问我青年应当向怎样的目标，那么，我只可以说出我为别人设计的话，就是：一要生存，二要温饱，三要发展。有敢来阻碍这三事者，无论是谁，我们都反抗他，扑灭他！”[②]在鲁迅那里，“度日”法则固然重要，但更高的追求——“发展”，也就是“做人”——更为他所强调，这与他早年在《文化偏至论》中就已提出的“掊物质而张灵明”[③]也是完全一致的。

周氏兄弟的人生观分歧或许正可用“度日”与“做人”的差异来概括。兄弟失和之后，鲁迅愈加强调“做人”，而周作人却愈加看重“生活之艺术”。早年鲁迅就曾当着家人的面指出“启孟真昏”；失和之后仍在“小品文”与“小摆设”的问题上对周作人有间接的提醒；及至 20 世纪 30 年代“京海之争”，鲁迅对周作人所代表的“真正老京派”的退隐姿态提出过严厉的批评；国难将临之际，他还曾通过周建人发出提醒，“关于救国宣言这一类的事情……遇到此等重大题目时，亦不可过于退后云云”[④]。事实上，越到是非关头，二人在人生观上的差异就表现得越发明显。当周作人最终附逆，得意于事敌之后的安稳和虚荣，更暴露了其思想境界与生活哲学中最薄弱庸俗的一面。正如后人所慨叹的：“这是周作人最悲剧的地方，为了啖饭，为了求生，不惜牺牲掉自己过去所相信的主义。”[⑤]

《伤逝》写作的时期，正是周氏兄弟继失和之后在思想上渐行

---

① 鲁迅：《忽然想到·六》，载《鲁迅全集》第 3 卷，人民文学出版社 2005 年版，第 47 页。

② 鲁迅：《北京通信》，载《鲁迅全集》第 3 卷，人民文学出版社 2005 年版，第 54 页。

③ 鲁迅：《文化偏至论》，载《鲁迅全集》第 1 卷，人民文学出版社 2005 年版，第 47 页。

④ 转引自钱理群：《周作人传》，北京十月文艺出版社 1990 年版，第 414 页。

⑤ 孙郁：《鲁迅与周作人》，现代出版社 2013 年版，第 230 页。

渐远的时期。两人都自1924年11月起开始为《语丝》撰稿，但到1925年春，态度已经出现了变化。鲁迅曾对荆有麟、许广平等人谈道："《语丝》态度还太暗。不能满足青年人要求"[①]，"虽总想有反抗精神，而时时有疲劳的颜色……"[②]高长虹也说过："最先对于当时的刊物提出抗议的人却仍然是狂飙社的人物，我们攻击胡适，攻击周作人，而漠视现代评论与猛进。我们同鲁迅谈话时常说语丝不好，周作人无聊，钱玄同没有思想，非攻击不可。鲁迅是赞成我们的意见的。"[③]可以说，鲁迅不满于《语丝》的"无聊""态度太暗""时时有疲劳的颜色"，其实就是不满于那个群体日益显露的消极退隐姿态。

"正是在看到了《语丝》之不可为后，《莽原》的创办就成了思想革命'转移阵地'的一个必然步骤，'鲁迅想在文艺上创立一个新派别出来'。"[④]正如高长虹所说：

> 那时候最前进的青年作家们，对于语丝是不很满意的。首先是因为语丝缺乏正面战斗的态度。而在这一点上，也正是大家对于鲁迅所感到的一种缺点。他自己当然把这个知道得很清楚。所以鲁迅与狂飙的会合就创刊了莽原，这有十分充足的理由。莽原在当时的莽原同人看来，是唯一的战斗的刊物。[⑤]

---

① 荆有麟：《〈莽原〉时代》，载《鲁迅回忆录·专著》上册，北京出版社2000年版，第200页。

② 鲁迅：《致许广平(1925年3月31日)》，载王世家、止庵编：《鲁迅著译编年全集》第6卷，人民出版社2009年版，第146页。

③ 高长虹：《1925，北京出版界形势指掌图》，上海《狂飙》周刊第5期，1926年11月7日。

④ 邱焕星：《国民革命时期的鲁迅》，南京大学博士学位论文，2011年。

⑤ 高长虹：《一点回忆——关于鲁迅和我》，载《高长虹全集》第4卷，中央编译出版社2010年版，第358页。

疏远《语丝》，另办《莽原》，鲁迅当然明白这是他与周作人之间的又一次分道扬镳。对此，他的态度是很明确的，他说："我想，现在的办法，首先还得用那几年以前《新青年》上已经说过的'思想革命'。还是这一句话，虽然未免可悲，但我以为除此没有别的法。……我这种迂远而且渺茫的意见，自己也觉得是可叹的，但我希望于《猛进》的，也终于还是'思想革命'"[①]；"我早就很希望中国的青年站出来，对于中国的社会，文明，都毫无忌惮地加以批评，因此曾编印《莽原周刊》，作为发言之地"[②]。

对于鲁迅本人来说，《莽原》"思想革命"的方向或许正代表着某种"新的生路"。虽然他也反省自己其实"没有法子"，只是"乱闯"，但面对"穷途"，"却也像在歧路上的办法一样，还是跨过去，在刺丛里姑且走走"。他的信念是，"我也并未遇到全是荆棘毫无可走的地方过"，[③]所以"不如寻朋友，联合起来，同向着似乎可以生存的方向走"[④]。

正如有研究者所指出的：

> 《莽原》的创刊表明了鲁迅"思想革命"运动的正式展开，他开始以新的阵地和同盟者，以及"战斗的姿态"出现于思想文化界。
>
> 尽管有这样那样的问题，但重启"思想革命"对鲁迅来说仍有极为重要的意义。这其实也是鲁迅寻求自我和延续五四的巨大努力，他此时已经"死火重温"，走出了心灵的彷徨，同时自认为找到了社会问题的根源，试图以重启"思想革命"的方式来

① 鲁迅：《通讯》，《猛进》第3期，1925年3月20日。

② 鲁迅：《〈华盖集〉题记》，《莽原》半月刊第2期，1926年1月25日。

③ 鲁迅：《致许广平(1925年3月11日)》，载王世家、止庵编：《鲁迅著译编年全集》第6卷，人民出版社2009年版，第121页。

④ 鲁迅：《编完写起》，《莽原》周刊第4期，1925年5月15日。

> 解决这些问题，并为之注入了新的理念，在坚持“文明批评和社会批评”的基础上，以更激烈的方式开启了对知识阶级自身的批判。另一方面，鲁迅试图和更年轻的一代建立联系，逐渐将自己从一个文学家变成了“青年叛徒的领袖”，在多数新文化人物落伍之后，反而立于时代的潮头。①

鲁迅与周作人的道路，几乎可以代表现代中国知识分子的两种选择；他们的歧途，也折射出20世纪20年代那样一个“大时代”的历史。在那样的“大时代”中，个人的选择和承担不仅关乎“新的生路”，也关系着自我生命的最终完成。就像鲁迅在1927年所感叹的：

> 在我自己，觉得中国现在是一个进向大时代的时代。但这所谓大，并不一定指可以由此得生，而也可以由此得死。
>
> ……
>
> ……不是死，就是生。这才是大时代。②

① 邱焕星:《国民革命时期的鲁迅》，南京大学博士学位论文，2011年。

② 鲁迅:《〈尘影〉题辞》，载《鲁迅全集》第3卷，人民文学出版社2005年版，第571页。

中　编
新诗与“现代”

第四章　新诗的本土立场与现代精神

一、“解放脚”“高跟鞋”或“相体裁衣”

——早期中国新诗的本土化探索及其启示

（一）

1922年，胡适在《〈尝试集〉四版自序》中说：“我现在回头看我这五年来的诗，很像一个缠过脚后来放大的妇人回头看他一年一年的放脚鞋样，虽然一年放大一年，年年的鞋样上总还带着缠脚时代的血腥气。”[①]“放脚鞋样”的说法从此深入人心，它不仅被用来比喻胡适本人在新诗史上的过渡性地位，同时也被用于形容新诗发生期某种尴尬的处境。事实上，这的确体现了胡适在诗艺“尝试”中面对的一个诗学问题：在“新”与“旧”的标准下，如何处理与传统的关系。换句话说，以“新”“旧”作为标准并以之判断高下，这并非不可，但问题是：如何将笼统的“新”“旧”落实在诗学标准的具体方面？更重要的是，“新”“旧”之间的关系究竟应该是非此即彼的殊途，还是有可能交融互渗的补充？这些在今天看来都已是不成问题的问题，

① 胡适：《〈尝试集〉四版自序》，载《胡适文集》第3卷，人民文学出版社1998年版，第172页。

却给当时的胡适们带来了压力与困扰。

客观地说，“放脚鞋样”的说法固然生动有趣，却严重地限制了胡适的表达。事实上，胡适对于“新”“旧”的问题不是没有深入思考。除了著名的“诗体大解放”的口号之外，他关于废除旧典、纳入新词、“用新的具体字”的主张更直接体现了他对于“新”的理解。[①]他对新文学的想象是伴随着对新时代的认同而来的，因而，文学之新、新诗之新，就首先体现在它与历史的关系之中。胡适说：

> 文学乃是人类生活状态的一种记载，人类生活随时代变迁，故文学也随时代变迁，故一代有一代之文学。[②]
>
> 居今日而言文学改良，当注重“历史的文学观念”。一言以蔽之，曰：一时代有一时代之文学。此时代与彼时代之间，虽皆有承前启后之关系，而决不容完全抄袭；其完全抄袭者，决不成为真文学。愚惟深信此理，故以为古人已造古人之文学，今人当造今人之文学。[③]

应该说，胡适有关新经验、新语言、新时代、新文学之间关系的思考，确实极具启发意义，但唯有在如何处理与旧时代、旧文学传统之间关系的问题上，他表现出一定程度的简单含混。由于诗体解放的首战即从语言的白话化与形式的自由化打响，因而在对待旧诗传统的问题上，胡适表现出了相当鲜明的反叛姿态。与此同时，由于取法现代精神与西方诗学的重要资源，早期新诗的“尝试”又在很大程度上表现出对于外国诗歌的倚重。这样一来，就难免造成某种“薄古”“厚

① 胡适：《谈新诗——八年来一件大事》，载《胡适文集》第3卷，人民文学出版社1984年版，第132—150页。

② 胡适：《文学进化观念与戏剧改良》，载《胡适文集》第3卷，人民文学出版社1984年版，第91页。

③ 胡适：《历史的文学观念论》，载《胡适文集》第3卷，人民文学出版社1984年版，第32页。

西”的结果，再严重一些，则造成了评判标准上的古今中西的混淆，即把“中”等同于“古”、“西”等同于“今”的简单化处理。这当然也是创作与理论探索中的结果，不仅因为“立新”需要“破旧”，去除因袭的重担方有更轻快的前行，同时，在新语言的寻找中，译诗带来空前的自由与解放感。在这样的感受中，难怪胡适将旧诗遗风视为“缠脚时代的血腥气”，而将译诗《关不住了》视为自己新诗创作的“新纪元”。这一切，在当时的语境中都可以理解，但也必然在后来的诗歌史中被不断反思。比如梁实秋就在1931年的《新诗的格调及其他》中提出“新诗，实际上就是中文写的外国诗”[①]，于反思中有褒有贬。而胡适本人，在种种批评的压力下，也反思并适度修正了当年的说法：

> 我当时希望——我至今还继续希望的是用现代中国语言表现现代中国人的生活，思想，情感的诗。这是我理想中的“新诗”的意义，——不仅是“中文写的外国诗”，也不仅是“用中文来创造外国诗的格律来装进外国式的诗意”的诗。[②]

或许应该说，这个十年之后的修正，体现的不仅是胡适个人诗学观念的深化，同时也反映了诗坛的走向。在这里，他强调“现代中国语言”和“现代中国人”的问题，特别否认了对“外国诗”（包括格律和诗意）的简单模仿。这个姿态是耐人寻味的。他坚持对新（“现代”）的强调，却同时强调“中国”的本土立场。这是胡适本人诗学观念的一种调整，同时更说明了“本土化”问题在新诗史上的凸显。

当然，比胡适的“微调”更全面更自觉的思考，还是来自“现代派”群体。20世纪30年代中期，废名在北大课堂上“谈新诗”时曾

① 梁实秋：《新诗的格调及其他》，《诗刊》创刊号，1931年1月20日。

② 胡适：《寄徐志摩论新诗》，载《胡适文集》第3卷，人民文学出版社1984年版，第250页。

说过这样一段话："新诗作家乃各奔前程，各人在家里闭门造车。实在大家都是摸索，都在那里纳闷。与西洋文学稍为接近一点的人又摸索西洋诗里头去了，结果在中国新诗坛上又有了一种'高跟鞋'。"① 这个说法当然并不是针对胡适的，但巧合的是两人都以鞋和脚来做比喻，让人难免产生相关的联想，并于对比中看到两人诗学主张的某些差异。作为"现代派"诗代表人物的废名，认同于卞之琳等人关于"化欧"与"化古"兼美的主张，对于直接"欧化"的"高跟鞋"必然有所批评。但更重要的是，与胡适的"放脚鞋样"相比，废名关注的重点有明显的改变，他主要考虑的已不是"新诗"之"新"，而是"新诗"之"诗"了。换句话说，当新诗已"站稳脚跟"，其"鞋"(艺术）的样式则变得比"天足"与否更为重要。废名反对"高跟鞋"，提出要通过观察总结"已往的诗文学"，找寻"今日现代派的根苗"，为新诗的"天足"寻找一双既合脚又得体的新鞋子。显然，这双鞋不仅要讲求尺寸，更要讲求款式与风格，所以"高跟鞋"这种无法符合本土审美要求的舶来品，显然不能符合新诗"本土化"的自觉追求。

与对"高跟鞋"的批评相对应的，是废名对林庚和朱英诞的肯定。废名说："在新诗当中，林庚的分量或者比任何人更重些，因为他完全与西洋文学不相干，而在新诗里很自然的，同时也是突然的，来一份晚唐的美丽了。而朱英诞也与西洋文学不相干，在新诗当中他等于南宋的词。……真正的中国新文学，并不一定要受西洋文学的影响的。林朱二君的诗便算是证明。他们的诗比我们的更新，而且更是中国的了。"② 事实上，说林庚、朱英诞"与西洋文学不相干"并不准确，但废名着重强调这个方面，更将"更新而且更是中国的"作为一种值得肯定的方面甚至是目标，无疑是在表达一种重建新诗审美标准的自觉。

① 冯文炳(废名)：《新诗应该是自由诗》，载《谈新诗》，人民文学出版社 1984 年版，第 24 页。

② 冯文炳（废名）：《林庚同朱英诞的新诗》，载《谈新诗》，人民文学出版社 1984 年版，第 185 页。

（二）

早在1923年，闻一多为诗名鹊起的新诗人郭沫若写过两篇著名的评论文章，分别题为《〈女神〉之时代精神》和《〈女神〉之地方色彩》。两篇长文的发表时间相隔一周，这或许与《创造周报》的版面安排有关。但究竟闻一多是将一篇完整的诗评拆成了两部分，还是原本就打算分别讨论，已经不得而知。在我看来，把“时代精神”和“地方色彩”两个问题分开做文章，应该是闻一多的有意为之。

在先见报的《〈女神〉之时代精神》中，闻一多一上来就高度肯定了郭沫若及其《女神》的“新”。他说：“若讲新诗，郭沫若君底诗才配称新呢，不独艺术上他的作品与旧诗词相去最远，最要紧的是他的精神完全是时代的精神——二十世纪底时代的精神。有人讲文艺作品是时代底产儿。《女神》真不愧为时代底一个肖子。”[①]这段评论，近百年来几乎成为文学史对《女神》的代表性定评，多年来被反复引用。郭沫若在新诗史上的地位也奠基于此。然而这里要略过这些老生常谈，重点讨论闻一多在随后刊发的《〈女神〉之地方色彩》中所表达的批评意见。与“时代精神”一文的高度赞誉相比，“地方色彩”几乎是一边倒的尖锐批评。闻一多说：

> 现在的一般新诗人——新是作时髦解的新——似乎有一种欧化底狂癖，他们的创造中国新诗底鹄的，原来就是要把新诗做成完全的西文诗（尤为作者曾在《诗》里讲道他所谓后期底作品“已与以前不同而和西洋诗相似”，他认为这是新诗底一步进程，……是件可喜的事。）《女神》不独形式上十分欧化，而且精神也十分欧化的了。《女神》当然在一般人底眼光里要算新诗进

① 闻一多：《〈女神〉之时代精神》，载《闻一多全集》第2卷，湖北人民出版社1993年版，第110页。

化期中已臻成熟的作品了。

但是我从头到今，对于新诗底意义似乎有些不同。我总以为新诗径直是“新”的，不但新于中国固有的诗，而且新于西方固有的诗；换言之，他不要做纯粹的本地诗，但还要保存本地的色彩，他不要做纯粹的外洋诗，但又要尽量地吸收外洋诗底长处；他要做中西艺术结婚后产生的宁馨儿。我以为诗同一切的艺术应是时代底经线，同地方底纬线所编织成的一匹锦；因为艺术不管他是生活底批评也好，是生命底表现也好，总是从生命产生出来的，而生命又不过时间与空间两个东西底势力所遗下的脚印罢了。在寻常的方言中有“时代精神”同“地方色彩”两个名词，艺术家又常讲自创力 originality，各作家有各作家底时代与地方，各团体有各团体底时代与地方，各不皆同；这样自创力自然有发生底可能了。我们的新诗人若时时不忘我们的“今时”同我们的“此地”，我们自会有了自创力，我们的作品既不同于今日以前的旧艺术，又不同于中国以外的洋艺术，这个然后才是我们翘望的新艺术了！①

如此完整地抄录这一大段文字，一方面是因为这里清晰完整地体现了闻一多的观点，另一方面也因为文学史对此篇的重视程度一直远远低于其姊妹篇“时代精神”。其实，“地方色彩”和“时代精神”是闻一多诗论的一体两面，不仅不能割裂，而且在重要性上也难分高下。以往的新诗史往往为了肯定郭沫若的创造性而偏重“时代精神”的一面，忽视了闻一多的深度和苦心。虽然，从表面看来，闻一多对《女神》时代精神的肯定与对其地方色彩的批评似乎存在某种矛盾，但恰恰是通过这样一褒一贬，突出了他对于“本土化”问题的独到思

① 闻一多:《〈女神〉之地方色彩》，载《闻一多全集》第 2 卷，湖北人民出版社 1993 年版，第 118 页。

考。他在文中不断使用“本地”“此地”的概念，强调“今时”和“此地”是决定“新艺术”与“自创力”的重要支柱，二者缺一不可。他通过批评时髦诗人“欧化的狂癖”，指出要把新诗“做成完全的西文诗”的做法是背离“新诗的意义”的，因为新诗之“新”不在于模仿复制西文诗，而是要创造出既“新于中国固有的诗”又“新于西方固有的诗”的中西艺术的“宁馨儿”。而要达到这个目标，一方面“要保存本地的色彩”，同时“又要尽量地吸收外洋诗底长处”，二者不能偏废。应该说，在新诗尚在摸索的1923年，亦即在胡适仍抱憾于“放脚鞋样”的同时期，闻一多能有如此深刻的见地，实在是令人叹服的。遗憾的是，他这次关于新诗“本土化”的最早最明确的表达，先是被遮蔽在他对“时代精神”的颂扬中，后来又淹没于他有关新诗格律的主张里，一直没有得到应有的重视和肯定。

同时，闻一多在“本地化”的问题上明确提出了“形式”和“精神”两个方面。在对《女神》的批评中，他不仅批评了郭沫若喜用“西洋的事物名词”甚至“夹用可以不用的西洋文字”等写法，更不满于他“对于中国文化之隔膜”，以及过于“富于西方的激动底精神”而“对于东方的恬静底美”的“不大能领略”。① 通过对郭沫若、泰戈尔等诗人的分析，闻一多提出了本土化问题中的语言、文化审美、现实、哲学等多个层面，而他后来着力提倡的“新格律”也可看作是其在语言方面的进一步拓深，是新诗艺术本土化的最直观、最基本的部分。

这里借用闻一多在讨论新诗格律时说过的一句话“新诗的格式是相体裁衣”②，来比较一下他与胡适、废名在新诗本土化问题上的理

① 闻一多:《〈女神〉之地方色彩》，载《闻一多全集》第2卷，湖北人民出版社1993年版，第123页。

② 闻一多:《诗的格律》，载《闻一多全集》第2卷，湖北人民出版社1993年版，第141—142页。原话是:“做律诗，无论你的题材是什么，意境是什么，你非得把它挤进这一种规定的格式里去不可，仿佛不拘是男人，女人，大人，小孩，非得穿一种样式的衣服不可。但是新诗的格式是相体裁衣。”

念。如果说，“放脚鞋样”和“高跟鞋”都涉及了脚和鞋的问题，但对于其关系的分析却显得相对薄弱浅显，那么相比之下，闻一多这种“相体裁衣”则更深入地触及了形式与内容的关系问题。他不仅更自觉地把本土化作为一个目标，同时也将本土的语言、现实与文化特征放在了“体”的位置，诗艺这件新衣不能脱离于此，这不仅保证了“时代底经线，同地方底纬线所编织成的一匹锦”，甚而可以说，他正是在为“本地”的“体”量制一袭“今时”的新衣。

因而，闻一多也不满于某些流行一时的“不顾地方色彩”的“世界文学”观念。因为在他看来，世界文学并不是“将世界各民族底文学都归成一样的”，“真要建设一个好的世界文学，只有各国文学充分发展其地方色彩，同时又冠以一种共同的时代精神，然后并而观之，各种色料虽互相差异，却又互相调和”。[①] 当然，闻一多也存在过高肯定“旧文学”与文化的倾向，比如他说，“东方底文化是绝对地美的，是韵雅的。东方的文化而且又是人类所有的最彻底的文化”，提出“恢复我们对于旧文学底信仰”[②] 等说法，都还值得商榷；但无论如何，在本土化与现代化的问题上，闻一多的思考是相对深入的，他事实上已经纠正了早期新诗——甚至新文化其他领域中——混淆“古今中西”标准的偏颇，提出了更为客观全面的新文学标准。

（三）

真正实践并创造出中西诗学的宁馨儿的，是以废名、卞之琳为代表的“现代派”诗人群。一方面，正如卞之琳所说：“在白话新体诗获得了一个巩固的立足点以后，它是无所顾虑的有意接通我国诗的长

① 闻一多：《〈女神〉之地方色彩》，载《闻一多全集》第 2 卷，湖北人民出版社 1993 年版，第 123 页。

② 闻一多：《〈女神〉之地方色彩》，载《闻一多全集》第 2 卷，湖北人民出版社 1993 年版，第 123 页。

期传统，来利用年深月久、经过不断体裁变化而传下来的艺术遗产”，“倾向于把侧重西方诗风的吸取倒过来为侧重中国旧诗风的继承”①。另一方面，他们已经完全走出了非中即西、非新即旧的简单思维模式，自觉地将“现代的”与“传统的”、“外来的”与“本土的”诗学传统进行了勾连和融合。他们不仅在实践上以“现代人在现代生活中所感受的现代情绪，用现代的词藻排列成的现代的诗形”②，“朝着深奥微妙和独特风格发展的倾向，朝着内向性、技巧表现、内心自我怀疑发展的倾向”③，兼收“纯诗”理论、英美现代主义诗艺和“晚唐诗风”等中国古典诗学资源；同时，他们还有理论上的高度自觉，比如废名、朱光潜等人影响深远的诗学主张，直至多年以后卞之琳那句著名的概括——“问题是看写诗能否‘化古’‘化欧’”④。

话题回到那个批评“高跟鞋”的废名。英文系出身的废名不仅没有加入模仿西诗的队伍，反而以“高跟鞋”为喻，暗示这种模仿的方法不仅仍做不成一双让中国新诗感到“合脚”的舒适鞋子，而且弄不好还会成为新诗摆脱旧诗后的新的裹脚布。他提醒说，“当初大家做新诗，原是要打倒旧诗的束缚，而现在却投到西洋的束缚里去，美其名曰新诗的规律”，这是另一种值得特别警惕的新“八股”。⑤20世纪三四十年代，废名一直在强调“已往的诗文学与新诗”的关系问题。他不仅提出“胡适之先生所认为反动派‘温李’的诗，倒似乎有

① 卞之琳：《戴望舒诗集·序》，载《卞之琳文集》中卷，安徽教育出版社2002年版，第349页。

② 施蛰存：《又关于本刊中的诗》，《现代》第4卷第1期，1933年11月。

③ ［英］马尔科姆·布雷德伯里、詹姆斯·麦克法兰：《现代主义的名称和性质》，［英］马·布雷德伯里、詹·麦克法兰编：《现代主义》，胡家峦等译，上海外语教育出版社1992年版，第10页。

④ 卞之琳：《〈雕虫纪历〉自序》，载《卞之琳文集》中卷，安徽教育出版社2002年版，第459页。

⑤ 废名：《〈周作人散文钞〉废名序》，载《废名集》第3卷，北京大学出版社2009年版，第1276页。

我们今日新诗的趋势”[①]，甚至还响应过周作人“文艺复兴”的文学观念，认为“本来在文学发达的途程上复兴就是一种革命。……中国文学发达的历史好比一条河，它必然的随时流成一种样子，随时可以受到障碍……西方思想给了我们拨去障碍之功，我们只受了他的一个‘烟士披里纯’，若我们要找来源还得从这一条河流本身上去找”[②]。这些说法在不同程度上体现了废名对待文学传统的态度。

相比于闻一多强调格律（语言角度）和审美（文化角度）的本土化主张，废名的重心更偏于对旧诗传统的重释和选择性的发扬。比如，他特别看重晚唐“温李”在感觉方式和传达方式上对于新诗作者的启发。他曾说：“温庭筠的词简直走到自由路上去了，在那些词里表现的东西，确乎是以前的诗所装不下的。”[③]“温庭筠的词不能说是情生文文生情的，他是整个的想象，大凡自由的表现，正是表现着一个完全的东西。好比一座雕刻，在雕刻家没有下手的时候，这个艺术的生命便已经完全了，这个生命的制造却又是一个神秘的开始，即所谓自由，这里不是一个酝酿，这里乃是一个开始，一开始便已是必然了。”[④]他的“具体的写法”“视觉的盛筵”“驰骋想象”“并不抒情”，也“用不着典故”，“给我们一个立体的感觉”。而李商隐的诗亦是如此，“作者似乎并无意要千百年后我辈读者懂得，但我们却仿佛懂得，其情思殊佳，感觉亦美”[⑤]。在“温李”身上，废名看到了现代派诗所追求的自由与完整，也看到了这种长期未能受到主流文学史认可的诗

① 冯文炳（废名）：《新诗应该是自由诗》，载《谈新诗》，人民文学出版社1984年版，第27页。

② 废名：《〈周作人散文钞〉废名序》，载《废名集》第3卷，北京大学出版社2009年版，第1277页。

③ 冯文炳（废名）：《新诗应该是自由诗》，载《谈新诗》，人民文学出版社1984年版，第27页。

④ 冯文炳（废名）：《已往的诗文学与新诗》，载《谈新诗》，人民文学出版社1984年版，第30页。

⑤ 冯文炳（废名）：《已往的诗文学与新诗》，载《谈新诗》，人民文学出版社1984年版，第30—38页。

歌美学是怎样在精神和技巧两方面都惊人地与现代诗学发生了联系。

相比较而言，同样自觉重释旧诗传统但重点又有所不同的，是诗论家兼翻译家梁宗岱。精通法语并深谙西方现代诗学的梁宗岱是“现代派”的主力之一。1935 年底，《大公报》文艺栏下设《诗特刊》，身为主编的梁宗岱在发刊辞《新诗底十字路口》[①]中提出，新诗“已经走到了一个分歧的路口”，自由诗已是“一条无展望的绝径”，“除了发见新音节和创造新格律，我们看不见可以引我们实现或接近我们底理想的方法”。[②]《诗特刊》由此发起一场相关的创作试验，不仅要摸索和研究现代汉语的语言特征，更要发挥这一特征的优长，寻求与之相应的诗歌写作策略。在这个过程中，梁宗岱不断重提孔子、屈原、陶渊明、陈子昂、李白、王维、李贺等传统文学遗产，有意勾通古今中外，建立一种具有综合特质的“东方象征诗”和汉语的“现代诗”。可以说，同为重释传统、提倡艺术的本土化，梁宗岱在兼顾文化和语言层面的同时，将重点放在了新诗格律的探索，在西方诗学“纯诗”观念的基础上建立一种现代汉语的诗歌写作。因此，他强调“探检、洗炼，补充和改善”[③]新诗的语言，“以中容西”“以新纳旧”，其最终的目标就是要为中国新诗找到一条能够充分体现现代汉语语言特征与优势的独特道路。

梁宗岱调整和发展了闻一多等人的新诗格律主张，提出首先要“彻底认识中国文字和白话底音乐性”，“因为每国文字都有他特殊的音乐性，英文和法文就完全两样。逆性而行，任你有天大本领也不济事”。[④]这个说法非常重要。因为它明确了梁宗岱诗学的一个最基本

① 此文在 1936 年收入商务印书馆出版的《诗与真二集》时，题目改为《新诗底纷歧路口》。

② 梁宗岱：《新诗底十字路口》，《大公报 · 文艺》第 39 期《诗特刊》，1935 年 11 月 8 日。

③ 梁宗岱：《文坛往那里去——“用什么话”问题》，载《梁宗岱文集》第 2 卷，中央编译出版社、香港天汉图书公司 2003 年版，第 54 页。

④ 梁宗岱：《论诗》，《诗刊》第 2 期，1931 年 4 月 20 日。

的立场，那就是：在对西方诗学有“深一层认识”的基础上，回过头来，肯定并立足于“中国文字和白话”的特殊性，在新诗写作中维护和确立现代汉语的本位意识。可以说，在梁宗岱的诗学理论中，重建新诗格律，既是彻底认识汉语特殊音乐性的一条途径，同时更是借以推动诗歌进一步发展创新的重要方法。

此外，与梁宗岱的汉语写作立场密切相关的，还有他的“世界诗歌”(或“世界文学”）观念。因为，如果没有一个宏观的“世界文学”的视野，也就谈不上自觉的汉语写作意识。历史地看，在当时的文坛上已具有这样自觉的“世界文学”观念的作家并不多，梁宗岱应是非常突出的一个。因此他所表现出来的气象宏大、野心勃勃，甚至有些浪漫狂傲，其实都与这一点有关。比如，在他看来，“自由诗”是“支流底支流”，是“一条无展望的绝径”，这个判断就来自他对世界诗歌历史的全面观察。他认定：“欧美底自由诗（我们新诗运动底最初典型），经过了几十年的挣扎与奋斗，已经肯定它是西洋诗的演进史上一个波浪——但仅是一个极渺小的波浪；占稳了它在西洋诗体中所要求的位置——但仅是一个极微末的位置。”[①] 所以，如果像新诗运动初期的倡导者那样，将“自由体”的地位拔得过高，并用以支配整个新诗运动，就只能在整个世界诗歌的格局中成为一个极为有限的分支，即“自由诗”分支中的一个汉语分支。而只有正确认识和运用汉语的独特性，中国新诗才能“和欧洲文艺复兴各国新诗运动——譬如，意大利底但丁和法国底七星社——并列”，成就真正伟大的诗歌梦想。今天看来，梁宗岱指出的或许并不是最合适中国新诗的道路，但这个观念本身却体现了梁宗岱立足汉语写作、力图确立中国新诗主体意识的独特思路。他将西方“纯诗”理论中的“音”“义”结合的思想与中国传统诗学中的格律化的艺术方式相结合，意在建立一个现

① 梁宗岱：《新诗底十字路口》，《大公报 · 文艺》第39期《诗特刊》，1935年11月8日。

代汉语诗歌的“纯诗”传统。因此，他的格律探索也正如一个枢纽，不仅联结了世界诗歌与汉语诗歌，同时也联结了现代诗学理念与古典诗学传统，其理论意义因此超出了格律探索本身。

从胡适、闻一多，到废名、梁宗岱，这一粗略的线索代表了早期新诗在借鉴外国诗学和艺术本土化方面的部分思考与探索。事实上，在不同的历史语境中或不同诗学观念的基础上，本土化探索也必然表现出不同的侧重和面向：无论是立足语言、探索格律，还是重释旧诗、关注文化，又或者是更加强调现实历史的关注与介入，等等，这些方面的理论和实践各有推进、各有收获，共同构成了中国新诗本土化探索的历史图景与传统，也成为百年新诗的宝贵遗产和财富。当然，在这些方面之外，可能还有不少话题值得展开。比如作为欧洲传统格律诗体的十四行诗的引入及其汉语改造，又比如作为现代主义文学代表体式之一的散文诗的译介与再创造，等等。类似的“拿来”与再造的成功经验，以及经典文本如《十四行集》(冯至) 或《野草》(鲁迅) 等，无不值得深入挖掘和反复研析，而在回顾历史的时候，也必然会为当下诗坛提供一些启示。

“本土化”并不是一个周全严谨的文学概念，但它的确提供了一个视角。有了这个视角，写作者得以更加自觉地关注“此地”与“今时”，关注写作所面对的各种对话性语境。可以说，新诗百年的历史都是“对话”的历史，包括与外来的影响对话，或与传统的诗学对话。本土化的问题就正是发生于对话性的语境当中。本土化并不是简单固守自己的语言和文学传统，更不是拒绝借鉴、对话和交流，恰恰相反，只有在开放的心态和对话的语境中探索与外来影响的关系，才是本土化问题的应有之义。换句话说，没有对话和吸收就无所谓本土化，更扩大一些来看，“本土化”也不仅包括空间意义上与外来影响的对话，同时也应包括时间意义上的与往昔的对话。这样的“本土化”——或仍借用闻一多有关“此地”与“今时”的说法——才是一种自觉的“当下写作”与“在地写作”。或许，这也正是大多数诗人的追求，即运用和锤炼自己的语言，写出自己的文化与现实体验，这是写作最朴素但也最终极的目标。因此我认为，重新讨论新诗艺术的本土化问题，可能会关乎当下诗坛的翻译、批评和写作的各个方面，尤其是在中国诗坛与世界文学充分对话和交流的今天。

二、散文诗与中国新诗的现代精神

在中国现代文学史中，“散文诗”是一个尚有争议的概念。一方面，自新文学运动伊始，散文诗的概念就已出现，在译介与创作实践方面都取得了一定的成绩，并初步建立了自身的文体意识与文脉传统；而另一方面，由于散文诗的发展与新诗发展的整个历史相伴随，尤与初期的“诗体大解放”及新诗“散文化”的追求密切相关，因此，中国现代散文诗的传统中存在某种模糊与混淆，其文体概念与特征也存在争议。时至今日，虽然关于散文诗的写作、评论与研究都一直有所发展，但值得思考的问题仍然存在。因此，有必要重返中国现代散文诗的文体问题与历史传统，这不仅具有理论和史料的双重价值，同时也可能对当下散文诗的写作产生某种启发性的现实意义。

（一）

1918 年 5 月，《新青年》第 4 卷第 5 期刊出了刘半农由英文转译而来的印度诗人拉坦 · 德维的散文诗《我行雪中》。与他之前翻译过的屠格涅夫的散文诗四章不同的是，这一次他在译文中第一次使用了“散文诗”的概念。这也是中国新文学历史上第一次出现这个概念，虽然在当时这个概念还远不具有文体的自觉性，甚至由于伴随着新诗“诗体大解放”的潮流，这个本已含混的概念更带上了缺乏文体自身独立意识的先天缺陷。此后不久，刘半农本人创作的散文诗《晓》也发表在《新青年》第5卷第2期上。从翻译到创作，刘半农确实在中国现代散文诗传统的建构方面走出了开创性的一步。

但是很明显，当时的“散文诗”概念远不同于波德莱尔“小散文诗”的文体概念。它更多的是呼应“诗体大解放”的新诗运动的内在精神，强调的是诗歌文体的“散文化”要求与可能。最能说明问题的是1922年在《文学旬刊》上的一场“散文诗”讨论。西谛(郑振铎)在一篇题为《论散文诗》的论文中非常认真讨论了“散文诗”的问题，但结论却只是落在了“诗确实已由有‘韵’趋‘散’的形势”[①]这一点上。他开篇即谈道:“散文诗在现在的根基，已经是很稳固的了。……因为许多散文诗家的作品已经把‘不韵则非诗’的信条打得粉碎了。”这样一个判断显然是建立在新诗打破旧诗格律的初步成绩之上的，他兴奋地宣布了根基稳固的，其实并非“散文诗”这个特殊文体，而是新诗散文化这样一种新的观念。郑振铎提出:“有诗的本质——诗的情绪与诗的想象——而用散文来表现的是‘诗’;没有诗的本质，而用韵文来表现的，决不是诗。”这是新诗初期非常流行且重要的观念，它体现了新诗倡导者对于新诗本质的认识和界定。郑振铎的观点是很具有代表性的，他提出:“诗与散文——小说、论文等——的分别，约有五种:(一)诗比散文更相宜于知慧的创造。……(二)诗是偏于文学的个人主义，就是适宜于表现自己，或自己的感情;散文偏于文学的实用主义。(三)诗是偏于暗示的，散文则多为解释的。(四)诗的感动力比散文更甚。(五)诗比散文更适宜于美的表现。”这样的归纳方式体现了新诗在散文化的道路上对于诗歌本体特征的强调，或者说，是新诗的倡导及实践者对于散文化的新诗在文体上的一种确认。而在这个确认中，“散文诗”的概念其实是等同于“散文化的诗歌”的，而并非指向一种独

① 西谛(郑振铎):《论散文诗》,《文学旬刊》第24期，1922年1月。

立的文体。

在郑振铎的文章发表之后，王平陵迅速以《读了〈论散文诗〉以后》一文进行了回应。他一方面同意郑文中关于诗歌已经打破了“无韵不诗”的观念，另一方面补充强调了诗体解放的现代意义。他说：“古代环境简单，由简单的环境内所发生的情绪和想象，也是浅薄而有限；所以尚适于韵文的表现。近代的这种情形，却于古代适得其反，如若用矫揉造作的韵文来表现，不但没有修琢的功夫，而且不能呈露出作者的深意，所以由韵文诗而进为散文诗，是诗体的解放，也就是诗学的进化。”[①]就这段话来看，王平陵似乎比郑振铎更强调诗体解放本身的现代意义，这种强调恰好与作为文体的现代散文诗的内在精神产生了某种程度的契合。虽然在整体上这仍不算是文体论上的探索，但即就这一点有意无意的契合而言，也已是中国现代散文诗历史上一点值得纪念的理论成绩了。

相对而言，滕固的《论散文诗》一文最具文体意识。他开篇即说：“散文诗这个名词，我国没有的；是散文与诗两体，拼为诗中的一体；……最先用这个名词，算法国鲍特莱尔”；“暂时说明散文诗，是‘用散文写的诗’。诗化的散文，诗的内容亘于散文的行间；刹那间感情的冲动，不为向来的韵律所束缚；毫无顾忌的喷吐，舒适的发展；而自成格调。这便是散文诗的态度”。这些观点非常可贵，但遗憾的是，他未曾区分现代散文诗与中国古代无韵体散文的界限，虽然接续了中国古代诗文传统，但模糊了散文诗的现代特征。滕固最后谈道：“散文诗与普通文及韵文诗的界限，却很难分；……譬如色彩学中，原色青与黄是两色，并之成绿色，绿色是独立了。……散文与诗是二体，并之成散文诗，散文诗也独立了。”因此他认为：“散文诗是诗中的一体，有独立艺术的存在，也可无疑。”在这个认识基础上，滕固与其他人不同，于文体角度对散文诗提出了期待。他说：“我国新

① 王平陵：《读了〈论散文诗〉以后》，《文学旬刊》第25期，1922年1月。

诗，大部分自由诗；散文诗极少……在此我不得不希望有真的散文诗出现；于诗坛上开一个新纪元。”①这大概应算是中国现代散文诗领域中最早的文体自觉了。滕固能将散文诗置于中外——甚至古今——散文诗脉络中加以观察和讨论，凸显其现代性质与精神，这是难得的见地，已有别于当时其他仅将散文诗理解为诗体自由的诗人与评论家。

此后的几十年间，批评家和学者们就散文诗的文体特征发表过很多意见和看法，总体而言，仍在强调其亦文亦诗的跨界特征。例如，穆木天曾经说过：

> 中国一般人对散文诗，是不是有了误解，我不知道。我自己懂散文诗不懂，我也不敢说。在我自己想，散文诗是自由句最散漫的形式。虽然散文诗有时不一句一句的分开——我怕它分不开才不分——它仍是一种自由诗罢？所以要写成散文的关系，因为旋律不容一句一句分开，因旋律的关系，只得写作散文的形式。但它是诗的旋律是不能灭杀的。不是用散文表诗的内容，是诗的内容得用那种旋律才能表的，读马拉梅的《烟管》，他的调子总是诗的律动。散文诗是诗的旋律形式的一种，如可罗迭儿的节句为旋律的形式之一种异样。我认为散文诗不是散文，散文诗是旋律形式之一种，是合乎一种内容的诗的表现形式。②

当代批评中可以谢冕的观点为代表：

> 散文与其说是散文的诗化，不如说是诗的变体。……它始终是属于诗的，它与诗的关系，散文其外，诗其内，是貌离而

① 滕固：《论散文诗》，载郑振铎编选：《中国新文学大系·文学论争集》（影印本），上海文艺出版社 1981 年版，第 307 页。

② 穆木天：《谭诗——寄沫若的一封信》，《创造月刊》第 1 卷第 1 期，1926 年 3 月 16 日。

神合的。[①]

这样的观点非常普遍。它明显受到了新诗散文化思潮的影响，在对待诗歌的形式问题上保持了较为开放的态度，因而也就将散文诗看作自由诗体的一种“变体”，打破了诗歌“分行”的基本特征，以散文体式拓展了诗歌的疆域。

值得注意的是王光明的观点。他认为：

> 散文诗是一种独立的文学形式，有自己的性质和特点。散文诗是有机化合了诗的表现要素和散文描写要素的某些方面，使之生存在一个新的结构系统中的一种抒情文学形式。从本性上看，它属于诗，有诗的情感和想象；但在内容上，它保留了诗所不具备的有诗意的散文性细节。从形式上看，它有散文的外观，不像诗歌那样分行和押韵。但又不像散文那样以真实的材料作为描写的基础，用加添的细节，离开题旨的闲笔，让日常生活显出生动的情趣。[②]

这样的观点不仅明确认定了散文诗的文体独立，同时也给出了这一文体的基本特征。在我看来，这个界定是较为周全准确的，他以“新的结构系统”定义了散文诗文体的边界，并清楚地表明了散文诗非诗非文——而非亦诗亦文——的内部与外部特征。

在我看来，在这个周全准确的界定之外，尚需补充和强调的还有一条，即散文诗的现代精神。

---

① 谢冕：《散文诗》，载《北京书简》，人民文学出版社 1981 年版。

② 王光明：《现代汉诗的百年演变》，河北人民出版社 2003 年版，第 167 页。

（二）

即如王平陵所说，正是因为现代人在现代社会中的现代体验，已经让传统的诗文形式无法承载和准确表达，所以这样一种兼具散文与诗的特征而同时又超越了诗文各自表现领域的新形式才应时而生。回溯到散文诗发生的源头，波德莱尔为他的散文诗集《巴黎的忧郁》第一次命名为“小散文诗”时，暗中强调的其实也是这样一种现代精神。就在《巴黎的忧郁》出版之际，波德莱尔给他的出版商阿尔塞·胡塞写了一封短札，后来被用作《巴黎的忧郁》的序言。在这封信中，波德莱尔非常感性地交代了他这一组写作的动机和追求。——波德莱尔并非理论家，就在他的诗人的语言中，已经表达出了某种他对于“小散文诗”这一文体的独特思考。他说：

> 亲爱的朋友，我给您寄去一本小书，不能说它既无头又无尾，那将有失公正，因为恰恰相反，这里一切都是既是头又是尾，轮流交替，互为头尾。……
>
> 我有一句小小的心里话要对您说。至少是在第二十次翻阅阿洛修斯·贝特朗的著名的《黑夜的卡斯帕尔》……的时候，有了试着写些类似的东西的想法，以他描绘古代生活的如此奇特的别致的方式，来描写现代生活，更确切地说，是一种更抽象的现代生活。
>
> 在那雄心勃发的日子里，我们谁不曾梦想着一种诗意散文的奇迹呢？没有节奏和韵律而有音乐性，相当灵活，相当生硬，足以适应灵魂的充满激情的运动，梦幻的起伏和意识的惊厥。
>
> 这种萦绕心灵的理想尤其产生于出入大城市和它们的无数关系的交织之中。亲爱的朋友，您自己不也曾试图把玻璃匠的尖利的叫声写成一首歌，把这叫声通过街道上最浓厚的雾气传达给顶

楼的痛苦的暗示表达在一种抒情散文中吗？[①]

这段文字确实的重要性在于，它揭示了“散文诗”这一文体发生的根源，并由此涉及这一文体最重要的本质特征。作为文体开创者的波德莱尔，通过自己的理解与写作，清楚地说明了这一文体的发生与现代社会之间的特殊关系，亦即清楚地说明了这一文体最重要的精神——现代精神。

第一，波德莱尔表达了他的“小散文诗”的写作来自他作为一个现代主义者最初的写作冲动，即想试用古典的形式来描绘、来捕捉、来再现、来表达现代生活。这一听上去似乎悖谬的冲动却是散文诗内在张力的重要成因。散文诗之所以不同于其同时代的散文和诗，在我看来，这一张力的存在是最重要的因素之一。散文诗文体的开创，正是波德莱尔等现代诗人企图在写作的内部处理现代体验的一种努力。同时，散文诗的文体特征——即充满紧张感和破碎感，对传统节奏与风格充满反叛色彩，“相当灵活，相当生硬”地充满矛盾性特征等——本身也就表现出作者将形式与内容相结合的美学自觉。可贵的是，这样一种时代号角式的宣言，并不是由理论家或批评家以观点或概念的方式提出，而是被诗人波德莱尔以他的写作实践确立起来的，他以一组“互为头尾”的“小散文诗”，第一次写出了现代人在现代都市中的“震惊”。

这也正是第二点，即波德莱尔清楚地说明了的：他要写出的是一种“现代生活”，一种与“大城市和它们的无数关系的交织之中”的现代生活，一种充满着“尖利的叫声”“浓厚的雾气”的“痛苦”的现代生活，一种包含着某种与古典审美截然不同甚至相反的“生硬”的甚至“惊厥”的现代生活。

---

① ［法］波德莱尔：《给阿尔塞·胡塞》，载《恶之花：巴黎的忧郁》，郭宏安译，上海人民出版社 2008 年版，第 425 页。

所有人都知道波德莱尔所说的“现代生活”究竟是什么样的。从《恶之花》到《巴黎的忧郁》，波德莱尔在繁华的巴黎中扫荡着各种黑暗的角落，在世人眼中的黄金世界的地下掘出了一个地狱。这里有形形色色的“异乡人”“老妇人”“艺术家”“讨好者”“疯子”“野女人和小情人”“恶劣的玻璃匠”“寡妇”“穷人”“赌徒”，等等。这正组成了后来艾略特笔下的那种人潮汹涌而又让人异常孤寂的现代“荒原”。重要的是，这荒凉感来自繁华的现代都市生活。这荒原不是寸草不生的自然地理意义上的荒原。自然的荒原可以有“大漠孤烟直”的古典之美，可以有“古道西风瘦马”的田园式宁静，虽然悲凉，但仍有和谐之美，这些都不是现代意义上的“荒原”。现代主义者的“荒原”是不和谐的，是充满着冲突和震惊的，是波德莱尔所说的带来“灵魂的充满激情的运动，梦幻的起伏和意识的惊厥”的现代性荒原。波德莱尔第一次以一种文学的、美学的方式写出的恰是一个反美学的东西，他用一些非常具体——当然可能也非常丑陋——的形象写出了一组无法具象的现代感受。所以他说这一组散文诗“互为头尾”，那是因为它们必须共同组成这样一幅破碎的“相当灵活”又“相当生硬”的图景。这幅现代生活的图景处处令人震惊，处处匪夷所思，处处光怪陆离，以至于人们无法从中得到一个和谐的、完整的关于这种现代生活的整体印象。它们看似“既无头又无尾”，因为它们破碎着、冲突着，充满张力，打破和谐。波德莱尔以散文诗特有的形式特征直接表现了现代社会生活与现代人心理上的现代特征。

第三，波德莱尔强调说，这种现代生活，“更确切地说，是一种更抽象的现代生活”。什么是“更抽象的现代生活”？在我看来，至少有一方面指的是一种内在的意识层面的生活。正因为散文诗是一种回应现代人的现代生活体验的文体，所以它的一大特点即表现为向内转。如研究者所说：“它作为一种文学形式的出现和独立之后，一开始就表现出了尊重人的日常生活和复杂感情意愿的近代呼声。散文诗是近代社会的文学实践，随着近代世界人的自我发现和社会的发现，以及科学和近代文明等诸多因素的作用，社会分工越来越细，人的心理和感觉越来越复杂敏感。散文诗正是应和了近现代社会人们敏感多思、心境变幻莫测，感情意绪微妙复杂和日趋散文化等特征而发展起来的。”①波德莱尔所带来的最初的震惊即已充分地表现在这里。

当然，还可以归纳出更多的特征以供我们去观察和界定散文诗的文体。仅就以上三个——张力、震惊和抽象——而言，似乎也已足够清晰地勾勒出散文诗的现代精神，并由此体现出这一文体与现代世界、现代生活之间的复杂关系。

（三）

话题回到中国现代散文诗。同样回到源头，我们几乎看到一个奇迹：中国散文诗在其开创和探索的初期就达到了一个至今无法超越的高度。这个奇迹，就是鲁迅和他的《野草》。

鲁迅以他的《野草》——也包括更早的《自言自语》——不仅在中国新文学中开创了一种特殊的文体，同时也非常惊人地确立了一种这一文体独有的风格。在其两年的写作过程中，鲁迅既是试验性地以散文诗的体式显示和解决了他自己写作中的困境，同时也以他的创造力令这一风格一下子达到了一种成熟稳定的境界。我以为，《野草》的写作实践已经成为我们理解散文诗这一文学体式的一种路径，我们通过它，理解散文与诗的关系，理解散文中的诗，理解散文诗在形式与内容之间的对应关系。它之所以经典，与其在历史上的开创性地位和深远影响是密不可分的。《野草》之后的近百年间，中国的散文诗创作的确在继续着它艰苦的探索，但确实无法超越《野草》的高度——这并非我的一家之言，王光明先生也曾专门讨论过“《野草》

① 王光明：《现代汉诗的百年演变》，河北人民出版社 2003 年版，第 169 页。

传统的中断”问题。[①] 甚至可以说，在中国现当代文学中至今仍未形成一个值得称道的散文诗的传统。这种情况的形成当然有多种原因，比如王光明先生所指出的“缺乏美学与形式的自觉”等，而解决这个问题的思路之一，我认为可以通过对类似《野草》这样一部成功作品的研读来寻找。或许通过解剖麻雀一般的去分析《野草》，就能在一定程度上引领我们理解散文诗的精神与写作方式，从艺术的内部去讨论散文诗的可能性与方向，去理解散文诗在形式与内容上的某种特性与要求。这些，不仅有助于我们具体理解这一文体，而非停留在空泛的概念滚动；同时也有助于散文诗写作的实践和摸索。

散文诗集《野草》是从一句晦涩深奥而又极为精确的“开场白”开始的：

> 当我沉默着的时候，我觉得充实；我将开口，同时感到空虚。[②]

“沉默”中的“充实”与“开口”后的“空虚”，似乎是鲁迅一贯的问题。这里既有对于思想本身的黑暗与复杂状况的坦陈，也有对于表达方式的怀疑和对写作行为本身的追问。可以说，《野草》时期的鲁迅所面临的最大问题，就是如何在从“沉默”到“开口”的过程中，准确地将思想情感转化为文学语言，使之既不丧失原有的丰富、复杂与真实，又能符合文学的审美要求与历史抱负。从“不能写，无从写”到最终“不得不写”，《野草》的写作体现了一个艰难的过程，而《野草》本身也正是这个过程所造就的特殊成果。它以极为隐晦含蓄的特殊方式表达了鲁迅思想与内心最深处的真实。同时，《野草》特殊的表达与呈现方式，也是鲁迅有意识进行的一次写

---

① 参见王光明：《现代汉诗的百年演变》，河北人民出版社2003年版，第182—193页。

② 鲁迅：《野草·题辞》，载《鲁迅全集》第2卷，人民文学出版社2005年版，第163页。

作试验。

在这个意义上说，鲁迅选择了散文诗的形式，应该是经过深思熟虑的必然。这里固然有其对于西方现代主义文学的借鉴，但也有相当程度是出于他内心中巨大的矛盾力量。《野草》的出现本身体现出一种不得不写而又不想明说的深刻矛盾，是鲁迅内心挣扎的一个产物，是他在隐藏和表达之间不断拉锯、寻找突破和解脱的一个产物。可以说，这样的一种写作，其结果必然是散文诗。换句话说，也只有散文诗能够负载起这一切形式的与内容的、美学的与心理的独特而复杂的需求。

因此，《野草》的阅读始终伴随着晦涩、矛盾与紧张。同时，其内容中多次出现的噩梦、死火、坟墓、黑夜、死亡等意境和意象，也都表露出紧张的情绪。这个紧张是一种具有整体性的东西，它笼罩了《野草》风格多样而多变的诸篇。《野草》中的意象常常是破碎的，情绪也是破碎的，甚至语言也是破碎的，但其整体的意境却相当统一。这意境就是鲁迅在首篇中重点描画的“秋夜”。一个安静但并不宁静的暗夜，月晦风高，秋风萧瑟，黑暗里充满了剑拔弩张的对峙……这就是《野草》的世界，也是鲁迅真实的内在的心灵世界。从《秋夜》开始，每一篇“野草”也都“互为头尾”地形成了一个彼此密切相关的系列，共同完成了为他的生命“作证”的使命。事实上，即便鲁迅不说《野草》里包含了他的全部哲学之类的话，这本小册子也以它的特殊文体特征表达出了他这样的用意。

《野草》所写的虽然不是巴黎式的现代繁华，但其内在精神却是与波德莱尔相通的。鲁迅在《野草》里写尽孤独与苦闷、希望与绝望、生与死、爱与恨、友与仇、明与暗、取与舍、走与留……这些充满张力、震惊与抽象的内容，无不是散文诗现代品格的完美体现。即如有研究者所说：“作者真正从艺术哲学精神和形式本体结构两者要求的一致上把握了散文诗的神髓，以散文诗所体现的现代美学意识，感觉和想像方式，从沉淀了无数现代经验的心理感触中提取灵感，创造了一个卓然独立的艺术世界。”①

（四）

散文诗是一种受到了西方现代文学思潮的影响而在新文学的土壤中成长起来的新的、具有强烈现代意义的文体。散文诗产生于新诗尝试的同时，其看似无形式的形式特征似乎代表着某种新诗的方向。因此可以说，从一开始，散文诗因为其散文化特征与诗体解放的潮流相符合而受到了青睐。当然，与此同时，这也就模糊了散文诗本身的文体特征与现代意义。即很少有人追问作为不同于散文与诗的另外一种独立的文体，其本质特征究竟何在？

回顾波德莱尔的《巴黎的忧郁》和鲁迅的《野草》，让我们看到了在中西文学的大范围内，散文诗这一文体所表现出来的现代精神和所具有的现代意义。由此反观我们后来的关于散文诗的界定和写作，的确存在着未能充分理解和认识这一文体的问题。我在这里想要强调的是：在我看来，散文诗是一种与现代主义文学精神密切相关的文体，它并不是一种简单的诗与散文的交叉，更不是某种具有一些稀薄诗意的文字优美的散文，它不代表着诗歌对于散文化或散文美的追求，它不希图以叙事描写等散文手法来改写诗歌的传达方式，它更与某种田园牧歌式的浪漫情绪或古典格调相背离。

散文诗是这样的一种“诗”，——我姑且这样说罢——它首先是一种在现代主义意义和风格上被定义的“诗”。它应该是充满张力的、矛盾的、紧张的、曲折隐晦的、抽象的，是一种与现代社会和现代生活所给予人的种种这些相关的感受和体验所深深联系在一起的。这个问题其实很容易理解，这就是为什么朱自清、周作人、林语堂的散文，不论多么优美，多么富有“诗意”，都不被我们称为散文诗的原

① 王光明：《现代汉诗的百年演变》，河北人民出版社 2003 年版，第 192 页。

因。在我看来，散文诗并不是一篇比一般的散文更“美”的作品。如果说散文诗与散文的区别在哪里，就在于其成就了一种散文与诗都不能达到的独特审美效果。这种效果即是以自身的形式映照出自身的精神，即如波德莱尔所说的，以破碎惊厥的现代形式去直接写出破碎惊厥的现代生活。这是大都市中的现代生活，是现代人内心中“更抽象”的现代生活。是一种体验、一种玄思、一种叩问。换句话说，散文诗的本质特征在于，它并不是更有诗意的散文，也不只是散文形式的诗歌。它必须是一种具有鲜明的自身特征的文体，这个文体本身的形式特征即是它的精神的体现。

三、新诗格律与语言的诗化

——以《大公报·诗特刊》的格律探索为中心

通常，新诗史在讨论格律问题时都会着重肯定20世纪20年代“诗镌”诗人群的努力，而说到30年代后的诗坛，则多将重点放在“现代派”身上，讨论的问题也更集中于象征、意象、“智性化”“纯诗化”等方面，似乎格律已不再成为问题。这样的处理虽是基于历史，但却容易造成误解，将格律问题变成了一个历史性的问题，似乎只与新诗发展的某个阶段相关。而在我看来，格律问题是诗歌艺术内部的一个本体性问题，它不是历史性的，虽然它会在不同历史阶段表现为不同的问题或现象，或在不同时期具有不尽相同的重要程度。在这个脉络上，不仅可以讨论20年代新月派的新格律诗，还可以——也应该——关注30年代梁宗岱、林庚等人的相关讨论，接下去，40年代的朗诵诗、50年代的“新民歌”及诗歌形式的讨论，直到80年代的口语化问题，等等，都可以纳入这样一个讨论的脉络。虽然各个阶段的具体概念和具体问题不同，但其内在的联系是存在的，简单地说，其中一个重要方面就是“语言的诗化”对于诗人的挑战与诱惑。

格律问题不仅关系诗人对形式、语言问题的认识，同时也关系对新诗与古诗及外国诗歌传统之间关系的理解。无论是对新诗格律的提倡还是对旧诗格律的研究，抑或探索其他节奏方式来代替格律，其核心都在于思考如何使用（现代）汉语这一材料，以及如何在使用这一材料的基础上改造它，将之充分地艺术化和诗化。新诗打破旧诗传统的过程，即是一种从打破（古诗）语言的特殊性进而到重建另一种（新诗）语言特殊性的过程，历史地考察这个过程，已成为新诗史研究中的一个重要且有意义的角度。

（一）

1935 年 11 月 8 日，《大公报·文艺》副刊创刊了一个新专刊——《诗特刊》。该刊拟每月两期，由著名的诗歌理论家、翻译家梁宗岱担任主编。从 1935 年 11 月直至 1937 年 7 月《大公报》（津版）因平津沦陷停刊，《诗特刊》共出版 24 期，成为 20 世纪 30 年代中期平津文坛乃至全国诗坛上的一个非常重要的诗歌专刊。在这个专刊上，集合了梁宗岱、朱光潜、叶公超、罗念生、孙大雨、林徽因、卞之琳、林庚、何其芳、陈敬容、孙毓棠、曹葆华、李广田、陈梦家、南星、冯至、周煦良、戴望舒、辛笛、方敬、李健吾、沈从文、赵萝蕤、路易士、苏金伞等一大批重要而活跃的诗人、诗歌批评家、理论家和翻译家。其写作阵容可谓豪华庞大，讨论气氛也颇为热烈壮观。

《诗特刊》的成绩和贡献是多方面的。本书的考察只围绕其中的一场关于新诗“音节”和“格律”问题的讨论。虽然由于平津沦陷、报纸停刊、人员迁移，这场讨论实际上并未完成，但是，这场持续了近两年的理论探讨和创作实验，已经具有不容忽视的历史价值。在这场由编者有意发动和组织的大讨论中，新诗的音节和格律问题被更为深入具体地讨论和强调，并催生了一批相关的作品。在一定程度上说，这场讨论中所涉及的问题，已经构成了对新诗观念的一次重大革新。

在《诗特刊》的“创刊号”上，身为主编的梁宗岱发表了一篇题为《新诗底十字路口》的“发刊辞”。在这篇文章中，他醒目地提出了一个观点，即新诗“已经走到了一个分歧的路口”。他说：

> 我们似乎已经走到了一个分歧的路口。新诗底造就和前途将先决于我们底选择和去就。一个是自由诗的，和欧美近代的自由诗运动平行，或者干脆就是这运动一个支流，就是说，西洋底悠长浩大的诗史中一个支流底支流。这是一条快捷方式，但也是一条无展望的绝径。可是，如果我们不甘心我们的努力底对象是这么轻微，我们活动底可能性这么有限，我们似乎可以，并且应该，上溯西洋近代诗史底源流，和欧洲文艺复兴各国新诗运动——譬如，意大利底但丁和法国底七星社——并列，为我们底运动树立一个远大的目标，一个可以有无穷的发展和无尽的将来的目标。除了发见新音节和创造新格律，我们看不见可以引我们实现或接近我们底理想的方法。①

这样一个关于新诗现状的观察和发展前途的思考，似乎有点耸人听闻。梁宗岱以这个方式无非是要更加鲜明地表达出他的诗学观点和立场。在他看来，20 世纪 30 年代中期的中国新诗，已经到了需要充分自我反省并改变原有方向的历史时刻。诗坛存在着严重的观念上的分歧。新诗运动初期的诗学主张已在一定程度上被超越和背离，“自由诗”的前途——在梁宗岱看来——已经走上了“一条无展望的绝径”，即便有进一步的成绩，也终归只能成为世界诗史中一个“支流

① 梁宗岱：《新诗底十字路口》，《大公报 · 文艺》第 39 期《诗特刊》，1935 年 11 月 8 日。本章所有未注明出处的引文都引自于此。

底支流”，不可能带来现代汉语诗歌写作的真正意义上的成功。若想摆脱这个令人沮丧的命运，梁宗岱认为，只有选择另外一条道路——“发见新音节和创造新格律”。因为只有这样，中国新诗才能与其他语种诗歌的伟大成就相“并列”，走上真正具有“无穷的发展和无尽的将来”的前路。

这当然是一个有些惊人的判断。因为在1935年这个时候，中国新诗已经在自由体式中收获了大量佳作，在格律探索方面也经历了新月派一系列有成绩也有问题的试验，而梁宗岱在此时宣布“自由诗”已走上绝径，新诗只有“创造新格律”这一条必由之路，多少会令人感到诧异。但梁宗岱自然不会是故作惊人之语，那么，他的思考背后应具有怎样的渊源和深意呢？

梁宗岱的判断来源于他对新诗已有历史的反省和批判，“自由诗”的体式问题当然是首当其冲，但也并非其全部的题中应有之义。他在文章起首就直率地提出：

> 现在诗坛一般作品——以及这些作品所代表的理论（意识的或非意识的）所隐含的趋势——不独和初期作品底主张分道扬镳，简直刚刚背道而驰：我们底新诗，在这短短的期间，已经和传说中的流萤般认不出它腐草的前身了。

这就是说，新诗艺术自身的发展规律与要求，已经背离了早期的观念，这已被创作的事实所证明。在脱离了新诗运动初期的“革命性”和“过渡性”阶段之后，早期观念暴露出了自身的问题。对此，梁宗岱看似信手拈来地提出了四个问题，却是全方位地清理了初期白话诗的观念。

第一，“诗不仅是我们自我底最高的并且是最亲切的表现，所以一切好诗，即使是属于社会性的，必定要经过我们全人格底浸润与陶冶”。这一条针对的是“文学革命”初期将新诗作为建设“明了的通俗的社会文学”的阵地之一，忽略了诗歌自身文体特征的观点。梁宗岱在此提出异议，既是要强调诗歌的“个人性”和“内在性”特征，在艺术层面划清诗歌与其他文体之间的界限，同时也是要高度肯定诗歌作为“纯文学”最高表现形式的独特地位。

第二，“形式是一切艺术底生命，所以诗，最高的艺术，更不能离掉形式而有伟大的生存”。这一条显然是针对初期白话诗的反对形式——尤其是反对旧诗在形式上的各种限制和束缚——以及“诗体大解放”等口号的。在梁宗岱看来，形式是艺术的必要保证。他很早就发表过新诗的音节“简直是新诗底一半生命”① 的观点。他之所以强烈反对初期新诗对形式的抛弃，就是因为在他看来，“所谓‘建设明了的通俗的社会文学’，所谓‘有什么话说什么话’，——不仅是反旧诗的，简直是反诗的；不仅是对于旧诗和旧诗体底流弊之洗刷和革除，简直把一切纯粹永久的诗底真元全盘误解与抹煞了”。而“诗底真元”，就与它自身的形式特质紧密相关。

第三，“文艺底创造是一种不断的努力与无限的忍耐换得来的自然的合理的发展，所以一切过去的成绩，无论是本国的或外来的，不独是我们新艺术底根源，并且是我们底航驶和冒险底灯塔”。这里表达的是，在对待“传统”的问题上，梁宗岱与初期新诗论者有着完全不同的态度和立场。与新诗初期反传统的姿态不同，梁宗岱很早就提出“二三千年光荣的诗底传统——那是我们底探海灯，也是我们底礁石——在那里眼光光守候着我们”。无论是像“探海灯”一样带来新的发现，还是像“礁石”一样带来危险，旧诗传统都是不可能——也不应该——被完全忽视和回避的。对于这个传统，梁宗岱始终积极而清醒地采取着一种批判性继承的态度。他说：“我深信，中国底诗史之丰富，伟大，璀璨，实不让世界任何民族，任何国度。”“目前底问题，据我底私见，已不是新旧诗底问题，而是中国今日或明日底诗底

① 梁宗岱：《论诗》，《诗刊》第2期，1931年4月20日。

问题，诗怎样才能够承继这几千年底光荣历史，怎样才能够无愧色去接受这无尽藏的宝库底问题。”[①]应该说，梁宗岱之所以成为“中西交融”诗学的代表，就与这种认识有关。

第四，“文艺底欣赏是读者与作者心灵底密契，所以愈伟大的作品有时愈不容易被人理解，因而‘艰深’和‘平易’在文艺底评价上是完全无意义的字眼”。最后这一条，直指“胡适之体”的明白晓畅、但求人懂的美学标准。胡适曾说李商隐的那些“看不懂而必须注解的诗，都不是好诗，只是笨谜而已”。“胡适之体”的“第一条戒律”就是“要人看得懂”，因为他认为，“凡是好诗没有不是明白清楚的”[②]。而梁宗岱反其道而行之，不仅认为“‘艰深’和‘平易’在文艺底评价上是完全无意义的字眼”，甚至提出了“愈伟大的作品有时愈不容易被人理解”的相反标准，充分表明了与初期白话诗学的对立。

通过从这四个方面否定新诗运动初期的美学观念和评价标准，梁宗岱推翻了早期新诗的立足之本。如果说，初期“新诗”最重要的就是“新”在其“诗体大解放”上、“新”在否定旧诗传统上、“新”在“言之有物”和“平易近人”上，那么，到了梁宗岱这里，这些标准都被动摇了。他在有意降低“自由诗”地位的前提下，传达出一种重新制定“新诗”之“新”的标准、改写“新诗”基础观念的愿望。在他看来，这是一次与初期新诗背道而驰的选择，是新诗史上一个重要的“分歧路口”。体式上从“自由”转向“格律”，固然最为显而易见，却绝非他的全部目标。他的主张背后，是彻底改写新诗观念的“野心”。

由此可见，在《大公报·文艺》中创办《诗特刊》，在“发刊辞”中提出一个改变新诗方向的倡导，这都不是梁宗岱的一时冲动，同时也绝不是他的一次个人行为。事实上，这应当被看作是一个群体发动

---

① 梁宗岱:《论诗》,《诗刊》第 2 期，1931 年 4 月 20 日。

② 胡适:《谈谈“胡适之体”的诗》，载《胡适文集》第 3 卷，人民文学出版社 1998 年版，第 303 页。

的一次新的诗歌运动。这个意图，可以通过沈从文的一篇文章得到印证。

就在《新诗底十字路口》发表后的第三天（即 1935 年 11 月 10 日），沈从文在同一报纸的同一个版面的“星期特刊”中发表了他的《新诗的旧帐》[①]。该文的副标题是“并介绍诗刊”，指的就是刚刚创刊的这份《诗特刊》。在这篇文章里，沈从文几乎通篇都在呼应着梁宗岱两天前发表的观点。比如他强调诗歌的形式，提出：“诗要效果，词藻与形式能帮助它完成效果。”再比如，对于新诗历史的反思，他的看法也与梁宗岱一致。他认为：“新文学运动的初期……新诗当时侧重推翻旧诗，打倒旧诗，富有‘革命’意味，因此在形式上无所谓，在内容上无所谓，只独具一种倾向，否认旧诗是诗。受词、受曲、受小调同歌谣影响，用简明文字写出，它名字叫‘自由诗’。那些诗，名副其实，当真可以说是很自由的。”“新诗既毫无拘束，十分自由，一切散文分行写出几几乎全可以称为诗，作者鱼龙百状，作品好的好，坏的坏，新诗自然便成为‘天才努力’与‘好事者游戏’共同的尾闾。过不久，新诗的当然厄运来了。多数人对于新诗的宽容，使新诗价值受了贬谪，成就受了连累；更多数的读者，对新诗有点失望，有点怀疑了。”此外，更与梁宗岱思路一致的是，沈从文在经过这一系列反思之后，也直接提出了“形式”的问题。他说：“新诗有个问题，从初期起即讨论到它，久久不能解决，是韵与词藻与形式之有无存在价值。”对此，他的观点是：“新诗在词藻形式上”“不可偏废”。尤为有意味的是，他谈到“新诗到这个时节可以说已从革命引到建设的路上”，于是，“少数还不放下笔杆的作者，与一群初从事写作的新人，对‘诗’的观念再有所修正。觉得先一时‘自由诗’所表示的倾向同‘建设的新诗’有点冲突。大家知道新诗需要个限制，在文字上，在形式上，以及从文字与形式共同造成的意境上，必须承

① 原文发表时为“帐”。《沈从文全集》收入此文时改为“账”。

认几个简单的原则。并且明白每个作者得注意一下历史，接受一笔文学遗产（从历史方面肯定‘诗’是什么，得了遗产好好花费这个遗产)”，“这一来，诗的自由俨然受了限制，然而中国的新诗，却慢慢地变得有意义有力量起来了”。[①]

回到《大公报·文艺》的具体语境中可以清楚地看到，梁、沈二人是在有意识地一唱一和，目的就在于将彼此共同的观念表达得更加明晰充分。他们显然是有意识地把《诗特刊》作为一个“试验的场所”，希望以群体之力推动这一运动。他们都希望这“对中国新诗运动或许有点意义”[②]，具体而言，这个意义就在于：通过打破中国新诗唯“自由体”独尊的局面，通过发起对“格律”和诗歌“音乐性”问题的讨论和创作实践，重新树立中国“新诗”的观念，有效地突破“自由诗”的写作方式，建立一种汉语现代诗的新的写作策略，以期达到一种兼顾汉语语言特征和旧诗传统的“纯诗”理想。客观地说，中国新诗从五四时期开始“革命”和“尝试”，到 20 世纪 20 年代初“站稳了脚跟”，再到 20 年代后期开始出现不满、反思和调整的要求，直至 30 年代中期的此时，出现这样一次大胆而彻底的再次革新——其结果如何姑且不论，至少在观念的推进上——是具有重大的历史意义的。

（二）

《诗特刊》的编者和作者是将音节和格律问题当作“新诗的命脉”来看待的。编者在为罗念生的《节律与拍子》一文所加的按语中曾明确地说：

---

① 上官碧（沈从文）：《新诗的旧帐——并介绍诗刊》，《大公报·文艺》第 40 期，1935 年 11 月 10 日。

② 上官碧（沈从文）：《新诗的旧帐——并介绍诗刊》，《大公报·文艺》第 40 期，1935 年 11 月 10 日。

> 梁宗岱先生在本刊创刊号《新诗底十字路口》一文里曾经提出“创造新音节”为新诗人应该努力的对象之一。罗先生这篇文章便是对这问题一个具体的建议。这问题表面似乎无关轻重，其实是新诗底命脉。希望大家起来讨论。①

事实上，专刊从一开始就在围绕这一问题进行讨论，发表了一系列文章，其中直接的专门讨论计有：《对于诗刊的意见》（陈世骧，1935 年 12 月 6 日）、《从生理观点论诗的“气势”和“神韵”》（朱光潜，1935 年 12 月 23 日）、《节律与拍子》（罗念生，1936 年 1 月 10 日）、《关于音节》（梁宗岱，1936 年 1 月 31 日）、《音节》（罗念生，1936 年 2 月 28 日）、《音节与意义》（叶公超，1936 年 4 月 17 日、5 月 15 日）、《音节与意义》（梁宗岱，1936 年 5 月 29 日）、《从永明体到律体》（郭绍虞，1936 年 6 月 12 日、6 月 26 日）、《新诗的节奏》（林庚，1936 年 11 月 1 日）、《新诗中的轻重与平仄》（林庚，1937 年 3 月 14 日）等。此外，在不少讨论其他问题的文章中，也都多多少少有所涉及。此外，作为主编的梁宗岱还针对其中一些篇章专门撰写了篇幅较长的“按语”或“跋”，其中四篇后来收入《诗与真二集》。

回到讨论的现场，首先可以感觉到的是：这些文章之间虽常有争论，但在一个前提性的基本认识上，大家是高度一致的，那就是对于新诗的形式与格律的重要性与必要性的认识。即如梁宗岱称其为“新诗底命脉”一样，郭绍虞也预言“将来新诗之逐渐走上趋重音节的路或是当然的事实”②。而理论家朱光潜更是从“生理观点”出发，认为“诗的命脉是节奏”。他说：

> 就形式方面说，诗的命脉是节奏，节奏就是情感所伴的生理

① 《编者按》，《大公报 · 文艺》第 75 期，1936 年 1 月 10 日。

② 郭绍虞：《从永明体到律体》，《大公报 · 文艺》第 161 期，1936 年 6 月 12 日。

变化的痕迹。人体中呼吸循环种种生理机能都是起伏循环，顺着一种自然节奏。以耳目诸感官接触外物时，如果所需要的心力，起伏张弛都合乎生理的自然节奏，我们就觉得愉快。通常艺术家所说的“和谐”“匀称”诸美点其实都起于生理的自然需要。……音乐和诗歌的节奏原来都是生理构造的自然需要。①

朱光潜以此特殊角度论证的其实仍是节奏和格律在新诗中的必要性问题。他说：“我们读诗在受诗的情趣浸润之先，往往已直接的受音调节奏的影响。音调节奏便是传染情趣的媒介。”因此在他看来，诗歌的音调、节奏等格律成分并非外在的形式问题，也断不可与内容和意义相割裂。与梁宗岱、沈从文的观点相同，他其实也认定了格律是新诗的一个前提性的基础要素。

从另一个角度谈到格律重要性的是陈世骧。他在《对于诗刊的意见》一文中说：

我说注意分行，注意脚韵等类问题，而暂时丢开对诗的夸大的褒贬，也许有人认为啬刻，但是我于此不敢妄自菲薄的。诗人与常人，诗情与非诗情，表现出的时候，常在行文的小处分。诗人操着一种另外的语言，和平常语言不同。……我们都理想着有一种言语可以代表我们的灵魂上的感觉与情绪。诗人用的语言就该是我们理想的那一种。那末我们对这种语言的要求绝不只是它在字典上的意义和表面上的音韵铿锵，而是它在音调，色彩，传神，象形（不只是一个字样的象形）与所表现的情思绝对和谐……至少我们要把这个基本要素分析明确，决定一篇创作是否是诗，才能进一步批评诗人的情调，思想，以至大一点的许多方

① 朱光潜：《从生理观点论诗的“气势”和“神韵”》，《大公报·文艺》第65期，1935年12月23日。

> 面。讲求新诗的形式就是反对旧有的既成形式的八股气。我们要求一种更自由化，“合理化”非机械的形式，要使韵脚与分行除了表现情操的活动与变化，本身没有目的，没有一个字是专为凑韵脚，没有一行是徒为摆的好看，这样，适合普通语言的节奏韵律，无“形式”的形式便是我们理想的新诗形式吧。①

出于这样的认识，陈世骧建议《诗特刊》要牢牢地依托在具体诗人和作品上来进行艺术分析，注重细节中的重要问题，而不要空泛地讨论“形式和内容”“艺术与人生”之类的话题。同时，他本人也通过对卞之琳和臧克家的两首诗作对比分析，指出了卞之琳在诗歌节奏上的成功，并提出：“字音与拍节能那样灵妙地显示音乐和谐与轻盈的回旋节奏，绝不是率尔而成的。自从在这些细微地方发现了他的绝大美点，我才自信地判断之琳是现代独有贡献的诗人。”

对于这些，梁宗岱当然是强调最力的，他在不同的文章中对此有多次的重申。比如在《关于音节》中，他说：

> 在一意义上，这规律正和其余的规律一样，问题并不在于应该与否，而在于能与不能。哥德在他底商籁《自然与艺术》里说得好：
>
> 谁想要伟大，得先自己集中，
> 在“有限”里显出大师底身手；
> 只有规律能够给我们自由。
>
> 另一个德国诗人也说：“最严的规律是最高的自由。”因为，规律如金钱，对于一般人是重累，对于善用的却是助他飞腾的翅膀！②

---

① 陈世骧：《对于诗刊的意见》，《大公报 · 文艺》第55期，1935年12月6日。
② 梁宗岱：《关于音节》，《大公报 · 文艺》第85期，1936年1月31日。

正如梁宗岱所说的，诗刊的作者们所关注的不是格律的“应该与否”，而是“能与不能”，更是“如何做到”的问题。因此，在对格律的必要性与重要性达成共识的基础上，他们就从各自不同的角度进行了更为深入具体的讨论。比如郭绍虞在《从永明体到律体》一文中，从旧诗入手讨论了“历史上自从提出音律问题之后，如何规定律体的经过”，并集中介绍了旧诗格律中“和”的概念，分别讨论了通篇的“和”（即“谐”）与一联中的“和”（即“叶”）等问题。而罗念生则从西洋诗歌的传统入手，从“古典诗”“英文诗”谈到“中国诗”，并提出新诗格律的关键不在“平仄”而在“音的轻重所造成的节律”这一观点①。

罗念生的观点引起了热烈的讨论。梁宗岱就表示了对其只强调字音的轻重而否认平仄的作用的怀疑。在他看来，字音的轻重并不是新诗格律的关键，他赞同的是“孙大雨先生根据‘字组’来分节拍，用作新诗节奏底原则”，并认为“这是一条通衢”。②

随后，叶公超也撰文《音节与意义》，表达了与罗念生不同的观点。他说：“诗与音乐的性质根本不同，所以我们不能把字音看作曲谱上的音符。象征派的错误似乎就是从这种错觉上来的。”叶公超认为：“音乐是一种最理想的艺术，因为唯有在音乐里形式与内容是根本合一的。……文字是一种有形有声有义的东西，三者之中主要的是意义，因此我们不妨说形与声都不过是传达意义的媒介。”他提出：“诗里至少有两种不同的节奏：一种是语言的节奏，一种是歌调的节奏。”他推崇前者，并提出：“语言的节奏并不是任何方言的节奏，也不完全是日常语言的调儿，我想的是英文无韵诗里常见的一种平淡、从容的节奏……我知道的诗人中，只有卞之琳与何其芳似乎是常有这种节奏的。抒情性格的人也许不容易感觉这种平淡语体的节奏，因为

① 参见罗念生：《节律与拍子》，《大公报·文艺》第75期，1936年1月10日。

② 梁宗岱：《关于音节》，《大公报·文艺》第85期，1936年1月31日。

抒情的要求往往是浓厚的、显著的节奏。语体节奏最宜于表现思想，尤其是思想的过程与态度。抒情诗节奏很容易变成一个固定的、硬的东西，因为文字究竟不如音乐能变化，而抒情诗却偏要摹仿歌唱的节奏。”①

针对叶公超的观点，梁宗岱则提出：“一个字对于诗人不过是一句诗中的一个元素，本身并没有绝对独立的价值。……诗之所以为诗大部分是成立在字与字之间的新关系上。‘诗人底妙技’，我在《诗与真》中（五三页）曾经说过，‘便在于运用几个音义本不相属的字，造成一句富于暗示的意义凑泊的诗。’马拉美所谓‘一句诗是由几个字组成的一个完全，簇新，与原来的语言陌生并具有符咒力量的字’，便是这意思。”②

当然，最值得注意的还是在理论探讨和创作实践两方面都卓有建树的林庚。林庚针对“关于新诗的格律，许多人仍企图能以中国文字作成西洋诗的格律”的倾向，提出“姑且承认即以西洋诗格律代替中国诗格律也无妨，如果真是能够的话；故问题便只限于能够不能够上”。在他看来，“造成西洋诗格律的文字因素普通有两种，一是长短，一是轻重，因此欲在新诗中造西洋诗格律的便是分向着两方面找去”。

在轻重方面，他认为：“中国文学中一向无此性质。所谓无此性质者乃指文字本身而言，中国文字是单音字，每个字读起便都是独立的一个音，所以也便分不出谁轻重来……唯一有轻音的为语助词……但这一类字在有格律的诗中常是渐渐被淘汰的。因为格律使诗变成如此平静安详；一方面乃需要更耐人寻味的了解，一方面却远离了指手划脚的语吻；这只要看以往的诗中语助词的少用便可了然。”“在自由诗中是有语吻的，因为自由诗用的是散文：但一旦成功为有格律的诗，则语吻渐归淘汰，轻重音便无从产生，这是一个根本的不可能。

① 叶公超：《音节与意义》，《大公报 · 文艺》第 129 期，1936 年 4 月 17 日；第 145 期，1936 年 5 月 15 日。

② 梁宗岱：《音节与意义》，《大公报 · 文艺》第 153 期，1936 年 5 月 29 日。

其实即令格律的诗中仍暂时保有语吻，而在语吻中欲求其语助词（轻字）都合一定的格律，已是极不合语吻之事；何况为要形成一定的格律必不免多用不必要之轻字，尤为诗中所不取。”

至于长短，林庚则认为：“长短的性质在中国文字中更不可见……现在只有与长短最相近的平仄似乎还有被借用的可能。”“平仄之用既为连贯于节拍与节拍，诗行与诗行间之脉络；则与将诗行分割为数段之长短轻重固大相径庭；与造成新诗形式之意亦适得其反，故知其不可能也。”①

也就是说，在林庚看来，向西洋诗的格律学习是不符合汉语规律的，因此，他的四行诗的试验，无论五言、七言、九言直至十八言，都是从汉语诗歌传统中摸索出来的。根据创作经验，林庚认为：“凡诗体之变长并非句法之变松，且反之尝是句法之变紧。……如诗中‘蒹葭苍苍，白露为霜’，实即后来之‘草木摇落露为霜’。而‘小姑所居，独处无郎’，更不外‘小姑居处本无郎’之意。则字多不及倍而意反倍之，故知乃是句法之变紧。……白话之与文言亦并非变松。”他说：“大约无论何种诗体有好处亦均有难处……诗体虽有其盛衰之不同，却无‘非此不可’之事，七字诗以至于十八字诗，此中七式普遍性容有不同，然都可于恰当使用下成为好诗，凡较长者在表现上为一较自由之园地而难于紧练，凡较短者则易于完全（perfect）而难在自由诗的根基。其实韵律诗如果有出路，都看这一点上如何下工夫；要能走入形式中而仍能自由，能用形式而不为形式所束，昨谓游刃有余然后不为形累，明乎此者四行诗才不是开倒车的玩意儿”。②

正如林庚所做的那样，《诗特刊》也不仅仅重视理论的探讨，同时也非常重视创作的实践。作为编者的梁宗岱对此也有明确认识，他说：“理论与批评至多不过处建议和推进的地位，基本的答案，还得

① 林庚：《新诗中的轻重与平仄》，《大公报·文艺》第310期，1937年3月14日。

② 林庚：《新诗的节奏》，《大公报·文艺》第241期，1936年11月1日。

靠诗人们自己试验出来。”[①]因此，在《诗特刊》刊登的作品中，探索格律的作品占据了重要的比例。其中既有看上去并不“整齐”，但追求听觉上的节奏的作品；更有在形式上就非常工整的典型例子，比如林庚的《抽烟》：

轻轻的抽起一支烟
静静的石榴花红了
今天有朋友来谈天
半梦里燃着甘草味
不记得什么时候里
离别如窗外的青天[②]

还有与此诗同期发表的林徽因的《过杨柳》：

反复底在敲问心同心，
彩霞片片已烧成灰烬；
街的一头到另一条路，
同是个黄昏扑进尘土。
愁闷压住所有的新鲜，
奇怪街边此刻还看见
混沌中浮出光妍的纷纠，——
死色楼前垂一棵杨柳！[③]

此外，再如与林庚的风格极为相近的张文麟的《四行》：

① 梁宗岱：《关于音节》，《大公报 · 文艺》第85期，1936年1月31日。
② 林庚：《抽烟》，《大公报 · 文艺》第241期，1936年11月1日。
③ 林徽因：《过杨柳》，《大公报 · 文艺》第241期，1936年11月1日。

薄暝的风驮着沙驮着败叶飞上楼头
有一缕烟一片云伴着征人一段乡愁
悠然的沉思开展得比灰空还要淡远
记忆里的海在千里外凝着蓝色的秋①

更不要说那位在理论上也表现了极大热情和关注的罗念生：

我厌恶了这座古老的宫城，
宫城内粉饰着安乐尊荣：
像是一位新婚的妻子，
盗取了少年人猛烈的心情。
我要去看漠北的疆场，
看朔风吹起砂砾飞扬，
看泰山一夜化成秦岭，
寒光照澈这万里的苍茫。
再看黄沙里成群的鞑靼，
从波罗的海穿过了天山；
更扬着长鞭向东疾指，
马上高呼“忽必烈汗！”②

当然，最值得注意的是戴望舒的《拟作小曲》：

啼倦的鸟藏首在彩翎间，
音底小灵魂向何处翩跹；
老去的花一瓣瓣萎尘上，

① 张文麟：《四行》，《大公报・文艺》第55期，1935年12月6日。
② 罗念生：《忽必烈汗》，《大公报・文艺》第75期，1936年1月10日。

香底小灵魂在何处流连？
它们不能在地狱里，不能，
这那么好，那么好的灵魂！
那么是在天堂，在乐园里？
摇摇头，圣彼得可也否认。
没有人知道在那里，没有；

诗人却微笑而三缄其口：

有什么东西在协和氤氲，
在他的心底永恒的宇宙。①

这首诗不仅体现了戴望舒在创作和观念上的变化，同时也从另一个侧面说明了《诗特刊》所提倡的观点在诗坛上的实际影响。林庚在多年后回忆起这件往事时，用“万万没有想到”来表达对戴望舒转变的感慨。正是这位曾经对林庚的格律探索表现出强烈的不理解和劝阻的大诗人戴望舒，在《诗特刊》上发表了这样一首“小曲”。“这首诗全篇就都是有韵而又整齐的，这真可说是让人难以置信地出乎意料之外。而且此后他的诗作也似乎就是这样来写的。”林庚由此更加自信地说：“新诗坛在经过自由诗的洗礼后，正在呼唤着新格律诗的诞生，这乃是不以人们的意志为转移的。”②

（三）

如果稍稍搁置一下这场讨论，回到主编梁宗岱的思路当中来考

① 戴望舒：《拟作小曲》，《大公报 · 文艺》第169期，1936年6月26日。
② 林庚：《从自由诗到九言诗（代序）》，载《新诗格律与语言的诗化》，经济日报出版社2000年版，第16页。

察，就会发现问题变得更有意味了。

有趣的是，中国新诗在20世纪20年代已经走出了一条从“自由”到“格律”的摸索轨迹。到朱自清在为《中国新文学大系（1917—1927）·诗集》撰写导言时，就已提出“这十年来的诗坛就不妨分为三派：自由诗派，格律诗派，象征诗派”[①]的说法。那么，在以闻一多、陈梦家等人为代表的“新月派”诗人已经进行了大量得失兼备的格律探索之后，梁宗岱等人在1935年重提格律，且将之视为中国新诗发展的唯一正途，这其中的原因何在？或者说，梁宗岱们与闻一多们的格律探索之间，究竟有怎样的异同？

用梁宗岱自己的话说，支持他重提格律的原因，“一面由于本身经验底精密沉潜的内省，一面由于西洋诗底深一层认识底印证”，此外，还有来自对“一些平凡的，但是不可磨灭的事实”的承认。从这段话中不难看出，除了个人在艺术实践中的反省，以及上文所说的对于新诗已有经验教训的检讨之外，梁宗岱的思想资源中很重要的一部分来自对“西洋诗底深一层认识”。具体地说，就是来自法国后期象征派的诗歌理论和“纯诗”观念。

众所周知，在“纯诗”理论中，对诗歌语言的“音乐性”的强调是极为突出的。在“纯诗”论者看来，“音乐性”一方面是诗歌形式的一个关键性元素，它不仅可以帮助诗歌在曲调上“更朦胧也更晓畅”，“让你的诗句插翅翱翔”[②]，而且还能有效地协助实现诗歌语言的暗示性（且暗示性本身又与旋律性相关）；另一方面，也是更重要的方面，纯诗理论中的“音乐”并非作为另一种艺术形式存在的音乐，而是诗歌内在禀有的一种品格和精神。正如穆木天所说，“诗是——

① 朱自清：《导言》，载朱自清编选：《中国新文学大系（1917—1927）·诗集》（影印本），上海文艺出版社1981年版，第8页。

② ［法］魏尔伦：《诗艺》，载黄晋凯等主编：《象征主义·意象派》，中国人民大学出版社1989年版，第237页。

在形式方面上说——一个有统一性有持续性的时空间的律动”①。也就是说，“音乐性”在“纯诗”中不是一种修辞方法，不是被借以安排诗歌语言的技术手段，因此，它也不仅仅事关形式，不仅仅诉诸听觉，更不是一种“音乐感”。它是一种内在于语言的、与音乐相似的精神品质，它通过语言自身的特性表现出语言之美。因此，它是诗歌最“至高无上”的理想。

深谙法国象征主义诗学的梁宗岱，对“纯诗”的“音乐性”问题当然有精到的见解和特别的重视。这从他所给出的著名的“纯诗”定义中就可以看出。他说：

所谓纯诗，便是摒除一切客观的写景，叙事，说理以至感伤的情调，而纯粹凭借那构成它底形体的原素——音乐和色彩——产生一种符咒似的暗示力，以唤起我们感官与想象底感应，而超度我们底灵魂到一种神游物表的光明极乐的境域。象音乐一样，它自己成为一个绝对独立，绝对自由，比现世更纯粹更不朽的宇宙；它本身底音韵和色彩底密切混合便是它底固有的存在理由。②

这段话的最后一句，尤其体现了梁宗岱对“音乐性”的理解。事实上，很多研究者在引用这个“纯诗”概念的时候，往往会忽视甚至删去这句话。“象音乐一样”——而不是通过音乐——“成为一个绝对独立，绝对自由，比现世更纯粹更不朽的宇宙”。这是音乐的理想，也是“纯诗”的理想。

在梁宗岱和穆木天的认识中，“音乐性”都没有被等同于“格律”，但毫无疑问，二者之间又是存在着必然联系的，因为格律确实是辅助音乐性实现的一个重要手段。在梁宗岱看来，“形式是一

① 穆木天：《谭诗——寄沫若的一封信》，《创造月刊》第1卷第1期，1926年3月16日。

② 梁宗岱：《谈诗》，《人间世》第15期，1934年11月5日。

切文艺品永生的原理，只有形式能够保存精神底经营，因为只有形式能够抵抗时间底侵蚀。……一切要保存而且值得保存的必然地是容纳在节奏分明，音调铿锵的语言里的。……没有一首自由诗，无论本身怎样完美，能够和一首同样完美的有规律的诗在我们心灵里唤起同样宏伟的观感，同样强烈的反应的。”对于汉语——包括文言与白话——而言，最能体现语言的“节奏分明，音调铿锵”和“有规律”的方式就是“格律”；对于中国诗人而言，因为受到传统诗歌的深刻影响，也会自然而然地把“格律”作为营建诗歌“音乐性”的最便捷有效的途径之一。只不过，无论是为区别于旧诗格律，还是为表明其西学渊源，都要在“格律”前面冠以一个“新”字。

就这样，虽然是基于不同的理论立场，梁宗岱和闻一多殊途同归地走向了新诗的格律建设。但是，二者之间存在着几个方面的不同。

首先，在理论出发点上，梁宗岱的新格律提倡是建立在“纯诗”观念的“音乐性”理论的基础上的，换句话说，他是因为先认可“纯诗”的“音乐性”追求，才强调音节与格律的意义和效用的；而闻一多等人则较少“纯诗”意识，而是将新格律置于疗救新诗语言过于散文化的现实弊病的作用和意义之上，目的在于为新诗寻找一个新的规范，划清诗与散文之间的界限。

其次，在具体的理论阐释中，闻一多发明了著名的“三美”理论，提出了“音乐美”“绘画美”和“建筑美”，并且更强调“建筑美”的重要性。而梁宗岱不仅只强调“音乐”这“一美”，而且对闻一多侧重于“建筑美”也表现了不以为然。他说：“我觉得新诗许多的韵都是排出来给眼看而不是押给耳听的。这实在和韵底原始功能相距太远了。固然我也很能了解波特莱尔底‘契合’（Correspondances）所引出来的官能交错说，而近代诗尤注重诗形底建筑美……但所谓‘契合’是要一首或一行诗同时并诉诸我们底五官，所谓建筑美亦即所以帮助这功效底放声，而断不是以目代耳或以耳代目。”[①] 在梁宗岱看来，“建筑美”是诉诸形体和视觉的，它与诗歌的音乐性本质事关两路，未必能对音乐美有所帮助。事实上，闻一多的“三美”说的确在实践中遭受过类似“把诗写得很整齐……但是读时仍无相当的抑扬顿挫”的批评。[②]

最后，在个人创作实践方面也存在一定的差异。闻一多的新格律是以旧诗格律为参照对象的，其方法上多借鉴西诗音律；而梁宗岱的格律探索因以汉语特殊性为出发点，对比于外语诗歌，所以反而更多地表现为对传统诗律的亲近。[③]

由此我们就完全可以理解，为什么在闻一多家的“黑屋聚会”之后十余年，在 20 世纪 30 年代的“京派”文人圈子里，在梁宗岱、朱光潜合住的北平北海后门慈慧殿 3 号的朱家客厅里，又出现了一个以探讨诗歌格律和试验诗朗诵为主要内容的读诗会。作为主人之一的梁宗岱，当然是这个试验的重要发起人。据沈从文回忆：

> 这个聚会在北海后门朱光潜先生家中按时举行，参加的人实在不少。北大计有梁宗岱、冯至、孙大雨、罗念生、周作人、叶公超、废名、卞之琳、何其芳、徐芳……诸先生，清华计有朱自清、俞平伯、王了一、李健吾、林庚、曹葆华诸先生，此外尚有林徽因女士、周煦良先生等等。这些人或曾在读诗会上作过有关于诗的谈话，或者曾把新诗旧诗外国诗当众诵过，读过，说过，哼过。大家兴致所集中的一件事，就是新诗在诵读上，究竟有无成功可能？新诗在诵读上已经得到多少成功？新诗究竟能否诵读？差不多集所有北方新诗作者和关心者于一处，这个集会可

---

① 梁宗岱:《论诗》,《诗刊》第 2 期，1931 年 4 月 20 日。

② 梁实秋:《新诗的格调及其他》,《诗刊》第 1 期，1931 年 1 月 20 日。

③ 尤以诗集《芦笛风》为代表。参见《梁宗岱文集》第 1 卷，中央编译出版社、香港天汉图书公司 2003 年版。

以说是极难得的，且为此后不易如此集中的。①

就在这个颇具规模的读诗会上，与会者通过朗诵的方式，发现了新诗在音乐性方面的很多问题。比如，“有些诗看来很有深意，读来味同嚼蜡”，“自由诗不能在诵读上有什么意想不到的效力。不自由诗若读不得其法，也只是哼哼唧唧，并无多大意味”。他们由此“得来一个结论，就是：新诗若要极端‘自由’，就完全得放弃某种形式上由听觉得来的成功打算。……若不然，想从听觉上成功，那就得牺牲一点‘自由’，无妨稍稍向后走，承认现实，走回头路，在辞藻于形式上多注点意，得到诵读时传达的便利。”②

当然，与全面抗战开始后的“朗诵诗运动”不同，朱家客厅的读诗试验的目的是希望借助朗诵的方式摸索诗歌音乐性的规律，追求诗歌语言音义结合产生的那种“符咒似的暗示力”和“唤起我们感官与想象底感应，而超度我们底灵魂到一种神游物表的光明极乐的境域”的理想效果。而处于大众化诗学脉络中的朗诵诗运动，则更多的是为了服务于诗歌的大众化追求，“因为，一首诗必须是能够朗读，或者是能够歌唱，才能够有大众诗，才能接近大众，才能为大众所吸收”③。这两者的理论差别无疑是巨大的，其在实践中的效果和反响也相去甚远。但是，并不能因此就认为前者的实践意义不及后者，也不能下结论说梁宗岱的主张就是“神秘”而“纯粹”的。因为在我看来，正是这个看似“神秘”的“纯诗”理想，因为有效地落实在“音乐性”的问题上，事实上已为中国新诗的格律建设切实提供了一个可靠的理论支援。早已有人肯定，“梁宗岱的‘纯诗’理论的提出，实质上是对二三十年代中国诗坛风气的反驳”，“是从可实践性的角度

① 沈从文：《谈朗诵诗》，载《沈从文批评文集》，珠海出版社 1998 年版，第 130 页。

② 沈从文：《谈朗诵诗》，载《沈从文批评文集》，珠海出版社 1998 年版，第 130 页。

③ 穆木天语，转引自刘继业：《新诗的大众化和纯诗化》，北京大学出版社 2008 年版，第 120 页。

去理解和提倡纯诗”，“将这一理论与中国新诗创作现状相结合，使其更具针对性，从而也具有一定的可操作性”。我对此非常赞同，但要补充强调的是，在“为诗与散文勾画具体的界限，强调生命哲学与宇宙意识，要求观念的具体化和戏剧化以及现实生活的背景化”①这些方面之外，以“格律”的提倡来实现“纯诗”的“音乐性”，并以“音乐性”的强调来打破“自由诗”的一统天下，以寻找符合汉语语言特色的诗歌写作的新方向，这才是梁宗岱纯诗理论中最具有实践意义的部分。

正如有研究者指出的：

> 汉语诗歌的格律，在本质上是关于汉语言特性的问题，具体地说就是汉语的音乐性，即通过语词的重复、回旋实现字音乃至情绪的相互应答。它在古典诗歌中不会凸显为一个单独的问题，因为它与古典诗歌的其他问题连成一个整体，并理所当然地成为古典诗学的核心。但在新诗，格律一度处于被强行取消之列，语言的变化也使得格律难以获得诗学上的支持（新诗诞生之初所要求的“明白如话”已经使新诗语言因干瘪乏味而丧失了内在的节律感），因此当它被重新提出时，难免引起争议。在新诗中格律问题变成了：新诗的语言——现代汉语是否具有格律所要求的某种基质，既然它在外在样态上是与后者不相容的？②

回头再看“新诗分歧路口”上的梁宗岱。他在 1935 年冒着“难免引起争议”的风险，公开倡导一条“发见新音节和创造新格律”的道路，并发动了一场相关的创作试验，其目的就在于寻求一种适合现

① 段美乔：《实践意义上的梁宗岱“纯诗”理论》，《北京大学学报》（哲学社会科学版）2001 年第 2 期。

② 张桃洲：《现代汉语的诗性空间——新诗话语研究》，北京大学出版社 2005 年版，第 38 页。

代汉语语言特征，甚而能够进一步发挥这一特征的优长之处的诗歌写作策略。在这个寻求的过程中，他不断重新发掘旧诗遗产中的资源，从形式到内容，广泛吸收孔子、屈原、陶渊明、陈子昂、李白、王维、李贺等人的诗学营养，有意勾通古今中外的诗歌艺术，意在建立一种具有综合特质的“东方象征诗”和汉语的“现代诗”。因此可以说，梁宗岱的新诗格律探索，虽然建立在西方诗学“纯诗”观念的理论基础之上，但其最终的目标却是为汉语——尤其是现代汉语——的诗歌写作寻求更远大的发展。同样，他的重释传统的努力，也是为了加深和丰富新诗的思想内容、“探检、洗炼，补充和改善”[①]新诗的语言。所以他所谓的“中西融合”，绝不是简单地截取和拼加，而是立场鲜明地“以中容西”“以新纳旧”，其最终的立足点，始终都是落实在以现代汉语写作为基本原则的“中”国“新”诗之上的。

由此可知，梁宗岱的格律实践，其实是以肯定和维护现代汉语诗歌写作为基本前提的。所不同于初期“自由诗”理论的地方只是在于，他反对将语言上的“白话”与诗体上的“自由”相等同，希望“发见”一种不同于旧诗语言的、现代汉语特有的“新节奏”，“创造”一种符合现代汉语语言特征的、比“自由体”更具永恒性与艺术性的“新格律”。因此他提出：

> 有一个先决的问题，彻底认识中国文字和白话底音乐性。因为每国文字都有他特殊的音乐性，英文和法文就完全两样。逆性而行，任你有天大本领也不济事。[②]

这个说法非常重要。因为它明确了梁宗岱诗学的一个最基本的立场，那就是：在对西方诗学有“深一层认识”的基础上，回过头来，

① 梁宗岱：《文坛往那里去——“用什么话”问题》，载《梁宗岱文集》第2卷，中央编译出版社、香港天汉图书公司2003年版，第54页。

② 梁宗岱：《论诗》，《诗刊》第2期，1931年4月20日。

肯定并立足于“中国文字和白话”的特殊性，在新诗写作中维护和确立现代汉语的本位意识。可以说，在梁宗岱的诗学理论中，重建新诗格律，既是彻底认识汉语特殊音乐性的一条途径，同时更是借以推动诗歌进一步发展创新的重要方法。

正因如此，不断发掘汉语的音乐性，成为梁宗岱格律建设的一个前提。他自己就曾举例说：“我从前曾感到《湘累》中的‘太阳照着洞庭波’有一种莫明其妙的和谐；后来一想，原来它是暗合旧诗底‘仄平仄仄仄平平’的。可知古人那么讲求平仄，并不是无理的专制。我们做新诗的，固不必（其实，又为什么不必呢？）那么循规蹈矩，但是如其要创造诗律，这也是一个不可忽略的元素。”①此外，他还提出，“中国底散文也是极富于节奏的”。而与他同样热衷于朱家客厅读诗会的叶公超也曾提出：“新诗的节奏是从各种说话的语调里产生的”，“在说话的时候，语词的势力比较大，故新诗的节奏单位多半是由二乃至四个或五个的语词组织成功的……这些复音的语词之间或有虚字，或有语气的顿挫，或有标点的停逗，而同时在一个语词的音调里，我们还可以觉出单音的长短，轻重，高低，以及各个人音质上的不同。……这种说话的节奏，运用到诗里，应当可以产生许多不同的格律”。②

事实上，关注语言、关注文学的工具与载体，这是自五四新文学运动开始的思想主潮。梁宗岱的思考，自是其中有价值有个性的一个组成部分，而其最独特之处在于，他一方面支持和关注“白话”对“文言”的革命性的全面替代，另一方面，他又并不因为“革命”就绝对偏重“白话”。他对于二者各自的短长是有清醒认识的。他说：“利弊是不单行的。新诗对于旧诗的可能的优越也便是我们不得不应付的困难：如果我们不受严密的单调的诗律底束缚，我们也失掉一

---

① 梁宗岱：《论诗》，《诗刊》第2期，1931年4月20日。

② 叶公超：《论新诗》，《文学杂志》第1卷第1期，1937年5月1日。

切可以帮助我们把捉和传造我们底情调和意境的凭藉；虽然新诗底工具，和旧诗底正相反，极富于新鲜和活力，它底贫乏和粗糙之不宜于表达精微委婉的诗思却不亚于后者底腐滥和空洞。”因此，在梁宗岱看来，如要实现文艺的最高理想，“要启示宇宙与人生底玄机，把刹那底感兴凝定，永生，和化作无量数愉快的瞬间”，[①]就“不独不能把纯粹的现代中国语，即最赤裸的白话，当作文学表现底工具，每个作家并且应该要创造他自己底文字——能够充分表现他底个性，他底特殊的感觉，特殊的观察，特殊的内心生活的文字”[②]。可以说，梁宗岱的新诗语言建设，既不是简单地舍“文言”而取“白话”，也不是机械地舍“自由”而取“格律”，他是希望发挥汉语——包括古典形态和现代形态——的独特性，兼顾和贯通两种形态的优长，打造更高的文学理想。

其实，与梁宗岱的汉语写作立场相关的，应该还有他的“世界诗歌”(或“世界文学”）观念。因为，如果没有一个宏观的“世界文学”的视野，也就谈不上自觉的汉语写作意识。在我看来，在中国现代文学史上，真正具有这样自觉的“世界文学”观念的作家并不多，而梁宗岱则是其中很突出的一个。因此他所表现出来的气象宏大、野心勃勃，甚至有些浪漫狂傲，其实都与这一点有关。

回到他所说的“自由诗”是“支流底支流”的判断，这个判断就来自他对世界诗歌历史的全面观察。他认定：“欧美底自由诗（我们新诗运动底最初典型），经过了几十年的挣扎与奋斗，已经肯定它是西洋诗的演进史上一个波浪——但仅是一个极渺小的波浪；占稳了它在西洋诗体中所要求的位置——但仅是一个极微末的位置。”所以，如果像新诗运动初期的倡导者那样，将“自由体”的地位拔得过高，

---

① 梁宗岱：《文坛往那里去——“用什么话”问题》，载《梁宗岱文集》第2卷，中央编译出版社、香港天汉图书公司2003年版，第52页。

② 梁宗岱：《文坛往那里去——“用什么话”问题》，载《梁宗岱文集》第2卷，中央编译出版社、香港天汉图书公司2003年版，第55页。

并用以支配整个新诗运动，就只能在整个世界诗歌的格局中成为一个极为有限的分支，即“自由诗”分支中的一个汉语分支。而只有正确认识和运用汉语的独特性，中国新诗才能“和欧洲文艺复兴各国新诗运动——譬如，意大利底但丁和法国底七星社——并列”，成就真正伟大的诗歌梦想。这里姑且不谈他所指出的道路是否可行，或能否有效通往成功的目标。更重要的是，这个梦想体现了梁宗岱立足汉语写作、力图确立中国新诗主体意识的独特思路。他将西方“纯诗”理论中“音”“义”结合的思想与中国传统诗学中格律化的艺术方式相结合，目的就是要建立一个现代汉语诗歌的“纯诗”传统。因此，他的格律探索，也正如一个枢纽，不仅联结了世界诗歌与汉语诗歌，同时也联结了现代诗学理念与古典诗学传统，其理论意义绝不与新诗史上其他的格律探索相同。对此，借用梁宗岱称赞徐志摩的一句话来评价他本人也许最贴切不过：

> 深信你对于诗的认识，是超过“中外”“新旧”和“大小”底短见的；深信你是能够了解和感到“刹那底永恒”的人。①

① 梁宗岱:《论诗》,《诗刊》第2期，1931年4月20日。

第五章 “前线诗人”与先锋姿态

一、20世纪30年代北平现代主义诗坛的集聚

现代主义理论家认为：现代主义是城市特有的艺术。就像伦敦、巴黎、纽约、芝加哥等欧洲文化古都和北美新兴城市那样，它们应是“思想激烈冲突的主要地点”，是“传统的文化艺术中心，以及艺术、学术和思想的活动场所”，更重要的是，这些城市应该“是新的环境，带有现代城市复杂而紧张的生活气息”，因为“这乃是现代意识和现代创造的深刻基础”。① 这种分析当然有其科学性和普遍适应性，但是，艺术并不完全依循人为总结的规律发展，它往往会表现出一定的特殊性。比如20世纪30年代的北平，它并不具备现代主义艺术形成的所有条件，尤其缺乏现代城市复杂而紧张的生活气息，但它却孕育出了较为成熟的现代主义诗歌，其先锋性甚至超过现代大都市上海。这无疑是艺术发展中一个值得深思的特例。

在历史地理学中，20世纪30年代北平有一个专有名称——“文化古城”。这“是一个特定的历史概念”，它是指从1928年北洋政府撤离到1937年七七事变之间的北京城。“这期间，中国的政治、经济、

① ［英］马尔科姆·布雷德伯里：《现代主义的城市》，载［英］马·布雷德伯里、詹·麦克法兰编：《现代主义》，胡家峦等译，上海外语教育出版社1992年版，第77页。

外交等中心均已移到江南，北京只剩下明、清两代五百多年的宫殿、陵墓和一大群教员、教授、文化人，以及一大群代表封建传统文化的老先生们，另外就是许多所大、中、小学，以及公园、图书馆、名胜古迹、琉璃厂的书肆、古玩铺等等。”[①] 这样的文化古城与发达的工业化城市相差甚远，那为什么北平的诗人不继续传统的酬唱，而创作出先锋性的现代主义诗歌呢？

第一，20 世纪 30 年代的北平虽然不是政治、经济、外交中心，但它却是一座名副其实的“文化城”。其现代化的高等教育、丰厚的学术思想资源和宽松自由的学术艺术环境都在全国占有绝对优势。这里称得上是知识界、思想界活动的中心，它不仅促进了人才的聚集和思想知识的传承，为学术、艺术提供了自由发展的天空，而且还带来了与国际文化广泛交流的契机。各种思潮都能在这里找到生存发展的空间，现代主义艺术当然也不例外。第二，北京是中国帝王时代的最后一个都城，也是五四运动的发祥地、中国现代史的开端，它一方面具有悠久的历史，另一方面又摆脱了作为单纯古迹的命运，成为中国现代与传统交战和交融的特殊象征。历史的转型和新旧思想的冲突激发了诗人对传统和现代的双重反思，这种反思恰恰与以现代视角重新审视文化传统的现代主义精神不谋而合。第三，北京是五四运动的策源地，轰轰烈烈的五四运动虽然落潮，但其精神魅力仍吸引着许多知识分子来到北京。但是，20 世纪 30 年代的北平已是政治“边城”，很多人来到这里以后才发现理想与现实的巨大差距。他们空怀报国之志，身处社会边缘，因此产生了强烈的失落、寂寞情绪，在此基础上，更引发出对现实社会的不满、批判和焦虑，甚至由此对自身的生存价值也产生了怀疑和否定。这些精神内涵正好与现代主义思想发生了深层的沟通与共鸣。

所以，虽然 20 世纪 30 年代的北平并不能提供大都市的生活素材，

---

① 邓云乡：《文化古城旧事》，中华书局 1995 年版，第 1 页。

但它的确催生了现代人的思想、观念和情感。先锋姿态的现代主义诗歌产生于“文化古城”北平并不是偶然的。是“文化古城”的独特环境造就了北平的现代诗歌艺术，同时，北平诗人也因其独有的“古城”特色得以跻身世界现代主义诗林。

(一)

北京早有“大学城”之称。它是中国最早的现代化大学的诞生地，也是拥有大学数量最多的城市之一。在 20 世纪 30 年代，北平曾存在三十多所高校，其中综合性大学要占三分之一以上。因此，论及北京对学术艺术所作的贡献时，作为优势之一的大学教育和校园文化是不能不谈的。在现代的综合性大学里，学生们有可能获得多方面的知识信息，阅读大量中外新旧书籍，并以集会、办刊物等形式进行广泛的交流。开放自由的校园文化氛围为各种艺术流派提供了生长发展的条件，其中就包括现代主义艺术。

在大学校园里，课堂是知识获取的重要场所之一，师生间的直接传承是知识传递的重要途径。固然在相同的课堂上也会出现因个人趣味、气质不同而选择了不同发展方向的学生，但是毕竟，校园内现代派诗人的产生与学校课程设置、教师艺术倾向和师生间交流程度存在一定的关系。

查阅当时的资料可以发现，新文学的发展和外国文学思潮的引入已被纳入大学中文教育的视野。北大国文系从 20 世纪 20 年代起就已将外国文学和外国文学史规定为文学专业的选修课程，清华的中文系学生也要必修比较文学等几种外文系的课程。此外，中文系和外文系在教学上密切联系，清华西洋文学系就称“本系全体课程皆为与中国文学系相辅以行可也”[①]。通过这种联系，有能力阅读原文、对西方艺

① 《外国语文学系概况》，《清华周刊》第 41 卷第 13、14 期合刊，1934 年 6 月 1 日。

术思想吸收得更快更直接的外文系学生与古典文学基础深厚、有志于新文学探索的一些中文专业学生有了更多的交流机会，这为西方文艺思潮与中国新文学创作的结合提供了一定的可能。

1929 年，清华大学中文系提出："对于中国文学的将来，只能多多供给他些新营养，新材料，新刺激，让他与外国文学自由接触，自由渗合，自由吸收。……想把中外文学打成一片，让他们起点化合作用，好产出新花样来。"在此基础上，他们要求学生"往创造路上走"，"大家有了这些预备，自然应当试验试验……而创作也许就会从这试验产出来"。① 这条材料充分表明：其时的高校中文系已开始有意识有目的地引进外国文学中最"新"的"营养"。教学者不仅帮助学生接触和吸收最新的文艺思潮，而且鼓励他们融会贯通，通过创作的"试验"，生产出自己的"新花样"，以繁荣"中国文学的将来"。这种指导思想无疑可为现代主义艺术等西方先锋艺术思想迅速顺利地在校园中传播，并在校园作家诗人中产出"宁馨儿"提供便利与保证。

另一个值得注意的现象，是学校聘任的外籍教师有可能直接影响了校园诗人先锋意识的形成。1929 年，应清华大学校长之聘，英美"新批评"派理论家瑞恰慈（I. A. Richards）来华执教。1929 年 2 月，校刊上登出"瑞恰慈将来校任课"的消息，并对其人做了简要的介绍："瑞恰慈先生，对于文学批评，极富研究，任英国剑桥大学英文系主任有年，著有 *Principles of Literary Criticism*、*Meaning of Meaning* 等书。近与罗校长函言，拟于 1929 至 1930 年间，请假来华一行，且愿来校任课。并闻偕其夫人同行，其夫人亦可来校担任功课云。"② 此时的瑞恰慈已完成了《批评的原理》和《意义的意义》等著作，其"新批评"理论研究已取得了相当重要的成就，而清华邀请瑞恰慈看

---

① 《中国文学系消息》，《清华校刊》第 86 期，1929 年 9 月 16 日。

② 《清华校刊》第 41 期，1929 年 2 月 25 日。

重的也正是他在这方面的成绩和影响。1929 年 4 月，《清华校刊》上再次确定了此事，告诉师生“瑞恰慈教授下学期准来校”，并透露“学校已将路费汇去矣”，① 可以看出，无论是校方还是师生都对此事表现出密切关注和期待的热忱。当然，在当时的清华大学，由校长出面相邀并出路费相聘的外国学者未必只有瑞恰慈一人，此事也未必就能说明清华对“新批评”派一定有怎样特殊的重视，但瑞恰慈的北平之行至少可以说明，当时的北平有自由的学术空气，有与国际交流的强烈愿望，而北平的高校也有条件招至国际知名学者，有为学生拓宽眼界的办学思想。北平的校园诗人处在这样一个开放的环境当中，他们能几乎同步地接受西方最前卫的文学思潮实在是有其必然性的。

瑞恰慈受聘于清华外国文学系，教授文学理论、英文小说等课程，并同时在北大兼课，卞之琳等人就亲耳听过他的文学理论课。1930 年 4 月，瑞恰慈接受哈佛之聘，暑假后赴美。虽然他只在北平逗留了短短的一年时间，但作为“新批评”派的理论代表和艾略特诗歌的权威批评家，他造成的影响是巨大的，他的到来是北平现代主义诗坛形成过程中的一个重要事件。当年同在清华任教的朱自清日后就多次在文章中提到瑞恰慈和他的“意义学”，并在他的启发下开创了中国现代解诗学理论。②

当然，学生们接触瑞恰慈这样有影响的外籍教师的机会毕竟还是少数，他们更多地需要从中国教师那里得到思想和知识的启发。很多北平校园诗人的文学观念和创作风格都直接受到那些倡导或实践现代主义诗歌的老师们的影响。

1933 年 7 月，留学回国的朱光潜受聘到北京大学任西语系教授，主讲西方文学理论批评、欧洲文学名著选读、英国 19 世纪文学等课

---

① 《清华校刊》第 59 期，1929 年 4 月 22 日。

② 参见朱自清：《语文学常谈》，载《朱自清全集》第 3 卷，江苏教育出版社 1988 年版，第 172 页；《论意义》，载《朱自清全集》第 4 卷，第 541 页；《朱自清年谱》，安徽教育出版社 1996 年版，第 85 页。

程，同时还在北大中文系、清华大学中文系、北平大学、中央艺术学院、辅仁大学授课，讲文艺心理学和“诗论”。朱光潜讲课内容丰富，学生们“总有收获，觉得充实和满意”，尤其是他贯通中国古诗和西方现代诗歌的思路和方法更是影响了大批学生。他的课堂因此成为吸引学生的强大磁场。季羡林回忆自己当时的心情时说：“每周盼望上课，成为我的乐趣了。”朱光潜的课堂上常有其他专业的学生，他们从各自的角度获取着营养。当时在现代诗坛上已露头角的诗人、哲学系的学生何其芳就每课必到①。“甚至住在北大附近一带公寓里的‘偷听生’也慕名跑到红楼来‘偷听’他的课。”朱光潜不仅课讲得好，课外与学生的关系也很密切。他关心学生的文学写作和文学活动。在主编《文学杂志》期间，他一直鼓励同学投稿，还支持和帮助学生自己办刊物②。可以想象，这样课上课下对学生言传身教的朱光潜，其文学观念、诗歌观念也必然影响了大批学生。作为支持现代派的诗歌理论家，朱光潜无疑成为促成北平现代诗坛凝聚的一股力量。特别是慈慧殿 3 号他家中著名的“读诗会”，更起到了探索新诗道路、培养新生力量的重要作用。

与朱光潜同住在慈慧殿 3 号的翻译家和诗歌理论家梁宗岱，也是朱光潜在北大的同事。他 1931 年至 1934 年间任北大法文系主任，兼清华大学讲师。在这段时间内，梁宗岱翻译和介绍了大量法国象征主义文学的作品和理论，撰写了许多新诗方面的论文，“配合了戴望舒二、三十年代之交已届成熟时期的一些诗创作实验，共为中国新诗通向现代化的正道推进了一步”③。梁宗岱同样是一个在课堂上传达他对新诗发展道路的思考的教师。1934 年 1 月，他在北大国文学会演讲，内容就是日后收入《诗与真》的重要文章《象征主义》。他甄

① 参见商金林：《朱光潜与中国现代文学》，安徽教育出版社 1995 年版，第 89 页。

② 参见方敬：《意气尚敢抗波涛》，载《方敬选集》，四川文艺出版社 1991 年版，第 804 页。

③ 卞之琳：《人事固多乖——纪念梁宗岱》，《新文学史料》1990 年第 1 期。

别了作为修辞的“象征”手法和作为文艺思潮的“象征主义”，在描绘象征发生和作用的体验的同时接近了他对“纯诗”的思考。他的著作《诗与真》《诗与真二集》分别出版于1934年和1936年，更加全面深入地引进西方象征主义和纯诗理论，并探讨了这些理论在中国新诗中的针对性和实践性。作为深刻影响了新诗发展走向的诗论家，梁宗岱在课堂内外都深深震动了校园诗人们的心灵。早在《小说月报》上读了梁译《水仙辞》和《保罗梵乐希先生》“感到耳目一新”“大受启迪”的卞之琳就认为，他与梁宗岱是在诗学道路上因共同的方向而“不期相会”的。后来二人相识，卞之琳还曾到法文系班上旁听梁宗岱讲课，也是经梁介绍，他才开始注意和翻译纪德的作品。年轻的何其芳也因“喜爱法国象征派的诗，想直接从法文阅读法国诗和其它文学作品，选了法文作为第二外语，用功学习。他甚至一度曾想转到法语系。梁宗岱当时是系主任，很赞赏其芳的诗的才华：他曾约其芳到他家里去谈，还让他参观了自己藏的图书，那些豪华本的法国文学书籍，使其芳欣羡不止”①。从何其芳最早的代表诗作《预言》中，也不难看出《水仙辞》的影响。1933年考入北大外语系的方敬也是校园诗人，梁宗岱看到他的诗后几次让曹葆华捎信给他表示想见见他，但方敬因“自己胆小怯生，始终不敢去探望这位前辈先生”②。方敬虽未能亲聆梁宗岱的教诲，但梁宗岱对校园诗人的关爱由此事可见一斑。

正是这样具体的人的交往与联系促成了诗坛的凝聚。在诸多鲜活的历史细节中，还有一件特别值得纪念的事，那就是清华外国文学研究所的研究生赵萝蕤凭借在温德和叶公超的课堂上的收获，于1936年完成了艾略特（T. S. Eliot）的《荒原》的第一个中译本。

赵萝蕤“在清华学习三年，听了吴宓老师的‘中西诗比较’，叶

① 方敬：《难忘的往事——回忆何其芳早年读诗写诗》，载《方敬选集》，四川文艺出版社1991年版，第816页。

② 方敬：《流光的影痕——记一个未曾画圆的圆》，《新文学史料》1993年第4期。

公超的‘文艺理论’，温德老师的许多法国文学课：司汤达、波德莱尔、梵乐希等”，为她翻译和理解这部现代主义经典作品做了大量的准备。在清华的第三年，远在上海的戴望舒向赵萝蕤约稿，邀她翻译“当时震动了整个西方世界的热得灼手的名作”《荒原》。因为“那时温德老师已经在课堂上相当详细地讲解过这首诗”，所以她就“大胆地接受了这个任务”。① 在赵萝蕤的翻译中，美籍教师温德和中国的叶公超都给予了她切实的帮助。她在回忆中说：“……我的译者注得益于美籍教授温德先生。然而很可能叶老师的体会要深得多，这在后来他为我的译文写序中可见一斑。温德教授只是把文字典故说清楚，内容基本搞懂，而叶老师则是透彻说明了内容和技巧的要点与特点，谈到了艾略特的理论和实践在西方青年中的影响与地位，又将某些技法与中国的唐宋诗比较。”②就这样，赵萝蕤不仅成功翻译了这首艰涩的长诗，而且她还促使叶公超“为这个译本写了一篇真正不朽的序”，师生共同为现代主义经典著作的引进作出了巨大的贡献。

当然，得到叶公超指导的并不止赵萝蕤一人。叶公超在清华工作了七年，除了教英文还开过英国散文、现代英美诗、18 世纪文学、文学批评和翻译等几门专业课，并同时在北大兼课。在学生们的记忆里，“叶先生对待学生十分随便，没有架子，我们和他谈话没有一点拘束，我们背后讲到他总称‘老叶’……我们拜访他时，多是请教他英美现代文学和文学批评之类的问题，或者请他指导看什么书”③。作为现代主义诗论的重要的翻译家，叶公超所做的并不止这些。他最早在《新月》《清华周刊》《大公报 · 文艺》上介绍艾略特及《荒原》和其他西方现代主义文学的作家作品，他主编的《学文》是致力于现代主义美学探索的专门刊物。他是北平诗坛最重要的理论家之一，他曾

---

① 赵萝蕤：《我的读书生涯》，北京大学出版社 1996 年版，第 2 页。

② 赵萝蕤：《怀念叶公超老师》，载《叶公超批评文集》，珠海出版社 1998 年版，第 2 页。

③ 常风：《回忆叶公超先生》，《新文学史料》1994 年第 1 期。

强调“学术的进化与文学的理论往往有因果的关系”，并且呼吁“国内现在最缺乏的，不是浪漫主义，不是写实主义，不是象征主义，而是这种分析文学作品的理论”[①]。正是在他的带动和指导下，很多清华学生和北平青年作家汇集到了现代主义文学的创作和批评队伍中来。

废名也是这样一位老师。他 1929 年毕业于北大英文系，留中文系任教。1933 年，他与外文系的学生卞之琳相识，从此卞之琳“成为他的小朋友”，并“深得他的盛情厚谊”。他对卞之琳的写作以至感情生活都十分关注，卞之琳称他是一个“人情味十足”的人。1937 年，卞之琳和何其芳还曾在废名的北河沿甲 10 号的小院里借住，大家关系十分融洽。[②]

废名是北大的教师，清华的学生林庚与他并无师生之缘，但是，由于二人诗歌观念和美学追求的相似，他们的感情更胜过其他师生。废名曾谈到这样一件事：“那时是民国二十年，我忽然写了许多诗，送给朋友们看，有一天有一人提议，把大家的诗，一人选一首，拿来出一本集子，问我选那一首。我不能作答，我不能说那一首最好。换一句话说，最好的总不止一首，不能割爱了。林庚从旁说，他替我选了一首《妆台》。他的话大出我的意外，我心里认为我的最好的诗没有《妆台》。然而我连忙承认他的话。”[③]我们现在无从得知废名那些朋友里都有哪些人，只知道一定是有相同创作倾向的一群诗人，否则他们也无法一人选一首诗来出版一个集子。林庚自然是这群诗人中的一员，虽然林庚选出的诗并非废名的最爱，废名却“连忙承认”。这件小事说明：诗人间的交流和讨论，以及他们对彼此作品的意见的交换，往往能够促使彼此发现一些原本被忽视了的东西，从而促进他们

---

① 叶公超：《曹葆华译〈科学与诗〉序》，载《叶公超批评文集》，珠海出版社 1998 年版，第 148 页。

② 参见卞之琳：《〈冯文炳［废名］选集〉序》，《新文学史料》1984 年第 2 期。

③ 冯文炳（废名）：《〈妆台〉及其他》，载《谈新诗》，人民文学出版社 1984 年版，第 218 页。

创作的进一步发展。

1935年到1936年间，废名在北大讲授新诗专题课，他的讲稿1944年被整理出版，取名《谈新诗》。因为是讲稿，采用了专题的形式，所以这本书系统性较弱。废名对新诗作品的分析和感受有颇多精彩独到之处，特别是书中首次提出现代派诗人对晚唐诗词的继承问题，在现代主义诗歌研究史上具有相当重要的意义。废名在这个讲稿里提出了“诗的内容”的问题。他说，“新诗的内容要是诗的”，“如果要做新诗，一定要这个诗是诗的内容，而写这个诗的文字要用散文的文字”。[①] 可以说，废名的观点是对梁宗岱等人从西方引进的“纯诗”观念的一种带有民族传统色彩的呼应。也因此，他发掘出晚唐诗词对现代新诗的意义。他认为“温李”的诗“倒似乎有我们今日新诗的趋势。李商隐的诗应是‘曲子缚不住者’，因为他真有诗的内容。温庭筠的词简直走到自由路上去了，在那些词里表现的东西，确乎是以前的诗所装不下的”[②]。废名的这些观点实际上代表了一群接近晚唐诗词的新诗人，他们显然交流过这方面的观点。林庚就曾告诉废名他最欣赏李商隐的“沧海月明珠有泪，蓝田日暖玉生烟”。看来，林庚能给新诗带来“一份晚唐的美丽”[③]，并因此得到废名等人的极力称赞，都与这些思想交流直接有关。

除了老师亲授的课堂以外，图书馆则是学生获取知识的重要的第二课堂。诗人卞之琳在入学的第一年就曾“把最难排遣的黄昏大半打发在图书馆里”[④]。与校园外的文学青年相比，校园诗人拥有图书馆的便利，也就是拥有了大量阅读中西文典籍的机会。特别是清华大学这

---

① 冯文炳(废名):《新诗应该是自由诗》，载《谈新诗》，人民文学出版社1984年版，第25页。

② 冯文炳（废名）:《已往的诗文学与新诗》，载《谈新诗》，人民文学出版社1984年版，第38页。

③ 冯文炳（废名）:《林庚同朱英诞的新诗》，载《谈新诗》，人民文学出版社1984年版，第185页。

④ 陈丙莹:《卞之琳评传》，重庆出版社1998年版，第7页。

样与西方联系密切的学校，他们提供了更多的别处无法找到的西方最新书籍。这些书籍使学生的文学观念、创作经验有可能与世界先进潮流保持同步的发展。

清华图书馆的藏书之丰富是有名的。由于“清华经费一直充足，年年买书，中外文名贵书，收藏丰富”①。最值得注意的是，在 1929 年 5 月 31 日《清华校刊》第 75 期的“国立清华大学图书馆十八年四月份西文新书书目”中即出现了当年刚刚出版的艾略特的《诗集》(*Poems*)。可惜的是，我们现在无法查到这本书中是否收入了《荒原》，也就无法证明这是否是北平学生最早接触到的《荒原》的版本。尽管如此，我们还是可以看出，当时的校园确乎提供了相当便利的条件，使学生可在最短的时间内看到最新的文学成果。

北大的图书馆在当时也十分出名。他们藏书丰富，而且为了方便学生，从 1934 年 2 月起，图书馆专门办了一份《图书馆副刊》，附在《北大周刊》上发行，随时向学生介绍新购进的中西文图书的书目。这个刊物到 1937 年 8 月 7 日止，一共出了 183 期，每期都有中、西文书目各 30 种左右，包括文学、历史、科学各个方面，可见学校当时购书的计划性和积极性。从这个《图书馆副刊》所反映的情况看，北大也曾及时大量地购买了西方现代主义诗人和理论家的著作和作品，其中比较重要的有：1935 年 6 月购进的艾略特的《文学评论选》(*Selected Essays*，1934 年)，1936 年购进的艾略特的《诸神之后》(*After strange gods*，1934 年)、《论文集：古典的与现代的》(*Essays, Ancient & Modern*，1936 年) 和《实用诗学与批评》(*Use of Poetry and the Use of Criticism*, 1933 年)，以及瑞恰慈的《批评的原理》(*Principles of Literary Criticism*，1934 年)、《修辞哲学》(*Philosophy of Rhetoric*，1936 年)，等等。

---

① 邓云乡：《文化古城旧事》，中华书局 1995 年版，第 181 页。

（二）

当然，校园是北平诗坛的主体，但并不是全部。“文化古城”时期的北平云集了大批诗人、学者，他们的文学活动遍及城市的角角落落。其中的沙龙聚会是最具凝聚力和吸引力的。这种聚会没有文学社团之名，也没有严格的组织和宗旨，文人们单纯以文学为目的相聚在一起，因而其纯文学的味道也就更醇更浓。梁宗岱曾经对法国著名的马拉美家的“星期二沙龙”表示过由衷的艳羡，称之为“法国文学史上底美谈”①，朱光潜也对伦敦大英博物馆附近一个由书店老板组织的定期诗歌朗诵会心仪不已，他们二人就都各自参加过这些为他们所羡慕的文人聚会。因此，他们在归国之后也产生了组织类似聚会的愿望。1933 年，著名的“读诗会”就诞生在朱光潜和梁宗岱合住的院子里。

“读诗会”在慈慧殿 3 号的朱家客厅中进行。这是个破陋的小院落，园子里绿树成荫，野花野草遍地都是，很像《聊斋》里旷废已久、门扉紧闭的旧宅。朱光潜在这里居住了从 1933 年 7 月到 1937 年 7 月整整四年时间。他为人热情，讲课又好，家里地方也大，学生朋友多有来往，加之他有意识地学习伦敦书店老板的以诗会友的方法，“读诗会”就这样诞生了。读诗会的活动一周一次至两次。据沈从文回忆：“……参加的人实在不少。北大计有梁宗岱、冯至、孙大雨、罗念生、周作人、叶公超、废名、卞之琳、何其芳、徐芳……诸先生，清华计有朱自清、俞平伯、王了一、李健吾、林庚、曹葆华诸先生，此外尚有林徽因女士、周煦良先生等等。这些人或曾在读诗会上作过有关于诗的谈话，或者曾把新诗旧诗外国诗当众诵过，读过，说过，哼过。”这个读诗会的规模和影响是相当大的，“差不多集所有北

---

① 梁宗岱：《保罗梵乐希先生》，载《诗与真 · 诗与真二集》，外国文学出版社 1984 年版，第 11 页。

方新诗作者和关心者于一处，这个机会可以说是极难得的，且为此后不易如此集中的”[①]。这一切，正依赖于北平的自由学术空气和相对稳定的社会环境。萧乾曾回忆起读诗会的热闹场面，他记得有一次林徽因“当面对梁宗岱的一首诗数落了一通，梁诗人可不是那么容易服气的。于是在‘读诗会’的一角，他们抬起杠来”[②]。如此热烈自由的风气和艺术至上的精神保证了读诗会的成功，而这种面对面的直接交流更是促进文学健康迅速发展的强大动力。

除朱光潜家的读诗会以外，当时的北平还有一处著名的沙龙，那就是定期在东城区北总布胡同林徽因家中举办的沙龙。女诗人林徽因是新月派成员，她的诗歌创作集中在 1931 年以后，实际上她的诗风已不完全属于新月派，而有大量的现代主义的尝试和探索。林徽因的客人中不仅仅是诗人，也有小说家、哲学家等，他们的话题也不一定限于诗歌艺术，因此，这不是一个专门的诗人聚会，而是一个文学沙龙。但这个沙龙里的诗人不少，卞之琳就是她座上的常客，“是最年轻者之一”[③]。由于沙龙女主人林徽因的才华横溢、活泼健谈，加之她与梁思成广泛的社会关系，其沙龙的规模相当可观，其影响之大也是可想而知的。据说林徽因的沙龙的巨大影响甚至引起一些未能进入这个圈子的作家的妒意，在小说中被冠以“太太的客厅”之名加以讽刺。

在林徽因家和朱光潜家的聚会中都是座上客的萧乾，1935 年也成了又一文人聚会的组织者。这年 7 月，他接办天津《大公报·文艺副刊》，由于该刊多靠北平的作家供稿支持，所以他每个月都要到北平来组稿并听取作家们对刊物的意见和建议。他采用的方式就是定期

① 沈从文：《谈朗诵诗》，载《沈从文文集》第 11 卷，花城出版社、生活·读书·新知三联书店香港分店 1984 年版，第 251 页。

② 萧乾：《一代才女林徽因（代序）》，载陈钟英、陈宇编：《中国现代作家选集·林徽因》，人民文学出版社 1992 年版，第 2 页。

③ 卞之琳：《窗子内外：忆林徽因》，载陈钟英、陈宇编：《中国现代作家选集·林徽因》，人民文学出版社 1992 年版，第 326 页。

在来今雨轩举行一个二三十人的茶会，大家座谈的同时，萧乾的工作任务也就得以完成了。在萧乾的茶会上，出席者也就是《大公报·文艺副刊》的作者和支持者。萧乾记得，林徽因等人几乎每次必到，而且每到必有一番宏论。就是在来今雨轩的茶会上，酝酿了1937年《大公报》"文艺奖金"和选集的筹备和评选。看得出，在朱光潜家、林徽因家和萧乾的茶会上，基本的参加者是相同的，也就是说，这三处聚会人物大体相同，风格相近，本书涉及的主要现代派诗人都被包含于这个大群体中。他们有多个机会、多处场所聚在一起，谈论诗歌以及更广泛的文学话题，可以说，这样的聚会对北平诗坛的凝聚和形成确实是起到了推动作用的。

茶会的形式在20世纪30年代的北平可谓相当流行。"北海茶座、公园茶座、太庙茶座、中南海茶座以及有来今雨轩、上林春、漪澜堂、道宁斋……等，都是有名茶座、大茶座，还有多少小的、无名的，但都是文学者构思、论学、写作、闲谈的最佳场所，那样自由，那样闲散，那样宁静，那样舒畅。"①无论是萧乾组织的这种定期的大规模茶会，还是一些并未留下文字记载的小型聚会，都为北平文人提供了更多的交流和探讨艺术问题的机会。这正是北平文坛的优势和特色，他们有这样的风气，具备这样的条件和心态，得以从容专心地在文学的道路上探索。在各种形式的集中和不懈的讨论中，北平文坛增强了凝聚力，也加速了发展的步伐，得以在整体上发展得更顺利、更自由、更迅速，而且更加声势浩大、深入人心。

沙龙和茶会是有形的文人聚会，而杂志刊物则是无形的集合。在20世纪30年代的北平，与现代派诗歌相关的重要刊物为数不少，非校园刊物粗粗数来就有十余种。最早的如《大公报·文艺副刊》，还有《北平晨报》的副刊《诗与批评》《文学季刊》《学文》《水星》《小雅》《文学杂志》等。这些刊物为诗人和理论探索者实践创作和阐明

---

① 邓云乡：《文化古城旧事》，中华书局1995年版，第169页。

美学主张提供了阵地。

曹葆华主编的《北平晨报·学园》副刊《诗与批评》是“中国现代主义诗潮发展中的一个重要的刊物”，它“第一次如此大量地发表了西方现代的诗歌批评理论”，而且“大力介绍了西方现代诗学中新批评的理论和方法”，“对于增进人们对西方最新诗学批评方法的了解，推进对于西方新批评方法的接受与实践，是很有意义的”。①该刊译介了包括艾略特、瑞恰慈、瓦莱里、叶芝等人的关于“象征”“纯诗”“隐晦与传达”等重要问题的大量文章，体现出作为“阵地”的鲜明的目的性和自觉性。

此外，朱光潜主编的《文学杂志》也是这样一个重要阵地。编者对新诗抱有热情和乐观的态度，并有意识地多刊登青年诗人的作品，坚信该刊中的年轻诗人已表现出了新诗值得乐观的前途。特别是朱光潜精心写作的“编辑后记”，往往与诗人的创作相呼应，加深对一个问题的共同探讨。最常被研究者引用的，是朱光潜谈废名诗“难懂”问题的那篇“编辑后记”。朱光潜说：“废名先生的诗不容易懂，但是懂得之后，你也许要惊叹它真好。有些诗可以从文字本身去了解，有些诗非先了解作者不可。废名先生富敏感而好苦思，有禅家与道人的风味。他的诗有一个深玄的背景，难懂的是这背景。”②朱光潜站在读者和批评家的双重立场上为废名及其他被认为“晦涩”的诗人的诗作提供了一条解读的路径，同时也对现代主义诗歌的个性化、智性化等独特的感觉方式和表达方式做了一定的阐发。应该说，创作者和批评者正是借用刊物这一阵地互相阐释补充，共同明确了他们的诗学观念的。

杂志编辑部是“无形”聚会中的“有形”场所。北海三座门大街 14 号的《文学季刊》编辑部就是这样一个地方。这里“门庭若市，

① 孙玉石：《〈北平晨报·学园〉附刊〈诗与批评〉读札〔下〕》，《新文学史料》1997 年第 4 期。

② 朱光潜：《编辑后记》，《文学杂志》第 1 卷第 2 期，1937 年 6 月 1 日。

不仅城外清华大学和燕京大学的一些青年文友常来驻足，沙滩北京大学内外的一些，也常来聚首”，平时，卞之琳、李广田、何其芳就“常去帮靳以看看诗文稿，推荐一些稿”。[①] 曹葆华也是这里的“座上常客”。编辑靳以“喜欢交朋友，重友情，真够朋友。编刊物，他作为编者，与作者的关系就简直是朋友的关系。……有些作者是老朋友，又新结识很多作者。他关心作者和他们的写作，作者也关心他和他编的刊物”[②]。就这样，以刊物为纽带，编辑部又成了观点相近的文人相聚的场所。他们将刊物作为重要阵地，直接团结和带领青年诗人探索前路。四十多年以后，朱光潜这样回忆他和沈从文的往事：“他编《大公报 · 文艺副刊》，我编商务印书馆的《文学杂志》，把北京的一些文人纠集在一起，占据了这两个文艺阵地，因此博得了所谓‘京派文人’的称呼。……于今一些已到壮年或老年的小说家和诗人之中还有不少人是在当时京派文人中培育起来的。”[③] 朱光潜的这席话虽非专指现代主义诗人而言，但的确说明了刊物在文学上的影响与价值。

（三）

除了聚会，还有很多不属于专门文学活动的诗人过从。我在这里不厌其烦地继续引用一些，是为了复原那一段有血有肉的历史，考察这群活生生的人是怎样聚到一起，推动文学历史发展的。也许，把抽象的共同的理论主张还原成这样鲜活的历史琐事，更能让我们看到诗坛的真实面貌。

曾与朱光潜同住一个宿舍，共同编辑“京派”刊物、镇守“京

① 卞之琳：《星水微茫忆〈水星〉》，《读书》1983 年第 10 期。

② 方敬：《红灼灼的美人蕉——忆靳以同志》，《新文学史料》1982 年第 2 期。

③ 朱光潜：《从沈从文先生的人格看他的文艺风格》，载《朱光潜全集》第 10 卷，安徽教育出版社 1993 年版，第 491 页。

派”阵地的沈从文对北平现代派诗人群的影响也是巨大的。他是读诗会和林徽因沙龙的积极参加者，同时他的家也是文学青年们向往和聚会的地方。1933 年沈从文来到北平，结婚后在西城达子营建立了自己的家庭，很多青年都是他家的常客。卞之琳就是其中之一，他在这里结识了张充和，写出了仅有的情诗。1933 年，沈从文在自己抽屉里尚有几张当票时，却坚持拿出 30 元支持卞之琳自印他的第一本诗集《三秋草》，无比感动和会心的卞之琳就在这本被朱自清赞为有“现代人尖锐的眼”“出奇”的联想和“别致”的比喻的诗集的版权页署上了“发行人：沈从文”的字样。①1937 年，胡适、梁实秋在《独立评论》上指责现代派的“糊涂诗文”，并以卞之琳的诗和何其芳的散文为标的，“轰动了北平学院派文艺界”，连“老衲”似的废名都“激于义愤，亲找胡适，当面提出了强烈质问”。②年轻气盛的沈从文更是写信予以反驳。他认为那些诗文不是“糊涂”，而是“有他自己的表现的方法”，这些青年作者正是“在文字上创造风格的作者”，他们的成绩恰恰在于“把写作范围展宽”，预示着新文学的“进步”。而那些声称“看不懂”的人只是因为“受一个成见拘束”，没有跟上新文学迅疾的发展。③沈从文的观点鲜明激烈，在这场小范围的论争中，他明确阐述了现代主义的美学立场，为青年诗人在感受和传达方式上的拓新进行了辩护，达到了廓清现代主义诗歌特征、确认新的美学观念的目的。

年轻的方敬是北平诗坛上备受关爱的小弟弟。他早年与何其芳相识，“在他熏蒸出来的诗的气氛中”，“不知不觉地受到感染，跟着愣学”，何其芳读的诗大半他也读，何其芳的诗大半他也爱，由此培养出接近现代派诗人群的美学观念和理想。后来方敬来到北平，结交了一些年长的诗人和作家卞之琳、靳以、李广田、曹葆华等。他

① 参见陈丙莹：《卞之琳评传》，重庆出版社 1998 年版，第 12 页。

② 卞之琳：《追忆邵洵美和一场文学小论争》，《新文学史料》1989 年第 3 期。

③ 参见沈从文：《关于看不懂（二）》，《独立评论》第 241 号，1937 年 2 月 4 日。

在回忆中说："他们都对我很好，关心和鼓励我习作，给我可贵的帮助。"①"抗战前的那几年，葆华和我同在北平。最初他还在清华园。每次进城，几乎都到我住的景山东街旁古老的西斋宿舍小屋子来。他往往抱着一大包厚厚的外文书和诗稿译稿，足音笃笃，急匆匆而来。他总是开口就先问又新写了什么，他想看看，然后他才说他也写了诗，把诗稿取出来看，还念上几行。随兴之所至，他就谈起诗谈起翻译来，他总是称赞别人，自己谦虚。他交游比较广，结识的师友比较多，爱与一些诗人、作家、翻译家和教授往来，消息也灵通，告诉我不少有兴味的新闻，特别是一些文坛和学府的佳话轶事，给我当时有些寂寞的生活添上了乐趣。""他还给我介绍有着共同爱好的朋友。他的意思是以文交友。"②从方敬的身上，我们看到了其他年轻诗人在北平诗坛上的成长。正是这些生活上的关爱相携和创作上的鼓励鞭策，使得后起者逐渐跟上了前驱者的脚步，整个诗坛也随之日益壮大。

在诗人友谊中最值得一提也取得了最大成就的，是"汉园三诗人"卞之琳、李广田、何其芳的会聚。他们不仅是生活上的密友，更是志同道合的诗友。他们因共同的美学追求在诗创作的道路上不期而遇，带有很大的必然性。可以说，他们的结合是诗人聚会的一个最好代表，他们的诗合集《汉园集》也标志着 20 世纪 30 年代北平诗坛的最高成就。

卞之琳和李广田都是 1929 年进入北大的，后者先读了两年预科，与 1931 年入学的何其芳同年级。在徐志摩的影响下走上诗坛的卞之琳平日极为重视其他同学的诗创作，于是，他发现了李、何二人。卞之琳回忆说："当时，每天清晨，我注意到在我们前边的有小树夹道的狭长庭院里，常有一位红脸的穿大褂的同学，一边消消停停的踱

① 方敬：《流光的影痕——记一个未曾画圆的圆》，《新文学史料》1993 年第 4 期。

② 方敬：《忆曹葆华同志》，《新文学史料》1981 年第 2 期。

步，一边念念有词的读英文或日文书。经人指出，我才知道这就是李广田。同时，在‘红楼’前面当时叫汉花园的那段马路南边，常有一个戴着深度近视眼镜，一边走一边抬头看云，旁若无人的白脸矮个儿同学，后来认识，原来这就是何其芳。”卞之琳说：“我向来不善交际，在青年男女往来中更是矜持，但是我在同学中一旦喜欢了哪一位的作品，却是有点闯劲，不怕冒失。是我首先到广田的住房（当时在他的屋里也可以常见到邓广铭同志）去登门造访的，也是我首先把其芳从他在银闸大丰公寓北院……一间平房里拉出来介绍给广田的。……我们三个最初以诗会友。”①后来他们一起做了不少与诗创作相关的事，比如一起帮臧克家出版《烙印》，一起帮靳以编辑《文学季刊》和《水星》，等等。1934 年，郑振铎编“文学研究会丛书”，要收一本卞之琳的诗集，于是，卞之琳就把何、李二人到当时为止的诗全部拿来，集合成了一本在统一的现代主义风格中又各有千秋的重要的诗合集——《汉园集》。

《汉园集》的出现标志着北平现代主义诗坛的最终形成。更多的批评家开始注意到北平现代派诗坛共同的艺术倾向和先锋姿态，李健吾以“少数的前线诗人”的称谓肯定了他们的先锋姿态和全面的创新意义。他说：“这正是半新不旧的人物难于理解的一个共同的趋向。从《尝试集》到现在，例如《鱼目集》。不过短短的年月，然而竟有一个绝然的距离。彼此的来源不尽同，彼此的见解不尽同，而彼此感觉的样式更不尽同。我敢说，旧诗人不了解新诗人，便是新诗人也不见其了解这少数的前线诗人。我更敢说，新诗人了解旧诗人，或将甚于了解这批应运而生的青年。”他们“终于走近一个旧诗瞠目而视的天地”，并且标志着中国新诗“一个转变的肇始”。②年轻的批评家

① 卞之琳：《〈李广田散文选〉序》，载《李广田散文选》，云南人民出版社 1980 年版，第 1—2 页。

② 刘西渭（李健吾）：《〈鱼目集〉——卞之琳先生作》，载《咀华集》，文化生活出版社 1936 年版，第 131—135 页。

李影心也指出，《汉园集》标志着“新诗在今日已然步入一个和既往迥然异趣的新奇天地。……新诗到如今方才附合了‘现代性’这一名词”①。

批评家敏锐地看到了诗人们善于表现“人生微妙的刹那”，“以许多意象给你一个复杂的感觉”② 的创造性成就；看到了他们“无论为捕捉人世间刹那感觉印象，掠取，变幻错综社会层各式光色，乃至复返各自内在心灵觅寻真挚的音籁，通过想象体会生命的纯粹，概皆极力在扩展新奇的意象，企求于文字言语所揉合的感觉样式的瑰丽与精绝”。更看到了“从前人们把诗当作表达感情唯一的工具的，现在则诗里面感情的抒写逐渐削减”，“具体的意象乃成为诗的主要生命”。③ 诗人如今不再满足于“浪子式的情感的挥霍”，而是追求“诗的本身，诗的灵魂的充实，或者诗的内在的真实”，“他们寻找的是纯诗（Pure Poetry）”。④ 正是在这些方面，“汉园”诗人们创造了“不与任何人物类同”的风格，他们的创新意义“不仅在来源，亦不仅在见解与表达的形式，而是从内到外的整个全然一起的变动，使现在的诗和既往全然改变了样式”，“他们树立了诗之新的风格与机能”，“这一肇变指示我们将来诗的依趋”⑤。

“前线诗人”群体不仅得到了国内批评家的关注和肯定，而且也引起了世界诗坛的关注。1935 年，美国意象派代表诗人、《诗刊》编辑孟禄（Harriet Monroe）女士访华，回国后在该刊 4 月号编辑出版了“中国诗专号”，发表了孟禄的《在北京》和阿克顿（Harold

---

① 李影心：《〈汉园集〉》，《大公报 · 文艺》第 293 期，1937 年 1 月 31 日。

② 刘西渭（李健吾）：《〈鱼目集〉——卞之琳先生作》，载《咀华集》，文化生活出版社 1936 年版，第 131—135 页。

③ 李影心：《〈汉园集〉》，《大公报 · 文艺》第 293 期，1937 年 1 月 31 日。

④ 刘西渭（李健吾）：《〈鱼目集〉——卞之琳先生作》，载《咀华集》，文化生活出版社 1936 年版，第 131—135 页。

⑤ 李影心：《〈汉园集〉》，《大公报 · 文艺》第 293 期，1937 年 1 月 31 日。

Acton）的《当代中国诗歌》①，并专门翻译发表了何其芳、林庚等人的作品②。

“前线诗人”群体就是这样自觉地、逐渐地凝聚成形并日益壮大的。从寂寞到繁荣，从个人的摸索到群体的集合，其间历经了整个20世纪30年代。正如林庚所说：“像天文家发现海王星一般，希望的开始是悄悄而荒凉的；没有人晓得，只有几个天文家在冷清刻苦的探索着，终于这希望是证实了；于是热闹起来了；然而那最快乐的却是曾经忍受着那寂寞的人。”③

二、“荒原”与“古城”

——20世纪30年代北平诗坛对《荒原》的接受和借鉴

艾略特的长诗《荒原》是现代主义诗歌的划时代杰作。20世纪30年代，中国诗坛遭遇“《荒原》冲击波”，初绽现代主义艺术花蕾。其中，北平现代主义诗人群成绩斐然，他们不仅在《荒原》的译介上有突出贡献，而且还在《荒原》精神的启发下，集中创造出一系列独具民族色彩和历史意识的“古城”意象。

（一）

中国诗坛是在20世纪20年代初开始注意艾略特的，不过，那

① 参见《朱自清日记》，载《朱自清全集》第9卷，江苏教育出版社1997年版，第360页。

② 参见毕树棠：《海外文坛近讯》，《天津益世报·文学副刊》第10期，1935年5月8日。

③ 林庚：《甘苦》，载《问路集》，北京大学出版社1984年版，第180页。

时还未将他与《荒原》以及整个现代主义诗潮联系在一起。1928 年，徐志摩为他的诗作《西窗》加上了一个副标题——“仿 T. S. 艾略特”，在卞之琳这样真正的现代主义诗人看来，他模仿得“却一点也不像”①。真正模仿得神形兼备的是孙大雨发表于1931年的《自己的写照》，只可惜又模仿得太像，几乎没了个性。1933 年，《新月》杂志第 4 卷第 6 期在介绍美国利威斯的《英诗的平衡》一书时，援引了原著者对艾略特和《荒原》的介绍，特别明确地阐述了《荒原》已成为英诗“一个新的开始，树立了新的平衡”②。比这篇文章稍早，在《新月》杂志第 4 卷第 3 期上，叶公超在撰写介绍文章《施望尼评论四十周年》时也提到艾略特，说他是“现代知名的英美作家”之一，是“诗人与批评家”。叶公超当时身在北平，是清华的教师，通过他对艾略特有所了解这一情况可以推知，北平现代派诗坛已有人开始接近艾略特及其作品了。当然，上海的诗人对艾略特和《荒原》的译介工作也提供了很大的帮助和支持——正是在上海诗人领袖戴望舒的约请下，北平女诗人赵萝蕤才最终译出了这首伟大作品。但鉴于本书讨论的是北平诗人对《荒原》的接受，所以重点在于专门厘清北平诗坛这方面的工作。

就目前所见的报刊而言，北平地区最早对《荒原》的介绍是从大学校园内开始的。1933 年 10 月，《清华周刊》第 40 卷第 1 期发表了一篇由文心翻译的文章《隐晦与传达》（*Obscurity and Communication*），作者是 John Sparrow，文中这样谈到《荒原》：“的确，就全体说，《荒地》（*The Wasted Land*）是比较更难的诗，正如它之更可理解一样。我们听说，那里面至少有一大部分是可解的，有小心的象征在里面穿过，并且富有知识上的用典（intellectual reference），像一切饱学有创作力喜用省文的诗人的作品一样，解释

---

① 卞之琳：《〈徐志摩选集〉序》，载《人与诗：忆旧说新》，生活 · 读书 · 新知三联书店 1984 年版，第 39 页。

② 苏波：《利威斯的三本书》，《新月》第 4 卷第 6 期，1933 年 3 月 1 日。

这些东西是困难的。”可惜的是，这篇文章只着意于《荒原》的隐晦问题，并没有提供更多的信息。相比之下，一年以后发表在《清华周刊》第 42 卷第 6 期的默棠翻译的 R. D. Charques 的《论现代诗》一文就要具体全面得多了。这篇文章是目前见到的最早最全面地评介《荒原》的译文。它不仅介绍了一些具体情况，提供了一定的解读路径，而且论及了《荒原》的主旨和对其他诗人的影响。作者说：

> 与诗的想象底传统背景相对，爱略特（Eliot）君底《荒地》（*The Wasted Land*）在十一年前出版时颇震惊一时。在现在这时候我们对这首名诗还来说什么呢？现在要拿来当做一个题目讨论的还不是爱略特君底诗底内在价值，而是他对于别的诗人及现代一般诗的影响。关于《荒地》，我们见着各个注释者对于这诗有着各不相同的解释，对于这诗说的什么或爱略特君写这诗的艺术的动机是什么也没有一致的意见，而爱略特君本人似乎提示这诗底主要的文学的影响应求之于拉福格（Jules Laforgue）底诗与后期衣里沙白时代作家的散文与韵文中。这诗充满了文学的典故与文学的假借，而且在它四百行诗后边还有七页注释来把读者勉强从爱略特君底渊博底迷惑中引导出来。诗中整段的引用外国语至六种之多，中有一种为梵文。在某一意义《荒地》既不是晦涩的也不是难懂的诗——至少在现时看来已不如最初那样晦涩与难懂——不过它底含义却不定。诗底整个显然比各部分加在一块更大，而疑难处也正在爱略特底诗的体系。此外，本诗包含有许多行的华美的意象，不过其中哪些是诗人自己的，哪些是从别的作家借用来的，除过量的博览之士外，这对于大家倒是一个问题。
>
> 爱略特君对他同时代人的巨大的影响是不成问题的。这里并不想来对这影响试作一个公正的评判，更不想来探究他心灵底深邃与复杂。……现在试放开《荒地》来看他另一首比较简单的诗，也许可以因而抓住他对于诗的概念的一个主要点。……这里明白

地表现出来的是爱略特君底对于庸俗 Vulgarity 的畏惧。……庸俗就是《荒地》诗中的流氓，恶魔，而常与过去的虚构的荣华相对比。

也许是看到了这篇文章的重要性和对中国读者的切实帮助，一位名叫马骥的译者又不约而同地将之重译了一遍，发表在 1935 年 1 月《诗与批评》第46期上[①]，改题目为《英国现代诗歌》，使更多的读者从中获益。

作为译介西方现代主义诗歌理论的重要阵地的《诗与批评》，曾在 1934 年 7 月的第 28、29 期上连载宏告翻译的瑞恰慈的《哀略特底诗》一文：

如果要用几个字来标明哀略特君底技巧底特点，我们可以称他的诗为“观念底音乐”（Music of ideas）。观念有各种各样：抽象的与具体的，一般的与特殊的；像音乐家的 phases，它们底排列不是为了告诉我们什么东西，而是要使加于我们的效果能合成一个情感与态度协调的整体，或者能产生意志底特殊解放。这些观念期待你的反应，并不期待你的思索或寻译。这自然是许多诗歌中一再应用的一个方法，而且只是诗歌底一般方式中的一种之重用与专用而已，哀略特君后期更难懂的作品便是有意和几乎专一地引用这一方法。……《荒土》……纯粹是“观念底音乐”，已经全然不装作有一条联想的线索了。

一味指斥和荒凉只是他底诗底表面而已。有些人以为他仅只把读者引到“荒土”就不管了，在他最后的一篇诗中他自认不能致此济世的水。我们的答复是：有些读者在他的诗中不仅是比任何处所更明白更完全的自己的苦况（一代人全部的苦况）底实

① 从文字上看，不是同一篇译文。

现，而且由于那个实现所发放的这种力量，得到一个济世热情的返临。

瑞恰慈对艾略特的了解和评价比其他人或可更加深入贴切，他不仅指出了“观念底音乐”这一重要方法，而且还说明了《荒原》反映“一代人全部的苦况”的现实主题，进一步启发读者去发现和体味艾略特在诗中隐藏的“济世热情”。瑞恰慈是艾略特在理论上的同盟者和颇能会意其作品的分析者，他1929—1930年曾在北平清华大学外文系任教一年，卞之琳等诗人都曾听过他的课，很显然，瑞恰慈的北平之行在一定程度上推动了北平诗坛对《荒原》的引进工作。

另外，刊于《清华周刊》第43卷第9期的《T. S. 厄了忒的诗论》和第43卷第11期的《战后英国文学》，以及在《诗与批评》第36期和第53期上分别刊登的曹葆华翻译的《论隐晦》和《现代诗歌底趋势》等文章中，也都提到了《荒原》和艾略特的深远影响，并都做出了准确到位的分析和评价。从这些材料可以看出，北平诗坛对《荒原》的译介已经涉及其艺术特征、思想内容，及其对其他诗人的影响等诸多方面。对北平诗人来说，《荒原》无论从方法上还是精神上都具有极强的吸引力。同时，全世界都承认的《荒原》的“晦涩”问题也不可避免地困扰着北平的读者，他们希望找到理解这首长诗的钥匙，希望追寻作者的思路，这种渴求的表现，就是他们对外国评论文章的有选择的翻译。

在逐步接近和了解中，很多人注意到这样一个问题：艾略特的诗“尤其是以《荒原》为代表作品，与他对于诗的主张确是一致的”，“所以要想了解他的诗，我们首先要明白他对于诗的主张”。① 因此，译介艾略特的文学理论工作与译介《荒原》同步开展

① 叶公超：《爱略特的诗》，《清华学报》第9卷第2期，1934年4月。

起来。

《诗与批评》上刊登的艾略特的译文共有5篇:《诗与宣传》《批评中的实验》《批评底功能》《完美的批评家》《论诗》。其中《论诗》一篇分别在第39期由曹葆华和第74期上署名灵风的译者翻译了两遍。事实上，这篇《论诗》就是艾略特最著名的理论文章《传统与个人才能》，这篇文章早在1934年5月已由卞之琳译出，以《传统与个人的才能》为题发表在由叶公超主编的《学文》创刊号上。在短短的时间内3次刊登同一篇文章，这不仅说明了北平诗坛对这篇文章的重视，更说明了他们对这篇文章的重要性有着相当准确的认识。

完成于1934年但直到1937年方才出版的曹葆华译文集《现代诗论》中，也收入了艾略特的《传统与个人才能》、《批评底功能》和《批评中的实验》3篇。曹葆华在自序中这样说:"爱略特和梵乐希的诗论与他们的创作是分不开的，仿佛不知道他们的理论，就不能完全了解他们的诗。""爱略特那篇文章特别使我们心感，就因为代替译者说了许多应该向国内的读者说的话。对于近代批评的本源、现况，和今后的趋向，他都深刻地剖析过了。这是一篇可以当作本书引论读的文章。"①

在对作品和理论的双重研读中，北平诗坛上出现了自己解读《荒原》的声音。1934年，叶公超在《清华学报》上发表了《爱略特的诗》一文，是目前发现的这类文章中最早的一篇，涉及对《荒原》主题的理解和对艾略特诗歌技巧的分析。

关于《荒原》的主题，叶公超说:"'等候着雨'可以说是他《荒原》前最serious的思想，也就是《荒原》本身的题目。""《荒原》是他成熟的伟作，这时他已彻底地看穿了自己，同时也领悟到人类的苦痛，简单地说，他已得着相当的题目了，这题目就是'死'与'复

---

① 曹葆华:《现代诗论序》，连载于《诗与批评》第33期（1934年8月23日）、第34期（1934年9月3日）。

活’。”叶公超注意到，“《荒原》是大战后欧洲全部荒芜的景象”，而艾略特不仅仅是揭示这种荒芜，更重要的是，他表达出自己的“悔悟自责”和追求的幻灭。在此基础上，叶公超准确地发掘了艾略特的“现代”性：“这些诗的后面却都闪着一副庄严沉默的面孔，它给我们的印象不像个冷讥热嘲的俏皮青年，更不像个倨傲轻世的古典者，乃是一个受着现代社会的酷刑的、清醒的、虔诚的自白者。”“他是一位现代的形而上学派的诗人”。

在诗歌技巧方面，叶公超的见解也达到了相当的深度和高度。他看到了艾略特在语言方面的“刺激性”和“膨胀的知觉”，注意到了他对隐喻（metaphor）和客观对应物（objective correlative）的应用。认识到《荒原》是艾略特“诗中最伟大的试验”，“他的诗其实已打破了文学习惯上所谓的浪漫主义与古典主义的区别”，是现代主义的发端。因此，叶公超准确地说，“爱略特的诗学以令人注意者，不在他的宗教信仰，而在他有进一步的深刻表现法，有扩大错综的意识，有为整个人类文明前途设想的情绪”①。叶公超是中国最早引进并完整阐释《荒原》的人，他对中国现代主义诗歌发展的影响是相当重要的，卞之琳就曾说过，叶公超“是第一个引起我对二三十年代艾略特、晚期叶芝、左倾的奥顿等英美现代派诗风兴趣的”人。

对艾略特的文学理论和诗歌的译介工作积累了三四年后，全文翻译《荒原》的条件渐渐成熟。中国诗坛和翻译界终于等到这样一个契机，出现了一个连艾略特本人都曾亲自对她表示真挚谢意的功臣——赵萝蕤。

赵萝蕤“初对于艾略特的诗发生了好奇的兴趣”约在1934年，她“在仔细研读之余，无意中便试译了《荒原》的第一节。这次的试译约在1935年5月间”。但随后，“因为那种未研读之先所有的好奇心已渐渐淡灭，而对于艾略特的诗的看法又有了一点改变”，翻译的

① 叶公超：《爱略特的诗》，《清华学报》第9卷第2期，1934年4月。

工作又停了下来。1936年底，上海新诗社听说了她曾译过一节《荒原》，就主动与她联系，希望她完成译文，交给他们出版。于是，赵萝蕤“便在年底这月内将其余的各节也译了出来”，并将“平时留记的各种可参考可注释的材料整理一下，随同艾氏的注释编译在一起”寄出付印。[①]1937年夏天，《荒原》的译本出版，一共印行简装300本，豪华50本。《荒原》中译本的出现无疑是中国诗坛上的一件大事，虽然此前很多诗人已接触过原文，但全文翻译才是引进《荒原》的工作达到一个新高度的标志。因此，赵萝蕤的译本一出现，立刻有评论称“艾略特这首长诗是近代诗的‘荒原’中的灵芝，而赵女士的这册译本是我国翻译界的‘荒原’上的奇葩”[②]。

面对如此“冗长艰难而晦涩的怪诗”，赵萝蕤仅凭好奇是不能完成翻译工作的，打动她的是艾略特的全新诗歌观念和深刻的精神内容，而这一点，也正是《荒原》打动所有中国诗人的地方。赵萝蕤发现：“艾略特的诗和他以前写诗的人不同，而和他接近得最近的前人和若干同时的人尤其不同。他所用的语言的节律、风格的技巧、所表现的内容都和别人不同。”她看到了艾略特的“恳切、透彻、热烈与诚实”，也深刻理解到艾略特所表达的现代人特有的“荒原求水的焦渴”，看到“欧战以后，人类遭受如此大劫之后”，只有艾略特“将其中隐痛深创作如此恳切热烈而透彻的一次倾吐”。另外，赵萝蕤自己作为一个诗人，也敏锐地感受到艾略特在技巧上带来的冲击，她看到他的用典的客观性和综合性造成的诗歌佳境，也看到其“由紧张的对衬而达到的非常尖锐的讽刺的意义”。因此赵萝蕤说：“往往我们感觉到内容的晦涩，其实只是未能了解诗人他自己的独特的有个性的记述。一件特殊的经验必有一特殊的表现方法，一个性灵聪慧、天资超绝的诗人往往有他特殊的表现。”“所以艾略特

---

① 参见赵萝蕤：《艾略特与〈荒原〉》，载《我的读书生涯》，北京大学出版社1996年版，第7页。

② 赵萝蕤：《我的读书生涯》，北京大学出版社1996年版，第2页。

的晦涩并不足以使我们畏惧他，贬降他的价值，同样亦不必因他的晦涩，因好诡秘造作而崇拜他”。赵萝蕤要求中国的读者“经过虚心的研读与分析”，真正地了解，公正地评价。此外，赵萝蕤翻译《荒原》还有其现实的自觉性和目的性，她发现“艾略特的处境和我们近数十年来新诗的处境颇有略同之处”，因此她希望《荒原》的全新观念也能促进中国新诗的发展，她“大大地感触到我们中国新诗的过去和将来的境遇和盼望。正如一个垂危的病夫在懊丧、懈怠、皮骨黄瘦、色情秽念趋于灭亡之时，看见了一个健壮英明而坚实的青年一样”。因此她说：“我翻译《荒原》曾有一种类似的盼望：我们生活在一个不平常的大时代里，这其中的喜怒哀乐，失望与盼望，悲观与信仰，能有谁将活的语言来一泻数百年来我们这民族的灵魂里至痛至深的创伤与不变不屈的信心。”[①]由此可以说，赵萝蕤们正是通过引进《荒原》表达出他们对新诗“现代化”的迫切要求的。

因为叶公超对赵萝蕤翻译《荒原》提供的重要帮助，也因为叶公超是北平诗坛上最权威的艾略特的研究者之一，所以，赵萝蕤请叶公超为她的译本作序，由此产生了一篇“真正不朽的”序言。在这篇序中，叶公超侧重讨论了艾略特的艺术技巧，并独树一帜地将艾略特的用典与中国宋诗中的“夺胎换骨”法相比，进一步扩大了对《荒原》理解的思路。最重要的是，叶公超在序中称艾略特的诗歌观念为“新传统的基础”，认为“他的影响之大竟令人感觉，也许将来他的诗本身的价值还不及他的影响的价值”[②]。他真正将《荒原》定位于新诗潮的经典地位，为寻找西方资源的中国诗人提供了一幅标志鲜明的“地图”。

---

① 赵萝蕤：《艾略特与〈荒原〉》，载《我的读书生涯》，北京大学出版社 1996 年版，第 18 页。

② 叶公超：《〈荒原〉序》，载《荒原》，上海新诗社 1937 年版。

（二）

1933年1月，早在艾略特和《荒原》尚未大规模地在报刊上得到译介之前，北平的校园内诞生了一个规模虽小但意义重大的刊物，它的名字叫“牧野”。《牧野》由北大的李广田、邓广铭主编，主要撰稿人中就有北平校园现代派诗人的代表“汉园三杰”——卞之琳、李广田、何其芳。

《牧野》创刊号的《题辞》中这样说：“我们常四顾茫然。如置身无边的荒野中，只听得狗在嗥，狼在叫，鬼在号啕，有时也可以听到几声人的呼喊，却每是在被狗群狼群和魔鬼的群所围困所吞噬着的时候，多么样的荒凉，多么样的凄惨啊！于是感到了孤立无援的惊悚。”他们“自己感觉到，能力是太有限了。作不出‘战士的热烈的叫喊’，因而也作不成‘浊世的决堤的狂涛’。但这怵目惊心的惨剧又实在看不惯，有时便也忘了自身理论的微弱，感到兴奋，想要振作”。于是，他们创办了这个刊物，目的就在于“将各人在这人生的途程中所体验到感受到的一切，真正地表曝出来。无论是社会的一角的解剖，是自身的衷情的诉说，是被噬时的绝叫或反噬时的怒吼，都按期汇集起来，呈供大家”。这篇《题辞》清楚地表现出以“汉园三杰”为代表的北平现代主义诗人群体当时的普遍心态。他们与艾略特有着思想深层的默契。他们身处现代社会，却感到如同置身荒野，空虚而且孤独，清醒的批判和反思是他们最常有的思绪。他们有现实的抱负，渴望改变现状，但他们又深知自己作为思想者的无能为力，因此产生苦闷和矛盾，并将这些情绪以现代人的方式体现在诗歌作品中。从时间上说，我无法断定《牧野》的创办是否已经受到《荒原》的启发，而且在一共只有6期的刊物中，他们也没有提及艾略特或《荒原》。因此，我不想妄下结论，说这“牧野”就是那“荒原”。但是通过比较确实可以看出的是，北平诗人在20世纪30年代初已经萌发了与“荒原”意识相通相近的思想和情感。正是这种共通为北平诗人接受艾略特和《荒原》奠定了重要的基础，在这个基础上，北平诗人遇到《荒原》后必然会产生强烈的共鸣。

赵萝蕤曾说，《荒原》的艺术方法和精神“几乎震撼了全世界”，“我们要了解现代诗，一定要了解艾略特的精神所指的路径。虽然有若干的批评家觉得他的创造生命已经过去（《荒原》序言亦说过），但他的影响已深入了许多新诗人的灵感中了”。[①] 的确，在北平现代派诗坛上，不少人都受到了艾略特和《荒原》的影响。卞之琳曾说：“写《荒原》以及其前短作的托・斯・艾略特对于我前期中间阶段的写法不无关系”[②]。方敬也在回忆曹葆华时说：“葆华逐渐爱上了法国象征派和英美现代派的诗，受到波德莱尔、韩波、庞德、T. S. 艾略特等诗人的影响。”[③] 最明确地说出这种影响的是何其芳，他说：“当我从一次出游回到这北方大城，天空在我眼里变了颜色，它再不能引起我想象一些辽远的温柔的东西。我垂下了翅膀。我发出一些‘绝望的姿势，绝望的叫喊’。我读着 T. S. 爱里略忒。这古城也便是一片‘荒地’。”[④] 北平诗人有选择地吸收了《荒原》复杂错综的思想内容，在艾略特的启发下以一种新的、现代的感觉方式和表达方式传达出了他们对麻木人群的精神世界的批判，对民族生命力的渴望，对重建家园的憧憬，以及对历史的深刻反思。他们有个性地接受着《荒原》的影响，淡化或摒弃了不符合民族心理的宗教虔诚和对情欲泛滥的谴责。本书无意将北平诗人在作品中表现出来的思想与《荒原》的影响一一对号，只希望发掘《荒原》影响下的北平诗人的新创造。而在众多方面的创造中，最具有高度和民族个性的，就是“古城”意象的塑造。这个意象是北平诗人将自身文化背景与现实体验融入对“荒原”意识

① 赵萝蕤：《艾略特与〈荒原〉》，载《我的读书生涯》，北京大学出版社 1996 年版，第 7 页。

② 卞之琳：《自序》，载《雕虫纪历》，人民文学出版社 1979 年版，第 16 页。

③ 方敬：《寄诗灵》，载《方敬选集》，四川文艺出版社 1991 年版，第 760 页。

④ 何其芳：《论梦中道路》，《大公报・文艺》第 182 期，1936 年 7 月 19 日。

的思考之后，再造的一个独具东方民族色彩甚至是独具北平城市特色的整体意象。它以其民族色彩、历史意识、批判精神和隐喻性质卓然突出于中国新诗意象群落，在意义和价值上不亚于波德莱尔的巴黎和艾略特的伦敦。它没有发达的工业文明的景观，但它突出了东方的历史文化色彩，丰富了世界城市现代主义诗歌的意象群落。这个“古城”的意象将与巴黎和伦敦一样，成为世界现代主义诗歌意象群中一个不可替代的经典。

“古城”与“古都”“荒城”等意象一起，构成了一个完整的意象群落。这类意象既与“荒原”精神相通，又保持了鲜明的民族特色和独特的文化性格。“荒原”是抽象的，而“古城”具体真切；“荒原”是带有西方宗教色彩的，而“古城”纯然脱胎于东方历史文化氛围。这就是说，“古城”意象并不是对“荒原”精神的机械模仿，而是一种带有民族性的创新。

北平诗人创造的“古城”意象既有现实的提炼，又有艺术的升华。一方面，北平的确是一个衰落的古都，这里没有上海那样“汇集着大船舶的港湾，奏响着噪音的工场，深入地下的矿坑，奏着 Jazz 乐的舞场，摩天楼的百货店，飞机的空中战，广大的竞马场”①，也没有闷热的“沙利文”（施蛰存《夏日小景》）和摩天楼上如“都会的满月”一样巨大的时钟（徐迟《都会的满月》）。现实的北平本来就是“风沙万里的荒原”（林庚《长城》），还有那些与气候一样寒冷干燥的人面人心，写古城的荒凉本来也算忠于现实。但另一方面，北平的诗人又超越了这个现实，为“古城”意象注入了深广的历史意识和现代人独特的情感内容，使“古城”不仅是北平本身，更因为浓缩了千年的民族历史而成为一个巨大的隐喻，深藏着对诗人对民族命运的反思和预言。

“古城”与“荒原”最表层的共同点就是自然环境的荒凉。这种

① 施蛰存：《又关于本刊中的诗》，《现代》第 4 卷第 1 号，1933 年 11 月 1 日。

外在的相似最先引起了诗人的共鸣。因此，诗人在描绘自然环境的作品中突出了最具北方特色的“风沙”，以此营造出干燥寒冷的荒凉境界。遮天蔽日的风沙使古城愈显沧桑破败，古城仿佛终将被现实和历史的黄土埋葬。“忽然狂风像狂浪卷来／满天的晴朗变成满天的黄沙／……／卷起我的窗帘子来：／看到底是黄昏了／还是一半天黄沙埋了这座巴比伦？”(何其芳《风沙日》)“……这座城／是一只古老的大香炉／一炉千年的陈灰／飞，飞，飞，飞……”。(卞之琳《风沙夜》)“巴比伦”和“大香炉”都带有强烈的象征意义，它们象征着古城的古老死寂、了无生机。前者的终成废墟和后者的灰飞烟灭更象征着古老文明不可避免的衰落命运。在这风沙里，诗人看到的只有被埋葬的历史和被渴死的生命，却看不到丝毫对未来的希望。风沙中“惨白的”“晦涩而无光”的“日影”就像“20世纪的眼睛”(林庚《风沙之日》)，它没有光芒、没有热情，预示着整个人类的悲剧命运。

并不是因为寒冷的风沙磨砺了诗人的感情，诗人就满腹牢骚，也不仅是风沙和寒冷才让诗人感到置身荒原，他们的苦闷更来自心灵的寂寞和焦渴。在风沙中，他们说：“我的墙壁更厚了／一层层风，一层层沙。”(何其芳《病中》)风沙的墙壁象征着诗人的心灵与社会的隔绝。所以，诗人表面上诅咒的是风沙，实际上诅咒的是社会气候的干冷压抑。他们从描绘自然环境的“荒”深入到揭露社会现实的“荒”。

苦闷的心情令北平现代派诗人更贴近和认同了艾略特笔下的现代“荒原”，也更唤起了他们清醒的现实批判精神。卞之琳的名句“北京城：垃圾堆上放风筝”(卞之琳《春城》)与《荒原》的首句“四月……荒地上／长着丁香”就有深刻的相似性：风筝和丁香是美丽的事物，但却发生于肮脏荒凉的垃圾堆和荒地上，对此诗人的心理是复杂的，他们有批判、有惋惜，甚至还对美超越丑寄予些许希望。实际上，这种心理也是艾略特和北平诗人批判精神的基调。他们不是单纯的绝望和诅咒，而是怀有虔诚的济世热情。

卞之琳曾经说："我前期最早阶段写北平街头灰色景物，显然指得出波特莱尔写巴黎街头穷人、老人以至盲人的启发。写《荒原》以及其前短作的托·斯·艾略特对于我前期中间阶段的写法不无关系。"① 这就是说，他吸取了两位诗人的共同点——对大城市的批判精神，并将之融入了自己对北平景物的描写和思考中。卞之琳的说法可以代表一大批北平现代派诗人，他们大多具有这样的思想基础。他们用一系列作品共同勾画出荒凉冷漠、衰弱麻木的"古城"巨像，尤其描绘出了"古城"中丧失生命力的沉默民众的群像。他们的思想一方面受到艾略特关于人心"苦旱求雨"的启发，更多的则是承自"五四"的思想传统，是对麻木愚昧的"国民性"的最深切的体会和批判。身处五四的发祥地，北平诗人们依然沿袭着那光荣的思想传统，就像《牧野·题辞》中说的，他们深知自己无力掀起社会变革的巨浪，于是就用诗的方式揭开社会的一角，以现实的情怀和艺术的手法勾勒出一个古国的现代性荒芜。

在对现实的批判中，北平的现代派诗人与其他启蒙知识分子一样，先指向沉默麻木的"国民性"：

白日土岗后蜿蜒出火车
许多人在铁道不远站着
当有一只鸟从头上飞过
许多人仰头望天
许多欺负人的事，使得
……
大人拍起桌子骂得更生气
四邻呆若木鸡
孩子撅着小嘴

① 卞之琳：《自序》，载《雕虫纪历》，人民文学出版社 1979 年版，第 16 页。

站着
像一个哑叭的葫芦
摇也摇不响

（林庚《沉寞》）

鲁迅笔下麻木不仁的“看客”形象出现在现代主义的诗歌作品里，显得那样朴素凝练。人们麻木沉默，没有同情心，也没有尊严，就连孩子也“像一个哑叭的葫芦”，从小就丧失了发出自己声音的意识和能力。

麻木的人们无法领会自己的悲剧命运，更无法明白民族的苦难和危亡。也正因这种麻木性格的加重，理想的民族精神更快地接近了消亡：

有客从塞外归来，
说长城像一大队奔马
正当举颈怒号时变成石头了。
……
说是平地里一声雷响，
泰山：缠上云雾间的十八盘
也像是绝望的姿势，绝望的叫喊。
……
悲世界如此狭小又逃回
这古城。风又吹湖冰成水。
长夏里古柏树下
又有人围着桌子喝茶。

（何其芳《古城》）

民族精神中昔日的刚烈英勇已经如受了魔法和诅咒的石头一样不再复活，而作为民族精神象征的“泰山”也终于发出了“绝望的姿势，绝望的叫喊”。塞外的胡沙和大漠风虽然能够越过长城这自然的屏障，但却永无办法唤醒古城的死寂，撕开人心麻木的外壳。诗人悲愤地看着麻木的人群年复一年地重复着他们沉默空虚、昏昏噩噩的生活，哀叹“地壳早已僵死了”。在他强烈的批判背后，更流露出长久深沉的内心痛苦。

北平的现代派诗人并没有模仿西方诗人那样描写大城市中拥挤的人群，他们只是拣取北平街头常见的风景，用白描的手法勾勒出“古城”中的自然和人物，但他们与西方现代主义诗人一样触及了人类灵魂丧失的深刻主题。可以说，他们的作品在这一点上很好地结合了西方现代主义思想与古城北平的现实。

但是，如果仅仅停留在暴露和批判的层次上，还不足以体现出北平诗人的现代性品格。北平现代派诗人的先锋姿态就表现在他们对象征性、隐喻性内涵的大力深入和开拓上。他们将现实的批判意识与古城特有的历史纵深感结合起来，这种结合使他们的批判超越了一时一地的现实层面，具有了更加深广的象征意义和隐喻性质。“古城”的历史实际就是“古国”历史的缩影，诗人将“古城”意象加以扩展，纵向涵盖了千年的历史，横向象征着整个国家和民族。

在古城北平，有数不清的历史遗迹，故宫、煤山、长城、圆明园等都进入过诗人的作品。他们或象征英烈的忠魂，或象征怨女的幽情，或代表曾经辉煌的古代文明，或代表不堪回首的屈辱和沧桑。这些遗迹是古城中固有的，但又因诗人的艺术升华而象征了整个中华古国。在诸多意象中，石狮子是艺术效果最强最独特的一个，它就是整个民族历史的隐喻体。中国人向来以狮子作为民族精神的象征，“古城”中的石狮子因其威武的过去与破败的现状间的巨大反差更深刻地象征了古国的现代遭遇和命运。在北平诗人的作品中，有的“石狮子流出眼泪”（何其芳《夜景》），有的则满腔“古国的忧愤”，“张着口没有泪”（曹葆华《无题》），更有曹葆华讲述了一个“石狮子眼里／流血的故事”（曹葆华《无题》）。石狮子流泪、流血的意象可谓惊心动魄，其强烈的感染力和艺术效果将全民族的悲剧命运与民族精神在苦难中的挣扎更加淋漓尽致地表现了出来。这血泪是全民族的千年血泪，古国的历史也就是一部血泪的历史。诗人以忧愤的石狮子象征着民族的历史与现状，寄托了他们深沉的思考和忧患。这种隐喻的运用实现了艾略特等人将“现代”与“传统”融于一诗的现代主义诗学追求。

自然环境干燥寒冷，历史环境衰败荒凉，而现实中的人又是那样沉默麻木，灵魂亦是一片荒芜，这一切都令诗人感到了巨大的寂寞和忧愤。这忧愤如此宏大，大过了“古城”的上空，大过了“古国”的疆土，一直指向了整个人类的历史。曹葆华在一首《无题》中这样咏叹：“唉，我也逃不出这古城／纵有两只不倦的翅膀／飞过大海，飞向长天……／／还得跟着冷冷的影子／在荒街上同月亮竞走”。“古城”的意象在诗人的笔下得到了极度的拓展，它已不再是一个有形的城市，而成为一个无形的、巨大的隐喻体。它不仅象征着打破了地理概念和时间界限的“古国”，也象征着包括古国在内的整个人类历史，更象征着全人类都无法逃脱的悲剧命运。北平诗人以“古城”寄托自己对人类历史的宏大反思和现代性焦虑，这与“荒原”精神的深层内涵完全一致。这“古城”其实也就是一片具有东方民族色彩和历史意识的现代“荒原”。

何其芳曾说，“假若这数载光阴过度在别的地方我不知我会结出何种果实”。是的，是古城北平将他们送到了诗神的身边，是“那无云的蓝天，那鸽笛，那在夕阳里闪耀着凋残的华丽的宫阙”①赋予了他们诗的灵感。但同时，是否可以这样反过来说：假若没有这些诗人的创作，“古城”北平也许永远只是一个历史地理的名称。没有他们，“古城”就不能被赋予那样深厚的历史意义和文化品格，也无法成为一个带有典型意义和象征意义的独特的诗歌意象。“古城”虽“古”，但其精神实质是极先锋、极现代的。它一方面深受“荒原”精神的影

① 何其芳：《论梦中道路》，《大公报·文艺》第182期，1936年7月19日。

响，而另一方面又体现了中国诗人对“荒原”精神的民族性阐释和引申。可以说，“古城”意象是北平现代派诗人对“荒原”意象和精神的一次创新和超越。

三、晚唐的美丽

——现代派诗人对传统诗学的重释

20世纪30年代，在北平现代派诗人群中曾出现过一股“晚唐诗热”，主要代表人物是废名、林庚、卞之琳、何其芳等。他们提倡以“温（庭筠）李（商隐）”为代表的晚唐诗风，对中国诗歌传统进行了一次独到的重新发掘与阐释。在探讨有关诗歌观念、美学原则、传统诗学与新诗发展的关系等一系列问题的同时，他们还将这些思考融入了自己的创作实践和艺术风格之中。

“晚唐诗热”的规模并不大，但它却集中体现了北平现代派诗人自觉的艺术探索，并折射出他们的诗歌审美观念和对待传统诗学的独特态度。虽然戴望舒、施蛰存等身居上海的现代派诗人也有过对晚唐诗风的喜爱与迷恋，但北平诗人群却有着更为明晰的探索理论和创作实践。他们的努力因此显得更为集中，蕴含了对传统诗学的一种新的寻求。

作为文学现象的“晚唐诗热”，体现出新诗美学对于以“绮美幽深”为特征的晚唐诗风的一种肯定。在此之前，出于建立新诗传统的需要，以胡适为代表的初期白话诗倡导者们在审美观念上进行有意识的引导，提出了继承“元（稹）白（居易）”通俗易懂诗风的主张。胡适认为，“明白清楚”是文学的第一“要件”，此外没有“孤立的‘美’”①。

① 胡适：《什么是文学——答钱玄同》，载《胡适文集》第3卷，人民文学出版社1998年版，第165—167页。

在这一美学观念的指导下，“晦涩难懂”的“温李”诗当然成为他必须否定的对象，被他称为“笨谜”、“鬼话”和“妖孽诗”。而“晚唐诗热”显然体现了与胡适们截然不同的另一种美学追求和选择。废名等人看重诗“质”、认同“含蓄幽深”之美，“超越胡适的‘白话’与‘反白话’的二元对立的文学观念，由新诗传达的语言层面进入了对于诗的本质这个核心问题的思考”，体现了他们“已经进入对于传统具有现代性眼光的选择与观照的自觉，对于西方现代派诗歌与中国传统诗歌之间艺术联系的沟通与对话的努力”①。

可以说，“晚唐诗热”体现了北平现代派诗人在诗歌美学观念和对待传统诗学态度上的双重转变，它构成了对新诗观念的一次冲击，成为新诗发展史上一个值得关注的文学现象。

（一）

“晚唐诗热”发生在20世纪30年代北平现代派诗人当中，虽然在报刊上有一定的反映和体现，但很显然，他们并未刻意营造浩大的声势。尽管他们的目的性不可谓不明确，但这股“热”潮仍是一种诗人圈子中的带有学术性质的自觉的诗艺探索。

“晚唐诗热”从表面上看，首先表现为诗人们对以“温李”为代表的晚唐诗歌的亲近。废名曾在北大课堂上公开说，“现在有几位新诗人都喜欢李商隐的诗”，而且“新诗人林庚有一回同我说：‘沧海月明珠有泪，蓝田日暖玉生烟’李商隐这两句诗真写得好”。② 当然，称赞李商隐的佳句“真写得好”并不能反映出他们的理论主张，但这句话毕竟透露了一个信息，那就是在胡适曾经全面否定李商隐的“晦

① 孙玉石：《新诗：现代与传统的对话——兼释20世纪30年代的“晚唐诗热”》，载《现代中国》第1辑，湖北教育出版社2001年版。

② 冯文炳（废名）：《已往的诗文学与新诗》，载《谈新诗》，人民文学出版社1984年版，第37页。

涩难懂”，称之为“笨谜”、“鬼话”和“妖孽诗”之后，废名、林庚等人却公开将“沧海月明珠有泪，蓝田日暖玉生烟”这一堪称千古诗谜的诗句提出来加以肯定，这本身就是一种姿态，反映出两种评价背后的两种诗歌美学观念的公开对立。

林庚不仅欣赏晚唐诗美，更将这种美注入了自己的艺术风格。废名最了解也最称赞林诗中的晚唐诗意，他说：

> 我读了他的诗，总有一种“沧海月明”之感，“玉露凋伤”之感了。我爱这份美丽。
>
> 在新诗当中，林庚的分量或者比任何人要重些，因为他完全与西洋文学不相干，而在新诗里很自然的，同时也是突然的，来一份晚唐的美丽了。①

这份“晚唐的美丽”，早在林庚的第一本诗集出版之际，就已得到了他在清华的同窗好友李长之的发现和肯定。李长之在评价《春野》一诗时说：“从本质上，林庚的诗是传统的中国诗的内容的，也是一个优美闲雅的中国气息的诗人，也很少有染到近代世界性的观感，这首诗就直然像五代人的词了。”②李长之的话说明了两个方面的问题，一是林诗“内容”上的传统色彩，这更多地得之于诗歌意象和意境的选用，而至于其“优美闲雅的中国气息”，则可能更多地指的是一种情趣与“趣味”，即诗人的心态情绪和感受方式。正是这种看似模糊不可解的“气息”，为林诗带来了那份“晚唐的美丽”。这种“气息”存在于意象的使用中，体现在意境的营造上，更蕴含在诗歌的整体情绪和节奏里。

废名欣赏林庚的“晚唐的美丽”，他自己也在创作中接近和实践

---

① 冯文炳（废名）：《林庚同朱英诞的新诗》，载《谈新诗》，人民文学出版社 1984 年版，第 185 页。

② 长之：《春野与窗》，《益世报 · 文学副刊》第 9 期，1935 年 5 月 1 日。

着晚唐风格，甚至将之融入小说创作中。他说：“就表现手法说，我分明地受了中国诗词的影响，我写小说同唐人写绝句一样”，“对历史上屈原、杜甫的传统都看不见了，我最后躲起来写小说乃很像古代陶潜、李商隐写诗”。① 例如他的小说《桥》中就弥漫着这类重意象不重情节的幽深绮美的晚唐意境。朱光潜曾明确指出：“《桥》里充满的是诗境，是画境，是禅趣。”“废名最钦佩李义山，以为他的诗能因文生情。《桥》的文字技巧似得力李义山诗。……《桥》的美妙在此，艰涩也在此。《桥》在小说中似还未生影响，它对于卞之琳一派新诗的影响似很显著，虽然他们自己也许不承认。”②

当然，肯定和接近晚唐诗词的人绝不止林庚和废名两人。卞之琳说自己“前期的诗作里好像也一度冒出过李商隐、姜白石诗词以至《花间》词风味的形迹”③。辛笛也承认“对我国古典诗歌中老早就有类似象征派风格的手法的李义山、周清真、姜白石和龚定庵诸人的诗词，尤为酷爱”④。

此外，何其芳也曾明确表述过自己对晚唐诗词的亲近。他说：

> 我读着晚唐五代时期的那些精致的冶艳的诗词，蛊惑于那种憔悴的红颜上的妩媚，又在几位班纳斯派以后的法兰西诗人的篇什中找到了一种同样的迷醉。⑤

这句话足以说明何其芳对晚唐诗词的亲近和在中西诗学中的沟通。晚唐诗词中那种“憔悴的红颜上的妩媚”与“法兰西诗人的篇什

① 废名：《〈废名小说选〉序》，见《废名小说选》，人民文学出版社 1957 年版，第 2 页。

② 孟实：《桥》，《文学杂志》第 1 卷第 3 期，1937 年 7 月 1 日。

③ 卞之琳：《〈雕虫纪历〉自序》，载《雕虫纪历》，人民文学出版社 1984 年版，第 15—16 页。

④ 辛笛：《〈辛笛诗稿〉自序》，载《辛笛诗稿》，人民文学出版社 1983 年版，第 3 页。

⑤ 何其芳：《论梦中道路》，《大公报・文艺》第 182 期，1936 年 7 月 19 日。

中”的带有颓废色彩的浓郁之美相近相通，体现了晚唐诗风与现代主义诗人在审美观念上的共鸣。二者为何其芳带来的“同样的迷醉”，这也正是吸引他既贴近现代主义又沉醉于晚唐的真正原因。

何其芳还说：

> 我曾经说过一句大胆的话：对于人生我动心的不过是它的表现。我是一个没有是非之见的人。……颜色美好的花更需要一个美好的姿态。
>
> 对于文章亦然。有时一个比喻，一个典故会突然引起我注意，至于它的含义则反与我的欣喜无关。
>
> 有一次我指着温庭筠的四句诗给一位朋友看：
>
> 楚水悠悠流如马，
> 恨紫愁红满平野。
> 野土千年怨不平，
> 至今烧作鸳鸯瓦。
>
> 我说我喜欢，他却说没有什么好。当时我很觉寂寞。后来我才明白我和那位朋友实在有一点分歧：他是一个深思的人，他要在那空幻的光影里追寻一份意义。我呢，我从童时翻读着那小楼上的木箱里的书籍以来便坠入了文字的魔障。我喜欢那种锤炼；那种彩色的配合，那种镜花水月。我喜欢读一些唐人的绝句。那譬如一微笑，一挥手，纵然表达着意思但我欣赏的却是姿态。
>
> 我自己的写作也带有这种倾向。我不是从一个概念的闪动去寻找它的形体，浮现在我心灵里的原来就是一些颜色，一些图案。①

何其芳所欣赏的唐人的“姿态”，其实也正是他自己作品里突出体现的一种独特“姿态”。他在意的是“锤炼”和“文字”，是“空

① 何其芳：《论梦中道路》，《大公报 · 文艺》第182期，1936年7月19日。

幻的光影”“彩色的配合”和“镜花水月”的意境，而不是在“光影”里强要的那一份“意义”。说到底，他追求的就是诗歌的感觉方式和传达方式之美。从现代主义诗学的角度说，这一点体现了何其芳重“感觉”、重“体验”的思想；而从传统诗学的方面看，则又说明了他对意境之美的追求。

当然，除了个人对晚唐诗美的欣赏和接近之外，诗人们还有意识地将这种思想传达给更多的人。他们利用的一个重要园地就是《世界日报》的文学副刊《明珠》。

1936 年 10 月，《世界日报·明珠》改版，由周作人领衔，实际编务工作由林庚担任，而最主要的撰稿人则是废名、俞平伯等人。可以说，这份每日一刊的专版几乎完全成了周作人、废名、林庚等人“自己的园地”。这当然不会是因为缺乏来稿而自己拼凑，我认为，他们如此集中而专注地从事一个副刊的编写，保持纯粹的“同人”的小圈子，是为了有目的、有意识地提倡一种文学思想和文学趣味，周作人称之为“新的启蒙”：

> 那时是民国廿五年冬天，大家深感到新的启蒙运动之必要，想再来办一个小刊物，恰好《世界日报》的副刊《明珠》要改编，便接受了下来，由林庚编辑，平伯、废名和我帮助写稿，虽然不知道读者觉得何如，在写的人则以为是颇有意义的事。①

从《明珠》上的文章内容可以看出，这次“启蒙”并非五四那种思想启蒙，而是一次美学上的启蒙。他们是在有意识地传达着一种审美的理念，而对晚唐诗风的提倡、对古诗传统的重视和诠释，则是其中相当重要的一个部分。这一点，从其连载专栏《诗境浅说》② 中可

① 药堂：《怀废名》，载废名：《论新诗及其他》，辽宁教育出版社 1998 年版，第 146 页。

② 该专栏虽非每天一期，但出现频率很高，平均下来大体相当于隔期出现。

见一斑。

《诗境浅说》是一个专门进行唐诗导读的专栏，其作者“龙禅居士”即为俞平伯之父俞陛云[①]。此专栏篇幅不大，每期选取一首或几首五绝唐诗配以文言撰写的简单的导读文字。在一共92期《明珠》中，该专栏共导读了49位唐代诗人的64首作品。其中包括虞世南、卢照邻、王维、李白、杜甫、韦应物、柳宗元、刘禹锡、李贺等20余位初唐、盛唐及中唐诗人的作品，以及贾岛、张仲素、令狐楚、王涯、李商隐、施肩吾、许浑等十几位晚唐诗人的作品[②]。

重要的是，在《诗境浅说》专栏中，无论是初盛唐时期的诗作，还是晚唐诗人的作品，大都偏重于含蓄蕴藉的风格。在解读鉴赏的文字中，俞陛云本人对深幽婉曲诗风的认同与偏爱也时有流露。比如，在选讲刘禹锡的《秋风引》[③]时，他就曾明确地说：“五绝以含蓄不说尽为贵。”并认为该诗“若因闻秋风而言愁思若何，便径直少味。此仅言孤客先闻，其善于言情处，在孤字先字之妙”[④]。寥寥几句评论，就已充分显示了俞氏本人的审美取向。此外，在对王维《临高台送黎拾遗》[⑤]一诗的评论中他也曾指出：“诗但言暮鸟归巢，征人不息，未言分袂情态，而黯黯离情，劳劳行役之意，皆处楮墨之外。……可为学诗者濬其思路也。”[⑥]

由此可见，《诗境浅说》虽非单独提倡晚唐诗，但从其对含蓄深婉的诗歌美学原则的提倡和偏好中，仍可看出《明珠》同人对以晚唐

① 俞平伯《秋荔亭日记》（二）1937年1月6日记有：“父作《诗境浅说》始寄到，京沪间费时二十一日，可谓迟矣。”（《俞平伯全集》第10卷，花山文艺出版社1997年版，第247页。）另，俞陛云《诗境浅说》1947年由开明书店出版，其中即含《明珠·诗境浅说》中刊载过的内容，但文字有修改。

② 荆叔、洞庭龙女、湘驿女子、刘采春、张文姬五人时代未详。

③ 原诗为：“何处秋风至，萧萧送雁群。朝来入庭树，孤客最先闻。”

④ 《明珠》第49期，《世界日报》1936年11月18日。

⑤ 原诗为：“相送临高台，川原杳何极。日暮飞鸟还，行人去不息。”

⑥ 《明珠》第16期，《世界日报》1936年10月16日。

温李为代表的蕴蓄诗风的认同和倾向。

当然，俞陛云并不属于《明珠》同人，而且他写作《诗境浅说》的初衷也只是为了指导自己初学为诗的孙儿女[①]，并不见得抱有启蒙诗坛的目的。但是，作为报纸编撰人的林庚、废名等人，择取刊登这一系列文章并建立专栏，却不可能是随意或无意的。他们坚持以如此固定的栏目、重要的篇幅和密集的程度来刊载这些含蓄蕴藉的古诗作品及其文言体的解读文章，就足以体现他们对于传统诗学的重视态度和返观诠释古诗传统的思路与兴趣，以及启发“学诗者”，并“濬其思路”的“美学启蒙”的目的。可以说，建立《诗境浅说》专栏本身，即体现了《明珠》同人面对传统诗学的一种独特姿态。

在情感上的接近和“启蒙式”的提倡之外，废名们当然要进行更深入明晰的理论倡导。不如此，我们也无法将“晚唐诗热”视为一个真正意义上的“文学现象”。

在我看来，废名在理论上的举义，比林庚、何其芳等人在创作中的默默实践具有更明晰和广泛的影响，因此，他的贡献在文学史上也更值得称道。尤其是他如此明确地声明“现代派是温、李一派的发展”，清楚地勾勒出现代主义诗歌与晚唐诗人在情感上、精神上、趣味上的内在联系。他说：“我的意思不是把李商隐的诗同温庭筠的词算作新诗的前例，我只是推想这一派的诗词存在的根据或者正有我们今日白话新诗发展的根据了。”[②]“这一派的根苗又将在白话新诗里自由生长，这件事固然很有意义，却也是最平常不过的事，也正是‘文艺复兴’，我们用不着大惊小怪了。”[③]

将“温李”视为“今日白话新诗发展的根据”，将晚唐诗的“根

① 参见俞陛云：《诗境浅说·序》，载《诗境浅说》，开明书店1947年版，第1页。

② 冯文炳（废名）：《已往的诗文学与新诗》，载《谈新诗》，人民文学出版社1984年版，第28页。

③ 冯文炳（废名）：《已往的诗文学与新诗》，载《谈新诗》，人民文学出版社1984年版，第39页。

苗”接种在现代主义的园圃里，这的确是一件“很有意义”的事情。“前线诗人”将自身的诗歌艺术血脉与晚唐诗传统相接续，不仅标举了自己独特的理论观念，同时也显示出一种重释传统的智慧与勇气。在新诗发展的几十年间，诗人和诗歌理论探索者们对待传统诗学的态度也几经起伏，经历了扬弃重释的复杂过程，最终逐渐形成并一步步深化了对传统的认识。在众多流派当中，以“前线诗人”为代表的现代主义诗人融合中西诗学的努力是相当突出的。他们借鉴外国诗潮，在诗歌感觉方式、传达方式等方面表现出“先锋”的姿态，同时，他们也积极全面地进入传统诗学领域，勇敢而理智地继承和重释。正是在他们掀起“晚唐诗热”之后，新诗的理论和实践才更进一步地摆脱了语言形式的羁绊，更深入地贴近了诗歌的本质。

（二）

如前所述，“晚唐诗热”不仅反映了现代派诗人自身的诗学理论取向，同时也充分说明了他们对待传统诗学的态度。两者在文学史上都具有独特而不可忽视的价值和意义。

先来看何其芳的两首诗歌作品。第一首是发表于1933年的《古镜》：

……
苔染的古潭中有好事的过路者
投下疑问的石子不闻回答
我徒然以瘦指摩挲着
你背面漫漶的年号
你圆圆的青春底墓
长眠着无数朱唇上的骄矜
无数解语的眉目底放荡
你底蔑默激起我固执的叩问

叩问你以我抑郁的目光
若秋燕告别的嘴轻敲在窗间
你匿秘着憧憬阴影的隐暗里
有一个是我前身底容颜么
我前身底华年
岂亦消逝在叹泣底风雨里
夜夜在退色的窗帏下
挑灯自画自媚的长眉①

“古镜”这个意象本身就具有丰富而深刻的象征意味。“镜”首先是一个客体，但它又是一个诗人得以自我观照的载体，也就是说，诗人借助镜象反观自身，同时又获得自我客体化的体验。其次，这面镜还是一面“古镜”，它隐匿着历史的迹象却付之于缄默，不对“疑问的石子”和“固执的叩问”作任何回答。其实，诗人自己就是那个“好事的过路者”，他不断地追问“前身底容颜”和“前身底华年”，一方面像是要超越时间反思自我的心灵，另一方面，他似乎还企图追问一些更宏大的问题。我以为，这不仅是青年何其芳对自我生命的追问，更隐约地显示了他对于“过去”与“历史”的一种急切固执的探询的态度。

与《古镜》有着相近思想情绪的是何其芳其后不久创作的另一首诗《古代人的情感》：

……
仿佛跋涉在荒野
循磷火的指引前进
最终是一个古代的墓圹

① 《北平晨报·诗与批评》第5号，1933年11月13日。

我折身归来
心里充满生底搏动
但走入我底屋子
四壁剥落
床上躺着我自己的尸首①

这两首诗，虽然前者多情妩媚，后者幽森凄怖，却都体现了诗人同样的企图和努力，即以现代的“自身”与古代的“前身”对话的企图和努力。无论是现代自身在追寻古代前身，还是古代人折回现代看到自己再生的肉体，在诗歌艺术的离奇外表下，都昭示着诗人探寻传统并与传统沟通交流的强烈渴望。看得出，新的“自身”与旧的“前身”发生对话和共鸣，彼此之间的关系不是断裂，更不是排斥，而是一种亲和与理解。从这一点上不难看出，何其芳等现代诗人对传统所抱有的态度与感情。

其实，谈论现代派诗人对传统尤其是对诗学传统的态度，不能忽略一个重要的事实。那就是：虽然这些活跃在20世纪30年代北平诗坛的诗人们普遍比较年轻，但他们的童蒙教育无一例外都是传统的文学教育。在中国的传统文学启蒙教育中，传统诗文的教授和训练是其中最为重要的部分。因此，即使是后来以不同方式在不同场合接触和接受了现代主义诗潮影响的现代诗人，这种潜在的旧诗修养仍影响着他们的文学观念和审美取向。只不过，这种修养和底蕴可能被对新文学的向往有意识地抑制，也可能会在一定的时候得到特殊的激发。

这里仅举两例——

卞之琳七岁进入私立国民小学，沿用文言课本。对他来说，更多的文学修养来自他自己从父亲读《千家诗》的过程，那时，他“喜翻

① 《北平晨报·诗与批评》第14号，1934年2月12日。

阅家中所藏的词章一类书籍”[①]。

何其芳念私塾时就“自己读完过大型六家选本《唐宋诗醇》。他能熟背许多古诗词，多数是唐诗，尤其是温、李为代表的晚唐五代诗词”[②]。他在回忆文章中多次提到，在他寂寞的童年时期，古诗词曾给予他年幼的心灵极大的精神滋养。他说：“我最大的享受与娱乐是以做完正课后的光阴去自由的翻阅家中旧书箱里的藏书，从它们我走入了古代，走入了一些想象里的国土。我几乎忘记了我像一根小草寄生在干渴的岩石上，我不满意的仅仅是家里藏书太少。”[③]

此外，何其芳的第一位私塾先生也是对他影响很大的人，何其芳多年后仍忆起：“在家藏的旧书箱里还有着半本他抄写来给我读的唐诗，我翻开它，看着那些苍老的蜷曲的字便想起了他那向前俯驼的背。”[④]“我那时候仿佛心灵的眼睛突然睁开了，在家藏的旧书箱里翻出许多书籍，热狂的阅读着，像一个饥饿的人找寻食物。”[⑤]何其芳晚年的一首《忆昔》生动地描写了古典诗歌对于他这个现代诗人的重要意义：

忆昔危楼夜读书，
唐诗一卷瓦灯孤。
松涛怒涌欲掀屋，
杜宇悲啼如贯珠。
始觉天然何壮丽，

---

① 张曼仪：《卞之琳年表简编》，载张曼仪编：《中国现代作家选集 · 卞之琳》，人民文学出版社 1995 年版，第 301 页。

② 方敬、何频伽：《何其芳散记》，四川教育出版社 1990 年版。

③ 何其芳：《我们的城堡》，载《何其芳全集》第 1 卷，河北人民出版社 2000 年版，第 288 页。

④ 何其芳：《私塾师》，载《何其芳全集》第 1 卷，河北人民出版社 2000 年版，第 292 页。

⑤ 何其芳：《私塾师》，载《何其芳全集》第 1 卷，河北人民出版社 2000 年版，第 295 页。

长留心曲不凋枯。
儿时未解歌吟事，
种粒冬埋春复苏。

与卞之琳、何其芳相似的情况当然还会有很多，这种来自旧诗词的艺术熏陶和底蕴，正是联结新诗与传统诗学之间的重要桥梁，它潜移默化地影响了新诗作者的艺术风格、审美情趣、语言方式等各个方面，使得新诗即便表面上看来要与旧诗“决裂”，但在更深的层面上，一种艺术传统的连续性仍保持了下来。即如叶公超所说：“旧诗词的文字与节奏都是那样精炼纯熟的，看多了不由你不羡慕，从羡慕到模仿乃是自然的发展。”① 可以说，没有这些源于“看多了”的准备与影响，就等于没有“种粒冬埋”，那样的话，即使春天的气候再相宜，“复苏”也是妄谈。

但是，修养是自在的，提倡却源于自觉。“晚唐诗热”的提倡者们与那些“对于旧诗词用过一番工夫，一时不容易打破旧诗词的镣铐枷锁”② 的诗人们之间最突出的差别就在于：他们具有理论的自觉。正是这种自觉，激发了他们艺术修养中的潜在因素，使他们得以既贯通中西古今又不会迷失自己的方向。

这里所说的“理论的自觉”，包含两个方面。一是在诗歌观念方面：他们在晚唐诗风中发现了“今日白话新诗发展的根据”和“趋势”，并自觉地将那种“诗的内容”“诗的感觉”，以及那“一微笑，一挥手”的“姿态”，与西方现代主义诗歌艺术相融合，既保留传统诗歌的意境、意象之美，又传达现代人的情感和智慧。这一自觉的实践，在他们的诗歌作品中被不同程度地体现出来。

二是在对待传统诗学的态度方面：他们除了情感上对晚唐诗美的

---

① 叶公超：《谈新诗》，《文学杂志》第 1 卷第 1 期，1937 年 5 月。

② 胡适：《〈蕙的风〉序》，载《胡适文集》第 3 卷，人民文学出版社 1998 年版，第 177 页。

亲近之外，也自觉地进行着“文艺复兴”的努力。这当然不是真正的“复兴”，而是一种现代性的创造。就如同那位对他们影响巨大的诗人和理论家艾略特所说的：“当一件新的艺术品被创作出来时，一切早于它的艺术品都同时受到了某种影响。现存的不朽作品联合起来形成一个完美的体系。由于新的（真正新的）艺术品加入到它们的行列中，这个完美体系就会发生一些修改。”而一个现代的诗人，“他的作品中最好的部分，而且最具有个性的部分，很可能正是已故诗人们，也就是他的先辈们，最有力地表现了他们作品之所以不朽的部分”。① 在艾略特观点的支持下，现代派诗人至少可以重新考虑自己对传统的理解和运用，他们至少可以更加“理直气壮”地把潜在的对传统的亲近表达出来，表达在他们自己的以创新为目的的诗歌作品当中。

同时，艾略特的话也恰当地说明了北平现代主义诗歌与晚唐诗风的互动关系，现代派诗人并非单向地在传统中寻找自己生存和发展的依据，现代主义诗歌与晚唐诗风之间，应该是一种双向的碰撞。对晚唐诗的重释，不仅对现代主义诗歌的艺术追求发生着作用，同时也“修改”着传统的诗歌观念。“晚唐诗热”的理论提炼与创作实践为晚唐诗风赋予了一种新的意义和现代的品格。他们将现代主义的诗歌观念注入了丰富而沉默的晚唐诗歌遗产，使之重新焕发出新鲜的价值。就这一点而言，“晚唐诗热”的意义已远远大于其所表现出来的启迪诗歌艺术风格的意义。大而言之，“晚唐诗热”不仅是一次新诗对诗学传统的参与和调整，同时也是一种新的诗歌传统的树立，此后，恐怕任何人也无法断言“新诗，实际就是中文写的外国诗”② 了。

---

① ［英］艾略特：《传统与个人才能》，载《艾略特文学论文集》，百花洲文艺出版社 1994 年版，第 3 页。

② 梁实秋：《新诗的格调及其他》，《诗刊》创刊号，1931 年 1 月 20 日。

（三）

以废名为代表的“晚唐诗热”的提倡者们重释诗学传统，其目的更在于标举和确立自己的理论观念。他们追认晚唐诗风，是因为晚唐诗风中某些重要因素与他们的诗歌观念和美学原则相符合。因此，讨论“晚唐诗热”的理论内涵，也就是讨论这一诗人群体自身的美学主张。

在我看来，废名等人的理论架构中最为重要的一环，即为对“诗的内容”的关注和探索。可以说，废名认同晚唐诗风，首先即是认同其“真有诗的内容”。

表面看来，“晚唐诗热”似乎与胡适等人提倡的“元白”诗风相针对。因为以“温李”为代表的晚唐诗，究其风格，是以“隐僻”为重要特征的。胡适斥“温李”为“反动”，其原因也正在于“温李”的“晦涩难懂”与他所提倡的“明白清楚”的美学原则相违背。但是，“温李”与“元白”的分歧毕竟只是诗歌传达方式上的分歧，在这个分歧的背后隐藏的却是更为深刻的诗歌观念的根本差异。

胡适等人的问题在于，他们“重视诗内容上思想启蒙的功能和传达上达到‘明白清楚’的‘白话’手段，并且使传达的手段变成了诗美的本体，在很大程度上淡漠或取消了诗的审美功能。他们以古典诗向白话新体诗语言、韵律转换的‘诗形’变革代替了新诗‘诗质’的建立”①。因此，梁实秋早就批评过胡适他们注重的是“白话”而不是“诗”。也就是说，他们由于片面追求“诗体大解放”，所以只看重了“诗体”，相对忽略了诗“质”。而废名等人对晚唐诗的提倡，正可算是对这一片面追求的反拨。

废名等人关注诗“质”，即不以外部的语言、形式等层面的因素

① 孙玉石：《新诗：现代与传统的对话——兼释 20 世纪 30 年代的“晚唐诗热”》，载《现代中国》第 1 辑，湖北教育出版社 2001 年版。

来区别“诗”与“非诗”。在他们看来，真正的诗“好比一座雕刻，在雕刻家没有下手的时候，这个艺术的生命便已完全了”。这就是说，诗的内容的健全和浑然是决定诗之为诗的关键，外在的形式如何则不会影响到诗“质”的真伪和价值。

正是依循这样的标准，废名才会认同和肯定晚唐诗风。原因在于“李商隐的诗应是‘曲子缚不住者’，因为他真有诗的内容”，而“温庭筠的词简直走到自由路上去了，在那些词里表现的东西。确乎是以前的诗所装不下的”。所谓“曲子缚不住者”和“以前的诗所装不下的”，更明确地说，就是那个不依赖于诗“形”而存在的诗“质”。有了这样的诗“质”，无论文字形式看起来像不像“诗”，都不妨碍诗本质的自我确立。从另一方面说，有了诗“质”的保证，诗的形式则可以更加得到自由和解放。也就是说，是诗质规定了诗形，使其成其为“诗”，而不是靠诗的外形的区分，使诗得以被认定为“诗”。在废名的观念中，很多旧诗是靠诗形而决定了诗的存在，而真正的诗，应是靠诗质起决定性作用的。

废名提倡这种诗“质”，是有为新诗观念服务的自觉目的的。在他看来，这种“诗的内容”正是现代诗人可以从传统中承继的东西，这种“内容”也正是旧诗传统中有价值的部分。因此，对传统的取舍，首先应是从这种“诗的内容”入手，而不是以其是否“白话”，是否明白清楚、妇孺能懂为唯一取舍标准。建立在这样的基础观念之上，废名的新诗理想就非常明确了：“我们的新诗首先要看我们的新诗的内容，形式问题还在其次。”

有了这一认识，诗的内容与文字的关系当然也就随之明确。废名反复强调：

> 如果要做新诗，一定要这个诗是诗的内容，而写这个诗的文字要用散文的文字。已往的诗文学，无论旧诗也好，词也好，乃是散文的内容，而其所用的文字是诗的文字。我们只要有了这个

诗的内容，我们就可以大胆的写我们的新诗，不受一切的束缚，“不拘格律，不拘平仄，不拘长短；有什么题目，做什么诗；诗该怎样做，就怎样做。”我们写的是诗，我们用的文字是散文的文字，就是所谓自由诗。……中国的新诗，即是说用散文的文字写诗，乃是从中国已往的诗文学观察出来的。①

同样是着眼于“中国已往的诗文学”，胡适们的选择和废名们的选择有很大的不同。究其原因，就在于两派诗人的基本诗学观念的不同——胡适们重“诗体”，废名们更重诗“质”。这种根本的分歧造成了他们对传统看法的巨大差异，在废名看来，“胡适之先生所认为反动派‘温李’的诗，倒似乎有我们今日新诗的趋势”。

其实，废名和胡适的观念并不完全相悖。客观地说，废名更像是给胡适的观念设定了一个重要的基础和前提。他说：“我们的新诗一定要表现着一个诗的内容，有了这个诗的内容，然后‘有什么题目，做什么诗；诗该怎样做，就怎样做。’要注意的这里乃是一个‘诗’字，‘诗’该怎样做就怎样做。”这句话非常明确地说明，对于废名等人来说，最重要的是“诗”本身，是要“诗”首先成其为“诗”，然后才能谈得上“体”，谈得上“文字”。这就是说，诗“质”与“诗体”并非对立不容，但诗“质”决定“诗体”，“诗体”依赖于诗“质”而存在。

所以，当胡适本人的作品具有废名所看重的诗“质”时，废名也会对此大加肯定。在评价《蝴蝶》一诗时，废名认为：

作者因了蝴蝶飞，把他的诗的情绪触动起来了，在这一刻以前，他是没有料到他要写这一首诗的，等到他觉得他有一首诗要

① 冯文炳（废名）：《已往的诗文学与新诗》，载《谈新诗》，人民文学出版社 1984 年版，第 37 页。

写，这首诗便不写亦已成功了，因为这个诗的情绪已自己完成，这样便是我所谓诗的内容，新诗所装得下的正是这个内容。若旧诗则不然，旧诗不但装不下这个诗的内容，昔日的诗人也很少人有这个诗的内容，他们做诗我想同我们写散文一样，是情生文，文生情的，他们写诗自然也有所触发，单把所触发的一点写出来未必能成为一首诗，他们的诗要写出来以后才成其为诗，所以旧诗的内容我称为散文的内容。①

“诗的内容”是废名诗学观念的核心和前提，它贯穿了废名的整个诗学思想。废名反复强调，“新诗应该是自由诗”，“如果要做新诗，一定要这个诗是诗的内容，而写这个诗的文字要用散文的文字”。②直到20世纪40年代，在他的诗论文章里仍不断出现“新诗要诗的内容，散文的文字”这样的论点。

那么，这种诗的本质、“诗的内容”到底具有什么特征、包含哪些因素呢？用废名自己的话来说，首先就是要摆脱“情生文，文生情”的“叙事描写”，不要让诗“写出来以后才成其为诗”③，而要建立在一种“整个的”“立体的”“浑然的”“诗的感觉”上，“不写便已成功”。说得更明确些，诗的本质和内容首先来自“诗的感觉”，而这种“感觉”则是要摆脱叙述和说理，建立在“幻想”与“想象”之上的。因此，废名盛赞“温李”，说温庭筠“是整个的想象”，而“李商隐的诗，都是借典故驰骋他的幻想”。

也是基于这一原则，废名和林庚批评一些旧诗“单把所触发的一点写出来”，再把仅有的一句话敷衍成为一首诗。他们认为，这样的诗是为固定的诗形所禁锢，为了满足文字上的要求而破坏了“整

① 冯文炳（废名）:《尝试集》，载《谈新诗》，人民文学出版社1984年版，第5页。

② 冯文炳(废名):《新诗应该是自由诗》，载《谈新诗》，人民文学出版社1984年版，第24页。

③ 冯文炳（废名）:《尝试集》，载《谈新诗》，人民文学出版社1984年版，第5页。

个”的诗的内容。其实，这样的问题在新诗中也有，废名曾指出胡适的《尝试集》里有不少作品是“将一点‘烟土披里纯’敷衍成许多行的文字”。这种为“诗”而“诗”的文字操作，在废名们看来是缺乏“诗的感觉”，不符合诗的本质的。

废名他们所要求的浑然的诗的感觉，表现在创作中即为“诗意充足”。这种“诗意”不依赖语言而存在。真正的好诗，“诗之来是忽然而来，即使不写到纸上也已成功了”。既然不依赖语言而存在，那么至于是什么样的语言、什么样的诗体就更次要了。这是废名对诗本质，即决定什么是诗、什么不是诗的因素的一个思考。因为若是如此，则旧诗与新诗在语言方面的区别就可以被取消，而新的对诗的本质区别的判定随之而来，即以“内容”和“感觉”为标准。也就是说，如果“内容”是诗的，“感觉”是诗的，则无论诗体如何，都是真正的诗；而如果“内容”是散文的，没有诗的“感觉”，那么就无论形式怎样，也不能称之为诗。这也就是说，新诗与旧诗的语言层面的差别在废名等人的眼里已被超越了，代之而来的，是对诗本质的更深层面的界定。对此，废名也有明确的表述：“我的意思便在这里，新诗要别于旧诗而能成立，一定要这个内容是诗的，其文字则要是散文的。旧诗的内容是散文的，其文字则是诗的，不关乎这个诗的文字扩充到白话。”①

在这个意义和立场上，废名们对新诗和旧诗关系的看法当然也与胡适等人的进化论思想产生了分歧。废名说：“总而言之，我以为中国的诗的文学，到宋词为止，内容总有变化，其题材也刚刚适应其内容，那一些诗人所做的诗都应该算是‘新诗’，而这些新诗我想总称之曰‘旧诗’，因为他们是运用同一性质的文字。初期提倡白话诗的人，以为旧诗词当中有许多用了白话，因而把那些诗词认为白话诗，

---

① 冯文炳（废名）：《新诗问答》，载《谈新诗》，人民文学出版社1984年版，第232页。

我以为那是不对的，旧诗词，即我所称的‘旧诗’实在是在一个性质之下运用文字，那里头的‘白话’是同单音字一样的功用，这便是我总称之曰‘旧诗’之故。……体裁是可以模仿的，内容却是没有什么新的了。”①因此，“现在作新诗的青年人，与初期白话诗作者，有着很不同的态度。……他们现在作新诗，只是自己有一种诗的感觉，并不是从一个打倒旧诗的观念出发的，他们与中国旧日的诗词比较生疏，倒是接近西方文学多一点，等到他们稍稍接触中国的诗的文学的时候，他们觉得那很好。他们不以为新诗是旧诗的进步，新诗也只是一种诗。……我以为这个态度是正确的，可以说是新诗观念的一个进步”②。

这的确是“新诗观念的一个进步”。即便用今天的眼光来看，这些观点也具有相当重要的意义和价值。新诗至此走出了在“诗体”层面上的自我定位，仿佛一下子进入了一片自由的天地，无论中西古今的诗学传统，都成了新诗的营养源头。诗人们对艺术的追求也由此变得更加深入和从容。

（四）

在廓清了诗歌本质的基础上，现代派诗人们当然还要思考诗歌的语言方式、感觉方式、意象使用等艺术手法方面的问题。这些问题是现代主义诗歌美学所关注的基本问题，而同时也恰是晚唐诗风中独特而重要的风格特征问题。

首先还是“诗的感觉”。

在废名的理论探讨中，出现了两种不尽相同的“诗的感觉”的概

① 冯文炳（废名）:《新诗问答》，载《谈新诗》，人民文学出版社1984年版，第230页。

② 冯文炳（废名）:《新诗问答》，载《谈新诗》，人民文学出版社1984年版，第226页。

念。一方面是前文所述的关乎“诗的内容”、包含了“诗意”和想象力的那种“诗的感觉”。它更接近于诗的本体，是决定“诗”能否为“诗”的标准之一。此外，废名还在另一方面使用过“诗的感觉”的概念，即其所谓：

> 晚唐人的诗，何以能说不及盛唐的呢？他们用同样的方法做诗，文字上并没有变化，只是他们的诗的感觉不同，因之他们的诗我们读着感到不同罢了。……感觉的不同，我只能笼统的说是时代的关系。因为这个不同，在一个时代的大诗人手下就能产生前无所有的佳作。①

在我看来，这里所说的“诗的感觉”并不关涉诗歌本质，而更侧重于诗歌的感觉方式和传达方式等方面。也就是说，这种“感觉”并不能决定一首作品能否成为“诗”，它决定的是诗歌作品的艺术风格的差异。

废名说晚唐产生了“前无所有的佳作”，其实指的是晚唐诗风在艺术风格和审美心理上出现了巨大的转变。有研究者指出：晚唐时期，“在诗歌理论上，‘气骨’不再被重视，而发展了另一概念——‘兴象’，其标志就是晚唐最重要的诗歌理论著作——《诗品》的出现。诗歌的最高标准不再是感情是否充沛，气势是否悠长。所谓‘近而不浮，远而不尽，然后可以言韵外之致耳’”②。昔日盛唐诗人那种饱满的热情和阔大的胸襟不见了，代之以“素处以默，妙机其微”的冲淡和“不着一字，尽得风流”的含蓄，诗人更看重的是“前人少有的细腻的情感和敏感的心灵”。这当然是情感方式和传达方式范畴的问题。晚唐诗人看重个人的体验和细微的情感，并以极端个人化的方式传达

① 冯文炳（废名）：《新诗问答》，载《谈新诗》，人民文学出版社 1984 年版，第 227 页。

② 任海天：《晚唐诗风》，黑龙江教育出版社 1998 年版，第 22 页。

出来，在取消了表层的浪漫色彩的同时，更沉入了对个体心灵的关注。无疑，晚唐诗风所表现出来的这些方面，正符合了现代主义诗歌的审美标准。

与“盛唐气象”相比，晚唐诗风之所以给人“纤小”和“衰飒”的印象，关键之处即在于晚唐诗人的“回到内心”。“伴随着自我信念的失落，诗人的内在感受却在加强。他们相对较少或不再关注身外那既不精彩又很无奈的世界，而是沉浸在自己的情感世界之中，体会心灵的痛苦，抚摸内在的创伤。因此，作为诗人，李商隐虽不具李白的豪迈潇洒，却有着更深的敏感和多情。在他那幽奥婉丽的诗的世界里，我们时时可以通过那些复杂的暗示和微妙的象征来体验诗人所特有的那种惝恍迷离的心绪，从而获得另一种风格的审美享受。”①

“回到内心”这种情感方式，使诗歌更具有个人化的情感色彩。其实细究起来，这一源头并不始自晚唐，而是肇始于六朝时期。晚唐诗歌上接六朝诗文，下启宋诗，它承启的最重要的艺术元素就是这种文人对自我个性的张扬和以独立知识分子立场所进行的理性思考和反省。正是这种个性和独立意识，使得晚唐诗歌在看似华美精艳的外表下，仍回荡着一股富有人性思想和情感魅力的人格力量。而这种将形式的锤炼与个人或沉郁或丰沛的情感完美地结合在一起的，正是杜牧、李商隐和温庭筠。这大概就是为什么在晚唐诗人绚丽错杂的艺术风格中，“温李”始终是最受人推崇的一宗。

当然，在“温李”二人之间，同样存在着风格特征上的差别。与温庭筠相比，李商隐更凸显了文人内心的沉郁，可以说，他是更注重于“回到内心”的，而且这个“内心”往往就是他自己的真实内在、他的灵魂深处。用今天的研究者的话说，即“主观化创作倾向在李商

① 任海天：《晚唐诗风》，黑龙江教育出版社1998年版，第24页。

隐诗中可以说是渗透性的、弥漫性的”①。

应该说，晚唐诗人“回到内心”的方式与其外部的社会环境相关，这也就是废名所说的“时代的关系”。因为——

> 只有到了晚唐，诗歌才由对外部世界的关注而折返入对心灵世界的探求，从而以其深幽的情怀独胜。诗作主要成为平静主体心灵的需要，而不奢望对外部世界有何触及补救，事实上诗人也的确有心无力，无可奈何。社会因此也不再关注诗人，“自牧之后，诗人擅经国誉望者概少，唐人材益寥落不振矣”(《唐音癸签》卷二五)。因为社会不再关注诗人，所以诗人也渐渐丧失了关注社会的热情和激情。这是时代环境造成的结果。对当时的诗人个体而言，无疑是一种悲剧。但对文学艺术来说，却促使了一种新的风格的生成。因为与这种心态相应，晚唐诗歌在意象和意境方面出现了新貌，表现诗人日常生活情趣的诗歌意象大量涌现，甚至到了泛滥的程度。②

“回到内心”与“回到个人”，使得晚唐诗中大量出现表现日常生活情趣的意象，大大丰富了原有的诗歌意象世界。同时，意象的使用也突破了审美点缀的功用，成为一种直接呈现作者生活和心境的方法和载体，这使得意象使用本身也更趋普遍而灵活。可以说，正是这种意象的丰富性和使用的普遍性，构成了晚唐诗歌“姿态”的另一重要特征。

废名曾经将温庭筠的诗誉为“视觉的盛筵”。所谓“视觉的盛筵”，说得清晰些，其实就是指意象的丰富性。废名说：“中国诗里

---

① 董乃斌：《精神自由的强烈呼唤——论李商隐诗的主观化特征》，载王蒙、刘学锴主编：《李商隐研究论集（1949 ~ 1997）》，广西师范大学出版社 1998 年版，第 540 页。

② 任海天：《晚唐诗风》，黑龙江教育出版社 1998 年版，第 45 页。

简直不用主词，然而我们读起来并不碍事，在西洋诗里便没有这种情形，西洋诗里的文字同散文里的文字是一个文法。”[1]废名所谓“文法”实际上涉及了诗歌传达方式的问题。也就是说，是以一种叙述描写的方式传达诗人情感，还是以意象的方式呈现诗人的心灵体验，这才是问题的关键。晚唐诗人开辟的，正是这条以意象呈现体验的道路。因为这条道路这种方法，晚唐诗歌中才出现了“视觉的盛筵”的艺术效果。

注重意象的塑造，这是20世纪30年代现代主义诗人理论探讨和创作实践中极为关注的一个重要方面。在经过了从胡适至穆木天等初期理论倡导者的探索之后，现代派诗人也对这一重要诗学范畴有了进一步的探索。李健吾在对卞之琳的诗歌进行批评的时候提及“如今的诗人”的“具体的描画”的手法，指的也主要是意象的营造手法。他说：“从正面来看，诗人好像雕绘一个古诗的片断；然而从各方面来看，光影那样匀称，却唤起你一个完美的想象的世界，在字句以外，在比喻以内，需要细心的体会，经过迷藏一样的捉摸，然后尽你联想的可能，启发你一种永久的诗的情绪。”[2]这种“描画”的方法所唤起的“完美的想象的世界”，不也是一种“视觉的盛筵”么？

此外，朱光潜对“意象”的概念和理论也有重要的探讨。他从心理学的角度入手，生发出更多新鲜的见解。他认为，“意象是所知觉的事物在心中所印的影子”[3]，而意象的生成得自于“创造性的联想”。朱光潜力图将中西诗学融会在一起，将传统诗学中“即景生情，因情生景”的理论范畴中的“景”与“意象”相并置，接通中西诗学的基本概念和内容。他将克罗齐的理论——“艺术把一种情趣寄托在一个

---

① 冯文炳（废名）：《新诗应该是自由诗》，载《谈新诗》，人民文学出版社1984年版，第26页。

② 刘西渭（李健吾）：《〈鱼目集〉——卞之琳先生作》，载《咀华集》，文化生活出版社1936年版，第129页。

③ 朱光潜：《文艺心理学》，载《朱光潜全集》第1卷，安徽教育出版社1987年版，第386页。

意象里，情趣离意象，或者是意象离情趣，都不能独立”——与中国传统诗学中的“情景相生”相互印证，说明意象在诗的境界中的重要地位和作用。

朱光潜认为：“情趣与意象之中有……隔阂与冲突。打破这种隔阂与冲突是艺术的主要使命，把它们完全打破，使情趣与意象融化得恰到好处，这是达到最高理想的艺术。”以这个标准来衡量，“中国古诗大半是情趣富于意象”。在朱光潜看来：“诗艺的演进可以从多方面看，如果从情趣与意象的配合看，中国古诗的演进可以分为三个步骤：首先是情趣逐渐征服意象，中间是征服的完成，后来意象蔚起，几成一种独立自足的境界。”而达到他所说的这“第三步”，即意象成为“独立自足的境界”，正是六朝诗。因此朱光潜说：“一般批评家对于六朝人及唐朝温、李一派作品常存歧视。其实诗的好坏决难拿一个绝对的标准去衡量。”“唐人的诗和五代及宋人的词尤其宜于从情趣意象配合的观点去研究。”①

朱光潜的观点非常鲜明，他肯定了六朝及晚唐诗中“情趣”与“意象”配合的程度，并指出这是“诗艺的演进”的一个方面。也就是说，以这个标准来衡量“诗的好坏”，则六朝、晚唐诗不仅不应被歧视，反而应得到高度的评价。

据此，朱光潜称赞晚唐诗“以意象触动视听的技巧”。他说：“一首诗的意象好比图画的颜色阴影浓淡配合在一起，烘托一种有情致的风景出来。李义山和许多晚唐诗人的作品在技巧上很类似西方的象征主义，都是选择几个很精妙的意象出来，以唤起读者多方面的联想。”② 意象的象征性和暗示性，正是现代主义诗歌的追求和创造，朱光潜在李商隐等晚唐诗人的作品里就发现了最好的例证。由此可见，

---

① 朱光潜：《诗的境界——情趣与意象》，载《诗论》，生活 · 读书 · 新知三联书店 1984 年版，第 45—83 页。

② 朱光潜：《读李义山的〈锦瑟〉》，载《朱光潜全集》第 8 卷，安徽教育出版社 1992 年版，第 409 页。

重“意象”的现代主义诗人大力提倡晚唐诗风，实在是必然的了。

在理论上关注“意象”问题的同时，北平的现代派诗人在创作实践中也突出了对意象塑造的重视，而且，他们塑造的很多诗歌意象都具有鲜明的个性风格。那些明显带有“现代化”气息的都市意象在北平诗人的作品中是非常少见的，即使偶有涉及，也终归是“大街寂寞、人类寂寞”（废名《街头》）等传统诗思的反衬，并不真正体现现代都市的精神内涵。可以说，正是意象的传统性这一突出特点，使得“前线诗人”的作品从直观上就先已拉近了与传统的距离。

1935 年李长之在分析批评林庚的诗集《春野与窗》时，曾专门提到了林庚诗中的意象使用问题，在我看来，他略含批评的意见恰恰说明了林诗意象的传统特色。他指出，林庚的“用语上有一种重复，往往同一形容，而在诗中数见”，例如“把落花比作胭脂”：“花絮如黄昏里的胭脂／极少的落在窗外”，以及“窗外的落花像胭脂”，等等。此外，李长之还指出了林庚写“落雨”必写“地上湿”，写“路上的行人”往往要写到“山后”，等等①。其实，李长之没有说明的是，林庚使用最频繁的意象恰恰多是具有鲜明传统色彩的。这些意象看上去不具备现代性，或说是超越时代的。而正是这种具有模糊时间性质的意象，为现代的诗人接近古人的意境提供了唯一有效的途径。

还需强调的是，在意象的传统性和丰富性之外，现代派诗人还继承了晚唐诗人所特有的那种意象联系方式。用朱光潜的说法，就是“跳”。这种“跳”的成因在于“这些诗没有提供形象之间、诗句之间、诗联之间的联结、关系、逻辑与秩序。……诗句特别主要是诗联之间，空隙很大、空白很大、跳跃很大”，而这种“不连贯性，中断性，可以说是李商隐这几首诗的重要的结构手法……正是用这种手法，构筑了、熔铸了诗人的诗象与诗境，建造了一个与外部世界有关联又大不相同的深幽的内心世界，造成了一种特殊的‘蒙太奇’，一

① 参见长之：《春野与窗》，载《益世报·文学副刊》第 9 期，1935 年 5 月 1 日。

种更加现代的极简略的‘蒙太奇’”。[①] 废名将这种“跳”称为“因文生情”，朱光潜则称此为“心理学家所说的联想的飘忽幻变”。这种手法，深刻地影响着“前线诗人”创造的意象世界，同时也直接作用于他们“含蓄”美学的生成。难怪朱光潜要说，其“美妙在此，艰涩也在此”[②]。

（五）

“美妙”与“艰涩”并存，这是晚唐诗与现代主义诗歌的又一共同特征，而且，这也是极为重要的一个共同特征。

高棅在《唐诗品汇·总叙》中，以“温飞卿之绮靡”与“李义山之隐僻”概括“温李”的整体艺术风格。的确，“绮靡”和“隐僻”正是晚唐诗风的核心特征，尤其是“李义山之隐僻”，更是主张“明白清楚”的胡适等人批评的重心。前文已多次说明，诗歌传达的“隐”与“显”是胡适与废名等人的诗歌审美原则的根本分歧点。因此，李商隐的深幽诗风就成为两方面共同关注的焦点。可以说，现代派诗人重提晚唐，在很大程度上也就是对以李商隐为代表的这种深幽含蓄之美的认同与提倡。

当然，认同李商隐的深幽之美、不赞同以“明白清楚”作为诗歌审美唯一标准的观点，并不是“前线诗人”最早提出的。早在1922年，梁启超就曾经相当客观地指出，李商隐的诗“就‘唯美的’眼光看来，自有他的价值”。他说，李商隐的《锦瑟》《碧城》《圣女祠》等诗，“他讲的什么事，我理会不着。拆开一句叫我解释，我连文义也解不出来。但我觉得他美，读起来令我精神上得一种新鲜的愉快。须知，美是多方面的，美是含有神秘性的。我们若还承认美的价值，

① 王蒙：《通境与通情——也谈李商隐的〈无题〉七律》，载王蒙、刘学锴主编：《李商隐研究论集（1949 ~ 1997）》，广西师范大学出版社1998年版，第588页。

② 孟实：《桥》，《文学杂志》第1卷第3期，1937年7月1日。

对于这种文学，是不容轻轻抹煞啊”[①]。梁启超描述的应是很多中国文人读李商隐诗的共同感受，这种“美”的感受的产生是自然而然的，并不会因为哪一种理论原则的提出而被否认或扼杀。甚至，可能正因为李商隐的诗具有“寄托深而措辞婉”（叶燮《原诗》）、“在可解不可解之间，然其妙可思”[②]的特点，所以才更多地被历代的文人们玩味咀嚼。在我看来，这种“美”的感受虽然无法用理论解释清楚，但它的确是存在的，而且，它的存在本身就是对于片面提倡“明白清楚”美学的一种置疑和动摇。

1926年，周作人提出新诗需要“象征”的要求。他说，初期新诗的“一切作品都像是一个玻璃球，晶莹透澈得太厉害了，没有一点儿朦胧，因此也似乎缺少了一种余香与回味”。周作人于是提出，新诗最迫切需要的就是象征，这象征“是外国的新潮流，同时也是中国的旧手法，新诗如往这一路去，融合便可成功，真正的中国新诗也就可以产生出来了”。对于具体的方法，周作人明确指出：“所谓‘兴’最有意思，用新名词来讲或可以说是象征。让我说一句陈腐话，象征是诗的最新的写法，但也是最旧，在中国也‘古已有之’。”[③]周作人关于沟通“兴”与“象征”的想法，其实仍是基于一种直觉的感受。但他企图在传统诗学中寻找新诗的出路，企图在中西诗学中融会贯通，这份努力是十分可贵的。可以说，周作人对“兴”的倡导，正是20世纪30年代现代派诗人在传统诗学领域中寻找含蓄婉丽的传达方式的先声。

现代派诗人提倡晚唐诗，为诗歌意境带来“朦胧”的美感。他们并不回避和否认晚唐诗中有难于理解的地方，但他们的观点是，“这

① 梁启超：《中国韵文里头所表现的情感》，见《饮冰室文集》之三十七，《饮冰室合集》第4卷，中华书局1989年版，第117—170页。

② 清纪昀评李义山语，转引自孙玉石：《新诗：现代与传统的对话——兼释20世纪30年代的“晚唐诗热”》，载《现代中国》第1辑，湖北教育出版社2001年版。

③ 周作人：《〈扬鞭集〉序》，《语丝》第82期，1926年6月7日。

些诗作者似乎并无意要千百年后我辈读者读懂，但我们却仿佛懂得，其情思殊佳，感觉亦美”①。在他们看来，“懂不懂”与“美不美”完全是两个不同的问题，前者对后者不应有规定性的束缚力量。美好的“情思”和“感觉”具备了，“仿佛懂得”其实就已足够。

现代派诗人因此不将“懂”与“不懂”作为衡量诗境高下的标准，他们不像胡适那样，认为李商隐的“深而不露”本质上是一种“浅薄”②。他们认为：“意境难，语言也往往因之而难，李长吉和李义山比元稹、白居易难懂，是同时在意境和语言两方面见出的。”③也就是说，语言的深浅是依诗歌意境的需要而定的，以单一的“易懂”标准要求各种不同的诗境，既不符合审美心理又不符合实际。

因此，现代主义诗人提倡晚唐诗其实也就是提倡一种文学审美的多元化。他们认为：“‘一春梦雨常飘瓦，尽日灵风不满旗’之类诗句，对于多数人或许是不可解，甚至于是不通，但是也有一部分人觉得它们很妙。如果文艺的价值不应取决于多数，则这一部分嗜好难诗的人也有权说他们所爱好的诗是好诗。”这是“文艺上趣味的分歧”，“是永远没有方法可以统一的”。“诗原来有两种。一种是‘明白清楚’的，一种是不甚‘明白清楚’的，或者说‘迷离隐约’的。这两种诗都有存在的理由。”④明白清楚是一种美，迷离隐约同样是一种美，对二者不应该也不必要有所偏废。因此，现代派诗人在认同深幽诗风的同时，也绝不刻意追求艰涩。他们说：“作者固然不必求人了解，但避明白而求晦涩也不符诗的本旨。”⑤这批现代派诗人很清楚地知道，

① 冯文炳（废名）：《已往的诗文学与新诗》，载《谈新诗》，人民文学出版社 1984 年版，第 37 页。

② 胡适：《〈蕙的风〉序》，载《胡适文集》第 3 卷，人民文学出版社 1998 年版，第 179 页。

③ 朱光潜：《谈晦涩》，《新诗》第 2 卷第 2 期，1937 年 5 月 10 日。

④ 朱光潜：《心理上个别的差异与诗的欣赏》，《大公报 · 文艺》第 241 期，1936 年 11 月 1 日。

⑤ 柯可：《论中国新诗的新途径》，《新诗》第 1 卷第 4 期，1937 年 1 月 10 日。

“文坛上许多无谓争执起于迷信文艺只有一条正路可走，而且这条路就是自己所走的路”①。所以，他们主张破除这种“迷信”，提倡多元化的诗歌美学。可以说，他们在张扬深幽婉曲的审美原则的同时，也为自己的诗歌观念和艺术方法争取到了一个平等的地位。

1937年六七月间，《独立评论》上爆发了一场关于“看不懂”的大争论，这其实仍是两种诗歌审美原则历时已久的争论的延续。只是此时，现代派诗人已然声势很壮、成绩很大了。与胡适的少许妥协和梁实秋的未具真名相比，沈从文简直有些咄咄逼人。在我看来，这场论争其实是不战而胜负已分，甚而可以说，是胡适和梁实秋送给了沈从文一个机会，使他替现代派美学进行了一次充分的自我声张。

沈从文首先指出：

> 文学革命初期写作的口号是“明白易懂”。文章好坏的标准，因之也就有一部分人把他建立在易懂不易懂的上头。……不过……文学革命同社会上别的革命一样，无论当初理想如何健全，它在一个较长的时间中，受外来影响和事实影响，它会“变”。因为变，“明白易懂”的理论，到某一时就限制不住作家。……若一个人保守着原有观念，自然会觉得新来的越来越难懂，作品多晦涩，甚至于“不通”。正如承受这个变，以为每个人有用文字描写自己感受的权利来写作的人，也间或要嘲笑到“明白易懂”为“平凡”。

很明显，沈从文所持的是一种发展的观点。一方面他认为，文学观念和审美标准不可能是一成不变的，不应该用单一的标准制约多元发展的文学；另一方面，沈从文也以一种颇为自信的语气表

① 朱光潜：《诗的境界——情趣与意象》，载《诗论》，生活·读书·新知三联书店1984年版。

明，他们这些“新来的”其实就是先进的，他们顺应并代表着文学观念的演进。因此他说：“这些渐渐的能在文字上创造风格的作者，对于中国新文学的贡献，倒是功大过小。它的功就是把写作范围展宽，不特在各种人事上失去拘束性，且在文体上也是供有天才的作家自由发展的机会。这自由发展，当然就孕育了一个‘进步’的种子。”[①] 沈从文干脆将“看不懂”的现象与文学审美上的“进步”相联系，直接将这场看似具体问题的论争引到了文学观念的进化的层面上，将梁实秋、胡适等人归于“不能追逐时变”的保守派，这当然依赖于他的雄辩，但更重要的，是依赖于他对现代主义理论观念的高度自信。

此外，针对胡适“现在做这种叫人看不懂的诗文的人，都只是因为表现的能力太差，他们根本就没有叫人看得懂的本领”[②] 的刻薄说法，沈从文进行了有力的辩解。他说：

> 事实上，当前能写出有风格作品的，与其说是“缺少表现能力”，不如说是“有他自己表现的方法”。他们不是对文字的“疏忽”，实在是对文字“过于注意”。

的确，现代主义诗人正是拥有他们自己的表现方法，拥有自己对于诗歌语言、传达方式等方面的思考和创新。最终，他们以其超卓的理论与实践的成绩消释了一切误解和贬斥。

其实，至今仍有很多人认为，“晦涩”就是现代主义诗歌的代名词。事实上，这种看法也并非完全没有依据。艾略特说：

> 就我们文明目前的状况而言，诗人很可能不得不变得艰涩。

---

① 沈从文：《关于看不懂（二）（通信）》，《独立评论》第 241 号，1937 年 7 月 4 日。
② 适之：《编辑后记》，《独立评论》第 238 号，1937 年 6 月 13 日。

> 我们的文明涵容着如此巨大的多样性和复杂性，而这种多样性和复杂性，作用于精细的感受力，必然会产生多样而复杂的结果。诗人必然会变得越来越具涵容性，暗示性和间接性，以便可以强使——如果需要可以打乱——语言以适合自己的意思。①

无论称其为“晦涩”还是“迷离隐约”，总之，这种诗歌传达效果都是根据诗情和诗境的需要而定的。晚唐诗人“旨趣遥深”，创造了诗歌艺术中深幽之美的一脉血统，现代主义诗人又因“文明涵容着如此巨大的多样性和复杂性”而“不得不变得艰涩”。因此，现代派诗人欣赏晚唐，自觉地与晚唐传统相接续，这其中存在着很大的必然性。两种“晦涩”，虽不生成于同样的诗情和时代环境，但在艺术手法、审美标准等方面，二者的确产生了跨越时空的共鸣。

四、边城的荒野留下少年的笛声

——20 世纪 30 年代北平现代主义诗人文化心态

20 世纪 30 年代的北平具有特殊的历史氛围和文化环境。随着政治、经济中心的南移，北平成了一座在城市功能上相对单一的“文化都城”。它凭借现代的高等教育、丰富的学术思想资源和宽松自由的学术艺术环境，为学术和艺术的发展提供了广阔自由的空间，并为各种思潮的发生发展提供了可能。更为独特的是，这座“文化古城”恰处“传统”与“现代”之间：八百年帝都的历史奠定了深厚的历史文化内涵，而五四新文化运动的思想意识又构成了另一脉新的现代的文

① ［英］艾略特：《玄学派诗人》，载《艾略特文学论文集》，百花洲文艺出版社 1994 年版，第 24—25 页。

化传统。20 世纪 30 年代的北平就正处在这两种文化、两个传统之间，最充分地体现了“传统”与“现代”、“旧”与“新”之间的交战与交融。

独特的文化环境造就了作家诗人独特的文化心态，从而也孕育了独特的文学思想与艺术风格。分析诗人作家的文化心态与文学思想，不仅可深入他们的精神世界和文学世界，同时更能获得对 20 世纪 30 年代北平这一特定时空文化环境的深刻理解。

（一）

在北平现代诗人复杂的文化心态中，“地之子”自我形象的塑造和“乡下人”心态的标榜，无疑是最具代表性和研究价值的。

20 世纪 30 年代的北平现代主义诗人多是以求职求学的方式从各地会聚到这个“文化古城”——特别是大学校园——中来的。换句话说，他们对北平的选择更是一种“文化”的选择，这种方式决定了他们面对北平这座城市时的独特视角与立场。一方面，他们为北平独特的历史文化内涵所吸引，在精神和情感上依赖和眷恋着北平；另一方面，他们又以“外来者”的姿态观察和审视北平，相对客观地对北平城市性格及其所代表的民族传统文化进行着反思与批判。这种包含了感情的依恋与理性的批判两个层面的复杂情感和独特体认，即为造就他们特殊心态的重要背景与基础。

作为“外来者”，诗人们并不是来自另一座城市，而是来自一个完全不同的文化环境——乡土农村，城乡之间巨大的文化差异无疑影响着他们独特心态的形成。从乡村到城市，这固然体现了诗人们的一种文化取舍，但并不等于说明他们就完全背离了乡村文化而认同了城市文化。事实恰好相反，他们不仅没有彻底皈依城市文化，而且身居城市却有意保持着“乡下人”的情感与思维方式，这种姿态本身就蕴含着深刻的文化意味。

1933年春，初涉诗坛的李广田创作了后来被公认为其代表作的《地之子》，在诗中塑造了一个“生自土中”“来自田间”、以大地为母亲的“地之子”的自我形象。在这个具有一定象征意味的形象中，诗人表达的不仅是对真实的乡土家园的依恋和赞美，同时更传达出他对传统趣味的眷恋、对淳朴生活方式的认同，以及对现实人生执着忠实的朴素感情。这种心态一直延续在李广田后来的诗文作品中，他曾明确地说：

> 我是一个乡下人。我爱乡间，并爱住在乡间的人们。就是现在，虽然在这座大城里住过几年了，我几乎还是像一个乡下人一样生活着，思想着，假如我所写的东西里尚未能脱除那点乡下气。那也许就是当然的事件吧。①

显然，“像一个乡下人一样”生活和思想，并把“乡下气”反映在文学创作中，这是李广田将自己定位于“地之子”的理由和情感依托。他强调的是自己独立于城市文化之外的生活方式、思维方式以及文学的表达方式。这种表白已经超出了一般意义上的思乡情绪，而趋向于一种文化心态的自白。

事实上，这种“乡下人”姿态在20世纪30年代的北平诗坛上是具有一定代表性的。李健吾在评论李广田的诗文时也曾说：“我先得承认我是个乡下孩子，然而七错八错，不知怎么，却总呼吸着都市的烟氛。身子落在柏油马路上，眼睛接触着光怪陆离的现代，我这沾满了黑星星的心，每当夜阑人静，不由向往绿的草，绿的河，绿的树和绿的茅舍。”②引起李健吾共鸣的，不仅是李广田诗文中所体现出来的“淳朴的人生”和“素朴的诗的静美”，更是那种身在城市心向乡土

① 李广田：《〈画廊集〉题记》，《益世报》1935年3月20日。

② 刘西渭（李健吾）：《〈画廊集〉——李广田先生作》，载《咀华集》，文化生活出版社1936年版，第183页。

的情怀。这是一种文化趣味与审美心理的共鸣，他们同样对“都市的烟氛”和“光怪陆离的现代”城市环境有所隔阂，同样倾向于乡土氛围所代表的传统文化精神。

与李广田、李健吾一样，废名、何其芳等人也以各自不同的方式传达着自己对“精神乡土”的怀恋。之所以称之为“精神乡土”，是因为在诗人们的心中和笔下，乡土农村已经被诗化地处理成为一种带有明显象征意义的喻体。它象征着人性的纯粹、审美的和谐、心灵的纯净、生命的健硕……这一切，在废名、何其芳等人的诗歌、散文、小说中都随处可见。他们以纯美的诗意的笔调描写“农村寂静的美”与“平凡的人性的美”，构筑“最纯粹的农村散文诗”。① 他们当然不是在简单地抒发乡情，而是借此传达自己的文化取向，即如何其芳自己所解释的，“若说是怀乡倒未必，我底思想空灵得并不落于实地”②。

相比之下，最明白地强调自己的“乡下人”立场与心态，同时有意“用‘乡情’对抗‘城市文化’”③的，还是沈从文。有研究者指出：“在沈从文几十年的城市生涯中，他念念不忘甚至可以说是喋喋不休地宣称自己是‘乡下人’。‘乡下人’的概念不仅仅是沈从文的一种自我评价，同时更是他的自我期许、自我设计和自我培养。几十年间他不断地构筑、不断地丰富着这种‘乡下人’的世界，于是‘乡下人’世界就不知不觉地成了他的情感、灵感以及人格力量的来源，成了他与城市斗争的阵地与堡垒。他对这个世界的依靠程度是如此之深，以至于他不得不对它常常进行有意的夸张。”④的确，对于塑造“乡下人”这一自我形象，沈从文确实比其他诗人更

① 沈从文：《论冯文炳》，载《沈从文文集》第 11 卷，花城出版社、生活 · 读书 · 新知三联书店香港分店 1984 年版，第 97—100 页。

② 何其芳：《岩》，《水星》第 1 卷第 2 期，1934 年 11 月。

③ 范培松：《论京派散文》，《文学评论》1995 年第 3 期。

④ 李书磊：《都市的迁徙》，时代文艺出版社 1993 年版，第 108 页。

为自觉。而且，与“地之子”形象相比，沈从文的“乡下人”形象似乎更带有挑战城市文化的意味。李健吾当时就曾指出：“沈从文先生把——文人——分做乡下人城里人。他厌恶庸俗的后者，崇拜有朝气的前者。”①沈从文自己则说：“在都市住上十年，我还是个乡下人。第一件事，我就永远不习惯城里人所习惯的道德的愉快，伦理的愉快。……这种‘城里人’仿佛细腻，其实庸俗；仿佛和平，其实阴险；仿佛清高，其实鬼祟。……老实说，我讨厌这种城里人。”②他坦言：“我是个乡下人，走到任何一处照例都带了一把尺，一把秤，和普通社会总是不合。一切来到我命运中的事事物物，我有我自己的尺寸和分量，来证实生命的价值和意义。我用不着你们名叫‘社会’为制定的那个东西。我讨厌一般标准，尤其是什么思想家为扭曲蠹蚀人性而定下的乡愿蠢事。……这种人从来就是不健康的，哪能够希望有个健康的人生观。”③

显然，用沈从文的“尺”和“秤”来衡量，城里人是“庸俗”“阴险”“鬼祟”的；城市文化中的价值观、人生观则是愚蠢病态甚至扭曲人性的。他以这种强烈的对比来传达自己明显的褒贬好恶，并且有意识地要以“乡下人”健康的生命力来疗救“堕落”的城市文化。在这一点上，沈从文不仅表明了他鲜明的文化立场，同时也做出了生活方式和文学趣味层面上的选择。

（二）

不可否认，“乡下人”的心态，从某种意义上说，是一种与城市

① 刘西渭（李健吾）：《〈篱下集〉——萧乾先生作》，载《咀华集》，文化生活出版社1936年版，第92页。

② 沈从文：《〈篱下集〉题记》，载《沈从文文集》第11卷，花城出版社、生活·读书·新知三联书店香港分店1984年版，第33—34页。

③ 沈从文：《水云》，载《沈从文文集》第10卷，花城出版社、生活·读书·新知三联书店香港分店1984年版，第266页。

人、城市生活状态相对立的心态，但这种对立并不一定是针锋相对的敌意的对立，而可能更多地表现为一种基于城乡文化差异而产生的对城市文化和城市人生活状态的“反思”。

其实，对城市文化的反思一直是现代主义艺术最感兴趣的问题之一。因为现代主义文学原本就产生于城市，“而且是从波德莱尔开始的——尤其是他发现人群意味着孤独的时候开始的”①。也就是说，现代主义文学艺术是伴随着个人对城市文化的对抗性反思而产生的。在现代主义者眼中，城市是一个复杂矛盾的客体，它“既是一种新的可能性，又是不真实的、支离破碎的”，就如同机器所代表的工业文明“既是新奇能量的旋涡，又是破坏性的工具一样”。② 因此，对城市文化的思考、剖析，甚至批判，就成为现代主义者理解和反思现代文化的最重要的途径。与此同时，对于个体的思想者或作家来说，城市意味着一个带有强制性和暴力性的群体，它会对人的个性和天性造成压迫、扭曲和异化。因此，“反城市”意识一直是西方现代主义思想中的一个重要组成部分，这种意识也与现代主义者的怀疑、批判和断裂的思想意识与心态密切相关。

对于深受波德莱尔、艾略特影响的中国现代主义诗人来说，“反城市”意识当然也会被他们接受，但需辨清的是，他们在吸收和借鉴西方思想艺术时也在依文化背景和现实环境的差异而进行取舍和消化。因此，北平现代主义诗人对城市的态度，与波德莱尔、艾略特等人的城市文化观自然也就有同有异，他们塑造的“地之子”和“乡下人”的自我形象是更符合民族心理，也更贴近诗人的现实生活的。

---

① ［英］G. M. 海德：《城市诗歌》，载［英］马·布雷德伯里、詹·麦克法兰编：《现代主义》，胡家峦等译，上海外语教育出版社 1992 年版，第 310 页。

② ［英］马尔科姆·布雷德伯里、詹姆斯·麦克法兰：《现代主义的名称和性质》，载［英］马·布雷德伯里、詹·麦克法兰编：《现代主义》，胡家峦等译，上海外语教育出版社 1992 年版，第 35 页。

与波德莱尔、艾略特思想相通的是，北平现代主义诗人的城市文化批判也起源于对现代文明挤压人性的批判，即如沈从文所说的：“我对于城市中人在狭窄庸懦的生活里产生的作人善恶观念，不能引起多少兴味，一到城市中来生活，弄得忧郁强执不像一个‘人’的感情了。”①在他眼里，乡土世界中“优美，健康，自然，而又不悖乎人性的人生形式”②，才是培养和产生一个正常“人”的感情的基础。而这种自由生长的人生形式恰恰为城市文明所不容，因此，城市文化就成了健康自然人性的“天敌”。这一出发点，与西方现代主义者是基本相同的。但与此同时，中国知识分子所继承的启蒙理想决定了他们对民族现代化的热切期待，而工商业城市的发展又往往是这种现代化的最具体的体现。因此，中国诗人对待城市的态度无疑会显得更为复杂和矛盾。他们一方面从现代启蒙的立场认同城市化所代表的先进的生产力和现代文明，批判宗法农村所代表的封建文化；而另一方面，当他们在城市内部生活时，他们又会以现代人和独立知识分子的立场反思城市文明的弊端，反对工业文明对人性的侵蚀，转而赞美乡村的淳朴人性。这两种思想在中国知识分子的心中交织着，构成了他们极为独特的心态。

正是20世纪30年代的北平，恰恰最能容纳这群文人的独特心态，同时也最能激发和体现他们心态的复杂性和独特性。因为，此时的北平本身就兼具城市与乡村的双重文化特色，也涵容了现代的与传统的两种文化内涵。因此可以说，北平城市文化的独特复杂与北平文人心态的独特复杂正好起到了相辅相成、互动互现的作用。

有研究者认为，以沈从文为代表的北平文人对城市的态度有点“矛盾”：“就以他们的本身行动来看，一方面迷‘乡’恋‘乡’，另一方面又不愿意离开城市文明。‘厌城’与‘城居’的矛盾也就是他们

① 沈从文：《从文自传》，人民文学出版社1981年版，第56页。

② 沈从文：《〈从文小说习作选〉代序》，载《沈从文文集》第11卷，花城出版社、生活·读书·新知三联书店香港分店1984年版，第45页。

情感与价值的对立……”[①]而在我看来，这种“矛盾”恰恰是“文化古城”北平造成的，也恰恰只能在这个特殊的城市中得到解决。换句话说，只有在北平这样一个城市与乡村的“交叉地带”，才能平衡和统一“厌城”与“城居”这两种看似矛盾对立的心态。而这种平衡统一，又正是北平诗人文化心态的独特之处，这种复杂丰富的心态，是上海等其他现代都市的诗人不可能具备的。

一方面，作为文化中心的北平与作为经济中心的上海很不一样。上海由于工商业经济发达，其城乡差别就必然悬殊，而北平作为“文化古城”，城乡差距远远小于上海，乡土气息反而更占上风。因此，北平诗人虽是“城居”，但在这里却看不到真正“光怪陆离”的现代都市景观，相反，它独特的乡土气息倒令这些“地之子”和“乡下人”倍感亲切。即如老舍所说：“北平是个都城。而能有好多自己产生的花，菜，水果，这就使人更接近了自然。从它里面说，它没有像伦敦的那些成天冒烟的工厂；从外面说，它紧连着园林，菜圃，与农村。采菊东篱下，在这里，确是可以悠然见南山的；大概把‘南’字变个‘西’或‘北’，也没有多少了不得的吧。”[②]可以说，正是北平的这种特殊环境，不仅消解了“厌城”和“城居”之间的矛盾，而且还使得二者之间产生了奇妙的关联和融合。同时，也正是这种独特的文化氛围和乡村风貌才能容纳和满足“地之子”特有的传统文人趣味。

另一方面，也正是由于20世纪30年代北平的现实环境，更加深了诗人作家们的乡土情怀。林庚后来就回忆说：“在我的个人经验中有这么个印象：《何梅协定》后北京处于半沦陷状态，北京成了一座失去政治意义的‘文化城’、一座军事上不设防的空城，气氛异常压抑，但唤起的是家乡故土的生命意识而不是绝望的毁灭感。”[③]“半沦

① 范培松：《论京派散文》，《文学评论》1995年第3期。

② 老舍：《想北平》，《宇宙风》第19期，1936年6月16日。

③ 龙清涛：《林庚先生访谈录》，《诗探索》1995年第1期。

陷”的北平，唤起的却是“家乡故土的生命意识”，这是一个很值得关注的文化现象。以往很多人在关注北平诗人的乡土情怀时，更看重那种牧歌的情调和闲适的心态，但事实上，北平诗人的乡土抒情中，也潜在着对现实生活和内心情感的含蓄的体现。而“家乡故土的生命意识”其实也是一种调整、一种对现实的对抗，同时更是对民族的一种希望。当然，这种意识的产生，与北平特殊的历史现实和文化环境是分不开的。

因此必须承认，北平诗人的“乡下人”和“地之子”心态是一个相当独特同时也非常有趣的文化—文学现象，它突出体现了20世纪30年代北平知识分子对城市与乡村、现代与传统的态度与理解。他们在理性上认同城市文化及其所代表的现代化进程，在情感上，却更流露出对传统的乡村生活形态的难以割舍。更具体点说，“城市”这个意味着繁华、富足的经济形式无疑是“现代”的最形象的代表，它代表着工业文明带来的财富和机遇，也包含着机械化对人本性的不可见的挤压。同样地，“乡村”这个浪漫主义时代的景象，是悠闲宁静的古典的象征，也是农业文明落后愚昧的别称。因此，城市与乡村的对立在很多场合都可以被转化为现代与传统的对立，而在现代中国，这两种对立之间的紧张关系尤为鲜明。也因此，在诗人的世界中，这两种形象被赋予了思想的意义，也是现代知识分子思考家国命运的载体之一。诗人一面渴望现代文明对传统文化的改造，一面也警惕着现代化对传统文化的全面摧毁，这种左右为难，无疑令他们感到矛盾和痛苦。这样的复杂心情在骆方的《两世界底中间》① 中最明确地表现了出来。诗人一方面留恋他所熟悉的乡村的恬静与原始美，不愿接受城市文明对其造成的侵略和破坏；但与此同时，作为现代知识分子，诗人明白乡土世界所意味着的愚昧和落后，“现代化”的渴望又让他们难以为情。因此，在“狂笑与哀号”之间，诗人只能“默默咽下眼

① 参见骆方:《两世界底中间》,《水星》1934年第10期。

泪”。可以说，这种心态具有极为深刻的代表性，它代表的其实正是人类在从传统走向现代时所必经的阵痛。

很显然，北平现代主义诗人对城市文化的反思，不同于波德莱尔、艾略特等西方现代主义者那种对城市文化及现代工业文明的彻底否定。同时，他们的这种心态也与20世纪20年代北京的“侨寓文学”不同。20年代的“侨寓”作家只是“在北京用笔写出他的胸臆”而已，“侨寓的只是作者自己，却不是这作者所写的文章，因此也只见隐现着乡愁”[①]。他们是“站在城市的立场上批判乡村，因而获得的是黑暗、封闭、愚昧的乡村视野”[②]，而具体到北京这个城市，只是为他们提供了一个“城市的”或“现代的”视角和立场，完全没有成为文学形象进入他们的创作当中。30年代北平诗人则面对着不同的时代环境和文化视野，他们不再从启蒙思想的角度出发，以现代文明疗救宗法农村的愚昧落后。相反，他们是“站在批判城市的立场上想象农村，因而创造了充满美感的乡野画面”[③]。他们对乡村世界抱有审美意义上的欣赏，因此他们自然而然地运用诗意的想象把乡村世界的人情风物净化和纯化。乡村因而成为一种象征，象征着人性纯良宁谧的原始美丽，并以此与城市所代表的人性的异化相对抗。或者说，如果城市生活代表的是一种成年人在无奈生活重压下的流浪状态，而乡村就因其伴随童年的无拘无束的心态而代表着童心的回归和“人之初”的原始状态。可以说，30年代北平的“地之子”与20年代北京“侨寓作家”的心态，体现了完全不同的思想特质和文化内涵。

---

① 鲁迅：《导言》，载鲁迅编选：《中国新文学大系 · 小说二集》（影印本），上海文艺出版社1981年版，第5页。

② 李书磊：《都市的迁徙》，时代文艺出版社1993年版，第120页。

③ 李书磊：《都市的迁徙》，时代文艺出版社1993年版，第120页。

（三）

除了对城市文化和民族现代化的反思之外，“乡下人”和“地之子”的心态其实还是一种审美层面上的倾向和选择。也就是说，这种心态不仅涉及诗人的生活方式、思维方式，而且还特别影响到他们的审美趣味和文学表达方式。沈从文曾经说过，在他的作品里清楚地体现着“一个乡下人之所以为乡下人”的“气质”。① 在我看来，这种体现在作品里的“气质”，其实就包括对人生、文学的独到认识，以及对“美”的特殊理解。从某种意义上说，这是一种与城市文学不同的文学趣味和审美观念。

李广田、何其芳、废名等人都各自在作品中营造和传达过“素朴的美”和“寂静的美”。那是一种“一切与自然谐和，非常宁静，缺少冲突”②，并带有传统意味的美感。正是这种“美”，成为这些具有“乡下人”心态的诗人散文家们欣赏和追求的目标。这种美，首先是一种“自然”美与“原始”美。它完全出于自然人性的天真和“一种燃烧的激情”。这些东西，恰与城市中某些人工的、虚饰的美相对照，显示出其特有的美丽。在沈从文看来，这种“乡下人”的强烈情感和对“美”的独特追求，是不能为麻木浅薄的城市人所完全了解的。因此他说：

> 我作品能够在市场上流行，实际上近于买椟还珠，你们能欣赏我故事的清新，照例那作品背后蕴藏的热情却忽略了，你们能欣赏我文字的朴实，照例那作品背后隐伏的悲痛也忽略了。原因简单，你们是城市中人。城市中人生活太匆忙，太杂乱，耳朵眼

---

① 沈从文：《〈从文小说习作选〉代序》，载《沈从文文集》第 11 卷，花城出版社、生活·读书·新知三联书店香港分店 1984 年版，第 44 页。

② 沈从文：《论冯文炳》，载《沈从文文集》第 11 卷，花城出版社、生活·读书·新知三联书店香港分店 1984 年版，第 100 页。

> 睛接触声音光色过分疲劳，加之多睡眠不足，营养不足，虽俨然事事神经异常尖锐敏感，其实除了色欲意识以外，别的感觉官能都有点麻木不仁。这并非你们的过失，只是你们的不幸，造成你们不幸的是这一个现代社会。①

沈从文在这段话中表达的，不仅是对现代城市文明的批判与反思，同时也是他对自己的思想艺术所作出的阐释。一方面，是城市生活令人丧失了健康自然的生活方式，泯灭了人类最纯真朴素的情感，使得很多人对自然的原始的“美”产生了隔阂。在沈从文的眼中，这即是现代人的一种“不幸”。另一方面，沈从文提醒读者和批评者，他所追求和传达的“美”，不只是“清新”“朴实”之美，而且还更深刻地蕴含着一种真切的“热情”和“悲痛”。

正如李健吾在评论《边城》时所说的：“沈从文先生是热切的，然而他不说教；是抒情的，然而更是诗的。”“他表现一段具体的生命，而这生命是美化了的，经过他的热情再现的。”因此，《边城》所展示出来的，就是一种自然原始的“丰盈”和“完美”，而且它还“更能透示作者怎样用他艺术的心灵来体味一个更其真淳的生活”。在李健吾看来，这种“一切准乎自然”的美“细致，然而绝不琐碎；真实，然而绝不教训；风韵，然而绝不弄姿；美丽，然而绝不做作”。它“是一颗千古不磨的珠玉”，对于“在现代大都市病了的男女”来说，正是“一付可口的良药”。②

沈从文的浓郁热情，源于“优美，健康，自然而又不悖乎人性的人生形式”。他不断强调的所谓“乡下人”的“气质”，其实与李广田所说的“乡下人的思想”一样，其实质就是这种自然原始的生活方

① 沈从文：《〈从文小说习作选〉代序》，载《沈从文文集》第 11 卷，花城出版社、生活 · 读书 · 新知三联书店香港分店 1984 年版，第 44 页。

② 刘西渭（李健吾）：《〈边城〉——沈从文先生作》，载《咀华集》，文化生活出版社 1936 年版，第 76 页。

式所造就的热情与智慧，即一种纯朴的、原始的人性美。这种人性美，在沈从文、废名、何其芳、李广田等人的作品中，以各自不同的方式被反复塑造和表达。沈从文在他的“湘西世界”中描摹和赞美的原始人性的独特美丽，已是研究者反复探讨过的问题，这里不再重复。这里想要特别提出的，是林庚、何其芳诗中所传达的对原始人性美的关注和赞颂，只不过，在他们笔下，这种美是通过“童心”传达出来的。因为“童心”最接近自然，也最能代表天真、健康、原始的人性。用林庚的话来说，“未完全失去了童心”就说明了一个人“尚保持着他生命上的健康”。①

显然，无论是自然美、原始美还是童心美，都体现了诗人们的审美理想。他们在文学创作中营造和传达这种“美”，目的就在于以文学审美的方式进行文化的建设，引发读者“对人生向上的憧憬，对当前腐烂现实的怀疑”②。为此他们“不断的写作，没有厌倦”，“在各个作品各种形式里，表现我对于这个道德的努力”。这种对于人生的执着信仰和坚韧努力，以及对于文学的顽强执拗的热情与诚实，被李健吾称为“乡下人”式的“写作的信仰”。

沈从文反复强调，在他的“乡巴佬的性情”中，最重要的一点是“对一切事照例十分认真”，而且“似乎太认真了，这认真处某一时就不免成为‘傻头傻脑’”。③这种“认真”的态度，其实就是沈从文等人对文学所持有的态度。一方面，他们认真对待文学，是因为他们相信文学的功能和意义，“相信它在将来一定会起良好作用”，相信可以“把文学……变成一个有力的武器，有力的新工具，用它来征服读者，推动社会，促之向前”。同时，他们认识到这“决不是一回

① 林庚：《熊》，《世界日报·明珠》第 87 期，1936 年 12 月 26 日。

② 沈从文：《〈从文小说习作选〉代序》，载《沈从文文集》第 11 卷，花城出版社、生活·读书·新知三联书店香港分店 1984 年版，第 46 页。

③ 沈从文：《〈从文小说习作选〉代序》，载《沈从文文集》第 11 卷，花城出版社、生活·读书·新知三联书店香港分店 1984 年版，第 43 页。

'五四'运动，成立了三五个文学社团，办上几个刊物，同人写文章有了出路，就算大功告成。更重要还应当是有许多人，来从事这个新工作，用素朴单纯工作态度，作各种不同的努力；并且还要在一个相当长远、艰难努力过程中，从不断失败经验里取得有用经验，再继续向前，创造出千百种风格不一、内容不同的新作品，来代替旧有的一切……"[①] 可以说，是这种"单纯热忱和朦胧信仰"一直支持着诗人们的创作，并激发出他们心中对于文学的"一种类似宗教徒的虔诚皈依之心"。[②]

与此同时，他们激烈地反对文学的商业化和政治化倾向。他们反对以"入时"为目的进行创作的诗人，而特别欣赏"平淡朴实"的诗歌创作态度和艺术风格。[③] 他们自称是"对政治无信仰对生命极关心的乡下人"[④]，主张"同政治离得稍远一点，有主张也把主张放在作品里，不放在作品以外的东西上"[⑤]，这无疑显示了他们的"纯文学"立场，奠定了"京派"文学的核心精神。沈从文曾感慨："自愿作乡下人的实在太少了"，"倘若多有几个乡下人，我们这个'文坛'会热闹一点罢"。[⑥] 这显然是一种呼吁，呼吁更多的诗人作家能以同样认真专注的态度对待文学，"守住新文学运动所提出的庄严原则"[⑦]，坚

---

① 沈从文：《〈沈从文小说选集〉题记》，载《沈从文文集》第 11 卷，花城出版社、生活 · 读书 · 新知三联书店香港分店 1984 年版，第 68 页。

② 沈从文：《从现实学习》，载《沈从文文集》第 10 卷，花城出版社、生活 · 读书 · 新知三联书店香港分店 1984 年版，第 319 页。

③ 参见沈从文：《〈群鸦集〉附记》，载《沈从文文集》第 11 卷，花城出版社、生活 · 读书 · 新知三联书店香港分店 1984 年版，第 17 页。

④ 沈从文：《水云》，载《沈从文文集》第 10 卷，花城出版社、生活 · 读书 · 新知三联书店香港分店 1984 年版，第 294 页。

⑤ 沈从文：《新废邮存底 · 五》，载《沈从文文集》第 12 卷，花城出版社、生活 · 读书 · 新知三联书店香港分店 1984 年版，第 18 页。

⑥ 沈从文：《从现实学习》，载《沈从文文集》第 10 卷，花城出版社、生活 · 读书 · 新知三联书店香港分店 1984 年版，第 305 页。

⑦ 沈从文：《从现实学习》，载《沈从文文集》第 10 卷，花城出版社、生活 · 读书 · 新知三联书店香港分店 1984 年版，第 305 页。

守纯文学的理想。

这样的文学精神之所以产生于北平，也许真是因为“北平的北风和阳光，比起上海南京的商业和政治来”，更能“督促”和“鼓励”诗人作家们“爬上一个新的峰头。贴近自然，认识人生”。① 因此可以说，“地之子”“乡下人”心态之重要，不仅因为其中包含了以现代主义诗人为代表的20世纪30年代北平文人的社会理想、文学信仰、审美趣味、个人情感等多方面的思想内涵；同时，它还从一个侧面折射出了“文化古城”时期北平独特的文化背景与社会环境。

① 沈从文:《从现实学习》，载《沈从文文集》第10卷，花城出版社、生活·读书·新知三联书店香港分店1984年版，第306页。

下　编

“新文人”与新文学

第六章 “新文人”与新文学

一、“新文人”与新文学

——五四新文化运动与“学院型文人”群的形成

《新文人与新文学》是沈从文发表于1935年的一篇文章的题目，此文与之前的《文学者的态度》《论“海派”》等一起被看作“京派”文学观念的集中体现。在这篇文章中，沈从文对所谓“新文人”进行了毫不留情的批评和嘲讽，将其特点归纳为“活下来比任何种人做人的权利皆特别多，做人的义务皆特别少”①。换句话说，沈从文所说的“新文人”是指那些靠“玩”文学出名获利，却从不以严肃的创造性精神进行文学写作的伪作家。在批评此类人的同时，沈从文重申了他关于“将文学当成一种宗教”、排除一切“非文学”因素、重在创新的态度。正是这一系列观点，使沈从文成为所谓“京派”的代表和领袖。

本章的讨论确乎与“京派”有关，因此想到借用沈从文这一题目，但在所指对象和价值评判上却反其道而用之。在我看来，“京派”文人群本身倒真称得上是一类在五四新文化运动后生成的“新”

① 沈从文：《新文人与新文学》，《大公报·文艺副刊》第137期，1935年2月3日。

的、现代的、学术型的作家。我在积极而正面的意义上称之为“新文人”，意在解释和描述他们的“文人”性和他们作为“文人”的“新”的和“现代”的特征。事实上，无论是“京派”作家自己，还是后来的研究者，都使用过“学院派”这一称谓，但有鉴于“学院派”是一个舶来的概念，而中国至今为止是否真正存在西方文化意义上的“学院派”仍成问题，因此，为强调中国现代知识分子的独特性和历史特点，本章选用了一个自己杜撰出来的概念——“学院型文人”。

（一）

1934年，周作人在为他的散文集《夜读抄》撰写《后记》时，引用了其前与友人的通信，就其被指“消极”做出了一点辩护与回应。他说：

> 自己觉得文士早已歇业了，现在如要分类，找一个冠冕的名称，仿佛可以称作爱智者，此只是说对于天地万物尚有些兴趣，想要知道他的一点情形而已。目下在想取而不想给。此或者亦正合于圣人的戒之在得的一句话罢。不佞自审日常行动与许多人一样，并不消极，只是相信空言无补，故少说话耳。大约长沮桀溺辈亦是如此，他们仍在耕田，与孔仲尼不同者只是不讲学，其与仲尼之同为儒家盖无疑也……①

这段话透露了一个讯息，即周作人在这段时间里，出现了较为明显的思想变化，并受到了文坛其他人的关注。而周作人本人并不完全否认思想的变化，但与此同时他也谨慎地表示了自己并非“消极”。他自陈思想大致未变，仍不失为五四新文化运动主流中的一员，但有

① 周作人：《夜读抄·后记》，河北教育出版社2002年版，第202页。

所不同的是，他因“相信空言无补，故少说话耳”。也就是说，他自认为在“日常行动”与内心思想等方面，自己并无断然改变，只是在“说”的问题上发生了变化。有些事看到想到了却未必说，有些事说到了却未必多说。这种不说或少说，一方面有外部环境的限制导致的“不敢说”与“无法说”，同时也有其自身主观层面上的“无从说”或“懒得说”。同时，对于“说什么”与“不说什么”，也有了重新考量。这种“想取而不想给”、多思而少说的姿态，被周作人称为“爱智”。

就在一年前即1933年，周作人自编的《知堂文集》在上海出版。他自取“知堂”一号，其背后的情绪与思想也颇值得玩味。对此，周作人在他的短文《知堂说》里有清楚的说明：

> 孔子曰，知之为知之，不知为不知，是知也。荀子曰，言而当，知也；默而当，亦知也。此言甚妙。①

有研究者评论说：“这是一个由‘知’而‘智’的过程。不写文学批评，近似‘不知为不知’；不写社会批评，仿佛‘默而当’；至于文章新的内容和新的写法，则体现了‘知之为知之’和‘言而当’罢。”②

的确，“知堂”与“爱智”是需要联系起来看的。一方面，周作人的致“知”就是一种“爱智”；另一方面，他的“爱智”也是一种对于人生有取有舍、有爱有不爱、有所为也有所不为的“知”。

再追溯至《夜读抄》时期，就已能看出周作人思想的转变了。在《夜读抄》“后记”里，他明确表达了一种与五四时期不同的思想倾向。他说，“我们偶然写文章”，是“一不载道，二不讲统”的。这分明是在有意撇清自己与传统士大夫以及“五四”启蒙知识分子之间的关

① 周作人：《知堂说》，载《知堂文集》，河北教育出版社2002年版，第3页。
② 止庵：《关于〈知堂文集〉》，载《知堂文集》，河北教育出版社2002年版，第3页。

系，企图表明一种与二者不同的思想立场。事实上，无论是对“人的文学”的提倡，还是在“自己的园地”的耕耘中，周作人潜在地都还具有一种“载道”的观念和意图，只是这个“道”与儒家之“道”所指已有不同罢了。同时，作为启蒙思想家的周作人，其所受到的启蒙主义的影响，也是不可能不认同文学的现实功利意义的。因此，即便在“自己的园地”时期，他一面强调“尊重个性”，一面仍在以“文”的方式来载他自己认定的“道”，以“个人的自觉”来“言”他自己胸中的“志”。可以说，周作人在一定程度上是有意混淆了“载道”和“言志”两种说法，用来为自己的文章和想法取得一种存在的合理性。然而，到了《夜读抄》时期，他却明确提出了“不载道”“不讲统”的说法，能否做到先且不论，至少在姿态上，这是一个相当明确的表达。由此贯穿起来看，不难发现周作人思想中的变化过程。“五四”以后的他，在“自己的园地”时期开始了思想的转变，到了《夜读抄》和《知堂文集》时期，这种转变已基本完成。这时的周作人，已经明确地转向了学术清谈的方向，并由此奠定了他后期的思想和文学艺术风格的基础。

正如陈思和所说：“五四新文学传统中，鲁迅以外的另一个重要的流脉，是以周作人为代表的。”这一“另类的传统”，“其所关注的是比较抽象层面上的奥秘，这与启蒙不一样”。① 陈思和称之为“民间岗位取向”，用以与“传统士大夫的庙堂价值取向”相对照。在陈思和看来，五四新文学所造就的鲁迅一类启蒙知识分子是一群具有“广场的价值取向”的类型，而周作人的“爱智”就是对所谓“广场”取向的背离。

事实上，周作人的选择不仅仅体现了他个人的倾向，同时也代表并影响了周围的一群人。或者说，是这一群人因为具有相近的思想立场和文化选择，所以才聚集在周作人的周围。正如孙郁所说，20 世

① 陈思和：《中国现当代文学名篇十五讲》，北京大学出版社 2003 年版，第 75—76 页。

纪 20 年代后期，“周氏身边就渐渐形成了一个文人圈子。……这些人大多远离激进风潮，喜欢清谈，厌恶政治，象牙塔里的特点过浓，与‘左’倾文化是多少隔膜的。……京派文化的出现，实在说来和苦雨斋的关系是深而又深的”①。

这个群体，从社会角色和文化身份上说，又多是北平城内学术机构中的人物。这个时期，他们中的一些人已经在《大公报·文艺副刊》上聚集，发表具有相近文学观念与立场的言论和作品。又由于沈从文等人的提倡和声张，以及与南方不同文学观念的文人之间颇引人瞩目的争论，一个“京派”群体已经出现了。周作人本人虽说一直不被完全视为一个“京派”，但是谁都无法否认，“京派”文化的出现与他之间的关系可谓“深而又深”。

这就是本书“从‘爱智’与‘知堂’说起”的原因。在我看来，“京派”与周作人的关系不仅在于人事上的亲近，更在于思想观念上的相通。“京派”思想中最鲜明的核心莫过于对文学“纯粹性”和“庄严感”的强调，以及对“非文学”因素的拒斥，就体现着周作人所说的那种“言而当”与“默而当”的“知”和“爱智”的精神。

有意味的是，这个“爱智”群体中的很多人，对“京派”这个称呼并不很赞同。比如卞之琳就明确说过，“与其说京派，不如说是学院派”。这一来是因为不愿沾染地域色彩，二来也是为了淡化这个词源所带有的“保守”或“正统”姿态。而与此同时，带有一定程度的西方文化色彩和模糊性的概念“学院派”，倒正贴近他们的自我期许和自我认识。陈思和曾以“现代知识分子岗位意识”来界定周作人的思想核心，认为他是“从人类的智慧（知识）传统里面求得一种价值取向，作为安身立命之地”。我同意这个说法。应该说，这个“岗位”就在高等学院或研究机构中。

① 孙郁:《〈苦雨斋文丛〉序》，载《苦雨斋文丛·周作人卷》，辽宁人民出版社 2009 年版，第 1 页。

因而，在以往的一些研究中，一些学者沿用了“学院派”这一称呼。比如高恒文在其《京派文人：学院派的风采》一书中认为，“京派”的“学院派”特色，主要在于“他们这些人对自己的立身行事、人生道路都能自觉地作出选择，并能坚持不渝，不轻易受外力的左右，不管在什么情况下，他们都专心致志于自己的学术研究和文学创作，因此才能取得这样的成就”。钱谷融先生在为该书作序时又补充谈道，学院派精神还“与他们都在高等学校任教，是所谓的学院中人，知识、文化素养较高，懂得做一个人有他应守的信念和应尽的责任”有关。“而他们的收入也较丰，生活比较优裕，不必为柴米油盐等衣食问题烦心，可以集中精力搞他们的专业。还有十分重要的一点是他们都很热爱自己的专业，他们进行学术研究和文艺创作，不但因为这就是他们的工作，他们的职业，而且同时也是他们的情志所寄，情绪所托，也是他们这些人安身立命之本。”钱先生认为，所谓学院派精神“就是一种在学术研究中能够顶住一切干扰、坚持贯彻为真理是尊的精神”。① 这种看法显然代表了很多学者对“学院派”这一概念加以使用的基本原因和看法。也就是说，从身份、知识素养、经济实力等方面进行考察，可以发现这个群体有着较为突出的安定的专业意识和职业兴趣，这是建立在身份和各方面条件的基础之上的，同时反过来决定了他们的立场和思想。而这个思想的核心，就是“严肃认真的唯真理是尚”的精神。

笼统一点说，“爱智”与“唯真理是尚”的确是有一定关联的。他们都表现了一种追求“纯粹”的立场，企图把政治（恐怕这是最重要的一个方面）等其他因素排除在文学和学术之外。文学和学术对他们而言，就是“智”、是“真理”，是唯一值得追求的东西。当然，这是其中最突出的一个方面，其他更为复杂的方面将在后文谈及。

---

① 钱谷融：《序》，载高恒文：《京派文人：学院派的风采》，上海教育出版社 2000 年版，第 2—3 页。

如果说，五四新文化运动带来了中国知识人的社会存在方式、思想观念等多方面的巨大变化，造就了现代意义上的中国知识分子，那么，在“五四”落潮之后直至20世纪30年代前期，“学院型文人”群体的出现，应被看作是中国现代知识界的另一个新现象。这个群体是“五四”知识分子的一个新的分支，他们继承了“五四”一代知识分子的很多重要精神，但同时也有所变化，表现出了一些新的特点。对于这种继承与变化，周作人个人的思想转变就是非常好的代表与说明。

应该说，以周作人为代表的“爱智”的知识分子，是“五四”落潮后中国知识界分化的一个突出表现。他们不同于五四时期的激进主义的立场，选择了一种退守学院或书斋的姿态，以“爱智”统领其学术思想与文学观念，期望能专注地进行着他们的“纯文学”与“纯学术”建设，尝试着一种新的文化生产方式和角度。当然，这种对“纯粹”的追求和强调，未必就是真的——也未必真能——杜绝一切非文学和非学术因素，而这就是另一层面的问题了。

这个“爱智”的群体，也许勉强算得上是正在生成的“学院派”，而且事实上，没有等他们成为真正的学院派，历史就中断了他们的进程。因此，鉴于对其特殊性、时代性和混杂性的尊重，本章杜撰了一个“学院型文人”的概念。之所以愿意仍沿用“文人”这样一个带有中国文化色彩的概念，也就是意在看重与强调其与传统之间的复杂联系。而所谓从“文士”到“文人”，并不是一个严格的说法。我所着意的在于给他们一个位置，在古今中西的文化交错中的相对确定的一个位置。

（二）

让我们先撇开“学院型”的问题，看看这种新“文人”与中国古代传统中的“文士”之间有着怎样的区别。既然周作人自觉地将包括他自己在内的一代知识分子与“文士”相区别，就说明他们是非常明确于二者之间的根本性差异的。

有着两千五百年历史的“士”的传统，是中国文化史上的一个独特的现象。余英时先生曾总结过：

> 在中国传统社会结构中，“士”号称“四民之首”，确是占据着中心的位置。荀子所谓“儒者在本朝则美政，在下位则美俗”大致点破了“士”的政治的和社会文化的功能。秦汉统一帝国以后，在比较安定的时期，政治秩序和文化秩序的维持都落在“士”的身上；在比较黑暗或混乱的时期，“士”也往往负起政治批评或社会批评的任务。通过汉代的乡举里选和隋唐以下的科举制度，整个官僚系统大体上是由“士”来操纵的。通过宗族、学校、乡约、会馆等社会组织，“士”成为民间社会的领导阶层。无论如何，在一般社会心理中，“士”是“读书明理”的人；他们所受的道德和知识训练（当然以儒家经典为主）使他们成为唯一有资格治理国家和领导社会的人选。①

也就是说，传统的“士”处于文化中心的位置，与政治和社会文化秩序的领导与维护有着较为密切的关系。因此，中国有数百年“学而优则仕”的传统。儒家思想也一直有着“立德立功立言”的目标，以及“修身齐家治国平天下”的理想。可以说，中国文人对于“居庙堂之高”的社会地位与自我形象的认同，已经形成了一种强大的思想传统，即便暂时“处江湖之远”，也并不减少其随时入世从政的心理准备。

这种心态造就了士人的价值观念。宋代王安石关于学者之“志”的说法可谓深具代表性：

---

① 余英时：《论士衡史》，上海文艺出版社 1999 年版，第 14 页。

为己，学者之本也。……为人，学者之末也。是以学者之事，必先为己，其为己有余，而天下之势可以为人矣，则不可以不为人。故学者之学也，始不在于为人，而卒所以能为人也。今夫始学之时，其道未足以为己，而其志已在于为人也，则亦可谓谬用其心矣。谬用其心者，虽有志于为人，其能乎哉！①

显然，周作人所说的“早已歇业”的“文士”，指的就是这样一批“志在为人”、以“治国平天下”为理想的读书人。而周氏以“爱智”和“想取而不想给”作为自别于“文士”的地方，则明显是具有针对性和反叛意识的。

应该说，从晚清开始，中国文人中有一部分人在发生着自我心理定位上的变化。到周作人这里，态度就已经十分清晰。所谓的“文士”既已歇业，而希望代之而起的，则是“爱智者”这一由“文士”群体分离出来的小小类型。他们将经国治世的兴趣转而投入到具体的知识积累和学术研究中，并将之作为自己事业的最高理想。“学”与“仕”之间的密切联系被逐渐剥离开来，“学”可以成为一种单纯的职业和岗位，可以成为一种社会存在的方式。而提供这样的存在方式的场所，很重要的一个就是“学院”——现代意义上的高等教育和研究机构。

社会存在方式和心理上的巨大变化，同样带来了治学方式和思想观念的转变。陈平原曾在其研究中指出：“传统中国推崇的是‘通人之学’。……读书人钻研的是作为国家意识形态的儒家学说，其目的是通过科举考试，成为国家管理机器的一部分，实现‘治国平天下’的理想。”“晚清开始出现专攻西学的书院（从‘方言’到‘格致’）。而废除科举考试后，西式学堂成为大势所趋。张之洞之创建‘存古学堂’，讲‘国学’作为‘专门’来修习，预示着世人政治立场及文化

① 王安石：《临川先生文集》六十八卷《杨墨》。

心态的大转移。已经从‘半部《论语》治天下’，大踏步后退为‘保国粹，存书种’。……曾经是读书人命脉的孔门学说，如今成了专修科场。强调‘客观研究’的同时，实际上已经将其从日常生活中剥离出来。”①

“文士”通文，其目的在于出仕。他们修身养性背后有一个更为宏大的目标，就是要“兼济天下”。因此应该说，“文士”与“文人”之间的区别正在于：“文士”的重点在“士”，也就是出于庙堂，为人谋士的意思；而“文人”之重点在“人”，相对而言，这是一个较为强调个体性的概念，从身份认知上说，淡化了他们为官出仕的前景。

如果说从晚清以降一直到五四新文化运动，知识分子的思想立场和自我定位发生了一种转变的话，可以说，几乎就是一种从“文士”到“文人”的转变。即便将那些启蒙的、革命的知识分子纳入观察的视野，也可以看到，传统的“文士”的确已经消失了。现代知识分子中，一部分更看重社会责任，变成了批判的、独立的知识分子，他们对政治、文化等领域发表自己的见解，提出改革的主张，完全不再是为当政者出谋划策的谋士形象。而另一部分像周作人等退居书斋的学者和专门家，更是珍惜自己“文人”的特立独行和清高超然的姿态，而有意与社会政治划清界限。“爱智”成为他们的特点，同时也是一枚表明姿态和维护自我的“护身符”。

以现代标准来看，“文人”之于“文士”的不同最突出表现在“文人”的自由的思想特征、具有鲜明的自我意识，他们以个体的写作等方式生活，通过近乎资本市场的方式获取个人的生存，而不依赖于某种政治或官方势力。落实到“爱智”的“京派”文人身上，可以看到几个较为明显的特征：

“学院型文人”的第一个特征，最为基本和核心的精神就是对

① 陈平原：《传统书院的现代转型》，载《中国大学十讲》，复旦大学出版社 2002 年版，第 91 页。

“自由”的尊重和强调。

伴随着理性的觉醒和个性的高张，五四新文化运动为现代中国思想界带来的第一大精神特征就是对“自由”的尊重和追求，而文学创作之自由，当然也是题中应有之义。可以说，五四时期最为流行的一个新文学原则就是“发挥个性，注重创造”，而在“五四”落潮之后，仍坚持强调这一“自由”原则，在文学的创作和批评两个领域同时将之明确为基本原则。

周作人早在20世纪20年代写《文艺上的宽容》时，就明确表达了对“自由”写作的尊重。他说：

> 文艺以自己表现为主体，以感染他人为作用，是个人的而亦为人类的，所以文艺的条件是自己表现，其余思想与技术上的派别都在其次，——是研究的人便宜上的分类，不是文艺本质上判分优劣的标准。各人的个性既然是各各不同（虽然在终极仍有相同之一点，即是人性），那么表现出来的文艺，当然是不相同。现在倘若拿了批评上的大道理要去强迫统一，即使这不可能的事情居然实现了，这样文艺作品已经失了他唯一的条件，其实不能成为文艺了。因为文艺的生命是自由不是平等，是分离不是合并，所以宽容是文艺发达的必要的条件。①

虽然周作人在这里讨论的主要是批评的方法和标准问题，但他对待文学的最核心的标准却已经表明，即“文艺的生命是自由不是平等，是分离不是合并”。可以说，将“自由”视为“文艺的生命”，这是周作人最为明确的一次表态。这个“自由”，指的就是创作主体的“自由”。在提倡和尊重“自由”的同时，周作人也表明了对于“批评上的大道理”的反感。这让人联想到周作人对文艺“载道”目

① 周作人：《文艺上的宽容》，载《自己的园地》，河北教育出版社2002年版，第6页。

的的反对。宽泛一点说，这个“道”除了指儒家之道，也包括一些主义，同时，未必不涵盖了这种“批评的大道理”。周作人虽然在一定程度上置换了“载道”和“言志”的原本含义，但一个基本思路毕竟是：他认为“言志”是自由的、伸张个性的；而“载道”则是一种以统一的思想或标准压制个人自由的方式。因此，归根结底地说，在周作人的文学观念中，主张“自由”是非常基础、非常重要的核心部分。

事实上，“京派”作家大多是尊重自由、强调个性的。而且这种主张，贯穿了整个20世纪30年代“京派”的活跃时期。直到1936年，沈从文在《作家间需要一种运动》中还强调说：“一切伟大的作品都有他的特点或个性，努力来创造这个特点或个性，是作者责任和权利。”他反对的是某种观念或风气对于文艺作者个性的压抑和限制，强调作家必不能“与一种流行的谐趣风气相牵相混”，而是要以“一个清明合用的脑子”和“一支能够自由运用的笔”，来进行独立的思索，甚至要“稍有冒险精神，想独辟蹊径走去”，“追求作品的壮大和深入”，“去庸俗，去虚伪，去人云亦云，去矫揉造作，更重要的是去‘差不多’！这样子来写出一些面目各异的作品”。他说，这“应当在作家间成为一个创作的基本信条”。①

如果说，周作人和沈从文是从创作者和批评者的角度上指出了“自由”是“文艺的生命”，创造个性是“创作的基本信条”；那么，朱光潜则是从理论的角度，通过文艺心理学的剖析，提出了创作自由的正当和必然。他认为，文艺“彼此可以各是其所是，但不必强旁人是己之所是。文坛上许多无谓争执以起于迷信文艺只有一条正路可走，而且这条路就是自己所走的路。要破除这般人的迷信颇不容易，除非是他们肯到心理学实验室里去，或则只睁开眼睛多观察人生，很彻底地认识作者与读者在性情，资禀，修养，趣味各方面，都有许多

---

① 沈从文：《作家间需要一种运动》，《大公报 · 文艺》第237期，1936年10月25日。

个别的差异，不容易勉强纳在同一个窠臼里”[①]。

可见，“京派”的“自由”的文学观念，不止针对政治化、商业化的压制和浸染，同时也针对文艺批评上的狭隘主义。也就是说，这个“自由”观念既落实于文学层面上，又超越于文学层面之外，成为一种根本性的思想追求。本雅明在讨论19世纪巴黎文人的特征时强调“文人”的“自由”，就像“波希米亚人”与流浪汉一样，他们以“漫步”“观察”“思想”的方式，成为某种文化最深入的表现者。同时，他们也以自由写作的方式获得社会生存的位置和方式。本雅明的这种概括，应该是对现代社会“文人”特性的概括。在我看来，这种特性是普遍存在于各种文化和社会环境的，从某种程度上说，它是“文人”的现代性特征的一种体现。

“学院型文人”的第二个显著特征，是学术的专业性与艺术风格的“知性”。

从思想上说，这群文人看重的是“专门”和“纯粹”。他们厌倦了将“文”与“学”置于“经国之大业”，厌倦了以才学换取权利的人生方式。他们回过头来，看到了在“自己的园地”里可能获得的收获。同时，更是对这种自己的收获的尊严的看重。因此，他们的思想和文学观念走向专门和纯粹，同时也有意强调学术、文学的庄严感。不再将仕途作为唯一有尊严有价值的出路。可以说，将“不从政”的姿态作为一种自我岗位的确认，这是他们思想“专门性”的最突出的表现。

知性，也就是周作人所说的“智”。即其所谓“对于天地万物尚有些兴趣，想要知道他的一点情形”。这里就包含了对于社会科学和自然科学各个方面的兴趣，从而超出了单一对于政治文化的偏好与偏向。他们对于知识的追求，不再仅仅因为其有利于国家社稷，而是很

① 朱光潜：《心理上个别的差异与诗的欣赏》，《大公报·文艺》第241期，1936年11月1日。

可能包含着的审美、求知等目的。卞之琳曾经在述及自己的诗歌追求时表示，特别看重的是一种“智慧之美”。用他自己的话说就是：“算是‘心得’吧，‘道’吧，‘知’吧，‘悟’吧，或者，恕我杜撰一个名目，‘beauty of intelligence’。”①之所以把“beauty of intelligence”译为“智慧之美”，是因为这里的所谓“智慧”，既包含着“理智”“才智”“理性”“智力”等层面，同时又应高于它们之中的任何一个方面。依卞之琳本人的解释，“intelligence”既包含理性的“知”，也包含感性的“悟”；同时，它既是客观的“道”，也有主观的“心得”。因此可以说，卞之琳的诗歌所体现的正是这样一种哲思与诗美的完美结合，而这种结合，又正是通过诗人的“智慧”感受并传达出来的。

卞之琳所说的“智慧”与周作人的所谓“智”之间显然有一定的相似性。同时，又与西方现代思潮中的“知性”追求也颇有关联。卞之琳本人就是第一个翻译艾略特《传统与个人才能》一文的译者，对于西方文学思潮中的“知性”追求不可能不熟知，因此，在他强调自己的诗学观念时，可以说是自然而然地融会了知性与中国文人的爱智追求。

与知性相关的，还有审美趣味上的冷静、爱好玄思等特征。这不仅表现在文学作品的艺术风格中，也表现在他们学术研究和理论批评等方面。比如说，“京派”著名的理论家朱光潜就提出含蓄敦厚的美学思想，并成为“京派”推崇的理论原则，应当说，这种审美趣味与“爱智”的思想不无关联。

“学院型文人”的第三个思想特征，体现在他们对待传统的态度上。

事实上，在对“京派”文人的研究中，对其在传统与现代之间的态度的讨论，一直是一个重点。比较有代表性的如史书美在《现代的诱惑——书写半殖民地中国的现代主义（1917—1937）》一书中，以

① 卞之琳：《关于〈鱼目集〉》，《大公报 · 文艺》第142期，1936年5月10日。

“反思现代”一语概括了“京派”的“新传统观念”，并将之与上海现代派的“炫耀现代”相比较，强调了其思想内涵的复杂性，以及与传统之间更主动、更密切的联系。史书美认为：“京派的新传统观念对中国传统重新加以了肯定，并承认中国传统作为西方文化之外的另一特殊性文化的合法性。……他们所努力寻求的是扩展现代性构成的范围，而并不否弃现代性本身。”① 她认为，“京派”美学是一种“受约束的、简明的、空闲的、温和的、传统主义的和抒情诗体的非功利美学”②。而代表人物周作人、朱光潜都以其各自鲜明的理论主张抵制着对于“传统”的断裂。比如周作人对于晚明文学的推崇，以及他关于“文艺复兴”和历史循环的观念的提出，都表明了一种独特的亲近传统的态度。朱光潜则以其特有的辩护态度为中国古典文学传统做出了积极的诠释和发掘。而年轻的诗人卞之琳更是第一个翻译了艾略特的《传统与个人才能》，借助现代主义大师对于传统的观念，表达了自己一派对此的认同。可以说，艾略特关于一个作家的当代性是由其对待传统的态度而决定的这一著名论点，不仅深刻地影响了“京派”作家，同时也应被看作是“京派”作家自身的传统观念的一种表示。正是在这样一种重视传统的现代性姿态中，“京派”作家表现出了他们对“传统”与“现代”非此即彼的二元的打破。正如史书美所说：“传统意识是对当代性进行认知的基础。正是在这个意义上，《传统与个人天才》成为西方的现代主义经典，其作用相当于现代主义的宣言。”而“京派”作家对艾略特的翻译和引用，正是希望证明自己“传统和现代不相矛盾，反而构成了连续性关系”的观点。

这再次使人想起了本雅明。他曾以“拾垃圾者”作为19世纪诗人形象的隐喻，并进而作为文人形象的隐喻。而这个“拾垃圾者”正

① ［美］史书美：《现代的诱惑——书写半殖民地中国的现代主义（1917—1937）》，何恬译，江苏人民出版社2007年版，第174页。

② ［美］史书美：《现代的诱惑——书写半殖民地中国的现代主义（1917—1937）》，何恬译，江苏人民出版社2007年版，第200页。

是那些对传统进行着细致的收藏、取舍和看护的人。本雅明认为："在最高的意义上说，收藏者的态度是一种继承人的态度。"①"学院型文人"以他们的学术态度"收藏"着"传统"，而以历史的眼光看来，他们的这种姿态和行为，又的确是非常现代的。

当然，这一文人群体在面对传统与现代时也常常表现出矛盾的一面。我想，他们绝不可能是那么明确地从一开始就确立了融合的观念，而且，即便后来有意识地融合，也仍面临取舍之间的为难。他们对传统不无迷恋，同时又处于现代转型期的新的历史条件下的处境，这种情况决定了他们的心态和思想倾向，与其说是一种融合的主动，不如说是一种在思考与矛盾中逐渐明晰的过程。

二、革命时代的"人的文学"

——重评"京派"

（一）

在 20 世纪 30 年代的中国文坛上，有两个共时对生而各具特色的重要流派，即以平津地区为中心的"京派"和以上海城市为舞台的"海派"。二者以其各自的文学主张和创作实践在现代文学史上占据了一席之地。

"京派"和"海派"初成规模即引起了文坛的注意，批评家多将其对比参照着谈论，比如认为："京派不妨说是古典的，海派也不妨

① ［德］本雅明：《打开我的图书馆》，转引自张旭东：《中译本序：本雅明的意义》，载［德］本雅明：《发达资本主义时代的抒情诗人》，张旭东、魏文生译，生活·读书·新知三联书店 1989 年版，第 11 页。

说是浪漫的；京派如大家闺秀，海派则如摩登女郎”[①]，“海派有江湖气、流氓气、娼妓气；京派则有遗老气、绅士气、古物商人气”[②]，“文坛上倘真有‘海派’与‘京派’之别，那末……‘商业竞卖’是前者的特征，‘名士才情’却是后者的特征”[③]，等等。这些评论多从二者的表象特征着眼，且基本都带有贬义。最有代表性的是鲁迅的评论，他从两派产生的背景和本质来考量，得出的结论是：“北京是明清的帝都，上海乃各国之租界，帝都多官，租界多商，所以文人之在京者近官，没海者近商，近官者在使官得名，近商者在使商获利，而自己也赖以糊口。要而言之，不过‘京派’是官的帮闲，‘海派’则是商的帮忙而已。”[④]这同样是批评式的评论，语多尖锐，基本上也是取否定的态度。

鲁迅的评论今天看来也不能说没有道理，特别是在当时，面对空前激烈的民族矛盾和阶级矛盾，救亡图存成为大多数人的要求和共识，一大批革命青年毅然投身革命斗争。表现在文学界，则“革命文学”风起云涌，“无产阶级革命文学”被看作时代的命题，京、海两派（特别是“京派”）的文学主张和创作就不免被人视为游离于主流的边缘甚至之外，因此不被认可也是情理中事。

随着时代的发展、历史的积淀和认识的提高，20 世纪 80 年代以后，研究者对于京、海两派的认识和评价也开始有了新的视角，更多地从文学的而不是从政治和社会的角度对二者加以考察和评价。但毋庸讳言，这些考察和研究在整体方法和思路上，仍沿袭了“京海对举”的传统，虽加强了地域因素和文学风格的述评，但在文学流派发生发展的历史渊源和流变等方面，仍未能做出足够深入准确的探析。

---

① 曹聚仁：《谈海派与京派的文章》，载《笔端》（影印本），上海书店 1988 年版，第 185 页。

② 姚雪垠：《京派与魔道》，《芒种》1934 年第 8 期。

③ 徐懋庸：《“商业竞卖”与“名士才情”》，《申报·自由谈》1934 年 1 月 20 日。

④ 鲁迅：《“京派”与“海派”》，《申报·自由谈》1934 年 2 月 3 日。署名栾廷石。

例如有人认为："京、沪两类城市文化形态的差异，影响到北平文坛和上海文坛的文学创作面貌和文学思想意识（包括文学观念和审美意识）的差别"，因此，"北京作为东方古国文化的聚集地，处处都显出迟缓而单纯的，诗意而幻想的，矜持而温文尔雅的'京城风度'"。[①] 也有人说："京派文学和海派文学各自背靠着中国的两大城市，它们与城市的文化联系突破了南北地域的限制，来得更加广大。北京其时与之血脉相关的主要不是'都市中国'，而是'乡村中国'。京派建立起来的文学世界，多半也是以乡土想象为主的。而海派植根的土壤，是当年最具'资本'与'殖民'两重性的、占据了中国现代都市发展船头的上海。"[②] 如此等等。此外，包括一些海外学者的研究视角也大致相同，如史书美在《现代的诱惑——书写半殖民地中国的现代主义（1917—1937）》一书中即以"重思现代：京派"和"炫耀现代：上海新感觉主义"为题，分别归纳了"京派""海派"对于"现代的诱惑"的不同反应。

这种"京海对举"的思路与方法，虽然较之历史上的观点有所发展和深入，但基本上仍未脱出20世纪30年代"京派"与"海派"论争时所形成的窠臼。必须承认，当年的那场论争促使了"京派""海派"两个概念的生成，并由此勾勒出两个流派的基本轮廓。论争的确也促使两个流派结成了互为参照的紧密关系，这在很大程度上为讨论带来了便利与清晰，但与此同时也难免产生一定局限。比如：在这种框架中，对于京、海两派的讨论大多停留在传统与现代、乡土与洋场、学院与商埠、新与旧、南与北等一系列的二元对立关系之中；另外，因被冠以"京""海"之名，这两个作家群体的艺术风貌、文学观念、政治见解、行为方式等，也都被理所当然地置于某种地域特征与都市文化的视域中。虽然许多研究者都承认"京派"作家并不像

---

① 李俊国：《"京派""海派"文学比较研究论纲》，《学术月刊》1988年第9期。

② 吴福辉：《插图本中国现代文学发展史》，北京大学出版社2010年版，第257页。

“京味”作家那样直接反映北京的城市生活，却仍在一定程度上受制于原有思路的局限。因此在我看来，要想更深入认识和准确评价京、海两派的本质特点，首先需要打破京、海两派横向比较的模式，强调历史纵贯的角度，考察流派的形成及其与前后的文学思想传统之间的内在联系，从而对其历史地位与意义给予重新评价。

事实上，“京派”并不是针对“海派”而生的，恰恰相反，它们是在已经逐渐成形之后，对与之明显存在思想与审美观念差异的另一些作家群体，表达了不同观点和意见，才引发了论争并引起了文坛的进一步关注。至于“京派”与“海派”的名称，则是一种滞后且有偏差的命名。因为事实上在沈从文最先挑起“京海之争”的《文学者的态度》一文中，他提出的也是：“这类人在上海寄生于书店、报馆、官办的杂志，在北京则寄生于大学、中学以及种种教育机关中”；“已经成了名的文学者，或在北京教书，或在上海赋闲，教书的大约每月皆有三百至五百元的固定收入，赋闲的则每礼拜必有三五次谈话会之类列席”。[①] 也就是说，沈从文当时批评的只是一种写作风气，并不直接指向北平或上海的作家群体。后来所谓的“京派文人群”——更确切地说——是由后期新月派作家、语丝派文人和北平高校师生写作者共同组成的一个具有相近文学主张的作家群体。他们在思想与艺术方面追求严肃纯正，但并不保守；他们多活跃于平津文坛，但所受影响来自多方，并不与北京的城市文化直接相关。正如卞之琳后来曾说过的，与其称之为“京派”，不如说他们是“学院派”。

因此，如果我们追问的不是“京派”与“海派”有什么不同，而是“京派”为什么会产生，那么我们的参照对象就不应该是“海派”，而是那些对他们施予了影响的前辈师友们。在这个认识基础上重新审视“京派”与北京这座城市之间的关系，重要的就不再仅仅是20世纪30年代北平文化环境的影响，而是这个“文化古城”中

① 沈从文：《文学者的态度》，《大公报·文艺副刊》第9期，1933年10月18日。

所承载和沿袭的"五四"以来的思想传统。唯有如此，我们才能提出这样的问题：为什么会有这样一个所谓"京派"的聚集？为什么他们提出了不同于"革命文学"或"海派"文学的主张？而他们的作品又如何在体现其文学观念的同时形成了独特的艺术特性？讨论这些问题，对于"京派"与"海派"的差异的讨论才能更加深入，并更体现出某种历史的动态。在我看来，"京派"文人群的出现，既体现了"五四"以后知识分子阵营的分化，又体现了在不同时代条件下、不同知识分子群体对"五四"传统的继承、调整与发展。"京派"作为"五四"传统的一个重要分支，不仅与"革命文学"潮流一同分享了"五四"思想资源，同时更为"五四"传统在新的时代背景下的衍生和发展作出了自己的贡献。

（二）

1936年10月，北平《世界日报》副刊《明珠》改版，新版由周作人领衔主编，林庚具体执行编辑工作，作者多为"京派"同人。据周作人后来回忆说："那时……大家深感到新的启蒙运动之必要，想再来办一个小刊物，恰巧世界日报的副刊《明珠》要改编，便接受了来，由林庚编辑，平伯废名和我帮助写稿，虽然不知道读者觉得何如，在写的人则以为是颇有意义的事。"①虽然这一版《明珠》也只办了三个月就被迫再次改版，但它体现了周作人及其"京派"朋友们关于发动一次"颇有意义"的"新的启蒙运动"的意图和主旨。事实上，从《明珠》上数量有限的文章中的确已可约略看到这次"新的启蒙运动"中所包含的目的与深意。

作为"文学副刊"的《明珠》，其实在文艺作品之外还刊登了大量的杂感时论，两个部分的篇幅大体相衡，而所谓"新的启蒙运动"的

① 周作人：《怀废名》，载《周作人自编文集·药堂杂文》，河北教育出版社2002年版，第123—124页。

思想就更多地体现在这类杂感时论当中。文章讨论问题虽然所涉甚广，但究其核心，可以用林庚一篇短文的题目来概括，即“人的问题”。

所谓“人的问题”，用林庚本人的说法就是：一切问题的核心都在于“人”，脱离了具体的“人”去讨论一切教条、理论、学说、制度等，都终将成为空谈。只有致力于对“人”的“健全”理性的培养，关注于“人”的精神启蒙，才能最终通过“人”的健全而实现整个民族的振兴。① 同时，在《明珠》的作者们看来，“人的问题”是与当时的政治、经济、外交等方方面面具有紧密的内在联系的，他们特别强调的是“在连环中把人看为一个结，在问题中把人看为一个中心”②。

这个“人的问题”当然使人很容易联想到五四时期的“人的文学”的口号。更何况，“人的文学”的首倡者周作人正是《明珠》的精神领袖和“新的启蒙运动”的发起人。显然，“人的问题”与“人的文学”在思想上是一脉相承的。他们都关注精神的启蒙与转型在整个民族的现代转型中所具有的关键意义，同时也都强调文学在“人”的精神启蒙中所承担的重要角色。但不一样的是，这两个口号的提出，其背后的历史语境已经发生了变化。应该说，在 20 世纪 30 年代新的历史背景与文化环境中，“重提”思想启蒙和个性主义的“老话”，其本身就体现了一种“新”意。

滥觞于 20 世纪初勃发于之后一二十年的新文化运动，最大的成绩和收获莫过于“人的发现”和“文学的发现”。中国由传统社会向现代社会转型的关键与核心就在于开始意识到“人”的地位和意义。即如马克思所说，专制社会的原则“总的说来就是轻视人，蔑视人，使人不成其为人”③。中国封建社会的漫长历史正是这样一段“使人不

① 参见林庚：《人的问题》，《世界日报·明珠》第 27 期，1936 年 10 月 27 日。

② 林庚：《连环之结》，《世界日报·明珠》第 39 期，1936 年 11 月 8 日。

③ 马克思：《摘自“德法年鉴”的书信》，载《马克思恩格斯全集》第 1 卷，人民出版社 1956 年版，第 411 页。

成其为人”的历史。对此，鲁迅也早就悲愤地指出：“……中国人向来就没有争到过‘人’的价格，至多不过是奴隶……然而下于奴隶的时候，却是数见不鲜的。”[①]随着五四新文化运动的发生，随着个性解放思想的传入，“人”的价值和意义也逐渐被发现和认识。作为五四新文化运动和文学革命主将之一的周作人首次提出“人的文学”的鲜明主张，给思想文化界带来了巨大震动。他在《人的文学》一文中一再强调要“辟人荒”，要“从新发现‘人’”，要“从文学上起首，提倡一点人道主义思想”[②]。对此，胡适称赞说，这是“当时关于改革文学内容的一篇重要的宣言”，“我们的中心理论只有两个：一个是我们要建立一种‘活的文学’，一个是我们要建立一个‘人的文学’。前一个理论是文字工具的革新，后一种是文学内容的革新。中国新文学运动的一切理论都可以包括在这两个中心思想的里面”。[③]郁达夫后来也总结说：“五四运动的最大成功，第一要算‘个人’的发现。从前的人，是为君而存在，为道而存在，为父母而存在的，现在的人才晓得为自我而存在了。……若没有我，则社会国家、宗族等那里会有？”[④]这个看似简单却长久未被认知的道理，正是五四新文化运动和文学革命披荆斩棘、启蒙开愚所取得的最大硕果。

可以说，作为五四时期最重要的战斗口号，“人的文学”的提出，为整个新文学运动明确和具化了目标与原则，为新文学的理想赋予了具体的内容和实践意义上的指导。它不仅涉及新文学的内容、精神，更详细规定了新文学的表现对象、表现手法、作者立场等一系

① 鲁迅：《灯下漫笔》，载《鲁迅全集》第1卷，人民文学出版社2005年版，第224页。

② 周作人：《人的文学》，载胡适编选：《中国新文学大系·建设理论集》（影印本），上海文艺出版社1981年版，第193页。

③ 胡适：《导言》，载胡适编选：《中国新文学大系·建设理论集》（影印本），上海文艺出版社1981年版，第18页。

④ 郁达夫：《导言》，载郁达夫编选：《中国新文学大系·散文二集》（影印本），上海文艺出版社1981年版，第5页。

列具体问题。因此有人说，周作人是“把五四‘人’的发现与文学的发现统一起来，把五四思想革命精神灌注到文学革命中去，在‘人’的历史焦点上，找到了思想革命与文学革命的契合点。……把五四新文化运动‘反对旧文学，提倡新文学；反对旧道德，提倡新道德’两大旗帜互相联结起来。在此基础上，他建立起了一个‘人学’理论构架”①。

然而，历史进入到20世纪二三十年代，随着社会矛盾的发展和民族危机的突出，时代的主潮也发生了变化。与此同时，新文化运动也在喧嚣之后有所落潮，“文学革命”的启蒙转而变为“革命文学”的倡导。胡适在1935年编辑《中国新文学大系·建设理论集》并为之撰写“导言”时即曾发出这样的感慨：

> 关于文学内容的主张，本来往往含有个人的嗜好，和时代潮流的影响。《新青年》的一班朋友在当年提倡这种淡薄平实的“个人主义的人间本位”，也颇能引起一班青年男女向上的热情，造成一个可以称为“个人解放”的时代。然而当我们提倡那种思想的时候，人类正从一个“非人的”血战里逃出来，世界正在起一种激烈的变化。在这个激烈的变化里，许多制度与思想又都得经过一种“重新估价”。十几年来，当日我们一班朋友郑重提倡的新文学内容渐渐受一班新的批评家的指摘，而我们一班朋友也渐渐被人唤作落伍的维多利亚时代的最后代表者了！②

胡适的“牢骚话”透露了这样的事实：“五四”之后的十几年间，时代与思想环境发生了很大的变化，思想领域的讨论重心也发生了转移。具体来说，时至20世纪30年代中期，当左翼文学思潮风起云涌、

① 钱理群：《周作人传》，北京十月文艺出版社1990版，第209页。

② 胡适：《导言》，载胡适编选：《中国新文学大系·建设理论集》（影印本），上海文艺出版社1981年版，第30页。

通俗文学也开始更具商业化特征的时候，十多年前的“淡薄平实”的“人的文学”的观念确乎显得不那么激动人心了，至少，它的内涵也随着时代的具体条件的变动而显得笼统而模糊了。曾经激进的“文学革命”的战士们被更年轻的“革命文学”的战士们称为“落伍者”，这本也是历史上一种常见的“新陈代谢”。但有意味的是，这个所谓“落伍”的群体却并未就此沉默和消散，“人的文学”这支新文学最重要的血脉事实上已经深入时代的骨髓。因此，重要的不是讨论他们是否已经真的“落伍”，而是要透过对新时代和新思潮的考察，看取“人的文学”的精神究竟是怎样在新的历史条件下被继承、调整和发展的。

其一，在“人的文学”强调“人性”与“个人”的基础上，“人的问题”更突出了“理性的健全”，亦即一种以怀疑、批判与独立思考为特征的现代精神。林庚曾经撰文说，“迷信”是“天地间最便宜之事”，因为迷信的人懒用理性与头脑，因而“永没有怀疑”。他尤其含蓄地提到“许多人顽固的信仰一个学说，死也不肯放手”的现象，正是因为“对于他所信仰的学说”“不肯日夜思索”，“所以永没有怀疑”。① 这些话针对的对象虽不明确，但恐怕多少与“京派”所不以为然的一些盲目的激进主义者有关。就像林庚在另一篇文章中所批评的：“全国之人头脑不甚健全，胸中半塞半通，纵然拿出去像个烈士，亦还需教养多年。”② 这里的针对性显然更加明确。

其二，在“人的文学”重视精神启蒙的基础上，“人的问题”更强调了启蒙的方式。《明珠》的作者们多次谈到对于空洞的政治宣传的反感，他们指出：短时间的刺激只是一阵热闹，并不能达成理智上的接受，因而不是“久计”，空洞的宣传效果是非常有限的。因此在他们看来，真正有意义的不是外来的刺激和宣传，而是引发精神内部

① 林庚：《迷信》，《世界日报 · 明珠》第 19 期，1936 年 10 月 19 日。

② 林庚：《烈士》，《世界日报 · 明珠》第 3 期，1936 年 10 月 3 日。

改变的启蒙。[①] 历史地看，这也不算什么新见，但置于 20 世纪 30 年代的社会政治环境和思想交锋中，这种观点就分明显现出对于左翼思潮的回应和抗衡的意味。也就是说，“京派”文人作为五四启蒙主义知识群体中的一个部分，当“五四”落潮后思想界发生剧烈分化之际，他们一方面继承了“五四”新文化的进步因素，另一方面，又对于激进的革命思潮有所保留，不赞成简单粗暴的方式，也不信任短效一时的价值。由此，他们渐渐形成一个既具反传统特征又带有保守性质的知识分子群体：与五四时期的保守力量相比，他们是激进的；与 30 年代出现的新的革命思潮相比，他们又具有保守的特色。

由此看来，《明珠》同人的“新的启蒙运动”正是应时代环境之变而提出的。在 20 世纪 30 年代初“启蒙”思潮淡化、民族危亡加剧、左翼思想兴起的历史环境之下，重提“启蒙”，并冠之以“新”意，或许就是有意发起一场在新的历史条件下的思想启蒙运动，或者说，是在国难当头之际和风起云涌的革命浪潮之中，重新强调五四时期的“人”的“启蒙”的思想，继续着未竟的“五四”事业。这其中当然暗含着对于左翼思想运动的某些不满，同时也是对几年前“革命文学”否定“五四”传统的做法的一种曲折的回应。

其三，在“人的文学”高度肯定“文学”在启蒙运动中的重要作用的基础上，“人的问题”更强调维护“纯文学”自由与独立的品格。周作人当年在《人的文学》中说：“我们希望从文学上起首，提倡一点人道主义思想”，“用这人道主义为本，对于人生诸问题，加以记录研究的文字，便谓之人的文学”。[②] 这一“从文学上起首”的思路，在《明珠》同人中也得到了延续。林庚就曾针对现实谈道：“新生活

① 参见林庚的《反应》(《明珠》第 15 期，1936 年 10 月 15 日)、《唤醒》(《明珠》第 17 期，1936 年 10 月 17 日)、《宣传》(《明珠》第 41 期，1936 年 11 月 10 日)、《刺激》(《明珠》第 45 期，1936 年 11 月 14 日)、《刺激的功用》(《明珠》第 54 期，1936 年 11 月 23 日) 等文。

② 周作人：《人的文学》，载胡适编选：《中国新文学大系·建设理论集》(影印本)，上海文艺出版社 1981 年版，第 193 页。

也罢，读经也罢，怎样能够多培养我们一点人的感情和生的纯化的，我们觉得根本问题还要在文艺上着想。”[①]相对于五四时期针对“竞言武事”而提出文学启蒙的思想，“京派”文人则是在“革命”与“救亡”的20世纪30年代重提“根本问题还要在文艺上着想”，显然也带有特定的时代特征与现实针对意义。他们甚至还提出了“纯艺术也能救国”的说法，认为“艺术与国家兴亡有关，盖因艺术乃一民族健康的表现”[②]，都体现出维护文学——尤其是纯文学——的地位与价值的基本立场。

此外，“京派”文人特别强调文学的独立性与自由品格。如林庚在《小品文》一文中说：

> 没有正统文章时，思想是自由的文章是自由的，所以反无所谓小品。有了正统之后，有人不甘出卖思想文章上的自由，而影只形单又不足以消灭此已腐的空气，于是发而为文，此小品文也。小品文在作者也许不觉得，在读者却必觉得小，因为正统之外自然不容你大也。至于作者因感于时事之不可违，多说无益，写写文章亦无非是万一遇到个素心人呢，如此心境，文章自不免清疲萧瑟，清疲自然不能与肥头大耳比，此所以仍不得不小；此所以我虽不见得为它加上小品二字，却也不见得非为它取下来不可也。
>
> 八家以前，文章并无正统，八家以后合文章之正统与思想之正统而变为“道统”，此所以明清以来乃有许多好的小品文，亦时势使然耳。近数年来小品文又在盛行，可见文坛与思想界又都有了正统，而且一定是又都“腐”了，故新文学运动终于变成“遵命文学”，而读经声浪又见复活，此均大品文也。能懂得大品文乃能懂得小品文。至于有并大品文全不放在心上者，专心自

① 林庚：《问路》，《世界日报 · 明珠》第10期，1936年10月10日。

② 林庚：《艺术救国论》，《世界日报 · 明珠》第65期，1936年12月4日。

由写作，此则趁时代之作家也，便无清疲萧瑟气。时代若可挽回当亦在此，不过难得尤在真正之骄傲耳。[①]

林庚的话是有代表性的。这里体现了“京派”文人对于“人的文学”所提倡的自由、独立、批判性、反正统等意识的强调和发扬。但有所不同的是，“人的文学”针对的是旧文学的“正统”，而“京派”文人除此之外又增加了新的思考与警惕。正如周作人早已提醒过的：“每逢文艺上一种新派起来的时候，必定有许多人，——自己是前一次革命成功的英雄，拿了批评上的许多大道理，来堵塞新潮流的进行。”[②]“京派”的警惕与反抗，就有针对“前一次革命成功的英雄”而发的，是对新的“正统”和新的“遵命文学”所带来的新的压制的提防。在这个意义上说，“京派”文人所肯定的“小品文”绝不仅仅是一种文体，更是一种文学观念和写作态度，即所谓“并大品文全不放在心上”，“专心自由写作”的文学精神。这种精神，既是对新文学“自由写作”精神的坚守，同时也体现了一种返回文学内部去寻求启蒙之途的独特思路。

事实上，就在“挑起”“京派”与“海派”之争的《文学者的态度》一文中，沈从文就首次提出了“文学者的态度”和“职业的尊严”的问题，亦即明确提出了作家写作的立场和态度问题。沈从文时时针对“时下流行习气”发言，提出文学者“应明白得极多，故不拘束自己，却敢到各种生活里去认识生活”，同时，“应觉得他事业的尊严，故能从工作本身上得到快乐，不因一般毁誉得失而限定他自己的左右与进退”；“他作人表面上处处依然还像一个平常人，极其诚实，不造谣说谎，知道羞耻，很能自重，且明白文学不是赌博，不适宜随便下注投机取巧，也明白文学不是补药，不适宜单靠宣传从

① 林庚：《小品文》，《世界日报·明珠》第50期，1936年11月19日。

② 周作人：《文艺上的宽容》，载《自己的园地》，河北教育出版社2002年版，第10页。

事渔利”。[①] 这三个方面——即认识生活、尊重文学和排除功利——归总起来就是一种现实的、严肃的、纯粹的“文学者的态度”。说到底，体现的正是对“人的文学”核心内涵的继承与发展。因为众所周知，周作人首倡“人的文学”时即强调：“人的文学”与“非人的”文学最根本的区别，“就只在著作的态度不同。一个严肃，一个游戏”[②]。这意味着“人的文学”的口号中，不仅规定了文学所描写和反映的对象，更包含着对于作者的立场与写作态度的规定。周作人所说的“用这人道主义为本，对于人生诸问题，加以记录研究的文字，便谓之人的文学”，首要强调的正是“为人生”的现实态度。在此基础上再来考察沈从文的“文学者的态度”，分明可以看到二者之间的一致性与连贯性。如果说，“严肃”“现实”的态度是两个时期文学思想的基本共同点，那么，“纯粹性”则体现了沈从文等人在新的时代环境中的新思考。因为，五四时期的作为社会变革先声的文学是必然带有功利性的，而到了“革命时代”，当“革命文学”渐成新的主潮，“京派”文人在延续“人的文学”血脉的基础上，又特别强调了文学必须拒绝过分功利性的问题，反对将文学作为宣传的工具甚或沽名钓誉的投机手段，反对政治和商业对于文学的过度浸染。这些新的内涵和观点，不仅体现了“京派”文人在观念上的“纯粹”，更奠定了“京派”重要的思想基础，成为这个群体在特定时期中最为独特的坚持与主张。

（三）

在诸多关于“京派”文学的理解和阐释中，沈从文的一句话最常被人提及：

① 沈从文：《文学者的态度》，《大公报 · 文艺副刊》第 9 期，1933 年 10 月 18 日。

② 周作人：《人的文学》，载胡适编选：《中国新文学大系 · 建设理论集》（影印本），上海文艺出版社 1981 年版，第 192 页。

> 我只想造希腊小庙。选山地作基础，用坚硬石头堆砌它。精致，结实，匀称，形体虽小而不纤巧，是我理想的建筑。这神庙供奉的是“人性”。①

“人性”一直是理解沈从文及其“京派”友人作品的一个关键。沈从文笔下的“湘西世界”就是以彰显人性之真、展现人性之美为基本特征的。即如评论者所言：沈从文版的人性观包含了“生活”与“生命”的二元对立，因此，他涉笔最多的即是那些源于“生命”的人性形态（例如真挚、热情、智慧、忠诚乃至逾越生死的勇敢，等等）在现代生存环境中的处境和状态。② 这里面，包含了对“生命”的憧憬和对“生活”的反思。

早在20世纪30年代苏雪林就曾说过，沈从文的理想“就是想借文字的力量，把野蛮人的血液注射到老迈龙钟颓废腐败的中华民族身体里去使他兴奋起来，年青起来，好在二十世纪舞台上与别个民族争生存权利”。而这“野蛮人的血液”就是他所认识和写出的“生命”和“人性”。苏雪林说：“他很想将这分蛮野气质当做火炬，引燃整个民族青春之焰。所以他把‘雄强’‘犷悍’整天挂在嘴边，他爱写湘西民族的下等阶级，从他们龌龊，卑鄙，粗暴，淫乱的性格中；酗酒，赌博，打架，争吵，偷窃，劫掠的行为中，发现他们也有一颗同我们一样的鲜红热烈的心，也有一种同我们一样的人性。”③ 的确，沈从文笔下的人性是混合着某种兽性与神性的，这让人又不由得联想起周作人在《人的文学》中所说的“人的灵肉二重的生活”，亦即“兽性与神性，合起来便只是人性”的观念。这个观念，为新文学尊重生

---

① 沈从文：《〈从文小说习作选〉代序》，载《沈从文批评文集》，珠海出版社1998年版，第242页。

② 参见凌宇：《沈从文创作的思想价值论——写在沈从文百年诞辰之际》，《文学评论》2002年第6期。

③ 苏雪林：《沈从文论》，《文学》第3卷第3期，1934年9月。

命、尊重个性的人生观奠定了基础。即如周作人一再强调的："我们承认人是一种生物。他的生活现象，与别的动物并无不同。所以我们相信人的一切生活本能，都是美的善的，应得完全满足。凡有违反人性不自然的习惯制度，都应该排斥改正。""但我们又承认人是一种从动物进化的生物。他的内面生活，比别的动物更为复杂高深，而且逐渐向上，有能够改造生活的力量。所以我们相信人类以动物的生活为生存的基础，而其内面生活，却渐与动物相远，终能达到高上和平的境地。凡兽性的余留，与古代礼法可以阻碍人性向上的发展者，也都应该排斥改正。"[①]这类"人的文学"的作品，显然可以在沈从文、废名、芦焚、李健吾、萧乾、林徽因、凌淑华等众多"京派"作家的笔下看到，他们所认识、描写与剖析的"人性"，虽然可能源自不同的地域文化背景或表现出不同的艺术风貌，却都集中体现着作家们对于"人性"问题的理解。

作为"京派"领袖的沈从文，不仅以直接的观念阐述引起文坛上的争论，更以其艺术的实绩为"京派"文学观做出了实践和诠释。他以细腻的笔调描写"湘西"清新纯净的自然之美，更以大胆的笔力展现湘西人原始旺健的生命之美。通过一系列令人惊异和忧伤的故事，沈从文以文学的方式成功表现了一种融合野性之力与神性之美的天真自然的"人性"。在其代表作《边城》中，无论是健美清朗的傩送兄弟还是纯澈如水的少女翠翠，都恰切地体现了人性最浑然完璞的内涵。他们都"在风日里长养着"，没有半点心机世故，是自由、安分、古朴、优美的自然的儿女，对于环境与命运的安排，都怀有自然虔敬之心，无欲无争，无悔无扰。这正是沈从文自己所说的，"没有乡愿的'教训'，没有腐儒的'思想'，有的只是一点属于人性的真诚情感"[②]。

---

① 周作人：《人的文学》，载胡适编选：《中国新文学大系 · 建设理论集》（影印本），上海文艺出版社 1981 年版，第 194 页。

② 沈从文：《〈看虹摘星录〉后记》，《大公报》1945 年 12 月 8 日。

类似的思想与感情、人物与故事，在“京派”作家的笔下多有表现。尤其是一系列儿童与女性形象的塑造，更集中体现了作家们对人性真善美的理解与赞美。这些形象，与天保、傩送、翠翠们一样，最能充分体现出“人性”的天真未凿与美好无瑕，而他们所遭受的悲剧性的命运，又为这种天真优美增添了一份隐痛和忧伤。在这两类形象的交集上，尤其令人印象深刻的是一系列少女的形象。在沈从文的小说中，成功塑造了翠翠、萧萧、三三等一组天真美好的少女形象，她们正直善良、热情质朴、宁静本分，与天地命运和谐自然地融为一体。这样的少女，最好地诠释了作家关于人性美的认识和理解。事实上，最早在小说里集中塑造少女形象的是废名。在废名早期短篇小说集《竹林的故事》中就已出现了大量纯美的乡村少女形象，如淳朴善良的柚子（《柚子》）、甜美伶俐的银姐（《初恋》）、温顺堪怜的莲妹（《阿妹》）、勤劳忍耐的三姑娘（《竹林的故事》），以及后来的长篇小说《桥》中的琴子和细竹，等等。在她们的身上，寄寓着“京派”作家的人生理想，这理想一方面与五四时期“人的发现”中的“女人与小儿的发见”有关，另一方面却已在历史的意义上超越了“辟人荒”的目的，大大深化了早期“人的文学”的精神内涵。在“京派”作家的笔下，女性与儿童的“发现”不再仅仅与婚姻制度、长幼秩序等家庭伦理问题相关，而是更与“人性”的根本问题相联系，成为人性真善美的最具体的呈现。在他们的身上，作家寄托了现实的关怀和人生的玄悟，既与现实启蒙问题相关，又更进一步体现了现代人复杂的精神世界。因此，这些“京派”小说中的少女形象，不再被简单地寄寓人道主义的同情，而是成熟为一类真正具有艺术审美价值的现代文学形象。

其实，不仅在“京派”小说和戏剧中出现了集中的少女形象，就是在相对更为抽象的诗歌当中，同样也有大量体现“童真”之美的作品，最典型的代表就是何其芳和林庚。

最擅长“画梦”的何其芳曾有这样的诗句：“从此始感到成人的

寂寞，／更喜欢梦中道路的迷离。”对他而言，童心与幻想是他诗歌的双翼。“梦中道路的迷离”是逃避“成人的寂寞”的方法，而贪恋童话、归依童心，则体现了他对现实的不满和对超越的渴望。因而，相比于其他“京派”诗人，何其芳更热衷于追写童年，表现出一种在写作中追求梦想的心态。毫不夸张地说，早期何其芳是中国现代最富童心的一位诗人。在他的作品中大量体现着儿童般清澈澄明的视野，例如“我的怀念正飞着，／一双红色的小翅又轻又薄，／但不被网于花香”（《祝福》），“芦蓬上满载着白霜，／轻轻摇着归泊的小桨。／秋天游戏在渔船上”（《秋天》），等等。即便他的作品很少呈现儿童的欢快无忧，却也犹如“一湾小溪流着透明的忧愁”（《季候病》），仍充满孩童的天真，绝无虚伪凡俗之气。

这种“童心”所体现出来的独特的文学意识，正与小说家们的理想相似，即以文学的方式表达对于人类“自然”美与“原始”美的赞美和归依。与何其芳有异曲同工之美的还有林庚。林庚曾为冰心的孩子们创作过一首《秋日的旋风》，完全以儿童的视角审视自然，无论是“一座一座的塔似的”“秋日的旋风”，还是有着“金环的耳朵”“红眼睛”，“一个小尾巴翘动着逃到／极远的地方去”的“野兔子”，都带有无比天真纯净的童趣，达到了浑然天成的境界，体现了诗人在那一刻返归童真的内心世界。此外，在《那时》一诗中，诗人也以成年的沉重与无奈更加衬托出童心的玲珑。“那时”：“空气如此的好，／心地明亮和溶；／人的娇小／宇宙的函容，／童年的欣悦，／像松一般的常浴着明月；／像水一般常落着灵雨；／像通彻的天宇，／把心亮在无尘的太空；／像一块水晶石放在蓝色的大海中。／／如今想起来像一个不怕蛛网的蝴蝶，／像化净了冰再没有什么滞累，／像秋风扫尽了苍蝇的粘人与蚊虫嗡嗡的时节，／像一个难看的碗可以把它打碎！／像一个理发匠修容不合心怀，／便把那人头索性割下来！……”这种对童年的留恋与回顾，充分体现了诗人对于天真原始的人性的赞颂。因为童年本身就是最接近自然，最具备健康天性的代表。用林庚自己的话来说，“未完全失去了童心”就说明了一个人“尚保持着他生命上的健康”。①

对于“童心”的珍惜和赞颂，李健吾曾称之为“乡下人”式的“写作的信仰”。“乡下人”是“京派”文学中的一个关键词。它指的并不是“京派”小说塑造的乡村儿女的文学形象，而是“京派”作家们针对自身进行的文化反思和自我文化定位。他们以“乡下人”自居，在思维方式、生活习惯、审美趣味、语言风格、文化心理等诸多方面，以“乡下人”的姿态对现代文明和政治文化做出了独特的反省。

以“乡下人”自称的“京派”作家有很多。“地之子”李广田就说：“我是一个乡下人，我爱乡间，并爱住在乡间的人们。就是现在，虽然在这座大城里住过几年了，我几乎还是像一个乡下人一样生活着，思想着，假如我所写的东西里尚未能脱除那点乡下气，那也许就是当然的事件吧。”②李健吾也曾说过：“我先得承认我是个乡下孩子，然而七错八错，不知怎么，却总呼吸着都市的烟氛。身子落在柏油马路上，眼睛接触着光怪陆离的现代，我这沾满了黑星星的心，每当夜阑人静，不由向往绿的草，绿的河，绿的树和绿的茅舍。”③此外，废名、何其芳等人也都不同程度地表达过对乡土的眷恋。事实上，他们的表白已经超出了一般意义上的思乡情绪，而趋向于一种文化心态的自白。这是一种文化趣味与审美心理的共鸣，他们同样对“都市的烟氛”和“光怪陆离的现代”城市环境有所隔阂，同样倾向于乡土氛围所代表的传统文化精神。这并不仅仅是以乡土传统对抗城市文明，更是以文学的方式营造出一种“精神乡土”。在“京派”诗人们的眼中和笔下，乡土农村已经被诗化地处理成为一种带有明显象征意义的喻

① 林庚：《熊》，《世界日报·明珠》第87期，1936年12月26日。

② 李广田：《〈画廊集〉题记》，《益世报·文学》第3期，1935年3月20日。

③ 刘西渭（李健吾）：《〈画廊集〉——李广田先生作》，载《咀华集》，文化生活出版社1936年版，第183页。

体。它象征着人性的纯粹、审美的和谐、心灵的纯净、生命的健硕。他们以纯美的诗意的笔调描写“农村寂静的美”与“平凡的人性的美”，构筑“最纯粹的农村散文诗”。[①] 他们当然不是在简单地抒发乡情，而是借此传达自己的文化取向，即如何其芳自己所解释的，“若说是怀乡倒未必，我底思想空灵得并不落于实地”[②]。

当然，最有代表性的“乡下人”还是沈从文。他自称：“在都市住上十年，我还是个乡下人。第一件事，我就永远不习惯城里人所习惯的道德的愉快，伦理的愉快。……这种‘城里人’仿佛细腻，其实庸俗；仿佛和平，其实阴险；仿佛清高，其实鬼祟。……老实说，我讨厌这种城里人。”[③] 在这里，“乡下人”与“城里人”俨然是对抗的关系了。沈从文说：“我是个乡下人，走到任何一处照例都带了一把尺，一把秤，和普通社会总是不合。一切来到我命运中的事事物物，我有我自己的尺寸和分量，来证实生命的价值和意义。我用不着你们名叫‘社会’为制定的那个东西，我讨厌一般标准，尤其是什么思想家为扭曲蠹蚀人性而定下的乡愿蠢事。……这种人从来就是不健康的，哪能够希望有个健康的人生观。”[④] 由此已可看到，在沈从文的认识中，“乡下人”即是“健康的人生观”的代表，即是他所“供奉”的“人性”的最佳载体。他在文学作品中一再塑造乡村儿女，并在文化心态上执拗于“乡下人”的立场，都与他对于“人性”的理解有关。从某种意义上说，“乡下人”的心态带有与城市人和城市生活相对立的姿态，但深究起来却可发现，这种对立并不一定是针锋相对的敌视，而更多地表现为一种基于城乡文化差异而产生的对城市文化和

① 沈从文：《论冯文炳》，载《沈从文文集》第 11 卷，花城出版社、生活 · 读书 · 新知三联书店香港分店 1984 年版，第 97—100 页。

② 何其芳：《岩》，《水星》第 1 卷第 2 期，1934 年 11 月。

③ 沈从文：《〈篱下集〉题记》，载《沈从文文集》第 11 卷，花城出版社、生活 · 读书 · 新知三联书店香港分店 1984 年版，第 33—34 页。

④ 沈从文：《水云》，载《沈从文文集》第 10 卷，花城出版社、生活 · 读书 · 新知三联书店香港分店 1984 年版，第 266 页。

城市人生活状态的“反思”。

因此，“京派”作家的“乡下人”心态也与五四时期的“侨寓文学”不同。“侨寓”作家只是“在北京用笔写出他的胸臆”，“侨寓的只是作者自己，却不是这作者所写的文章，因此也只见隐现着乡愁”。[①] 他们是“站在城市的立场上批判乡村，因而获得的是黑暗、封闭、愚昧的乡村视野”[②]，而“京派”作家面对的则是不同的时代环境和文化视野，他们不再从启蒙思想的角度出发，以现代文明来疗救宗法农村的愚昧落后，相反他们是“站在批判城市的立场上想象农村，因而创造了充满美感的乡野画面”[③]。他们对乡村世界抱有审美意义上的欣赏，因此他们自然而然地运用诗意的想象把乡村世界的人情风物进行了净化和纯化。乡村因而成为一种象征，象征着人性纯良宁谧的原始美丽，并以此与城市所代表的人性的异化相对抗。如果说，城市生活代表的是一种成年人在无奈生活重压下的流浪状态，而乡村就因其伴随童年的无拘无束的心态而代表着童心的回归和“人之初”的原始状态。因此，“侨寓文学”与“京派”文学中的“乡土”与“乡下人”之间，存在着一种既相关又相异的联系。后者多少受到前者的影响，但已因时代的变化和观念上的发展，表现出了不同的思想特质和文化内涵。

少女、童心、乡下人，这些“京派”“人的文学”的核心元素中都体现着这个群体独特的思想与审美倾向，即以单纯自然的人性之“美”，“为人类‘爱’字作一度恰如其分的说明”。正是这一群自称“对政治无信仰对生命极关心的乡下人”[④]，以“乡下人”式的“写作的信仰”，曲折隐晦地表达着某种看似不合时宜的思想。在革命的时

① 鲁迅：《导言》，载鲁迅编选：《中国新文学大系·小说二集》（影印本），上海文艺出版社 1981 年版，第 9 页。

② 李书磊：《都市的迁徙》，时代文艺出版社 1993 年版，第 120 页。

③ 李书磊：《都市的迁徙》，时代文艺出版社 1993 年版，第 120 页。

④ 沈从文：《〈从文小说习作选〉代序》，载《沈从文文集》第 11 卷，花城出版社、生活·读书·新知三联书店香港分店 1984 年版，第 43 页。

代中，他们心无旁骛地抒写自然美、人性善、少女的纯真、童心的简净、乡下人的热情与执着……这其实都是在表达他们对于现代文化——包括都市文明、工业文明、政治文化、激进思潮等等——的深刻的怀疑与反省。在这一思考过程中所建立起来的观念固然可以批评，但历史却不能否认他们这种独特思考的价值。同样值得肯定的是，他们的思考与“五四”新文学传统之间，不是游离，更不是断裂，而是一种在积极继承基础上的深掘与反省。

（四）

在“京派”作家的“乡下人”性格中，除了对人生的信仰与努力之外，更包含着对文学的热情与诚实。沈从文曾反复强调，在他的“乡巴佬的性情”中最重要的一点是“对一切事照例十分认真”，甚至认真到“傻头傻脑”的程度。①这份“认真”其实也是他们对待文学的基本态度。一方面，他们仍深信文学的功能与意义，“相信它在将来一定会起良好作用”，相信可以“把文学……变成一个有力的武器，有力的新工具，用它来征服读者，推动社会，促之向前”；另一方面他们也意识到，“决不是一回‘五四’运动，成立了三五个文学社团，办上几个刊物，同人写文章有了出路，就算大功告成。更重要还应当是有许多人，来从事这个新工作，用素朴单纯工作态度，作各种不同的努力；并且还要在一个相当长远、艰难努力过程中，从不断失败经验里取得有用经验，再继续向前，创造出千百种风格不一、内容不同的新作品，来代替旧有的一切……”②

这种对于文学的“单纯热忱和朦胧信仰”以及“类似宗教徒的虔

① 参见沈从文：《〈从文小说习作选〉代序》，载《沈从文文集》第11卷，花城出版社、生活·读书·新知三联书店香港分店1984年版，第43页。

② 沈从文：《〈沈从文小说选集〉题记》，载《沈从文文集》第11卷，花城出版社、生活·读书·新知三联书店香港分店1984年版，第70—71页。

诚皈依之心"[1]正是"京派"作家思想中最为独特和突出的部分。与五四时期的启蒙思潮相比，他们在前人的基础上更增加了对于文学本身的强调。他们的志向是：通过长远艰巨的努力，一方面完成思想的启蒙，同时更创造出真正的文学的实绩。因此，他们强烈反对各种各样的急功近利，反对以文学谋利的商业行为，反对以文学换取政治利益的投机；他们反对以"入时"为目的的创作，只欣赏"平淡朴实"的创作态度和艺术风格；[2]他们不仅声称自己是"对政治无信仰对生命极关心的乡下人"[3]，同时更主张"同政治离得稍远一点，有主张也把主张放在作品里，不放在作品以外的东西上"[4]。

这样的主张和文学观念，在风起云涌、热闹非凡的20世纪30年代，的确显得有些落后保守。但事实上，这并不是保守，而是一种特殊的坚持。沈从文自己也曾感慨道："自愿作乡下人的实在太少了"，"我感觉异常孤独。乡下人实在太少了。倘若多有几个乡下人，我们这个'文坛'会热闹一点罢。"[5]这样的感慨其实也是一种呼吁，他们是在呼唤更多的作家能以这种认真专注的态度看待文学和对待写作，"守住新文学运动所提出的庄严原则"[6]，守住"五四"以来的严肃文学的立场与理想。即便真如有人所言，30年代之后，中国历史进入了一个"救亡压倒启蒙"的时期，但其实"启蒙"的思潮并不会真正

---

① 沈从文：《从现实学习》，载《沈从文文集》第10卷，花城出版社、生活·读书·新知三联书店香港分店1984年版，第319页。

② 参见沈从文：《〈群鸦集〉附记》，载《沈从文文集》第11卷，花城出版社、生活·读书·新知三联书店香港分店1984年版，第17页。

③ 沈从文：《水云》，载《沈从文文集》第10卷，花城出版社、生活·读书·新知三联书店香港分店1984年版，第294页。

④ 沈从文：《新废邮存底·五》，载《沈从文文集》第12卷，花城出版社、生活·读书·新知三联书店香港分店1984年版，第18页。

⑤ 沈从文：《〈从文小说习作选〉代序》，载《沈从文文集》第11卷，花城出版社、生活·读书·新知三联书店香港分店1984年版，第46页。

⑥ 沈从文：《从现实学习》，载《沈从文文集》第10卷，花城出版社、生活·读书·新知三联书店香港分店1984年版，第305页。

断裂。中国自20世纪初启动了由传统社会向现代社会转型的现代化进程之后，虽然后来时有曲折反复，但历史发展的总规律和主脉络毕竟不可逆转。30年代，虽然“革命”“救亡”成为时代主题中的更强音，但也总还有人在坚守“五四”的精神传统，维系着思想启蒙的血脉。即便是被边缘化甚或成为潜流、暗流，但这条血脉仍在延续，不会断流。强调这一思想传统的连续性及其历史意义，也正是帮助我们今天重新认识和评价“京派”的关键之一。

事实上，“京派”作家们看似自说自话的一些创作或议论，其实都是在对时代发言。20世纪以来，在文学与政治之间，在激进与温和之间，在个人主义、自由主义与社会主义意识形态之间，的确是可能存在着某种困境的。“京派”作家们面对这样的困境，在生存方式、写作方式、思想方式等诸多方面认真进行了思考和应对处理。五四时期“人的文学”为他们提供了强大的思想资源，而他们自己又在其基础上做出了丰富、深入和反思。在他们而言，文学不仅可以发现人、表现人，更可以是一种特殊的、深刻地认识和挖掘人性的方式。他们所挖掘的，是“个人”的“人”，“现代人”的“人”，更是乡土式的或少年时代的那种尽可能回避了政治角色和阶级划分的“人”。因此，对于种种问题，他们坚持用自己的方式面对。他们温和而又执拗，单纯却又深刻；看似与世无争，却又积极与他人对话甚至争论；看似只谈文学，但又处处事关思想与政治。这些特点，正是造成他们终与海派交锋的原因，也更是令他们在很长的历史时期中被看作革命文学的“异数”的原因。而从本章对他们文学理念和创作实际的分析看，我们应该对他们重新作出评价，那就是：他们并非保守的一群，他们其实深刻地继承了“五四”新文学的现代精神与革命传统，并在继承的同时融入了新的思考与反思；他们坚持将革命的姿态内敛入文学的内部，坚持以文学的方式间接参与思想界的论争；他们有意识地“同政治离得稍远一点，有主张也把主张放在作品里，不放在作品以外的东西上”，体现了他们对于文学与政治之间关系的特殊理解。可以说，虽然他们看似疏离政治与革命文学，其实却是在文学的内部做出了自己的回应。这既是对“五四”新文学启蒙思想的接续，同时也体现了对文学价值的特殊坚持。不理解这一点，就无法真正认识“京派”的文学深度与思想抱负，无法真正理解“京派”，无法对之作出正确的历史评价。

三、张道藩：最后的“士大夫”

抗战期间，时任国民党宣传部部长的张道藩在他自己的日记里写下这样一段文字：

> 我知道政治内容越多，越发感到政途的艰难可畏，我十几年来，只不过是为人作嫁，从来没有做过独当一面的事。但是即使这样，我已觉得自己的才智不够应付，如果要我单独主持重要事件，我将会更感无法适应。……反省这十几年来我的所作所为，可以说无一事不可质诸天地鬼神。在党我是一名忠实党员，我曾为党努力，为党牺牲；从政我是一个清廉官吏，我从来没有贪污分文，这都是我可以仰瞻总理在天之灵，而无丝毫愧色的。对于家庭，我也曾得到机会侍奉了父母几年，聊尽人子之责，使我稍感心安。……我常反躬自问，十年以来，成就何在？自己究竟有何本领，可以贡献国家？而屡屡不安于所事，究系何故？此后究竟如何？应如何方能使我愉快？诸如此类之问题，我自己亦无法解答，年岁益长，自知益浅，有时竟自认为一毫无所能之尸位素餐者。凡此种种皆为神经已有变态之表征，有时亦颇自危。①

① 转引自王由青编著：《张道藩的文宦生涯》，团结出版社 2008 年版，第 113 页。

常人眼中的达官要人，在自言自语之际流露出的竟是如此困窘的心情，这的确是值得追索和深味的。张道藩的一生，充满着这种得失的矛盾与内心的冲突。深究其因不难发现，这并非全是他个人的困境，在一定程度上，这是那个历史时期与社会文化环境之中一类人的困境，只不过，在张道藩身上，这种冲突尤为激烈和明显。我把这所谓的“一类人”称为“最后的‘士大夫’”。

所谓“士大夫”，其基本的思想特征大体可以被归纳为两点：一是具有传统的文人气质和修养，读书名理，既通且博。二是深受“学而优则仕”思想的影响，随时准备着出仕为官、兼济天下。既如荀子所谓“在本朝则美政，在下位则美俗”，又如王安石所说“学者之学也，始不在于为人，而卒所以能为人也”。

生于1897年的张道藩，与很多与他同时代的读书人一样，遭遇到一个历史发生巨变的时刻。既往的出仕道路随着八股的废黜而终结，展开在面前的是一个全新的前景。张道藩读过私塾，自然受到过“学而优则仕”的传统观念的影响和教育，但随着新文化浪潮的涌起，他也开始在一定程度上接触到了新式教育，开始具有初步的旧民主主义思想意识。1916年，20岁的张道藩加入了中华革命党，并于同年进入天津南开学校求学。直到1919年，在拜谒过革命先驱孙中山之后，启程留学欧洲。这一年，张道藩23岁。

来到英国的张道藩选择了美术专业进行深造，仿佛要走一条远离政治的艺术之路。对此他曾有过自己的解释。他说：

我本来出生于一个破落的世家，从小自然免不了有读书求官做的想法。可是当我在南开读书的时候，听说像北京大学校长蔡元培先生那种学问渊博、道德高尚的人还免不了受武人官僚政客的气，所以我到英国以后，不但是不学准备做官的学科，连哲学教育等科都不愿学，就是怕卷入政治圈里去。受那些官僚和武人的气，因而选学了与人无争的美术和文学。①

但是，在周围人不断的说服下，张道藩渐渐接受了朋友们的意见，认同了他们所说的面对现实、不要逃避，加入革命、改造中国的想法。正是因为要不受官僚武人的气，所以干脆参加革命，打倒那些祸国殃民的官僚政客。由此，1923年，张道藩加入了中国国民党，并担任了伦敦总支部评议部长的职务。从此直至他72岁离世的45年间，他再也没有离开政坛。他的一生中可以被冠以很多称号，比如美术家、戏剧家等，但最重要的一个身份，当非文化官僚莫属。一个在中学时代就立志远离政治的人，却一脚踏入政坛永未逃脱。这里其实蕴涵着一个重要而有趣的问题，那就是中国最后一代“士大夫”——或说第一代现代知识分子——身上所特有的仕宦心理与报国志向之间的复杂关系。这里面既有相通又有相悖，也正是这种复杂的关系导致了本部分开篇所引述的张道藩一生的内心困境。

很显然，张道藩最早从政的原因是要改造社会，铲除旧官僚。这样的动机，与“五四”之后很多现代知识分子是一致的，虽然他们各自选择的道路和方向并不完全相同。但可悲的是，进入政界以后，张道藩并没有成为一个带有革命姿态和批判力量的个体，而是成为政党体制中的一个称职的官员。虽然从个人的角度来说，他清廉忠诚，做了不少利国利民的实事，但换一个角度来看，他却始终无法摆脱内心的疑虑和惶恐。他的一系列问题，诸如“十年以来，成就何在？自己究竟有何本领，可以贡献国家？而屡屡不安于所事，究系何故？此后究竟如何？应如何方能使我愉快？”等等，其实都是在他的处境中难以作出回答的。

在我看来，张道藩之所以会觉得自己一直在“为人作嫁”，其原因就在于他内心中的报国志向恰为仕宦心理所深深束缚，使他一方面

① 转引自王由青编著：《张道藩的文宦生涯》，团结出版社2008年版，第23页。

以为自己在从事改造社会的壮举，但另一方面又分明感到在体制中的无能为力与身不由己。因此，张道藩一方面从传统的观念出发，希望“美政”和“为人”，力图成为一介忠臣；但另一方面，他内心中同样存在着的现代启蒙精神也在提醒着他，身陷宦海、重蹈旧文士的道路，其实是一条死路，在这条路上，跑得越卖力，也就越没有办法回头。

因此，在四十余年的政治生涯里，张道藩大约始终无法摆脱内心的挣扎和疑问。正如蒋碧微在回忆中所追述的，在离开大陆前夕的旅行中，在杭州秋瑾女士的墓前，张道藩曾“语音黯然”地叹道：“缅怀先烈，无限愧怍！”[①] 我相信，这“愧怍”是真诚的。当1949年的张道藩回头审视自己的早年，是如何因为受到秋瑾、孙中山等革命先驱的影响和感召，才加入了国民党，进入了政界，希望实现报国的理想。在这一回首当中，他也许清醒地看到了自己这一代人在传统的仕宦心理与现代启蒙思想中的立人立国理想之间的巨大差别与冲突。事实上，“学而优则仕”的传统心理，在张道藩这一代人心中仍留有最后的余绪。而也正是在这一代人的观念里，出仕之心与启蒙思想发生了第一次正面的冲突，带来了前所未有的思想转变。如果说，在传统文化心理中，也存在出仕与归隐两种态度，那其实是一个灵魂的两副面孔，归隐只是出仕不顺利的一条退路而已。而在现代启蒙思想运动兴起之后，文人与知识分子在是否出仕为官的问题上也发生了根本的转变。比如周作人曾说：“自己觉得文士早已歇业了，现在如要分类，找一个冠冕的名称，仿佛可以称作爱智者，此只是说对于天地万物尚有些兴趣，想要知道他的一点情形而已。目下在想取而不想给。”[②] 这样一种崇尚自由和个性的姿态，以及对于独立的、怀疑的、批判立场的看重，都开始将文人从传统“士大夫”的精神桎梏中解放出来。因

① 蒋碧微：《我与道藩》，漓江出版社2008年版，第470页。

② 周作人：《夜读抄·后记》，河北教育出版社2002年版，第202页。

此，也正是在这一代人中，最后一批“士大夫”与第一批现代知识分子因为获得了截然不同的价值观念而彻底分道扬镳。

在这个问题上，正好有一个足以与张道藩形成鲜明对比的人，就是徐悲鸿。

将张、徐二人作比，显然有充分的理由，也有足够多的方面可资相互参照。其中最重要的方面就在于，作为同时起步的美术家，二人在求学经历上有很多相似之处，但就是在是否从政的关口，二人做出了完全不同的选择，由此导致了二人在文化史上完全不同的地位和形象。身居高位的张道藩与艺术成就斐然的徐悲鸿，在对待艺术、社会、历史、文化等方面的认识上，也表现出了明显的分歧。

1944 年，徐悲鸿在《中国艺术的贡献及其趋向》一文中说：“一个人宁愿当豆腐店的老板，不要当大银行的伙计，因为老板有主张有自由，才谈得上表现；伙计丝毫没有自由，只是莫明其妙，胡乱受人支配而已。”[①] 这话当然是针对艺术而言的，他强调的是艺术表现中的自由精神的重要性。但从这句话中，同样可以看到徐悲鸿在文化心态上的倾向，即极其看重“有主张有自由”，将之视为一个艺术家，一个知识分子所要求的根本前提。因此，在徐悲鸿的艺术思想中，始终贯彻着一种与西方文艺复兴以后的思潮相呼应，同时也与中国“五四”新文化精神相一致的核心内容，就是“人本主义”精神。

正如新文学界有“人的文学”的响亮口号一样，徐悲鸿也可谓美术界中“人的美术”的提倡者。他曾在不同场合多次提到这个问题。比如在《新艺术运动之回顾与前瞻》中，他开篇即讲：“中国科举制度，桎梏千年来无数英雄豪杰，其流弊所中，遂造成周遍的乡愿。”这样说的原因在于，“夫人之追求真理，广博知识，此不必艺术家为然也；惟艺术家为必需如此，故古今中外高贵之艺术家，或穷造化之

---

① 徐悲鸿：《中国艺术的贡献及其趋向》，载《悲鸿随笔》，江苏文艺出版社 2007 年版，第 98 页。

奇，或探人生究竟，别有会心，便产杰作。但此意境，与咬文嚼字无关。中国千年来，以文章取士，发明八股，建立咬文嚼字职业，不知若仅仅如此，亦低能中之颇低者也”。他随即解释说：“此段空论，似与艺术无关，但真正艺术品之产生，与夫文化史上大杰作之认识，必须具此精湛之思想，否则必陷于形式一套，欲希望如汤之盘铭，所谓德之日新又新，必不可得也。”①也就是说，在徐悲鸿看来，要想期待真正伟大的艺术品的出现，必须首先清除艺术家思想领域中的沉疴痼疾，将由八股传统带来的精神束缚去除，才能使艺术家获得精神的独立与自由，促使他们“追求真理，广博知识”，“探人生究竟”，不因袭守旧。

反顾中国的美术传统，徐悲鸿认为，“最感缺憾者，乃在画面上不见‘人之活动’是也”②。他说：“检讨吾人目前艺术之现状，真是惨不可言，无颜见人！（这是实话，因画中无人物也。）并无颜见祖先！”③因此，在他看来，若要企望“中国艺术的复兴”，就必须“完全回到自然，师法造化，采取世界共同法则，以人为主题，要以人的活动为艺术中心。舍弃中国文人画独尊山水的荒谬思想”。④在徐悲鸿看来，中国传统的文人画是缺乏现代精神的，且“中国前代典型之文人即日少一日，则其副业之文人画只余残喘”。将绘画视为独立的艺术门类而非文人趣味之附庸的徐悲鸿，强调的是用绘画自身的方式来展现现代人的精神与生活。因此他提出：“吾所期于人之活动者，乃欲见第一第二肌肉活动及筋与骨之活动。管他安置在英雄

---

① 徐悲鸿：《新艺术运动之回顾与前瞻》，载《悲鸿随笔》，江苏文艺出版社 2007 年版，第 88 页。

② 徐悲鸿：《新艺术运动之回顾与前瞻》，载《悲鸿随笔》，江苏文艺出版社 2007 年版，第 90 页。

③ 徐悲鸿：《复兴中国艺术运动》，载《悲鸿随笔》，江苏文艺出版社 2007 年版，第 80 页。

④ 徐悲鸿：《中国艺术的没落与复兴》，载《悲鸿随笔》，江苏文艺出版社 2007 年版，第 84 页。

身上或豪杰身上，舟子农夫固好，便职业强盗亦好。"徐悲鸿发表这样的言论的时候，已是左翼美术运动展开之时，但对于一些"革命画家"的画风，他也保留了自己独特的判断。他说："我只求画中人身体上那几个部门活动，颇不注意他的社会阶级。有许多革命画家，虽刊画了种种被压迫的人们，改变了画风，但往往在艺术本身，无何等贡献。"① 换句话说，在徐悲鸿的艺术观念中，"人"的问题始终是最为核心的一个关键，而且，更重要的是，这个"人"，是现实的人、个体的人、现代的人、活生生的与时代相关联的人。或许可以说，这个观念决定了徐悲鸿在中国现代美术史上不可替代的地位。

用这样大量的篇幅讨论徐悲鸿，并非离题。正是因为在徐悲鸿"人的美术"思想的对照下，才能更清楚地看到张道藩文艺观念中不够"现代"的部分。与强调"人"的艺术家徐悲鸿相反，张道藩在文艺思想中明确强调的是国家利益，强调"我们的作品，仅仅做到满足读者和观众的需要是不够的。我们暗示和指导他们以崇高的抱负和理想"，"作品的内容，必须适合现阶段政治和军事的任务，更求充实与有效而已"。② 这些当然都是基于他的政客立场，某些观念不能完全等同于他个人的主张。但正是因为特殊的政治身份和地位，使他成为国民党"三民主义文艺思想"的代言人。无论他自己是否发自内心地同意和相信这些观念与原则，他都与这样的思想牢牢地捆绑在了一起。我在这里并不打算讨论个性主义的文艺思想与三民主义的文艺思想的差异和高下，我只想通过这个对比说明，在艺术造诣和求学经历原本相似的徐、张二人之间，正因为后者选择的仕途，从而影响了其整个文艺思想的转变，造成了二者深刻的差异。我想，以张道藩的聪慧与才华，他不会真的意识不到自己的局限，而这个局限又来源于内心深处对于做官出仕的认同。这就是他无法解脱的困境，无论他怎样

① 徐悲鸿：《新艺术运动之回顾与前瞻》，载《悲鸿随笔》，江苏文艺出版社 2007 年版，第 90—91 页。

② 转引自王由青编著：《张道藩的文宦生涯》，团结出版社 2008 年版，第 181 页。

追问，他都无法回答自己的问题：“十年以来，成就何在？自己究竟有何本领，可以贡献国家？而屡屡不安于所事，究系何故？此后究竟如何？应如何方能使我愉快？……”

同样，在艺术创作的层面上，张、徐二人的对照也是明显而有趣的。论个人的才华与修养，张道藩也许并不逊色于当年天狗会的兄弟徐悲鸿、邵洵美等人，但从最终的艺术成就来看，他的才华的确受到了极大的限制。就我非常有限的了解和极为外行的眼光看来，他的字画恰恰是徐悲鸿所不屑的“文人画”“馆阁体”的典型。无论是从题材还是笔法当中，都可以清晰地感觉到其精致典雅、工整拘谨的趣味与风格。我以为，这样的风格究竟还是距传统士大夫较近，而离现代艺术家较远罢！

对比张道藩与徐悲鸿，似乎无法回避他们两人与名媛蒋碧微之间那一段著名的恋情。这段恋情，既是艺术圈内的浪漫故事，也算得上是时代的一种缩影，它折射出那个年代的人们对于自由平等的爱情与家庭伦理观念的理解。

在蒋碧微的叙述中，徐悲鸿是个自私冷漠的丈夫，张道藩则是情深意重甚至忍辱负重的完美爱人。她曾经直接将两人作比，得出这样的结论：

> 拿悲鸿和道藩相比，说来会令人难以置信，世界上就有这么两位为人与性格截然不同的男子。悲鸿的心目中永远只有他自己，我和他结婚二十年，从来不曾在他那儿得到丝毫安慰与任何照顾，他需要妻子儿女，是为了点缀他的人生，我们活着，一切都得为他。……道藩呢，他所求的仅只是我给他一些精神上的安慰和鼓励，而他却付出最大的代价，细心熨帖，无微不至，他向我表现了无可比拟的热情，掬出了坦诚忠实的心灵，他将我俩之间的爱，看做世界上最纯洁珍贵的一件事，他曾信誓旦旦，要以他的全部生命去培育它，保有它，必要时，赴汤蹈火在所

不辞。[①]

这其中当然有明显的感情倾向和主观判断，同时也分明存在着叙述者不得不然的立场与策略。这里并不想将讨论引向孰是孰非、孰真孰假的判断上去，我想说的是，如果张道藩真的像蒋碧微和他自己在情书中所说的那样看重这段感情的话，在乏味的婚姻与隐秘的爱情之间，可以想象他承受着什么样的痛苦折磨。这些折磨，在他写给蒋碧微的札记中处处可见，的确让人不由得不信。但有趣之处就在于，在处理两个女人的关系上，张道藩始终是一个行动层面上的被动者，无论是婚外的狂乱，还是婚内的冷淡，无论有实无名的十年同居，还是突如其来的回归家庭，张道藩的言行并不能在蒋碧微的叙述中得到完满妥善、合乎逻辑的解释。而这种矛盾纠缠，恐怕也来自他自身。可以说，在婚姻观与爱情观中，张道藩一面是开放的、勇敢的，另一面又是保守和谨慎的。一方面，对家庭名誉的看重与责任感，使得他最终没有与蒋碧微走到一起；但另一方面，对于自由真爱的渴慕，又使他早早就冒着身败名裂的危险，秘密地与朋友的妻子谈情说爱。正如他自己面对蒋碧微时常常感叹的：“不自由的生活，是多么的痛苦！”而这个不自由，其实在很大程度上来源于他自己的内心。一个传统文人对妻妾团圆的想象与一个现代人忠贞平等的爱情观念之间，存在着巨大的冲突。这种冲突，怎么可能给他的灵魂带来平静？

后人对于张道藩，给出了“矛盾”的评价。我想，这种矛盾，并不能被全部归咎于他在行动上的矛盾选择，更重要的是，在他的内心，存在着观念上的激烈的冲突。因此，无论在事业上、思想上、艺术上，还是个人的感情生活中，张道藩都是一个矛盾体。也许他的矛盾，真的是那个剧变的时代自身内部矛盾在一个个体生命中的典型反映罢！

① 蒋碧微：《我与道藩》，漓江出版社2008年版，第89页。

第七章 “她们的故事”两则

一、“张看”与“看张”

——读张爱玲《小团圆》

在张爱玲悄然辞世14年之后，她的遗作《小团圆》果如她的朋友邝文美在1976年所预料的那样——“在万众瞩目的情形下隆重登场”①。应该说，与作品本身的艺术成就相比，出版方的“炒作”倒是更为“成功”。其实，无论是出版方还是读者心里都非常明白，《小团圆》之所以能成为热点，“被全球3000万张迷翘首企盼”，并不真的因为它是“张爱玲最神秘的小说遗稿，浓缩毕生心血的巅峰之作”，而是因为其中的人物和情节几乎事事物物皆可与张爱玲的真实生活相对照并且落实。它浓重的自传色彩，第一次让人看到了张爱玲——那个下笔从来“不沾身”的作家——呈现出来的自己。或者可以说，《小团圆》提供了这样一个可能，让人在读了那么多“张看”的作品之后，终于有机会满足一次“看张”的愿望。

① 宋以朗：《前言》，载张爱玲：《小团圆》，北京十月文艺出版社2009年版，第5页。

（一）

张爱玲的“看”，是一个引起过研究者关注的话题。1976年，当她的散文集《张看》在香港出版时，这个新异有趣且含义丰富的标题立刻受到了读者和研究者的认同和理解，并被看作是对张爱玲文学作品的准确概括。这个看似文字游戏的说法具有两层含义：一方面是指作家有意回避主观介入的“张望”的姿态；另一方面，又因作者姓氏的巧合，表明了这是一个张姓作家的带有鲜明个人视角和主观色彩的写作。这个双关的说法，正是张爱玲所要表明的复杂的写作立场和姿态。也就是说，张爱玲的“看”，既是一种对世人世情的冷眼旁观，同时又渗透了作家本人对人性、人生、社会、时代的认识和理解。因此，这个“看”的背后，有“思”也有“叹”，有体谅与悲悯，也有刻薄的嘲讽。这应该就是“张看”的特殊风格所在，即：置身事外的观察、精明的世事剖析与苍凉的人生喟叹的三者结合。

事实上，早在张爱玲的成名作《传奇》出版的1943年，这样一个“张看”的姿态就已鲜明地表现出来。多年来为读者津津乐道的《传奇》的封面就是最好的证明。张爱玲自己解释说：

> 封面是请炎樱设计的。借用了晚清的一张时装仕女图，画着个女人幽幽地在那里弄骨牌，旁边坐着奶妈，抱着孩子，仿佛是晚饭后家常的一幕。可是栏杆外很突兀地，有个比例不对的人型，像鬼魂出现似的，那是现代人，非常好奇地孜孜往里窥视。如果这画面有使人感到不安的地方，那也正是我希望造成的气氛。①

① 张爱玲：《有几句话同读者说》，载《倾城之恋》，北京十月文艺出版社2006年版，第459页。

炎樱笔下窗外那个窥视着的“现代人”，显然带有张爱玲的外貌特征，这个面孔没有五官和表情，但肢体的动作表现出明显的“好奇”与“孜孜”的姿态。在《传奇》的扉页上，张爱玲写下这句著名的话：“书名叫传奇，目的是在传奇里面寻找普通人，在普通人里寻找传奇。”可以说，对普通人生的窥视，以及从普通人生里窥视到普遍而深刻的人性，是张爱玲小说最鲜明的特征，也是她的最高追求。

因此可以说，张爱玲笔下的平凡男女演出的都是时代故事。即如她自己所说的：“正是这些凡人比英雄更能代表这时代的总量。”①“我写作的题材便是这么一个时代，我以为用参差的对照的手法是比较适宜的。我用这手法描写人类在一切时代之中生活下来的记忆。而以此给予周围的现实一个启示。”②也无怪乎夏志清对她有这样的评价：“《传奇》里的人物都是道地的中国人，有时候简直道地得可怕；因此他们都是道地的活人，有时候活得可怕。他们大多是她同时代的人；……他们的背景是当时的社会经济情形，是他们的父母，或者广言之，是一个衰颓中的文化。”③应该承认，张爱玲与很多大作家一样，在自己的写作中是有这样一种写出人性之“常”与时代之“变”的抱负的。

张爱玲反复申明自己使用的是“参差的对照的手法”，并强调“它是较近事实的”④。但是，究竟什么才是“参差的对照的手法”呢？用她自己的话说就是“不把虚伪与真实写成强烈的对照，却是用参差的对照的手法写出现代人的虚伪之中有真实，浮华之中有素朴”。因为，“极端的病态与极端觉悟的人究竟不多。时代是这么沉重，不容易那么容易就大彻大悟。这些年来，人类到底也这么生活了下来，可

① 张爱玲：《自己的文章》，载《流言》，北京十月文艺出版社 2006 年版，第 14 页。

② 张爱玲：《自己的文章》，载《流言》，北京十月文艺出版社 2006 年版，第 14 页。

③ 夏志清：《论张爱玲》，转引自子通、亦清主编：《张爱玲评说六十年》，中国华侨出版社 2001 年版，第 266 页。

④ 张爱玲：《关于〈倾城之恋〉的老实话》，载《倾城之恋》，北京十月文艺出版社 2006 年版，第 462 页。

见疯狂是疯狂，还是有分寸”[①]。也就是说，她所谓“参差的对照的”手法是对立于极端的、整齐划一的方式而言的。在她看来，大事件、大人物、大彻悟，都是极端的、不尽真实的。张爱玲的“分寸”，使得她的故事都是小人物的小悲喜。在这个思想基础上，张爱玲理直气壮地承认自己写不出“时代的纪念碑”式的作品，也淡化了战争、回避了革命等题材。她只关注那些乱世中的普通人，关注他们的恋爱，尤为重要的是，她要写出他们在恋爱之类的日常生活之中所表现出来的“素朴”和“放恣”。因为在她看来，这才是人生的真相。

显然，这就是“张看”所采用的“看法”。它带有作家先入为主的观念和独特的视角，它决定了张爱玲的写作方式——既写出自己眼中的时代故事，但又不过多掺杂个人感情。事实上，张爱玲的确从不动情。无论是悲悯还是嘲讽，她都不会替小说中的人物多愁善感，更不为他们设身处地。她在一定程度上是超然的，即如炎樱的画中所表现的：她站在窗外，面无表情，只有旁观者的好奇，没有介入者的悲喜。但是，情感的疏离并不等于观念的抽空。事实上，张氏故事中处处表达着张爱玲的人生感悟。即如作家王安忆所说，“张腔张调”“不在技巧，亦不在风格，而是直指人世观念，苍茫的空间和时间里，有情人均是一瞬间地擦肩而过。就是这，无疑是张爱玲所作。”就是说，张爱玲是借他人的故事表达自己的观念。正是这种“人世观念”，决定了张爱玲只写她自己相信的东西。或者说，她对小说中人物和情节的处理，都会最终归于她观念深处的“真实”与“真相”。比如她在谈及《倾城之恋》的结局时说：

《倾城之恋》里，从腐旧的家庭里走出来的流苏，香港之战的洗礼并不曾将她感化成为革命女性；香港之战影响范柳原，使

① 张爱玲：《关于〈倾城之恋〉的老实话》，载《倾城之恋》，北京十月文艺出版社2006年版，第462页。

> 他转向平实的生活，终于结婚了，但结婚并不使他变为圣人，完全放弃往日的生活习惯与作风。因之柳原与流苏的结局，虽然多少是健康的，仍旧是庸俗；就事论事，他们也只能如此。

这个结局的设置，典型体现了张爱玲的人世观念。她只相信这一种结局的真实性，否定了其他结局的可能性。她时刻把握着的现实和人性的这一“分寸”，正是在她“张看”的冷眼背后所依赖的思想立场。

因此可以说，“张看”的看法决定了张爱玲小说的风格和深度。在题材上，她专注于乱世中的男女故事；在手法上，她采取“参差的对照的”方式，写“普通人的传奇”、市井人物的悲喜；在主旨上，她是在力求揭示出时代的真相和人性深处的真实。

（二）

“张看”的成功，也让作品背后的张爱玲显得更加神秘起来。多年来，张爱玲以“张看”的姿态行世，虽然在她众多小说的人物形象中，不无自己生活的只言片影，但是，正如那幅封面所呈现的，观看者与被看者之间明显地“比例不对”，观看者的强势无疑使得读者只能随她一同去“看”，去体味“张看”所看到的东西，而对于观看者本身，却多少有些无从认识。直到《小团圆》，才终于带来了一个意外的“看张”的机会。

事实上，《小团圆》之所以能形成热潮，纯粹就是因为那是张爱玲写出了她自己。虽然无论是张爱玲自己还是他的好友宋淇，都对读者“喜欢将小说与真实混为一谈”表示了清醒的忧虑，对于“尤其中国读者绝不理什么是 fiction，什么是自传那一套”，更是“牢记在心”。但是，与宋淇的忧心忡忡相比，张爱玲的表现显得更加无所谓。说得委婉些，张爱玲是故意要写出自己“最深知的材料”，说得直接些，她那时已经决心要写出一个自己的张爱玲，送给人看，任由人品评。所以她并不真的担心读者“将小说与真实混为一谈”。这样做的原因，也许出于对胡兰成文章中的虚饰之词的不满，意图暴露真相加以报复；又或许是人之将老，真会产生一种任性与冲动，想对历史做一个交代；抑或，是多年的情感和记忆真的压迫着她，令她不吐不快……所有这一切，他人当然无从知晓，包括她最亲密的朋友。

事实是，张爱玲是有意识地写一部自传色彩很“浓”的小说，“浓”到人物虽为虚构但事件几乎全部真实。任何一个熟悉张爱玲的读者，都很容易把小说人物与现实故事一一对应起来。对此，张爱玲有足够的清醒，因此她会对宋淇说，即便是“在《小团圆》里讲到自己也很不客气”，因为“这种地方总是自己来揭发的好。当然也并不是否定自己”。事实上，张爱玲在给宋淇的信中已经委婉地说明了写自传的用意：

> 志清看了《张看》自序，来了封长信建议我写我祖父母与母亲的事，好在现在小说与传记不明分。我回信说：“你定做的小说就是《小团圆》”……①

这样看来，如果说宋淇是希望张爱玲把《小团圆》改写成一篇小说，尽量加入虚构的成分，而张爱玲却迟迟没有依照建议改好的话，倒不如认为，张爱玲从内心并不真的希望把《小团圆》当一本小说来写，或者，她并不真的希望读者把它当成小说来读。事实上，在写尽人间传奇之后，晚年的张爱玲可能就是想写一本自己的故事。那些她自己“深知的材料”，同样为读者所“深知”，当胡兰成把他们的爱情、把他本人和张爱玲都传奇化了之后，任性的、信仰“真相”的张爱玲，有这样一个还原自己、表达自己的冲动，是丝毫不足为怪的。

① 宋以朗：《前言》，载张爱玲：《小团圆》，北京十月文艺出版社 2009 年版，第 4 页。

说这些似乎都是在妄测作者的动机，其实我想说的是，作为读者，尤其作为深知张爱玲一生经历和故事、熟悉她作品中的每个人物的读者，是不可能也没有必要把《小团圆》当小说来读的。索性抱着一种"看张"的心态，也许倒是读解《小团圆》的最适合的方式。

有意思的是，张爱玲对于这样一次"被看"的明确意识，是从全书的第一章第一段第一句中就表现出来了的：

> 大考的早晨，那惨淡的心情大概只有军队作战前的黎明可以比拟，像《斯巴达克斯》里奴隶起义的叛军在晨雾中遥望罗马大军摆阵，所有的战争片中最恐怖的一幕，因为完全是等待。

张爱玲一向以用语讲究著称，其比喻之贴切巧妙也一直是无人可及的。她的很多小说都是在全书第一段就奠定了基调，比如《金锁记》开篇那一轮"像朵云轩信笺上落了一滴泪珠，陈旧而迷糊"的"三十年前的月亮"，就"不免带点凄凉"。因此，作为熟悉张爱玲的读者，对于《小团圆》开篇这一笔，是断不可轻易放过的。

与《金锁记》的月亮相比，《小团圆》的基调可谓更加"惨淡"，更加阴冷沉郁。一向善用比喻的张爱玲，以"军队作战前的黎明"来比喻"大考的早晨"的惨淡，而且称之为"所有的战争片中最恐怖的一幕"。这不能不让人心生疑问，这个比喻是否"言重"了？但是我想，张爱玲是有意为之的。为什么惨淡？为什么恐怖？张爱玲的回答是"因为完全是等待"。

现实意义上的"大考"，再残酷也未见得能及于战争，或是给人带来惨淡而恐怖的感觉。固然她在后面的一章中详尽甚至是啰唆地描写了九莉在香港的大学里经历的真实的大考。但与后面具体的描写相对照很容易发现，那实在谈不到惨淡和恐怖，只是普通的紧张和惴惴不安而已。所以，开篇的"大考"，是要在隐喻的层面上才能被理解的。在我看来，这场“大考”，就是张爱玲自己意识里对于《小团圆》有朝一日终将被公开、被“看”、被评说的一种“等待”。

更有趣的是，这样一种对大考的恐惧，又出现在了全书的结尾。当九莉在一场与之雍相遇相爱的美梦破灭之后，接下来是这样一句话：“这样的梦只做过一次，考试的梦倒是常做，总是噩梦。”随后，作者一字不差地复制了全书开篇的一段。形成了在张爱玲小说中难得一见的“首尾相应”的俗套。不消说，这个俗套的写作是非常刻意的。

这个回环往复的俗套，无疑是在加强对“大考”的噩梦体验的强调。也就是说，无论是在动笔之初，还是在最后收笔之际，张爱玲都深深地知道：《小团圆》这种自传式的写作方式，以及书中无法辨清虚实的“最深知的材料”，正是她将要被人“看”到的人生秘密。《小团圆》记录的是张爱玲的传奇人生中的一段普通的男女情爱体验，但同时，又因她和胡兰成等人的特殊身份和历史地位，这也便成了一段带有传奇色彩的人生记忆。这正应了她自己那句关于“传奇中的普通人”和“普通人的传奇”的话。毫无疑问，《小团圆》是张爱玲为自己的人生交出的一张最终的答卷，所以，在交卷之前，她被噩梦一样恐怖而惨淡的“等待”所煎熬。在这个“等待”的过程中，她不断地进行思想斗争，对是否修改和是否交付出版都举棋不定，在冲动与放弃中反反复复，甚至不无矫情地要朋友代为销毁原稿等，这无非都是在“等待”过程中所表现出来的“人之常情”。

从这个意义上说，《小团圆》是张爱玲小说中具有特殊意义的一部。虽然它在艺术方面成绩平平，在意识形态上问题重重，但用“看张”的角度来看，倒是可以忽视那些粗陋和问题的。《小团圆》应有的位置，不是艺术的顶峰，而是作家晚年写作的一个镜像。具体到张爱玲来说，就是一段——甚至一生——“传奇”的“收场”。多年前，傅雷曾说过这样的话：“一位旅华数年的外侨和我闲谈时说起：‘奇迹在中国不算稀奇。可是都没有好收场。’但愿这两句话永远扯不到张爱玲女士身上！”①到《小团圆》为止，传奇真要收场了。与整整一生的传奇相比，这个收场必然是一次示弱，但它或许也是一次难能可贵的对“真相”的坦白：张爱玲，终究是一个有着寻常苦乐的寻常女子。

事实上，“张看”与“看张”并不能截然分开。因为是有意识地写自传性小说，所以《小团圆》应该算是一次“张看”和“看张”的结合，也就是说，读者通过《小团圆》所看到的“张”，也是张爱玲自己所看的那个自己。打个比方说，这就像是张爱玲照镜子，而我们看到的是她自己在镜子中看到的那个自己。这同时既是看也是被看，这个镜像本身成了一个很有意味的问题。

在张爱玲的名篇《金锁记》中，有这样一个著名的片段：

> 七巧双手按住了镜子。镜子里反映着的翠竹帘子和一副金绿山水屏条依旧在风中来回荡漾着，望久了，便有一种晕船的感觉。再定睛看时，翠竹帘子已经褪了色，金绿山水换为一张她丈夫的遗像，镜子里的人也老了十年。

在以往的研究，这一段手法多次被提及并被称赞。主要是因为她借鉴了电影“蒙太奇”的手法，用一个画面的淡出和融入，巧妙地连缀了十年的时间跨度。也有研究者认为，“镜子”是张爱玲作品中非常重要的意象之一，在不同小说中多次出现的镜子，已经成为张爱玲小说中同样具有结构意义的道具。②但是除此以外，我更感兴趣的

---

① 迅雨：《论张爱玲的小说》，载子通、亦清主编：《张爱玲评说六十年》，中国华侨出版社 2001 年版，第 70 页。

② 参见水晶：《象忧亦忧 · 象喜亦喜——泛论张爱玲短篇小说中的镜子意象》，载子通、亦清主编：《张爱玲评说六十年》，中国华侨出版社 2001 年版，第 276—289 页。

其实是一个在隐喻意义上的“镜子”。那就是张爱玲通过小说艺术的方式，对自我内心与生活进行的自觉或不自觉的反观和反省。这种反观，在《小团圆》中，成了全部的、最重要的主题。

由此把“七巧”置换一下，简直可以说，是张爱玲“双手按住了镜子”，望了很久，在一阵记忆带来的晕眩中发现，镜子里的人也老了三十年。

（三）

接下来最重要的问题是：在“看张”中，人们看到了什么？或者说，在《小团圆》这面镜子里，张爱玲照见了什么？

张爱玲自己说：“这是一个热情故事，我想表达出爱情的万转千回，完全幻灭了之后也还有点什么东西在。”这当然算是一句较为老实的自陈，但相比之下，小说中的另外一处则更为坦白直接，那就是说九莉的那句话：“她是最不多愁善感的人，抵抗力很强。事实是只有她母亲与之雍给她受过罪。”

可以说，《小团圆》中除九莉外，最重要的人物就是这两个“给她受过罪”的人。他们与九莉的故事合在一处，就成为张爱玲的镜子中看到的全部故事——童年与青春的悲喜剧。在九莉的童年里有一个母亲；在她的青春里有一个男人，这个人在小说里名叫邵之雍。这两个人都曾经深刻地影响了她的生活，也相继带来了巨大的失望和幻灭。他们是她最亲爱最亲近的人，但最终的结果都是分开，他们爱过她也折磨过她，这一切，造就了三十年后那个惨淡而恐惧地等待人生“大考”的她。

写童年、写青春，注定《小团圆》是一本回忆之书。正如张爱玲早年说过的：“人是生活于一个时代里的，可是这时代却在影子似的沉没下去，人觉得自己是被抛弃了。如要证明自己的存在，抓住点真实的，最基本的东西，不能不求助于古老的记忆，这比瞭望将来要更明晰、亲切。”[①]《小团圆》所做的，也是“证明自己的存在，抓住点真实的，最基本的东西”。同时，这也就是她自己说的“完全幻灭了之后还有点什么东西在”的证明。

当张爱玲晚年开始回顾自己的人生时，她追溯到了自己的童年。宋淇曾经非常准确地指出：

> 我知道你在写作时想把九莉写成一个 unconventional 的女人，这点并没有成功。只有少数读者也许会说她的不快乐的童年使她有这种行为和心理，可是大多数读者不会对她同情的，总之是一个 unsympathetic 的人物。[②]

这句批评里面带有相当的理解，就是知道张爱玲对于“不快乐的童年”所抱有的耿耿于怀的心理。在她的反省中，这“不快乐的童年”是后来一切故事的根苗。九莉长大成人之后，所遇到的生活中的种种问题，她的爱憎好恶、她的欣喜忧惧，归根结底都由她的童年所带来。而这“不快乐的童年”的来源，当然要追溯至她与生母之间的特殊关系与感情。

九莉的身世和张爱玲本人的完全一致：父母离异，从小被过继给亲戚，遂与亲生父母以叔婶侄女相称。虽然少女九莉最终选择母亲而疏远了娶了继母的父亲，但事实上，真正亲近她照顾她的还是那个一直未嫁的姑姑。可以说，在九莉（或说张爱玲）的生活里，母亲这个角色是完全缺失的。有着特殊友情的姑姑与生母——名义上的“二婶”——一起，共同构成了一个奇怪的“母亲”角色。这个“母亲”，模糊在血缘的有无之间，摇摆于关系的亲疏之间，常常在具体事件中提供母爱，却也时刻提醒着她的母爱的缺失。应该说，尤其对于一个

① 张爱玲：《自己的文章》，载《流言》，北京十月文艺出版社 2006 年版，第 14 页。
② 宋以朗：《前言》，载张爱玲：《小团圆》，北京十月文艺出版社 2009 年版，第 10 页。

女孩子而言，母亲的角色至关重要，人生所有功课的启蒙都来自母亲。在九莉未成年之前，她显然没有得到这样一种来自母亲的慈爱。而到她成年以后，面对那个漂亮的、时髦的、风流的蕊秋，九莉更感受到一种女性间的竞争和压迫。当蕊秋以母亲身份出现时，她是霸道的，纠正九莉的一举一动，还时时刻薄讥讽；当她以一个世故女子身份出现时，她处处优越，使得女儿在美丽高尚的母亲面前，总感到强烈的自卑。仿佛天鹅生下的丑小鸭，而且用九莉的话说：“她这丑小鸭已经不小了，而且丑小鸭没这么高的，丑小鹭鸶就光是丑了。”容貌丑、没有男朋友，是最让九莉自卑的地方，而这足以反映出成年九莉与蕊秋已经完全成为两个女人之间的关系，而不再带有母女之情。

这样的母女关系，决定了九莉的性格和人生。这也就是宋淇所说的“她的不快乐的童年使她有这种行为和心理”。张爱玲确乎使用了大量的篇幅来表达这一层意思。她不顾读者要小说“好看”的心理，顽强地从头写起，致使宋淇都认为前三章太过琐碎，几乎是人物列表。一向照顾阅读心理的小说家张爱玲这次是任性的，强迫大家读她冗长而琐碎的爱情前史，就是为了交代出九莉成长的心理过程。当九莉真的遇到邵之雍并爱上他时，她才会发现，她的人生中原来一直没有上过一堂有关爱情和婚姻的课。因此，即便她拼尽全力去爱邵之雍，但仍要失去他。因为在她的生命里，对于爱情，她是一个天生的残疾儿。

由此很容易让人联想到张爱玲其他众多作品中的“母亲”。《金锁记》里的曹七巧、《花凋》里的郑太太，等等，她们都是情感残疾的母亲。她们对于她们女儿的情感悲剧，无一不负有很大的责任。没有“好母亲”，女儿们无从继承和学习“爱”的能力，这就在她们的童年里早已埋下了一个悲剧的种子，只能经历一场悲剧性的青春。这是张爱玲个人的体验，也是她所看到的人生的真相。

然而，在无爱的情感悲剧上又来雪上加霜的，是金钱的罪恶。在《小团圆》中，蕊秋和九莉母女关系的真正破裂源于金钱。特别是在母亲将老师资助女儿学习的八百元打牌输掉之后，母女关系真正破裂了。女儿在心里几次想到："二婶怎么想，我现在完全不管了。""就像有件什么事结束了。不是她自己作的决定，不过知道完了，一条很长的路走到了尽头。"在我看来，张爱玲之所以把小说从她在香港大学读书写起，很大程度上是因为要写到这次决裂。而这，正是九莉真正长大成人，成为一个"女人"，而不再是一个女儿或女孩的标志。

在张爱玲的故事里，性别与金钱是在普通人生活中导致"战争"的两个元凶。同时，金钱也是谋杀温情的最利武器。最典型的例子就是《金锁记》里七巧和季泽决裂的那一段描写：当"命中注定要和季泽相爱"这样的浪漫幻想，遭遇到"他想她的钱"的想法时，一切温情和浪漫都被毁灭了，"她的一颗心直往下坠"，七巧终于变成了一只挣扎的、愤怒的野兽。十年的情感终于抵不过一刹那对金钱的看重。正如七巧立刻明白的那样："人生在世，还不就是那么一回事？归根究底，什么是真的？什么是假的？"这也许算得上是张爱玲对人性最深入和独到的观察。这观察源自她自己的生活经历。也许可以说，张爱玲在写作早期作品时，虽然自己尚未经历恋爱，也并未受到来自异性的伤害，但由于从小在大家庭内部的所见所闻，她还是过早地接触了世事，懂得了金钱对情感的杀伤力。这一点，只要看《小团圆》的前三章中不断出现的各种亲戚家的家务事——尤其是有关离婚与财产争夺的方面——就完全能够明白了。

由于很早就有了对人生的苍凉体认，使得张爱玲笔下各式各样的女性悲剧，表现出相当的共性：情感经历的残疾加上金钱关系的腐蚀，撕去了女性所有的浪漫幻想。这是年轻的张爱玲从小看到的"真相"和感受到的"苍凉"，也是她笔下一切悲剧的起点。《小团圆》告诉读者，这个悲剧的种子，是在张爱玲自己的生活经历中孕育萌发的。她通过自己的生活，选择了这种特殊的人世观念，并通过写作，反复印证着这一"真相"。可以说，《小团圆》的逻辑，正是"张看"的逻辑；《小团圆》表达的思想，正是"张看"的核心思想内容。

与来自母亲的爱与怨相比，来自邵之雍的一场痛苦而又不无美好的爱情，对九莉来说，可能更加刻骨铭心。那是一场更加身不由己的战争。《小团圆》之引人好奇之处，恐怕也主要集中在这里。与胡兰成的《民国女子》一文相比，张爱玲还原了一对乱世中的普通男女的感情与欲望的故事。张爱玲未必是要故意揭掉胡兰成给这份情感上笼罩的那一层传奇浪漫的面纱，但的确在客观上取得了这样的效果。这让人想到《小团圆》中的两句对白：

> “你脸上有神的光，”他突然有点纳罕的轻声说。
>
> “我的皮肤油，”她笑着解释。

九莉的回答看起来有失浪漫，甚至非常让人扫兴，但确乎是真实的。张爱玲信仰的正是这种“真实”。《小团圆》从整体上就是在消解胡兰成文字中那层浪漫的虚饰。这看起来是让人扫兴的，但细究起来，却非常符合张爱玲的人世观念。宋淇曾对张爱玲说：“这些事积在心中多少年来，总想一吐为快……好了，现在你已经写出来了，这点也已做到了。”我想，积在她心中多年的，不仅仅是对胡兰成及这段感情的幽怨和回忆，更多的，是通过这段往事，再次让她看到的人生的真实。这真实，是连她这样一个本已看透人生的聪明人也无法逃脱的。如果说，“张看”是张爱玲对“普通人的传奇”的书写，那么，《小团圆》则是她在个人传奇中向普通人的回归。与其称之为“巅峰之作”，不如说是“回归之作”或“真实之作”更加贴切。

从“张看”到“看张”，阅尽苍凉人世的张爱玲最后写到自己，这几乎是一种象征。就像她说九莉的那样：“她最大的本事是能够永远存为悬案。也许要到老才会触机顿悟。她相信只有那样的信念才靠得住，因为是自己体验到的，不是人云亦云。先搁在那里，乱就乱点，整理出来的体系未必可靠。”换句话说，张爱玲是在用交出一个自己的方式来诠释她的信念，“她相信只有那样的信念才靠得住”，而且，她也相信自己已经到了“到老才会触机顿悟”的时候了。

晚年张爱玲写出了一部琐碎的自传体小说，用家事和情事来应付人生最后一场“大考”，这看起来也许是个有点“小家子气”的选择。但张爱玲有理由这样做，她借小说人物之口这样说：“比比也说身边的事比世界大事要紧，因为画图远近大小的比例。窗台上的瓶花比窗外的群众场面大。”或者说，这就是张爱玲的文学取向与人生信仰。假如真有“晚年写作”这个概念的话，张爱玲的《小团圆》大概算是最典型的文本。它浓重的自传性、意识流的手法等，都体现着晚年写作的特点。最重要的是，她写出了一个人即将走完一生时最深切的感悟。张爱玲由此带领读者重走了一遍她人生中重要阶段的道路，她在回忆中顿悟，也让读者由此看到了她文学中最苍凉、最真实的底色。

二、其文胜史，其志如梅

——作为妻子、作家、时代女性的梅志

四卷本 180 万字的《梅志文集》于 2007 年底出版了，这是一套真正称得上“厚重”的大书。就文学成就上说它也许算不上卓著，但它却像一杆标尺，标出了一个“人”所可能达到的精神“高度”。从这些凝自血泪的文字中，人们能够清晰地感受到一个作为妻子、作家和“时代女性”的梅志崇高的人格境界和强大的精神力量。

文集每一册的封面和扉页上，都印有遒劲清雅的梅花图案，以其坚忍高洁、傲视霜雪喻示着梅志的品格。不知这算不算是历史的巧合，这位原名屠玘华的女性在 1934 年发表第一篇小说时开始使用“梅志”的笔名，虽然她自己从未解释过这一笔名的含义，但不难看出其中所带有的时代女性的人格自喻与自勉。然而，也正是这个名字，竟像一个谶语，预言了这一树正直自尊的梅花将要经历一个长达

25年的漫漫严冬。

（一）

1933年，已是著名文艺理论家和左翼文学运动领袖的胡风在向年轻的梅志求婚时说：“我这个漂泊的人，只有你才能给我归宿。”①这在当时或许是一个诗人热恋中的修辞，然而却在两人后来的生活中被痛苦地证实了。

在现代中国历史上，梅志与胡风的名字是紧紧联系在一起的。从1933年相识到1985年胡风逝世，他们共同生活了半个多世纪，而在这期间，竟又有一半的时间是蒙冤受难、失去自由的。从狱里狱外的分离忧惧，到铁窗伴囚的以沫相濡，直到出狱、平反甚至胡风逝世后的笔耕不辍，梅志几乎将她的一生都交付了她的丈夫：在工作上协助他，在生活上照料他，在精神上支撑他，在历史的卷帙中为他伸张、辩护。可以说，梅志生活的全部内容都围绕着胡风，同时，她生活中的全部幸福和苦难也都来自胡风。在家庭中她是“爱人”，在事业上她是“同志”；在灾难来临的时候，她以柔弱之躯支撑着一个五口之家，只知患难与共、相濡以沫，从未想到过“划清界线”、独自保全或解脱。这样的女人，在现在很多人眼里，或许是不可理解的。用眼下常见的庸俗化的女性主义者的话说，她简直就是一个没有觉醒、没有“自我”的女性，无异于秉信“嫁鸡随鸡”观念的旧式妇女。从表面上看，这样一个无怨无悔地履行身为人妻责任的女人，也许算是个最平凡的妻子，然而，这种能够战胜巨大苦难的“平凡”，却又是怎样非凡的人格才能做得到的呢？直到晚年，梅志仍说：“我实为一个平庸的老妪，仅比一般人多受了一点苦难，也就多知道一点为人之大

① 梅志：《我与胡风》，载晓风编：《梅志文集》第2卷，宁夏人民出版社2007年版，第262页。

不易。”我想，这并不是故作低调和豁达。这句话恰好证明了：在她的心里，“为人”是一件极平凡而又极庄严的事。对正直人格的坚守，既是她做人的底线，也是她最终战胜苦难的力量源泉。

从 1933 年与胡风相识开始，梅志就一直追随胡风，在左翼文学运动、抗战文艺活动中贡献着自己绵薄的力量。在胡风身边，她做得最多的就是为胡风抄写稿件，甚至在 1955 年被公安机关拘捕时，她最大的罪名就是“抄写《三十万言》”。可以说，在共同生活的前 20 年里，梅志的确是在胡风这棵大树下默默成长的一株平凡小草，但是，当历史的风暴降临，大树面临摧折的危难时刻，这株小草竟变成唯一一片可以支撑大树的土壤。在后来 25 年的苦难历程中，这位平凡的妻子成了强大的思想者胡风的精神支柱。读梅志的回忆录，常令我想起歌德的一句名言：“永恒的女性，引领我们上升。”其实，很多人都相信，没有梅志无微不至的照料和想方设法的排解，胡风坚硬的枝干恐怕终会在苦难的风暴中折断，无法活着走出高墙、等到平反。可以说，在胡风受难的日子里，梅志绝不仅是一个生活上的照料者和陪伴者，更重要的是，她是胡风精神上唯一的支持者。正是因为梅志的信任、鼓励，甚至精神上的救助和引导，才使得胡风一次次从精神崩溃中摆脱出来，恢复了生活的信念和抗争的勇气。

在安逸富足的日子里，“嫁鸡随鸡”是容易的；就算生活贫困操劳，做个称职的妻子也算不得太大的难事；然而，有多少人能在家破人散、前途无望，甚至丈夫被判无期徒刑、精神几近崩溃的日子里坚守在丈夫身边呢？梅志自己并无刑期，却伴随胡风住在高墙铁窗之中，受尽苦难。这绝不是靠“嫁鸡随鸡”的旧观念就能支撑得住的。支撑她的，是源于内心的坚强信念，这信念包含了对胡风的信任，以及对历史公正的一点期待。因此我总想，梅志并不是因为没有“自我”而陪伴胡风，她实在是具有一种极为强大的对“自我”的笃信和坚持。就像她自己说过的：“在这二十多年的苦难生活中，我只有一个信念：我们最终一定能恢复成一个真正的‘人’！因为我相信自己，也相信他”①。

因为坚信，所以选择坚持。的确，在灾难的岁月里，很多人选择了以结束生命的方式来拒绝屈辱。这当然是一种极有尊严的选择。但是梅志最终抵住了这个选择的诱惑，她决定以另一种方式来捍卫尊严，要用自己的生命为历史做出一个明确的交代。在回忆录中，梅志说过这样一番令人动容的话：

> 我实在忍不下去的时候，也曾想到过与他一起去死。这是他的愿望，他一直叫唤着活不下去了。而我也并不比他更能忍受痛苦。让我们一同结束这受苦受难的生命吧！这样做是很容易的，只要告诉了他我的意思，将铺盖绳往铁窗栏杆上一挂，我们就可以双双投环自尽。等干事送报来时，我们早已一命呜呼！不过，我还是不愿意这样做，不光是因为舍不得孩子们，同时也不甘心就这样死去。无论如何，得留着我这一活口，为胡风，为这一案件，为众多受株连的朋友们申诉。我不能就这样不明不白地死去！我强制住那解脱的诱惑，决定一定要咬着牙活下去，要活着离开这四面高墙！②

当活着比死去更为艰难的时候，选择活下来的人是值得崇敬的，因为他们做这样的选择，一定不是为了他们自己。可以说，梅志忍受一切苦难，都是在履行着对他人的责任：为丈夫尽到做妻子的责任、为子女尽到做母亲的责任，更为历史尽到一个有良知的知情者和见证者的责任。

伟大的勇敢支撑着梅志在每一个昼夜里苦苦坚持。先是独自坐牢

---

① 梅志：《我与胡风·前言》，载晓风编：《梅志文集》第 2 卷，宁夏人民出版社 2007 年版，第 251 页。

② 梅志：《在高墙内》，载晓风编：《梅志文集》第 2 卷，宁夏人民出版社 2007 年版，第 208 页。

70 个月，后因母亲病逝获释出狱，却仍对胡风的生死下落一无所知。1965 年，经她多次努力得以与秦城监狱中的胡风恢复联系，也只能利用可怜的几次探监为他带去一些书籍和一点点人间的气息。1966 年初，梅志独自陪伴胡风赴成都监外服刑，承担起照料胡风身体的全部责任。虽然也是年逾半百的老妇，但她不仅要照料两人的衣食住行，还要帮助胡风继续抄写各种思想汇报和材料，想方设法宽慰胡风精神上的苦闷和孤独。然而，一个个更大的苦难接踵而来。随着“文化大革命”的全面展开，胡风的处境也愈加悲惨。先是 1966 年秋被转移到芦山县苗溪茶场囚禁，生活条件更差不说，还被强迫劳改，两人的身体也都更加衰弱，胡风更是数病缠身，苦不堪言。1967 年冬，胡风再次被带走，下落不明。直至 1973 年，梅志才结束近 6 年的独自劳改，被带到大竹县第三监狱，开始高墙内的铁窗伴囚。这时的胡风已被改判无期徒刑，精神几近崩溃，常常神志失控，严重时甚至会怀疑、伤害梅志。就在这样的生活中，梅志不仅忍受了他人难以想象的痛苦，而且还用她非凡的宽忍、耐心和智慧将胡风从身体和精神的双重崩毁中挽救回来。她并没有什么惊人之举，也不可能实施什么科学化的治疗，但是，一个全心全意的妻子在日常生活里点点滴滴的抚慰和温暖，终于唤醒了胡风几乎丧失的生活信念。每当陷入孤独、悲凉和无望的时候，梅志就告诉自己：“造成他现在这种精神状态，怎能怪他呢！”“你不能绝望！不能放弃！你有责任支持胡风共同度过这段生活，将来可能会需要你说明一些问题。”

梅志的勇气化入生活中细碎的点滴，终于灌溉了两个濒于毁灭的生命。与很多没有活着看到平反的人们相比，胡风夫妇算是有幸等到了恢复自由和尊严的一天，而这个“有幸”，的确要归功于梅志的坚持。即如胡风自己在诗中倾诉的：

在天昏地暗的日子
我们在这条路上走过

在受难者们中间
我们的心正在滴血
滴在荆棘上
滴在沙尘里
当我的血快滴干了
我吸进了你的血温
我吸进了你的呼吸
我又长出了赶路的勇气

（二）

1985年，胡风带着未曾彻底熄灭的冤屈和忧惧离开了人世。就在完成了妻子分内的一切操劳之后，梅志开始履行她作为一个同志、一个历史见证者和一个知识分子（如果不说是作家）的使命——撰写回忆录。分为《往事如烟》《伴囚记》和《在高墙内》三部分的回忆录，与《我与胡风》和《胡风传》一起，共同构成了梅志晚年写作的最重要的成绩。这是一部沉重的、闪光的历史文献和纪实文学作品：它记录了沉重的历史，也闪耀着“人”的光辉。

我相信，写作这部回忆录对于梅志来说，必然是又一个痛苦的过程。她年老衰弱的身体和历尽磨难的心灵又一次被惨痛的往事所折磨。当回忆比忘却更痛苦的时候，坚强的梅志选择的是回忆。因为她觉得自己有责任为历史写出那一部分真实。她说：“近四分之一世纪的时间里，我们过着几乎与世隔绝的生活。这段经历是朋友们和读者们较为关注的；在有生之年将它如实地写出来，是我无可推卸的责任。我当勉力为之。”①“更重要的是，我有责任让人们知道，胡风这

① 梅志：《往事如烟·前言》，载晓风编：《梅志文集》第2卷，宁夏人民出版社2007年版，第3页。

些年到底是怎样活过来的。他曾生活在动乱的年代里，斗争在复杂的环境中，但在贫穷与名利双收之间，在忠贞与卖友求荣之间，他毅然地选择了前者，毫不犹豫地走着一个正直的中国人应走的路。他虽身陷囹圄，仍保持着自己毕生为之奉献的信念，毫无怨尤。我想用我对他的回忆来恢复他那被歪曲了四分之一世纪的本来面目。这责任是严肃的，是义不容辞的，是胡风没有给我明白留下的遗言。”①

的确，绝大多数读梅志回忆录的人，是为了要了解胡风那段不为人知的苦难经历。作为一个有才华有情怀的作家，梅志用她平实细腻的文字为人们呈现了那一段真实的苦难，更展示了在那苦难中彰显出来的正直知识分子的宝贵品格。她让人们看到了一个有血有肉的真实的胡风，看到他如何在苦难中坚持和挣扎。在他的身上，有着中国现代知识分子的正直单纯、执着坚强和坚定不移的理想与信仰。

梅志的回忆中没有故作激越的腔调，也没有冠冕堂皇的言辞，一切都来自生活中最朴素最真实的细节琐事。尤其是胡风，在几乎完全无法说出内心情感和思想的处境下，只能以曲折的方式表达自己，而这样的方式，也只有身边最亲近的梅志才能捕捉得到、理解得了吧。

给我留下最深印象的，是1965年的最后一天，分别十年的一家人重新团聚时的一个场景：梅志准备了酒菜，提议全家饭后谈谈心里话。孩子们面对身份特殊又阔别多年的父亲，拘束着不肯多说，最后，“做父亲的叫女儿去书架上找出《鲁迅全集》中先生译的那篇有岛武郎的《与幼小者》，指出一段要晓风念”：

> 我爱过你们了，并且永远爱你们。这并非因为想从你们得到为父的报酬，所以这样说。我对于教给我爱你们的你们，唯一的要求，只在收受了我的感谢罢了。养育到你们成了一个成人的时

① 梅志：《往事如烟·后记》，载晓风编：《梅志文集》第2卷，宁夏人民出版社2007年版，第247—248页。

候，我也许已经死亡；也许还在拼命的做事；也许衰老到全无用处了。然而无论在哪一种情形，你们所不可不助的，却并不是我。你们的清新的力，是万不可为垂暮的我辈之流所拖累的。最好是像那吃尽了毙掉的亲，贮起力量来的狮儿一般，使劲的奋然的掉开了我，进向人生去。①

这是在所有关于胡风的回忆文字中最让我感动的一段。这个没有直接说出一个字的胡风，却以如此深刻沉重的方式表达了他作为知识者、思想者的尊严，表达了他对历史和现实的清醒与无奈，还有身为父亲的慈爱、对儿女的体谅，以及对他们“前途”的一片良苦用心……胡风不愧是一位诗人，他竟以一个近乎无语的方式表达了那么丰富复杂的情绪和思想。在梅志平静的叙述里，人们能够看到一个既感性又理性的胡风，看到一个痛苦而深邃的胡风，看到他与鲁迅精神上的相通，也看到他所代表的一代苦难中的中国现代知识分子的倔强的灵魂。这要比任何他人给予的盖棺定论都更真实也更感人。

梅志就是这样点点滴滴地写出了许多真实、细腻、感人的情节。从这些细节中，不仅能够看到胡风及其亲友们的人格，同时也能看到历史之力对这些生命的所作所为，以及对这些人格的无能为力。也许在一些人看来，梅志的回忆录不能算是一种规范的历史写作，但是，又有多少历史著作能提供如此巨大的心灵的感动和精神的价值呢？就像每个人的面容都有正面也有侧影一样，历史也同样有其正面的面容和不为人注意的侧影。梅志的回忆录就是这样一个具有非凡价值的历史的侧影。她从私人的角度反映着历史，将历史的足音与亲历者的记忆和生命融为一体，让后人看到历史中每一个具体的人的经历、感受和作为。更何况，这些人又正处于历史旋涡的中心，他们的沉浮遭

---

① 梅志：《往事如烟》，载晓风编：《梅志文集》第2卷，宁夏人民出版社2007年版，第51页。

遇直接反映着旋涡里的激流和冷暖。

作为历史的叙述者，梅志写作的最重要的原则就是"真实"。她说，"我唯一的信念就是如实地把这些写出来"。因此，在 1988 年出版《伴囚记》单行本时，一些原来在报刊连载时被删去的段落和内容被梅志勇敢地补上了。这些内容包括胡风在成都监外服刑期间所写的思想汇报，以及 1966 年他为纪念《在延安文艺座谈会上的讲话》的"欢呼"与申诉等。之所以补上这些真实但也许并不利于胡风的史料，梅志的想法是，"我觉得，把这些公开在读者面前是用不着脸红的。当然，在今天如果我想做一个面面光的人，大可不必旧事重提，但隐瞒自己的观点和说过的话可是胡风一直反对的"[①]。这是多么值得敬佩的人格！作为蒙冤受难者，回顾历史时控诉苦难或许是相对容易的；而在历史的苦难和他人的罪责中反思自己，面对当时即便是迫不得已的扭曲言行，的确需要更大的勇气。梅志有这样的勇气，这勇气也符合她做人的一贯原则，使她无论身处顺境还是逆境都能理直气壮、坦荡为人。在这部真实的回忆录中，梅志如实地写出了自己曾经的软弱与恐惧，也如实地写出了胡风近乎癫狂的精神困境。当然即便如此，她仍不可避免地会有认识上的局限，也不可能做到完全客观，毕竟受折磨的是她自己和她最亲爱的人。但是，她所呈给历史和后人的，确乎不仅是一份独特真实的历史文献和见证，更是一种讲真话、坚持真理的人格精神。

真正的历史从不蔑视细节。真实的历史细节是有其特殊价值的。梅志的回忆录和传记记录了现代中国半个世纪的历史足迹，以她独特的视角提供了丰富的细节。包括在《我与胡风》中，她忆及 20 世纪 30 年代的一些故人往事。那些看似微不足道的生活细节，也为后人的历史研究提供了独特的材料和依据。比如胡风与周扬、茅盾等人的

① 梅志：《伴囚记 · 后记》，载晓风编：《梅志文集》第 2 卷，宁夏人民出版社 2007 年版，第 161 页。

摩擦和分歧，并不都源于理论观念等大道理大问题的分歧，还有很多是因为做人方式的矛盾和日常生活中的恩怨。当然历史的研究者并不能仅据这些材料评判历史，但完全脱离这些细节恐怕也会不近事实。因为历史本来就是由人来出演的，而人又是感情的和感性的动物。谁说生活小节不会影响历史，谁说历史不会就在这样一些小小的细节上转一个弯呢？

我非常赞同陈思和先生所说的：“梅志先生的回忆录以及她所撰写的《胡风传》，是苦难中迸发出来的生命火花……是中国当代文学史绕不过去的历史文献和见证。”但与此同时我还想进一步强调的是，这些回忆和传记文字并不仅仅具有珍贵的史料价值，还有特殊的文学价值。如果我们愿意承认，文学的价值并不仅仅存在于艺术审美的方面，同时也要求思想的价值和精神的力量，那么我们就可以肯定地说，梅志的文字是真正有价值的文学。它让人们更明白历史，更懂得生命，更崇尚精神。这是文学应有的力量、价值和使命。文学应该带领人们理解历史，理解在不同历史时期中不同人的境遇，更理解在这境遇中人的精神所做出的反应和产生的影响。梅志的作品做到了这一点，她是在用生命——甚至是她和胡风两个人的生命——来进行写作的，她给出了文学本应具有而却被很多人忽略了的思想的力量和精神的境界。

（三）

在我看来，在梅志的回忆文字中，始终矗立着她自己的精神形象。这个形象不仅仅是一个叙述者、见证者和陪伴者，更是一个与胡风志同道合、并肩站立的时代女性的形象。

请允许我借用另一个“胡风分子”牛汉在1973年写作的名篇《悼念一棵枫树》中的形象作比，将胡风比作“湖边山丘上／那棵最高大的枫树”，那么，梅志就应当是站在枫树身边的一株同样高大挺直的腊梅。她像另一首诗中所写的那样：“……作为树的形象和你站在一起。／根，紧握在地下；／叶，相触在云里。／……／我们分担寒潮、风雷、霹雳；／我们共享雾霭、流岚、虹霓。／仿佛永远分离，／却又终身相依。”当年，这首舒婷的《致橡树》被看作新时期女性觉醒的宣言，表达的是“对独立个体（尤其是女性）人生价值的追求”①。如果说，这种自尊独立又深情无私的境界就是现代女性追求的目标，那么，梅志则是这种境界的最好代表，或者说，她就是这样一位现代女性的典范。

生于1914年的梅志是在“五四”新文化环境中成长的新女性，中学时代即受到新思想的濡染，积极参加妇女解放运动，对剥削制度和专制暴政都充满了反叛和斗争的激情。在贫穷和屈辱的生活的教育下，年轻的梅志参加了“左联”，并在相关的工作和活动中结识了胡风，开始了她苦乐参半的人生。晚年的梅志这样说：“这五十二年，我饮尝了那么多的酸甜苦辣，那么多的幸福和惨痛，真是一言难尽！但在选择与胡风相爱并共同生活这一点上，我却从未后悔过。公安部预审员曾骂我是‘死顽固’，而我觉得这理所当然，我不能违心地指控自己选定的爱人。……这大概就是我的‘命’吧！”②梅志当然不是个听天由命的人。她能无怨无悔地追随胡风，完全因为他是“自己选定的爱人”。这正是那个时代的女性对爱情和人生的理解使然：既不像她们上一代的旧式妇女那样完全没有自己选择人生的权利；也不同于多年后的时尚女性那样轻易放弃责任。梅志所代表的，是那一代女性思想独立、人格自尊、重义轻利的美德。

那时，与年轻的梅志相比，胡风无论在思想上还是文学上，都要深刻成熟得多。所以梅志说：“在思想认识方面，我们当然是志同道合的，但在文学方面，我完全听他的。虽然被他帮助了几个月，但一

① 洪子诚、刘登翰：《中国当代新诗史》，北京大学出版社2005年版，第191页。

② 梅志：《我与胡风》，载晓风编：《梅志文集》第2卷，宁夏人民出版社2007年版，第253页。

深谈起来，他就倒吸一口气，嫌我太浅薄。”[①]为此，胡风为她选择了一些文学书籍，两人还曾在动荡危险的生活中，度过了一段对坐桌旁共同读书的甜美时光。可以说，胡风的确是梅志人生中——尤其在文学上——的指导者和领路人。在胡风的影响下，梅志逐渐成长为一个成熟的女性和一个有才华的作家。

时代带给这些女性以改变命运、改变生活的机会。她们接受新文化的洗礼，建立新的人生观念，追求新的生活，建立自己的事业，具有独立的思想和人格……她们不再是封建婚姻和家族制度的牺牲品，也不是五四初期“梦醒之后无路可以走”的莎菲和子君，梅志这一类革命的知识女性，是前所未有地获得了生活上和思想上的解放。

在家庭中，梅志是“无私”的，而在精神上，梅志始终是“有我”的。在我看来，这就是那个时代的女性最可宝贵的情操。事实上，无论对哪个时代的女性而言，这都应是最值得尊敬和肯定的品质。

在《我与胡风》中有这样一段感人的往事：1934年冬天，梅志与胡风刚刚迎来第一个孩子，胡风为了更大的家庭开支而拼命工作。为了不影响母子休息，胡风租住在一个小亭子间里冒着严寒彻夜写作。梅志回忆道：“到半夜，他到大屋叫起我给孩子喂奶，他也就势到热被窝里来暖暖身子。过一会儿，他虽然不愿离开这热被窝，但约稿的时间将至，也只好回去接着写自己的文章。有时，他睡着了，我不忍叫醒他，就拿出早已买好的他爱吃的芝麻糖之类的点心，自己去到那小屋，将他已完成的部分抄好，然后再来叫醒他，让他去完成最后的任务。这就是我们又艰辛而又和谐的幸福生活！”[②]这实在是生活中一个极微小的细节，但从中却能清楚地看到他们甘苦与共、彼此关爱的

① 梅志：《我与胡风》，载晓风编：《梅志文集》第2卷，宁夏人民出版社2007年版，第264页。

② 梅志：《我与胡风》，载晓风编：《梅志文集》第2卷，宁夏人民出版社2007年版，第282页。

深挚爱情。生活无非是由这样的片段连缀而成的，人的德性也无非是在这样的琐事中体现出来的。虽然梅志的文字朴素得近乎平淡，但其中蕴涵的深情却沁人心脾。或许，这也就是那一代女性特有的表达方式吧。

也曾是“胡风分子”的贾植芳先生曾在悼念亡妻的文章中谈到过这样一件事：

> 记得四六年我们俩初到上海，住在胡风家里。任敏那时还是一个很幼稚的女青年，梅志教她如何照料家务，给了她很多的帮助。胡风也很喜欢任敏，常说她是个“小孩子”。冯雪峰经常走动的时候，也常逗任敏开玩笑。但胡风脾气不好，经常发脾气，任敏看他有些怕。一回，不知怎的说起胡先生为什么要这么凶，胡风对任敏意味深长地说：“你以为做知识分子的老婆容易？”胡风说这话并无心，任敏却记住了，常常向我说这句话。但在那个时候，无论胡风还是任敏，大约都不过是以为知识分子生活清苦，又不安分，在世界上总是不如意的事情居多，所以做妻子的格外辛劳，但他们都不会有这个思想准备，即做个正直的知识分子，在未来的社会里还有更大的不测与风险去承受。①

后来，贾先生就以“做知识分子的老婆”为题，亲自编辑了任敏纪念文集。

“做知识分子的老婆”之所以不易，我想，除了生活清苦、颠沛流离之外，大概还有极为重要的一点，就是她们必须同样作为正直知识分子去理解和支持她们的丈夫，她们必须与他们并肩站在一起，来面对精神上的种种痛苦和打击。她们要在生活上无私地奉献，同时也

---

① 贾植芳：《做知识分子的老婆》，载《狱里狱外》，上海远东出版社 1995 年版，第 174 页。

要在精神上锻造强大的自我，只有这样的“自我”才能够真正做到信任、理解、支持她们的知识分子丈夫，在必要的时候，与他们一道勇敢地共赴苦难。历史记住了胡风、贾植芳们，却不一定记得住他们称得上伟大的妻子。事实上，除了梅志、任敏，一定还有更多这样沉默坚强的女性。时代赋予她们和她们的家庭太多的艰辛和苦难，她们的身上也负载着太多的义务和责任。

我想，那些被历史遗忘了的，就让我们来记住、来感悟吧！

后 记

感谢山东师范大学文学院策划的“奔流·中国现代文学研究丛书”，让我有机会把这十几年来慢慢积攒的微薄心得择取汇集于一处。尤其感谢贾振勇教授和编辑陈晓燕女士的辛苦与付出，使得整个过程如此顺利且令人愉快。

很荣幸与多位同道同龄的朋友一起出版丛书，他们的才华与勤奋令我艳羡与敬佩。在问学的道路上有这样的旧友新朋相伴，真是温暖美好的事。

责任编辑：陈晓燕
封面设计：九五书装

图书在版编目（CIP）数据

历史的诗意：中国现代文学与诗学论稿 / 张洁宇 著 . — 北京：人民出版社，2021.1
（奔流 · 中国现代文学研究丛书 / 贾振勇主编）
ISBN 978 – 7 – 01 – 021264 – 7

I. ①历… II. ①张… III. ①新诗 – 诗歌研究 – 中国 IV. ① I207.25

中国版本图书馆 CIP 数据核字（2019）第 204411 号

历史的诗意
LISHI DE SHIYI
——中国现代文学与诗学论稿

张洁宇 著

人民出版社 出版发行
（100706 北京市东城区隆福寺街 99 号）

中煤（北京）印务有限公司印刷 新华书店经销

2021 年 1 月第 1 版 2021 年 1 月北京第 1 次印刷
开本：710 毫米 ×1000 毫米 1/16 印张：22.5
字数：315 千字

ISBN 978 – 7 – 01 – 021264 – 7 定价：58.00 元

邮购地址 100706 北京市东城区隆福寺街 99 号
人民东方图书销售中心 电话（010）65250042 65289539